Allegra

CECELIA AHERN

Traducción de **Renata Somar**

Allegra

VERGARA

Allegra

Título original: *Freckles*

Primera edición: octubre, 2022

D. R. © 2021, Cecelia Ahern

D. R. © 2022, derechos de edición mundiales en lengua castellana:
Penguin Random House Grupo Editorial, S. A. de C. V.
Blvd. Miguel de Cervantes Saavedra núm. 301, 1er piso,
colonia Granada, alcaldía Miguel Hidalgo, C. P. 11520,
Ciudad de México

penguinlibros.com

D. R. © 2022, Renata Somar, por la traducción

ISBN: 978-607-381-823-0

Impreso en México – *Printed in Mexico*

Para Susana Serradas

Prólogo

EN LA OSCURIDAD, EL CRUJIDO DE UN CARACOL BAJO LA SUELA DE mi zapato. El chasquido del caparazón. El chasquido. El rezumadero.

Me duele en la raíz de los dientes, es un dolor agudo que atraviesa un nervio de mis encías.

No puedo levantar el pie con suficiente rapidez, no puedo rebobinar, el daño no puede deshacerse. Pisé el blando interior del caracol, sus lentas vísceras. Las aplané y las retorcí contra el suelo. Siento la plasta en la suela de mi zapato durante unos pasos más. Llevo embarrada la escena del crimen. Muerte en mi zapato. Vísceras de caracol untadas. Me deshago de él con un giro y un desliz de la suela.

Sucede al caminar por la noche, cuando el suelo está tapizado de lluvia, cuando yo no puedo ver sobre qué piso y el caracol no puede ver quién lo pisa. Me he sentido mal por él desde entonces, pero ahora sé lo que se siente. Retribución. Karma. Ahora sé lo que significa que se quiebre mi caparazón, lo que se siente que mis vísceras queden expuestas.

Él me pisó.

También caminó algunos pasos más llevándome como plasta embarrada en la suela. Me pregunto si su alma se habrá embarrado de mí. Si sintió el crujido y mi rezumadero mientras me miraba y escupía aquellas palabras desbordantes de odio. Si me sintió al alejarse cargando mi caparazón algunos pasos más antes de notar que ahí iba yo. Basta un giro de su zapato para deshacerse de mí, como si extinguiera un cigarro.

Mis restos sobre el sendero. El blando y vulnerable interior que tanto me he esforzado en proteger queda quebrado y expuesto. Una fuga de todas las partes hasta ahora bien contenidas. Sentimientos, pensamientos, inseguridades, todo brotando al exterior. Un plano y plateado rastro de vísceras emocionales.

No vi su pie venir. Me pregunto si yo también lo habré tomado por sorpresa a él.

Aunque tal vez esta sea la sensación general ahora, aquí no es donde todo termina. No estoy muerta. Solo resquebrajada, rezumante. Soy una Allegra Bird hecha trizas. Cierto, el caparazón exterior no puede ser reparado, pero sí reconstruido.

Uno

CUANDO TENÍA TRECE AÑOS SOLÍA TRAZAR LÍNEAS PARA UNIR todas las pecas en mis brazos, como los juegos en que se conectan los puntos para formar siluetas. Debido a que era diestra, mi brazo izquierdo era el que casi siempre se convertía en una red de líneas en tinta azul. Tiempo después empecé a dibujar constelaciones, a trazar cartografías de una peca a otra hasta que mi piel reflejaba la imagen del cielo nocturno. El arado, o El carro para algunos, era la constelación que más me gustaba dibujar. Era la que identificaba de inmediato en la noche. En cuanto se apagaban las luces en el internado y el silencio se instalaba en los corredores, yo encendía mi lámpara de lectura en el nivel más sutil de brillantez, tomaba una pluma de tinta de gel azul y trazaba las siete estrellas de una peca a otra hasta que mi piel parecía un mapa nocturno.

Dubhe, Merak, Phecda, Megrez, Alioth, Mizar y Alkaid. No siempre elegía las mismas pecas, a veces me agradaba el desafío de duplicar la constelación en otra parte de mi piel, en las piernas, por ejemplo. Sin embargo, acuclillarme durante un periodo tan prolongado me provocaba dolor de espalda. Además, tampoco se sentía natural porque era como forzar a otros grupos de pecas a ser algo que no eran. En mi brazo izquierdo estaban las siete ideales, alineadas de antemano a la perfección para ser El arado. Por eso en algún momento dejé de intentarlo con otras pecas, y todas las noches, para cuando el baño matutino había deslavado la tinta, las trazaba de nuevo.

Después vino Casiopea. Era una de las sencillas. Luego la Cruz del Sur y Orión. Pegaso era complicada porque necesitaba catorce estrellas/pecas, pero como a la piel de mi brazo le daba más la luz del sol que a la del resto de mi cuerpo, sin incluir la del rostro, tenía una mayor concentración de células melanizadas en disposición perfecta para trazar ese sistema multiestelar.

En la oscuridad del dormitorio de nuestro internado, en el cubículo al lado del mío, Caroline se masturbaba y jadeaba creyendo que nadie se daba cuenta. Del otro lado de mi cama, Louise pasaba las páginas de las tiras cómicas de animé que leía con una linterna. Al frente, Margaret devoraba un paquete completo de mini Crunchies antes de obligarse a vomitarlos enterrándose los dedos en el fondo de la garganta; Olivia aprendía a besar practicando con un espejo; y Liz y Fiona se besaban entre ellas. Catherine sollozaba discretamente porque extrañaba su hogar; Katie le escribía a su madre correos electrónicos desbordantes de odio porque había engañado a su padre. Por la noche, al encontrarse en ese limitado espacio, el único que podían decir que les pertenecía, todas las chicas del internado se ensimismaban en sus secretos. Y mientras tanto, yo cartografiaba mis pecas como si fueran estrellas.

Aquel acto privado no se mantuvo en secreto mucho tiempo. Como lo hacía todas las noches, llegó un momento en que la tinta azul sobre la tinta ya absorbida no se pudo lavar. Se alojó en los poros de mi piel, así que ni el cepillo para restregar ni el agua caliente pudieron hacer algo al respecto. Tampoco pudo borrar la tinta la religiosa más creyente del internado, la hermana Lechuga, a quien apodamos así por su tendencia a llegar siempre muy fresca y llena de fe, y solucionar todos los problemas con un "Oremos". Como en: "Oremos y demos gracias", "Oremos y abramos nuestro libro en la página siete", "Oremos y metamos ese balón en la canasta", porque también era nuestra entrenadora de baloncesto. Las hermanas me miraban feo en las regaderas, en la alberca y cada vez que usábamos blusa de manga corta. La chica rara con las pintas de tinta azul en el brazo, decían. Son patrones de la esfera celestial, animales, seres y criaturas mitológicos, dioses y objetos… les explicaba extendiendo el brazo orgullosa, sin que me avergonzara que vieran mis diseños. La respuesta era un sermón sobre el envenenamiento que provocaba la tinta. Más visitas a la consejera. Vueltas adicionales a la pista de atletismo. Decían que la salud física era equiparable al bienestar mental, por eso trataban de mantenerme ocupada y distraída con la mayor cantidad posible de actividades para que dejara de vandalizar mi propia piel. Sin embargo, a mí todo me parecía un castigo: Hazla correr en círculos, que se mantenga alejada de su piel… Pero es imposible que te alejen de tu piel porque estás en ella, tú eres tu piel. No podía detenerme a pesar de lo que dijeran. Cada vez que apagaban las luces y el silencio se deslizaba como la neblina del mar, yo sentía la añoranza de ponerme en contacto con mi piel.

Las marcas de la pluma no me avergonzaban. No me importaba que la gente se me quedara mirando. El único problema era el gran escándalo que hacían a pesar de que yo no era la única chica con marcas. Jennifer Lanningan se cortó con una navaja, tenía diminutas cortaduras a lo largo de las piernas. Yo las veía bien desde mi lugar en la clase de inglés, en la brecha blanca entre el gris del dobladillo de su falda y el del elástico de sus calcetas. No teníamos permitido usar maquillaje en la escuela, pero al terminar las clases Jennifer se aplicaba lápiz labial negro, se perforaba el labio y escuchaba música colérica de hombres coléricos y, por alguna razón, todo eso hacía que nos pareciera aceptable que se lastimara de esa forma tan demencial.

Yo, en cambio, no era una chica gótica, y por eso nadie se podía explicar por qué dibujaba sobre mi piel. La supervisora del dormitorio pasaba a mi cubículo para quitarme las plumas, pero me las devolvía al día siguiente antes del inicio de clases, luego me las volvían a quitar al final de la hora de estudio. Cuando había plumas alrededor, las religiosas me observaban como a los niños que traen tijeras en las manos. Y cuando no tenía ninguna a mi alcance, me sentía en la misma situación que Jennifer. Nunca entendí esa compulsión por infligirse dolor a uno mismo, pero supuse que era un medio para alcanzar un objetivo. Así, empecé a usar la parte afilada de mi regla para trazar y rayar las líneas de una peca a otra. Tenía claro que no debía lastimar el punto de inicio porque ya me habían advertido sobre el daño que podía causar cortar o rasgar los lunares y las pecas. Abandoné las reglas en cuanto encontré objetos más afilados como navajas de afeitar o mi compás... y poco después, horrorizada por lo que vio en mi piel, la supervisora me devolvió las plumas. Pero era demasiado tarde: nunca volví a usar tinta. No me agradaba el dolor, pero descubrí que la impresión de la sangre era más duradera. Las costras entre las pecas eran más distintivas, y además, ahora no solo veía las constelaciones, también podía sentirlas. Me producían comezón cuando les daba el aire, las sentía palpitar debajo de mi ropa pero, por alguna razón, su presencia me reconfortaba. Se convirtieron en mi armadura.

Ya no rasguño la superficie de mi piel, pero tengo veinticuatro años y las constelaciones se pueden ver aún. Cuando estoy preocupada o estresada, de pronto me descubro deslizando una y otra vez el dedo sobre las cicatrices de mi brazo izquierdo, en el orden debido, de una estrella a la siguiente, uniendo los puntos, resolviendo el misterio, enlazando los sucesos.

Me apodaron Pecas la primera semana de clases y me llamaron así desde que llegué al internado a los doce años, y hasta que partí a los dieciocho. Incluso ahora, si llego a encontrarme con alguien de la escuela en la calle, todavía me llama así porque no puede recordar mi verdadero nombre o porque tal vez nunca lo supo para empezar. Aunque nunca quisieron lastimarme, creo que siempre supe que lo único que veían de mí era mi piel, una piel que no era ni blanca ni negra como la de la mayoría de ellas, no era de esas pieles casi transparentes que parecen reflejar el sol. Tampoco era una piel como la de la gente de Thurles, en absoluto. Era de un color que todas anhelaban, y con tal de obtenerlo probaban maquillajes en frasquitos y atomizadores aunque terminaran pareciendo más bien mandarinas. Hubo muchas chicas con pecas que no heredaron un sobrenombre, tal vez porque sus pecas no destacaban sobre una piel morena como la mía. El apodo nunca me molestó, de hecho, apreciaba que me llamaran así porque aquellas marcas en mi piel iban más allá de un sobrenombre y ocultaban un significado personal más profundo.

La piel de papá es blanca como la nieve, en algunas zonas es casi transparente, como papel para calcar con líneas azules corriendo por debajo. Ríos azules de plomo. Su cabello es grisáceo y más delgado ahora, pero solía ser rojo, ensortijado y salvaje. Tiene pecas en el rostro, las suyas son rojizas, son tantas que si se unieran serían un amanecer. Tienes suerte de que te llamen Pecas, Allegra, solía decirme. A mí solo me llamaban Fósforo o, incluso mejor, ¡maldito esperpento! Y luego canturreaba a carcajadas: "Lero-lero, se incendia mi pelo, lero-lero, llama al bombero". Así cantaba y yo me unía a él entonando la cancioncilla con la que se burlaba de sí mismo. Él y yo, aliados contra el recuerdo de ellos.

No conocí a mamá, pero sé que era extranjera. Una exótica belleza que llegó de Barcelona a estudiar a las costas irlandesas. Con la piel aceitunada, cabello negro y ojos cafés. La catalana Carmencita Casanova. Incluso su nombre suena como de cuento de hadas. Y así fue como la Bella conoció a la Bestia.

Papá dice que era necesario que sacara algo de él, que si no hubiera nacido con pecas, no habría sabido cómo asegurarse de que era hija suya. Bromea, por supuesto, pero lo cierto es que las pecas fueron mi tarjeta de presentación. Él es la única persona que tengo y tendré en la vida, mis pecas nos enlazan de una manera vital. Son mi evidencia, el sello oficial que me une a mi padre, emitido por la autoridad celestial. La multitud no podría venir a nuestra casa montando a caballo furiosa y portando antorchas para exigirle que entregue a una bebé abandonada por su madre. Miren, es suya, también tiene pecas, ¿ven?

Heredé el tono de piel de mi madre, pero las pecas son de él, del que quiso conservarme. A diferencia de ella, quien renunció a mí para tener todo lo demás, él renunció a todo para poder tenerme a mí.

Estas pecas son la línea invisible de tinta azul, la cicatriz indeleble que me une a él punto por punto, estrella por estrella, peca por peca. Al enlazarlas, nuestro vínculo se vuelve infinito.

Dos

Mi objetivo en la vida siempre fue unirme a la Garda Síochána, la fuerza policiaca irlandesa, los Guardianes de la paz. Nunca tuve un plan B y todos lo sabían. El último año en la escuela me empezaron a llamar Detective Pecas.

La señora Meadows, nuestra maestra de Orientación Vocacional, insistía en que estudiara una carrera de administración de negocios. Pensaba que todos debían hacerlo, incluso los estudiantes del área de artes que entraban a su oficina con sus sinuosos y creativos pensamientos, y salían como si los hubieran sometido a terapia electroconvulsiva tras obligarlos a escuchar un sermón sobre las ventajas de obtener un título de Introducción a los Negocios. Algo en qué apoyarte, decía siempre. Por eso los negocios y la administración me hacían pensar en un colchón. Yo, sin embargo, tenía esperanza y fe en el futuro, no planeaba fallar, mucho menos caer y verme obligada a "apoyarme" en algo. La señora Meadows no logró hacerme cambiar de opinión porque yo no veía otra opción para mí en el mundo. Pero resulta que me equivoqué. Mi solicitud de ingreso a la Garda Síochána fue rechazada. No podía creerlo, me sentí muy apesadumbrada. Y como no tenía colchón, tuve que adaptarme y buscar la segunda mejor opción.

Ahora soy guardia de estacionamiento del Consejo del condado de Fingal. Uso un uniforme, pantalones grises, camisa blanca, chaleco amarillo fluorescente, y patrullo las calles como lo haría si fuera parte de la Garda. Obtuve algo cercano a lo que deseaba, trabajo del lado de la ley. Me gusta mi empleo, me gustan mi rutina, mi ruta y mi ritmo. Las reglas son claras y yo me encargo con rigor de que se cumplan. Me gusta desempeñar un papel importante.

Mi base se encuentra en Malahide, una pequeña ciudad junto al mar en la zona suburbana de Dublín. Es un lugar agradable, una zona próspera. Vivo en un departamento tipo estudio arriba de un gimnasio particular. La construcción está en el patio trasero de una gran casa que da hacia el camino arbolado que circunda los jardines y el castillo de Malahide.

Ella, Becky, hace algo con computadoras. Él, Donnacha, trabaja desde casa, en su taller. Tiene uno de esos hermosos talleres de artista con vista al jardín. Hace piezas de cerámica, dice que son cuencos, pero a mí me parece que solo son tazones. Y ni siquiera para cereal porque en ellos solo cabría un puñito. Además, no son suficientemente hondos para la leche necesaria, en especial tomando en cuenta la cantidad que absorbe el cereal. En una ocasión leí una entrevista que le hicieron en la revista cultural del *Irish Times*, ahí los describe señalando que no son tazones en absoluto, que esa palabra lo insulta, que es un flagelo para su vida profesional. Dice que los cuencos son el receptáculo de su mensaje, pero no leí lo suficiente para comprender cuál era el mensaje.

Cuando habla, Donnacha parlotea de una forma muy curiosa, con la vista fija en la distancia como si su agonizante mirada perdida significara algo. No sabe escuchar a otros, algo que, en mi opinión, debería poder hacer todo artista. Yo creía que eran esponjas que absorbían todo a su alrededor. Me equivoqué un poco. Él ya está tan saturado de mierda que no le queda espacio para absorber más, ahora solo chorrea a los demás con lo que va escurriendo. Incontinencia artística. Para colmo, cada uno de sus diminutos tazones cuesta mínimo quinientos euros.

También mi renta mensual cuesta quinientos euros. Es una cantidad razonable por un estudio, la condición es que tengo que estar disponible para cuidar a sus tres niños cada vez que me lo pidan, lo cual sucede tres veces por semana, y los sábados por la noche los dan por hecho.

Me despierto y volteo para ver mi iPhone: 6:58 como siempre. Hora de procesar en dónde estoy y qué sucede. Me parece que llevarle dos minutos de ventaja a mi celular es una buena manera de comenzar el día. A las siete suena la alama. Papá no tiene un teléfono celular porque cree que con ellos nos observan a todos. Se negó a vacunarme, no por el peligro para la salud, sino porque tenía la teoría de que estaban insertando chips a través de la piel. Un fin de semana me llevó a Londres para celebrar mi cumpleaños y pasamos la mayor parte del tiempo afuera de la embajada de Ecuador gritándole a Julian Assange para que saliera. La policía vino dos veces a pedirnos que nos fuéramos. Julian se asomó y saludó agitando la mano. Papá sintió que algo monumental había pasado entre ellos, un momento de entendimiento entre dos hombres que luchaban por la misma causa. Poder al pueblo. Luego fuimos al West End a ver el musical de *Mary Poppins*.

A las siete de la mañana me doy un baño. Desayuno. Me visto. Pantalones grises, camisa blanca, botas negras e impermeable en caso de que me sorprendan las ligeras lluvias de abril. Me agrada pensar que con este uniforme alguien podría confundirme con un miembro de la Garda. A veces finjo serlo. No imito a los garda porque eso es ilegal, pero imagino que soy una de ellos y hablo como si lo fuera. La gallardía. El aura. La autoridad. Tus protectores y amigos cuando lo necesites, tus enemigos cuando les parezca que te estás comportando como un truhan. Ellos eligen el papel que desempeñarán en cada momento. Es como magia. Incluso los novatos con barbita de chivo pueden lanzarte esa severa mirada de desilusión de alguien mucho mayor. Como si te conocieran personalmente y supieran que podrías comportarte mejor, como si te dijeran que no están enojados, sino muy decepcionados. Lo siento, garda, lo siento, no volveré a hacerlo, les dirás. Y mucho menos querrás hacer enojar a *las* garda, pero tarde o temprano tendrás que enfrentarte a ellas.

Mi cabello es largo, áspero y tan negro que azulea, como petróleo. Y como me toma una hora secarlo por completo, solo lo lavo una vez a la semana. Lo recojo en un chongo bajo. Me acomodo el sombrero hasta que casi me cubre los ojos y paso la máquina de registro e impresión de multas sobre mi hombro. Lista.

Salgo del garaje que está a cuarenta y cinco metros de la casa. Para llegar ahí atravieso el enorme jardín diseñado por un paisajista premiado. El sendero que inicia donde vivo serpentea a través del jardín secreto, es la ruta que me dijeron que tomara, hacia el costado de la casa. Salgo por el portón lateral para peatones, el cual abre con el código especial 1916, el año de la revuelta de los republicanos irlandeses contra los británicos, código elegido por Donnacha McGovern de Ballyjamesduff. Si tan solo Pádraig Pearse pudiera verlo ahora: poniendo su granito de arena para la República y fabricando tazones de sopa en su patio trasero.

La planta baja que tengo frente a mí está hecha casi por completo de vidrio. Puertas corredizas de piso a techo que se abren como *brasserie* en verano. El exterior se integra al interior, el interior se proyecta al exterior. No sabes dónde termina la casa y comienza el jardín, te mueves en los espacios como si nada. Es una especie de waffle de diseñador. Puedo ver todas las habitaciones. Es como un anuncio de aspiradoras Dyson. Objetos blancos circulares con apariencia futurista en cada área, ya sea succionando o expulsando aire. Lo que en realidad logra la pared de vidrio en la casa ahora es mostrar el caos en la cocina, a Becky corriendo de aquí para allá, tratando de preparar a los tres niños para la escuela antes de ir a trabajar en algún lugar de la ciudad, creo. Ella no lo sabe, pero le he puesto un sobrenombre: Goop, como la marca. Ya sabes, como una de esas mujeres que incluyen kale y aguacates en su lista semanal del supermercado. Que ingieren tantas semillas que estornudan las de chía y cagan las de granada.

Sé que Becky y Donnacha me tienen lástima porque ellos están en su cada vez más grande mansión y yo vivo en un pequeño cuarto arriba del gimnasio, en su jardín trasero. Porque uso un chaleco amarillo fluorescente y zapatos ligeros de seguridad operativa. No me importa que me tengan lástima porque mi estudio es limpio, sofisticado y acogedor. En cualquier otro lugar tendría que pagar la misma cantidad y compartir el espacio con tres personas más. Para encontrarse en la posición que yo estoy ahora, ellos tendrían que perder todo lo que poseen. Así es como lo ven. Para mí significó renunciar a todo en la vida. Así es como yo lo veo.

No estoy sola. No todo el tiempo. Pero tampoco soy libre. No todo el tiempo. Tengo que cuidar de papá, y hacerlo a doscientos cuarenta kilómetros de distancia no siempre es sencillo, sin embargo, elegí vivir aquí, alejada de él para estar más cerca a la vez.

Tres

TRATO DE NO MIRAR HACIA LA COCINA AL PASAR, PERO BECKY emite un potente aullido para que ¡todos se apresuren, con un demonio!, y por impulso echo un vistazo y veo la isla de la cocina tapizada de recipientes de leche y jugo, cajas de cereal, contenedores para el almuerzo, la preparación del mismo, niños en distintas etapas del proceso de vestirse y las caricaturas a todo volumen en la televisión. Becky no está vestida aún, es raro en ella. Trae los shorts de la piyama y una blusa con adornos de encaje, no trae sostén, sus senos cuelgan y se balancean. Pero es esbelta, casi todas las mañanas hace ejercicio de seis a siete en el gimnasio debajo de mi habitación. Es una de esas personas de las que hablan las revistas de mujeres. "La mujer que no le teme a nada". Cuando escucho esta descripción imagino a Michael Jackson haciendo aquel paso de baile en que se inclinaba y desafiaba la gravedad. Pero luego alguien te cuenta que tenía los pies clavados al escenario y que no fue real.

Donnacha está sentado en un banco alto frente al desayunador, lee en su teléfono celular como si nada sucediera a su alrededor. El tiempo no es un obstáculo. Dejará a los niños en la escuela y luego perderá horas haciendo sus tazones en el taller. Justo cuando llego al frente de la casa y estoy a punto de atravesar el largo acceso flanqueado por hileras de automóviles costosos, el lugar donde las rejas palaciegas protegen la casa y los conejos silvestres huyen al ver que me acerco, Becky grita mi nombre. Cierro los ojos y suspiro. Al principio me pregunto si podría fingir que no escuché y salirme con la mía, pero no. Doy media vuelta. Está de pie en la puerta del frente.

El aire fresco de la mañana atraviesa la ligera blusa de la piyama y endurece sus pezones. Trata de ocultar uno detrás del marco de la puerta.

Allegra, dice, porque así me llamo. ¿Puedes cuidar a los niños esta noche?

No es una de las noches en que suelo cuidarlos y, además, no estoy de humor. Ha sido una semana difícil y me siento más cansada de lo usual. Pasar una noche con niños que se quedan en su habitación con la vista fija en videojuegos no es precisamente agotador, pero no es lo mismo que relajarme sola en mi estudio. Sin embargo, si digo que no puedo y luego notan que estoy ahí, tampoco podré relajarme.

Sé que no te avisé con anticipación, añade, lo cual me da la oportunidad de negarme, pero antes de que pueda aprovecharla, señala con firmeza que se acerca el primero de mayo. Necesitamos hablar sobre la renta, agrega en un tono muy serio de negocios. Te dije que evaluaríamos la tarifa al pasar los primeros seis meses. Dice todo de forma asertiva y desde una posición de superioridad a pesar de que sigue ocultando uno de sus pezones endurecidos por el frío. Suena a amenaza. La única ocasión en que no pude cuidar a sus niños fue cuando viajé a casa para ver a papá, y le avisé con anticipación. Siempre estoy disponible, sin embargo, no me tomo la molestia de explicarle todo esto.

Respecto a la evaluación de la renta, claro, la haremos cuando gustes, le digo. Sin embargo, de todas formas no puedo cuidar a los niños, hice planes para esta noche. En cuanto termino la frase sé que ahora tendré que hacer planes, lo cual me disgusta.

Oh, Allegra, no quise insinuar... dice sorprendida ante mi acusación: la charla sobre mi renta es una amenaza ligeramente velada. Bueno, no tan velada. De hecho es más transparente que su piyama. En serio, la gente es tan obvia que no sé por qué nos tomamos la molestia de fingir, demonios.

Que pases buenas noches, sea cual sea tu plan, dice antes de cerrar la puerta con sus tetas tambaleantes.

No puedo darme el lujo de que me aumenten un poco la renta, pero tampoco puedo darme el lujo de no vivir aquí. Aún no he hecho lo que vine a hacer.

Tal vez debí aceptar cuidar a los niños.

Para llegar al centro atravieso los terrenos del castillo de Malahide: árboles maduros y senderos en los jardines trazados por paisajistas. Bancas con placas de bronce en honor de quienes caminaron por aquí, se sentaron allá y miraron tal o cual cosa. Parterres inmaculados, nada de basura. De repente una ardilla gris por ahí. Petirrojos curiosos. Conejos traviesos. Un cuervo haciendo su calentamiento vocal matinal. Es una manera agradable de comenzar el día. Casi siempre veo a la misma gente en los mismos lugares y al mismo tiempo. Si no es así, es porque a alguien más se le ha hecho tarde, pero no a mí. Un hombre en traje de vestir con una mochila en la espalda y audífonos enormes. Luego pasa trotando una mujer con el rostro tan enrojecido que me inquieta, incluso parece irse de lado como torre inclinada. No sé cómo lo hace. No afloja el paso, continúa avanzando. Los primeros días hacía contacto visual conmigo como si fuera rehén de su propia ambición y deseara que la rescatara, pero ahora es como un zombi, perfectamente concentrada, mirando a la distancia y persiguiendo algo que la mantiene trotando, una zanahoria invisible que cuelga de una rama. Luego aparece un hombre paseando a un gran danés, seguido de un anciano con andadera de ruedas que viene acompañado de un joven que podría ser su hijo. Ambos me desean buenos días cada mañana sin falta. Buenos días, dice el señor, buenos días, dice el joven, buenos días, les digo a ambos.

Mi turno inicia a las ocho de la mañana y termina a las seis de la tarde. En la ciudad reina una relativa tranquilidad hasta que empieza el caos del tránsito escolar. Todas las mañanas, antes de comenzar mi turno voy a la panadería de la calle principal: The Village Bakery. Spanner es el dueño y también atiende a la clientela. Siempre tiene tiempo para conversar conmigo porque llego más temprano que la mayoría de la gente. Dos minutos antes de las ocho el negocio empieza a moverse un poco más y el lugar se llena porque llega el tren DART y todos los pasajeros bajan y vienen a la panadería para beber café. Spanner ha estado aquí desde las cinco de la mañana horneando pan y piezas de pastelería. Apenas se le puede ver detrás de la barra donde se exhibe una decena de tipos distintos de panes trenzados y retorcidos, inflados, barnizados con clara de huevo y decorados con semillas de sésamo, amapola y girasol. Son los reyes de la panadería, él siempre los coloca en la parte superior de la vitrina. Insiste en que lo llame Spanner a pesar de que en el lenguaje coloquial que se habla en Dublín significa idiota. Cuando era estudiante cometió una tontería y se le quedó el apodo. Sé que ha pasado algún tiempo en prisión, quizá más de una vez. Dice que ahí fue donde aprendió a hornear. Le conté que yo también tenía un apodo, que en la escuela me llamaban Pecas, y entonces decidió llamarme así. No me molestó. Cuando me mudé a Dublín, fue agradable volver a tener esa sensación de familiaridad, como si alguien aquí me conociera.

Buenos días, Pecas, ¿lo de siempre?, pregunta casi sin levantar la vista mientras desliza la masa a través de una máquina y la pliega. Pastelillos daneses, contesta antes de que yo pueda siquiera hablar. Manzana y canela, la maldita máquina se averió esta mañana. Pero los tendré listos para la hora del almuerzo. Estos tipos tendrán que contentarse con ello.

Siempre habla de los clientes como si fueran el enemigo, como si desearan destruirlo. Aunque también soy cliente, a mí no me insulta. De hecho, que me hable como si no lo fuera me hace sentir bien.

Pliega la masa una vez más y forma otra capa. Blanca y amorfa. Me recuerda al estómago de Tina Rooney cuando volvió a la escuela después de tener un bebé. Le creció piel alrededor de la cicatriz de la cesárea y parecía que se había esponjado como masa cruda. Un día la vi en el vestidor mientras se pasaba el jersey de camogie por la cabeza. Se veía tan exótica, una chica de nuestra edad que había tenido un bebé. Solo podía verlo los fines de semana, pero el cubículo de su habitación estaba tapizado de fotografías de la cosita. Creo que ninguna de nosotras comprendió lo difícil que fue para ella empezar a vivir dos vidas completamente distintas de un día para otro. Me contó que se acostó con un tipo en Electric Picnic, el festival musical. Fue en la casa de campaña de ella, mientras Orbital tocaba en el escenario principal. Nunca supo cuál era su nombre completo y tampoco tenía su número. Tenía planeado volver al festival el año siguiente para tratar de encontrarlo. Me pregunto si lo habrá logrado.

El maldito Whistles me dio un sermón sobre los pastelillos, dice Spanner, y yo despierto de mi ensoñación en medio de la panadería. Él continúa hablando, pero sin mirarme: Te lo juro, no sé cómo se atreve a reclamarme por el desayuno, debería estar agradecido de que le doy algo para empezar. La última parte de la frase la dice mucho más fuerte y mirando por encima del hombro, hacia la puerta.

Me asomo en la misma dirección y veo a Whistles, el indigente, sentado sobre un trozo de cartón aplanado. Envuelto con una cobija y sosteniendo un café caliente con una mano mientras muerde un bollito de fruta.

Tiene suerte de contar contigo, le digo a Spanner, y se calma un poco, se enjuga el sudor de la frente, se echa una toalla sobre el hombro y sirve un café y un waffle.

No sé dónde te guardas todos estos pastelillos, me reclama mientras espolvorea el waffle con azúcar glas, antes de envolverlo en papel de estraza y entregármelo.

Tiene razón, siempre como lo que me viene en gana y mi cuerpo no cambia. Tal vez es porque camino mucho todos los días mientras patrullo, o porque heredé los genes de mi madre. Al parecer era bailarina. O quería serlo. Así conoció a papá, estudiaba artes escénicas y él era profesor de música. Quizás obtuvo lo que deseaba por algún tiempo, al menos en el periodo que pasó entre lo que deseaba ser y lo que no era. Espero que haya llegado a serlo. Debe ser terrible renunciar a algo para tenerlo todo y terminar con nada. Sobre todo, es bastante injusto para el *algo*.

Dos euros y veinte céntimos por un café y un waffle, la oferta especial de la mañana. Menos de la mitad de lo que pagarías en Insomnia o en el Starbucks que está más adelante sobre la misma calle. Una panadería legítima compitiendo contra esos malditos de las cadenas comerciales, pero ni siquiera se lo recuerdes a Spanner porque suelta la letanía. Estoy aquí a las cinco de la mañana todos los días... Se queja, pero casi siempre está alegre, y encontrarme con él es una buena manera de comenzar la jornada. Es la mejor y más satisfactoria conversación que tengo con alguien estos días. Camina alrededor del extremo de la barra, busca sus cigarros en el bolsillo del frente de su delantal, sale y se queda parado afuera de la panadería.

Estoy sentada en un banquillo alto que da a la ventana, miro cómo la calle principal de Malahide empieza a cobrar vida. La florista saca su arreglo y lo coloca sobre el pavimento. Están abriendo la juguetería. Flores nuevas, conejos y huevos pintados a mano en las vitrinas anticipan la Pascua. La óptica sigue cerrada, la licorería, la papelería, el bufete de abogados. Las cafeterías empiezan a abrir. Spanner les gana todas las mañanas.

Al otro lado de la calle, en The Hot Drop, ella coloca al frente una pizarra donde se anuncia una tortilla francesa especial y pastel de zanahoria. A un paso lento pero constante, ha ido agregando más pasteles al menú. Al principio eran solo tostadas de semilla negra de calabaza. Me pregunto para qué se toma siquiera la molestia, las de Spanner son las mejores. Él alcanza a mirar con los ojos entrecerrados. Ella saluda agitando una mano nerviosa, él asiente ligeramente, entornando aún más los ojos mientras inhala el humo que se esparce.

Noche de viernes, dice Spanner exhalando humo por un extremo de la boca, hablando como si sufriera un ataque cerebral. ¿Tienes planes?

Sí, contesto, y le doy continuidad a la mentira que comenzó con Becky.

Estoy comprometida con esta falsedad, ahora solo necesito un lugar adonde ir. Le pregunto qué hará el fin de semana.

Mira de un lado a otro de la calle como ladrón de la década de los cincuenta vigilando el lugar que robará.

Voy a ver a Chloe.

Chloe es la madre de su hija. Chloe, la misma mujer que no le permite verla. Chloe, la que hace trampa en las dietas, la adicta a las tabletas de codeína. Chloe, el monstruo. Spanner succiona el cigarro con mejillas cóncavas.

Tengo que ir a verla y terminar con esto. Solo necesito que escuche, verla cara a cara, ella y yo, sin que nadie intervenga y confunda todo con sus opiniones. Sin sus hermanas.

Pone los ojos en blanco.

Sabes lo que quiero decir, Pecas. Estará en una fiesta de bautismo en el Pilot, así que, si logro aparecer casualmente ahí, ella no tendrá más opción que hablar conmigo. Además, no hay razón para que no vaya, ya he ido a beber ahí, y mi amigo Duffer vive a la vuelta de la esquina, saldré con él, beberemos algunas cervezas, todo de una forma muy honesta.

Nunca he visto a nadie consumir tabaco como Spanner, fuma con fuerza y por largo tiempo, inhalando casi un cuarto del cigarro antes de extinguirlo. La colilla sale volando y traza un arco frente a una mujer que camina, es la farmacéutica local, a quien reconozco porque tiene un Fiat azul que deja en el estacionamiento del castillo. Se sobresalta y grita un poco al ver que la colilla casi la toca, mira a Spanner furiosa, pero luego parece asustada por su tamaño y apariencia, así que continúa caminando: este es un panadero con el que más vale no meterse. Whistles silba molesto por el cigarro desperdiciado, luego camina arrastrando los pies hasta la coladera donde cayó la colilla aún encendida. La rescata y la lleva consigo de vuelta a su asiento de cartón.

Oye, rata, toma, le grita Spanner, y antes de volver a entrar a la panadería le ofrece un cigarro nuevo.

Deberías tener cuidado, le advierto preocupada. La última vez que viste a Chloe tuviste una discusión con sus hermanas.

Las tres hermanas feas, dice. Con cara de vegetales podridos.

Y ella te amenazó con obtener una orden de alejamiento.

Ni siquiera sabe cómo deletrear eso. Las cosas son así de sencillas, tengo derecho de ver a Ariana. Haré lo que sea necesario. Si mi último recurso es ser amable, seré amable. También puedo jugar ese juego.

Los viajeros del DART que llega dos minutos antes de las ocho salen de la estación de trenes y comienzan a avanzar como ganado hacia la calle principal. Dentro de poco la pequeña panadería estará repleta y Spanner servirá, sin ayuda de nadie y lo más rápido posible, café, pastelitos y sándwiches. Termino de beber mi café y me meto a la boca el último trozo de waffle. Me limpio el azúcar glas de la boca, tiro la servilleta y salgo de ahí.

Muévete, Whistles, grita Spanner. Vas a asquear a esta gente y ya no querrá comer nada. Además, nunca te dan ni un centavo.

Whistles se pone de pie con calma, toma sus objetos personales y su asiento de cartón, y se aleja arrastrando los pies hasta dar la vuelta en la esquina, hacia Old Street. La brisa empuja su desafinada tonada hacia mí.

Las primeras tareas laborales del día las llevo a cabo en las escuelas locales porque ahí hay demasiados automóviles y el espacio es insuficiente. Los padres, cansados y estresados, se detienen donde no deberían y se estacionan donde no caben. Bajo suéteres y sacos largos ocultan piyamas o trajes de vestir con zapatos deportivos.

Veo sus rostros fastidiados y sudorosos tratando de dejar su carga-
mento antes de dirigirse a la oficina: niños despeinados y con marcas
de almohada cargando mochilas más grandes que ellos bajan de los
automóviles aún escuchando los gritos que los apresuran. ¿Podría
alguien por el amor de Dios quitarles a sus hijos de encima para que
ellos puedan irse y ser productivos? Todas las mañanas me maltra-
tan los mismos padres estresados que se estacionan en segunda fila.
No es culpa de los niños. No es mi culpa. No es culpa de nadie, pero
de todas formas tengo que patrullar y lidiar con la situación.

Primero observo la zona del salón de belleza, el espacio libre
afuera que en la próxima media hora invadirán varios BMW Serie 3
2016. Miro al interior del salón, las luces apagadas, vacío y cerrado hasta las nueve de la mañana. Mientras veo por la ventana, un
automóvil se detiene en el espacio disponible. Giro y hago contacto
visual con el conductor. Es un hombre, apaga el automóvil y desa-
brocha su cinturón de seguridad, no deja de verme mientras hace
todo esto. Abre la puerta, pone un pie sobre el pavimento y se me
queda mirando.

¿Acaso no puedo estacionarme aquí?, pregunta.

Niego con la cabeza, y a pesar de que no estoy imitando a un
garda, en mi mente soy uno. Los gardaí no siempre tienen que dar
explicaciones.

El hombre pone los ojos en blanco, vuelve a meter la pierna y
mientras se ajusta el cinturón y enciende el automóvil confundido
e irritado, mira la señalización alrededor.

Me quedo parada ahí hasta que se va.

Son apenas las ocho de la mañana. El sistema de pago y comprobante no comienza sino hasta las ocho y media. No hay ninguna
razón legal por la que el hombre no se pueda estacionar.

Pero ahí es donde se estaciona ella.

Todos los días.

Es su lugar.

Y yo lo protejo.

Cuatro

DE LAS NUEVE DE LA MAÑANA AL MEDIODÍA, LA MAYOR PARTE SON infracciones por estacionarse en lugares prohibidos. Automóviles en bahías de descarga impidiendo que las camionetas descarguen mercancía y creando caos en las estrechas calles de la ciudad. Multas para automóviles que dejaron estacionados desde la noche anterior, gente que bebió, tomó un taxi para volver a casa y no regresó a la mañana siguiente a tiempo a su automóvil para pagar el parquímetro. Hoy estoy más ocupada que cualquier otro día de la semana porque a muchos les gusta salir la noche del jueves. Los domingos se pueden estacionar gratis. Ese día pueden hacer lo que quieran.

Yo sigo ocupada.

Camino junto al BMW plateado afuera del salón de belleza. Está en su sitio. De nada, me dio gusto haber protegido su lugar. Parquímetro pagado. Comprobante de pago correspondiente a giro comercial exhibido en el lugar correcto sobre el tablero. Vehículo correcto según el disco del permiso. Ciudadana decente. La mayoría olvida avisar al ayuntamiento cuando cambia de vehículo, lo cual es una falta por la que deben ser sancionados. Este BMW cumple con la ley en todo sentido. Seiscientos euros pagados por el disco que le permite estacionarse todo el año. Le va bien. El saloncito de belleza es suyo. Solo hay seis sillones de trabajo en el interior, pero siempre está lleno. Dos estaciones para aplicar champú, tres sillones con espejo oblongo al frente. Una pequeña mesa con silla junto a la ventana para hacer las uñas. Shellac y gel. Ella siempre está ahí. Noto cuando su automóvil no está en su lugar, me pregunto si se encontrará bien o si algo le habrá sucedido a su familia, pero doy por hecho que con solo mirar los rostros de su personal sabría que pasó algo terrible. Sus documentos para estacionarse siempre están en su sitio, pero de todas formas verifico. Nadie es infalible. El disco de permiso sobre el tablero, una silla especial para niños en el asiento de atrás.

Eso llama mi atención por un instante.

A mediodía camino a James's Terrace, un callejón sin salida con casas georgianas adosadas. Ahora todas son negocios y dan a las canchas de tenis. Admiro la vista frente a mí, justo al otro lado de Donabate: barcas de pesca, veleros, índigos, dorados, ocres y turquesas, me recuerdan a mi hogar. Mi hogar también está en un puerto, no igual a este, pero el aire marino me permite añorar, y es lo más parecido a casa que he encontrado en Dublín. Las ciudades grandes me provocan claustrofobia, pero Malahide, esta discreta villa suburbana, me ha brindado un respiro.

Mi hogar está en la Isla de Valentia, en Kerry, pero el internado se ubicaba en Thurles. Iba a casa casi todos los fines de semana. Papá trabajaba en la Universidad de Limerick, fue profesor de música hasta que tomó su retiro parcial, hace algún tiempo. Toca el violonchelo y el piano. Los fines de semana y en el verano daba clases de instrumento en nuestra casa, sin embargo, su trabajo principal y su obsesión era hablar sobre la música. Podía imaginarme sus cursos magistrales, imaginarlo a él y su desbordante *joie de vivre* mientras charlaba sobre su tema favorito. Por eso me llamó Allegra, que en italiano quiere decir alegre y vivaz, pero que en realidad viene de la descripción musical del *allegro*, un movimiento musical interpretado de una manera ágil y animada. El mejor instrumento de todos los que papá tocaba era el tarareo. Podía, y aún puede, tararear los cuatro minutos y trece segundos completos de la obertura de *Las bodas de Fígaro*.

Papá trabajaba los cinco días de la semana en la universidad, y mientras tanto, yo estudiaba en el internado. El viernes por la noche tomaba el tren para encontrarme con él en Limerick. Me recogía en la estación y de ahí nos íbamos juntos en su automóvil a casa, en Knightstown, Isla de Valentia. En general debía tomarnos tres horas llegar, pero con papá al volante conduciendo peligrosamente hacíamos menos: al fin que el límite de velocidad era solo una manera más en que el gobierno nos controlaba, como él decía. En cuanto veía la casa el viernes por la noche, en el momento en que el puente de Portmagee nos permitía pasar de la costa principal a la isla, yo sentía que la paz me arropaba. Ver la casa me emocionaba tanto como ver a papá, o quizá más. Porque es el hogar, ¿no es cierto? Las cosas aparentemente invisibles que tocan el fondo de tu alma. La sensación de mi cama, la almohada perfecta, el tictac del reloj de pie en el corredor, la forma en que una mancha en la pared se ve a cierta hora del día cuando la baña la luz. Cuando eres feliz, amas incluso las cosas que odias. Papá escuchando Classic FM a todo volumen. El aroma del pan demasiado tostado, casi quemado, hasta que en verdad tienes que comértelo. La manera en que el boiler rugía cada vez que abríamos el grifo. El tintineo de los anillos de la cortina de baño al deslizarse sobre el riel. Las ovejas en el campo de la granja de Nessie, detrás de nuestra casa. El chisporroteo del carbón en el fuego. El sonido de su pala raspando el concreto en el cobertizo de carbón al fondo. El *tac tac tac* tres veces, siempre tres veces, al golpear el cascarón del huevo cocido. A veces añoro mi hogar. No cuando estoy aquí, junto al mar, porque lo recuerdo, sino cuando miro a mi alrededor y no veo nada que lo traiga a mi memoria.

Aparte de los tonos dorados de la arena y la isla, veo otra tonalidad que me resulta familiar. El Ferrari amarillo canario está estacionado afuera del número ocho de James's Terrace. Adivino de antemano que no hay disco de estacionamiento exhibido en el parabrisas como ha sucedido a lo largo de dos semanas consecutivas. Reviso todos los automóviles estacionados atrás del Ferrari, pero no me puedo concentrar. Necesito llegar a ese automóvil amarillo antes de que el dueño lo aborde y se vaya sin que le haya entregado la ficha de multa. Sentiría que me hicieron trampa. Por eso renuncio a verificar los otros autos y me dirijo directo al deportivo amarillo.

No hay disco en el parabrisas. Tampoco comprobante de pago. Solicito la información de la matrícula. No se ha realizado el pago en línea. Es la segunda semana que se estaciona aquí, en el mismo lugar más o menos, y todos los días lo he multado. Cada sanción debe costarle cuarenta euros, luego viene el aumento de cincuenta por ciento al pasar los primeros veintiocho días, y si no se paga en los siguientes veintiocho, el inicio del proceso judicial. Cuarenta euros diarios durante dos semanas es una pequeña fortuna. Es prácticamente mi renta mensual. No me siento mal por el propietario, más bien estoy enojada. Agitada. Como si se burlara de mí y lo gozara.

De cualquier manera, quienquiera que conduzca este automóvil debe ser un imbécil. Sin duda. Un Ferrari amarillo. O tal vez es una mujer. Una que se inclinó de más, cayó de bruces y se golpeó la cabeza. Imprimo la multa, la meto en el sobre y la coloco debajo del limpiaparabrisas.

A la hora del almuerzo me siento en la banca al final de la calle, detrás del club de tenis y del de exploradores que dan hacia el mar. La marea está baja, deja ver las piedras lodosas. Algunas botellas de plástico, un zapato deportivo y un chupón de bebé se revelan de una forma sobrenatural en el resbaloso lecho de algas marinas. Pero incluso en lo feo hay belleza. Saco mi almuerzo de la mochila. Sándwich de queso en pan de germen de trigo, una manzana Granny Smith, un puñado de nueces y un termo con té caliente. Más o menos lo mismo de todos los días y siempre en el mismo lugar, si el clima es hasta cierto punto bueno. Cuando no, me guarezco bajo el techo de los baños públicos. Los días lluviosos suelen ser más agitados, nadie quiere bajar corriendo al parquímetro y regresar al automóvil bajo la lluvia. Los automóviles se detienen en las bahías de carga y hacen doble fila con las luces intermitentes encendidas para poder entrar y salir más rápido sin mojarse. Sin embargo, yo aplico las mismas reglas sin importar el clima.

A veces Paddy me acompaña a la hora del almuerzo. Él también es guardia de estacionamiento, nos dividimos las zonas de vigilancia. Él tiene sobrepeso, y como también sufre de psoriasis, siempre tiene los hombros cubiertos de hojuelas de caspa, además, no conoce bien las zonas por nombre. La mayoría de las veces me alegra que no venga para el almuerzo. Pasa todo el tiempo hablando de alimentos: cómo los prepara, cómo los cocina. Tal vez alguien en verdad interesado en la comida apreciaría su conversación, pero a mí me resulta raro escucharlo hablar de marinadas y cocción a fuego lento mientras engulle el sándwich de huevo y mayonesa acompañado de frituras Tayto sabor queso y cebolla que compró en la gasolinera.

Escucho a alguien maldecir en voz alta y luego la puerta de un automóvil que se cierra de golpe. Volteo y veo al individuo del Ferrari amarillo leyendo su multa. Conque así se ve. Me sorprende, es demasiado joven. El sándwich de queso cubre mi boca y oculta la sonrisa entre dientes. En general no disfruto de este tipo de situación, multar automovilistas no es algo personal, es un trabajo, pero este es un Ferrari amarillo y todo eso. El tipo es alto, delgado, parece niño, debe de tener veintitantos. Lleva una gorra roja. Parece una gorra MAGA, pero cuando la miro bien veo que tiene el símbolo de Ferrari. Más imbécil de lo que me esperaba. Mete la multa en su bolsillo, se mueve enfurruñado, irritado, furioso, y abre la puerta del automóvil.

Suelto una risita.

No hay manera de que haya podido escucharme, me reí en voz baja, el sándwich amortiguaba el sonido, y estábamos demasiado alejados, nos separaba la calle. Pero en cuanto percibe que lo observan, mira alrededor y me ve.

El sándwich se siente como un ladrillo en mi boca. Intento tragar, pero recuerdo demasiado tarde que no lo he masticado. Empiezo a ahogarme y miro en otra dirección para sacarme la comida de la garganta. Por fin se afloja y la escupo en una servilleta, pero aún quedan algunas migajas cosquilleando. Bebo té para pasarlas, y

cuando volteo sigue ahí mirándome fijamente. No se ve preocupado, más bien como si esperara verme morir ahogada. Me fulmina
con la mirada, se mete al automóvil, cierra de portazo y se va a toda
velocidad. El estruendo del motor hace voltear a varias personas.

Mi corazón palpita con fuerza.

Tenía razón. Es un imbécil.

Cinco

Después del almuerzo patrullo la carretera de la costa. Aquí se estaciona mucha gente que tiene que tomar el tren para ir a trabajar, como si fuera una zona para botar el auto y salir corriendo. Al menos, esa es la situación al principio, pero luego aprenden la lección. Creen que si pagan las tres horas que tienen como límite se saldrán con la suya. Toman el tren a la ciudad, dejan el automóvil estacionado ahí todo el día y regresan a las seis de la tarde. Tal vez lo logren con Paddy, pero no conmigo. Yo no premio los intentos mediocres ni ese gesto que ellos ven como un pago anticipado. Uno tiene que pagar las horas que se estaciona, nadie recibe trato especial, ni siquiera los que cojean al caminar.

En mi camino de vuelta a la ciudad veo el Ferrari amarillo estacionado a unos cuantos lugares de donde estaba hace un rato, y siento un hormigueo de emoción. Es como el ajedrez. Él movió su pieza. Son cinco minutos antes de las seis, técnicamente yo podría dar por terminada la jornada. El sistema de pago y comprobante termina a las seis en punto. Nadie podría pagar por exactamente cinco minutos aunque quisiera porque el mínimo son diez, y aunque soy muy rigurosa con las reglas, no espero que la gente pague de más. El dinero no es asunto de risa. Miro alrededor y me aseguro de que el conductor no esté cerca o mirándome. Me bajo la gorra hasta que casi me cubre los ojos y camino apresurada hasta el vehículo. Echo un vistazo al parabrisas con el corazón retumbándome en el pecho.

Pagó. Por primera vez en la vida. Mis multas funcionaron. Logré domarlo. Mi técnica de intimidación tipo interrogatorio fue un

37

éxito. No obstante, el pago cubrió solo hasta las cinco con cinco. Es decir, a las dos con cinco pagó los tres euros para estacionarse las tres horas permitidas como máximo, así que me irrita que haya creído que haciendo eso gozaría de la última hora gratuitamente. Así no funcionan las cosas.

Antes de imprimir una nueva multa escaneo la matrícula para asegurarme de que no haya pagado en línea. No.

Chasqueo y niego con la cabeza. Este tipo en verdad no se ayuda a sí mismo. Si hubiera dejado la multa anterior en el parabrisas, yo no podría imponerle otra. Es obvio que no reflexiona ni en beneficio propio.

Imprimo la multa.

Y me voy caminando deprisa.

No puedo volver a casa al terminar la jornada. Le dije a Becky que tenía planes para salir, y no hay muchos lugares a los que pueda ir con el uniforme de guardia de estacionamiento un viernes por la noche. Compro *fish and chips* para llevar y voy a la zona del castillo de Malahide. Veo una pandilla de adolescentes con mochilas sospechosas al hombro, se ven repletas, están buscando un sitio discreto donde beber.

Como a las nueve de la noche empieza a oscurecer. No puedo quedarme aquí mucho más, ya empezaron a cerrar las entradas al castillo y estoy aburrida. También tengo frío y, francamente, no quiero arruinar mi noche de viernes solo porque me negué a cuidar niños. Supongo que habrán encontrado a alguien para remplazarme, así que no habrá problema si vuelvo ahora.

Para cuando llego a la casa son las nueve y media. Veo a los niños asomándose por varias ventanas, pero no hay señales de sus padres. No sé si Becky y Donnacha decidieron no salir o si consiguieron otra nana. De cualquier forma mantengo la cabeza baja con

la esperanza de que no me vean y digan, ah, mira, volviste temprano, ahora podemos salir. Tengo frío y estoy cansada, solo quiero
darme un baño y ponerme la piyama.

En cuanto entro al gimnasio sé que algo no anda bien. Las
luces están apagadas, pero tengo la sensación de que hay alguien
en el edificio. Dejo la puerta abierta en caso de encontrarme con
un intruso y tener que salir corriendo. No tengo miedo, doy por
hecho que es Donnacha. En el gimnasio hay una puerta que da a su
oficina, junto a la escalera de caracol que lleva a mi estudio. La oficina está justo abajo y la usa para ver porno y masturbarse. Quizá
también para emitir facturas y llevar la contabilidad.

No hay nadie ahí, el sonido viene de arriba, de mi estudio. Por
un instante me pregunto si habré dejado la televisión encendida, pero
sé que no es así. Suena demasiado real. Susurros, gruñidos, gemidos
y suspiros. Alguien está teniendo sexo en mi habitación. Espero que
sean dos personas. Descubrir solo a una sería aún más incómodo.

Lo primero que pienso es: Becky y Donnacha. Como no quise
cuidar a sus niños, me castigarían viniéndose sobre todas mis cobijas mientras yo esté fuera. Claro, son una espantosa pareja de gente
privilegiada y consentida. ¿Se podrá abusar del privilegio o, incluso,
tener privilegio de más? No estoy segura. Lo segundo que pienso
es: Donnacha. Tal vez Becky decidió salir de todas maneras y él
tuvo que quedarse en casa. Quizá decidió divertirse un poco sin su
esposa. Una espantosa sorpresa para una mujer asertiva atrapada
en un matrimonio con un hombre inseguro e infiel. Me estremezco al
pensar cuántas veces habrá usado mi estudio.

Subo con paso ligero por la escalera de caracol, pero a pesar de
su diseño liviano, mis botas son algo pesadas. En la mano sostengo
mi teléfono celular, lo tengo listo. La puerta de mi habitación está
entrecerrada, es un error tan evidente, que doy por hecho que es
deliberado. No para que te sorprendan, nadie desea eso, solo para
oír si alguien se acerca. El problema es que teniendo sexo así de
ruidoso no escucharías si un intruso entrara. Llegué en el momento

preciso. Levanto el teléfono y empiezo a filmar, que es lo que hacen todos en estos tiempos cuando sucede algo violento, peligroso o singular. Filma ahora, piensa después. Hemos perdido las agallas. La compasión. El instinto de reaccionar. Ahora el reflejo es filmar de inmediato, y pensar y sentir más tarde.

Un trasero peludo y muscular golpetea entre un par de ágiles y bronceadas piernas que se mueven en lo alto. Ella mantiene los muslos en su sitio, separándolos en un ángulo impresionante con sus propias manos y esas uñas con impecable manicura. Shellac o gel, no alcanzo a ver bien. Qué flexibilidad, ¡es asombroso! Y ni hablar de su gentileza al mantenerse abiertísima para él. Toda una dama en la cama. Reconozco las uñas, las piernas. Becky.

¡Ah! Y entonces ese debe ser el trasero de Donnacha. Gusto en conocerlo.

Al encontrar a mis caseros así, me siento un poco menos altiva y ligeramente más asqueada. Es su propiedad, claro, pero están en mi espacio personal, y esto es una transgresión. Si pudiera imponerles una multa, lo haría. Se la pegaría a Donnacha en ese peludo trasero con la esperanza de que le ardiera como el infierno cuando se la arrancara. Bajo mi celular y empiezo a descender por las escaleras con sigilo. Espero que terminen, lo cual hacen con estruendo y gran gusto. Orgullosos de lo astutos que son. Luego vuelvo a subir, esta vez de la manera usual, un par de pies hinchados y cansados tras un largo día de trabajo. Les di tiempo para que se desembrollaran, así que espero que ya se hayan cubierto. Empujo la puerta y me aseguro de poner cara de conmoción, primero porque mi puerta no está cerrada con llave, y luego porque los descubro a ellos en mi estudio.

¡Dios santo, Allegra! Pensé que tenías planes para salir esta noche, dice Becky, y me parece una defensa graciosa. Cómo me atrevo a importunarlos. Está envuelta en una cobija, mi cobija de lana color turquesa. Sobre su cuerpo desnudo y sudoroso. Tiene el rostro enrojecido, luce aturdida, tal vez se debe más al sexo y no tanto a la vergüenza que me parece que debería sentir. Me sorprende descubrir que mi cara de conmoción es genuina porque ese trasero... no le pertenece a Donnacha. Al hombre, que no es Donnacha, le preocupo menos que a Becky. De hecho, mi presencia parece no inquietarle en absoluto. Se toma su tiempo antes de moverse, tiene cara de que la situación le hace gracia. Se inclina para recoger su ropa y me ilumina con su peludo culo y su escroto.

¿Podrías darnos un minuto?, pregunta ella irritada por mi presencia, como si yo no tuviera la sensibilidad social necesaria para intuir que debo salir de ahí y dejarlos hablar en privado. Salgo de mi habitación y bajo de nuevo al gimnasio. Me siento en la remadora y me mezo con suavidad mientras pienso.

El hombre, que no es Donnacha, pasa junto a mí vestido con un traje costoso y una sonrisa entre dientes. Su loción para después de afeitar casi me asfixia. Luego baja Becky con mis sábanas y la funda del edredón en un bulto bajo el brazo. De nuevo su tono asertivo. Allegra, apreciaría tu discreción respecto a esto. Hay... cosas que... no todo es lo que pare... Es privado, termina diciendo con firmeza y decidiendo no balbucear más.

Por supuesto, le digo sin dejar de mecerme de atrás para adelante en la remadora. Y respecto a la renta, añado, ¿te gustaría hablar de ello ahora o en otro momento?

No puede creer lo que acabo de decir. No puede. Como si mis palabras, en ese momento y en ese tono, fueran aún peor que lo que ella estaba haciendo cuando entré al estudio. Me mira de otra manera. Con desagrado. Con disgusto. Perdedora. Niña rara, parece pensar. La renta permanece como hasta ahora, contesta mirándome con firmeza, todo queda claro. Muy claro. La renta permanece como hasta ahora y yo no digo nada sobre el trasero peludo que no le pertenece a Donnacha. No lo habría hecho de todas formas. Voy a lavar tu ropa de cama, me dice señalando las sábanas y la funda antes de salir del gimnasio cohibida, seguramente con la entrepierna palpitándole.

Pongo ropa de cama nueva, lanzo mi cobija de lana favorita en un rincón de la habitación. Tengo que abrir la ventana para deshacerme del olor de la loción para después de afeitar, pero es tan intensa que parece haber penetrado en cada fibra, en cada objeto. Por fin logro meterme a la cama, tengo muchísimo frío, pasé el día entero fuera y la noche en el parque, pero estoy demasiado cansada para darme un baño.

Veo varias veces el video que grabé de ellos. Primero filmé y ahora trato de averiguar cómo me siento al respecto.

Seis

DESPIERTO AL ESCUCHAR A LOS NIÑOS GRITANDO EN EL JARDÍN. Son las diez de la mañana del sábado, me alegra haber podido apagar la alarma interna que me despierta de lunes a viernes y dormir hasta tarde. Habría imaginado que, tomando en cuenta lo que encontré al llegar a mi estudio anoche, Becky me trataría con más amabilidad. Desayuno en la cama, ningún niño ruidoso bajo mi ventana, reducción de la renta. Tal vez está tratando de deshacerme de mí. Cillín, el de seis años, es el más ruidoso. Estoy segura de que trae puesto ahora su vestido de princesa. Lo escucho en su tono de voz, en el personaje en que se convierte cuando usa vestidos. Me siento y echo un vistazo afuera. Sí. El vestido color púrpura de Rapunzel, una peluca larga y rubia, y el casco de vikingo. Lo veo sobre la casita de juegos, agitando su espada en el aire, anunciando la inminente decapitación de sus hermanos.

Lanzo las cobijas a un lado de la cama y escucho el golpeteo de dos botellas vacías de vino que están en el piso. Una de tinto, una de blanco. Recuerdo que me costó trabajo decidir cuál descorchar primero. Alrededor de las dos de la mañana, cuando terminó *Riesgo total* y comenzó *Tootsie*, descorché la de vino tinto. Me siento un poco mareada, los sucesos de anoche me parecen ahora un espejismo, supongo que, de no tener el video en mi teléfono celular para confirmarlo, me preguntaría si fueron reales.

Generalmente cuido a los niños los sábados por la noche, pero no sé si Becky me importunará ahora, después de que fui testigo de sus actividades extracurriculares. Tal vez lo haga, después de todo, su esposo merece su turno. Estoy segura de que todo se aclarará pronto. De cualquier manera, no puedo quedarme sentada en la cama, tengo los sábados llenos de ocupaciones. Tomo un baño y me rasuro por completo, luego aplico crema hidratante. Me visto. Jeans azules cintura alta, rasgados a la altura de las rodillas, botas negras tipo militar y chamarra impermeable tipo anorak color verde militar. Suavizo mi apariencia con un suéter rosa pálido. Saludo a los niños, finjo morir en cuanto Cillín me entierra su espada, y cuando se aleja corriendo, debajo del vestido alcanzo a ver las brillantes zapatillas de princesa. Miro deliberadamente por la ventana buscando a Becky. Quisiera saber cuál es la escena doméstica después de que te has estado acostando con otro hombre. Inspecciono la cocina, todo se ve normal. No juzgo, solo me da curiosidad. Las puertas corredizas de la cocina están abiertas. Hago contacto visual con ella.

Esta noche me quedaré en casa, grita, su voz sale por las puertas corredizas. Me parece que con eso quiere decir que no tengo que cuidar a sus niños. Supongo que tuvo una noche muy agitada ayer, quién podría culparla.

Abordo de un salto el autobús 42 en la calle Malahide y viajo en él hasta el centro de la ciudad, casi llego a la última parada. Desciendo en Talbot y camino algunos minutos hasta Foley Street. Alguna vez se llamó Montgomery Street, pero todos le llamaban Monto. Eso fue durante su apogeo, de aproximadamente 1860 a 1920, cuando era el distrito rojo más grande de Europa. Me dirijo sin desviarme a la Galería Montgomery, o Monty, como le dicen de cariño. Es una galería de arte que celebra a los nuevos pintores, escultores y artistas creativos irlandeses. Veo a Jasper, está atendiendo a un cliente. Él y su esposa son los dueños. Subo al segundo piso por la escalera de madera salpicada de pintura. Solo hay una habitación vacía, minimalista. Los muros no tienen tapiz, los pisos no están barnizados, todo permanece desnudo hasta los elementos esenciales de una manera tan *cool*, innovadora y buena onda, que impide al visitante ver el lugar como solo una casa desolada. Es, más bien, un receptáculo para albergar objetos de arte, como los tazones de Donnacha, pero más útiles. De hecho, Jasper y su esposa los venden aquí en la galería, pero nunca les he mencionado que vivo en su casa, y a él nunca le he hablado de la galería. No me agradaría que apareciera mientras estoy aquí. A través de dos grandes ventanas entra la luz que ilumina todo el lugar. El suelo cruje. Es como si la habitación completa estuviera inclinada. La usan para exposiciones, fiestas, lanzamientos, muestras y, hoy, para un taller de pintura con modelo en vivo. Conmigo como modelo.

En la esquina hay una pantalla que va cambiando. Imágenes irónicas de traviesos querubines toqueteándose a sí mismos. Es el tipo de humor que les agrada a Genevieve y Jasper. Las exposiciones y las reuniones duran hasta las primeras horas de la mañana, siempre repletas de sus amigos artistas, cualquier cosa puede suceder. He sido testigo de ello.

Genevieve me recibe cuando subo. Luce austera, un contraste extremo con la fluidez interior que sé que recorre el lugar. Lleva el cabello en un burdo corte cuadrado con fleco, gafas negras cuadradas con armazón grueso, lápiz de labios rojo, siempre rojo. Chamarra tipo militar, botonadura dorada y cerrada hasta arriba, cuello alto, cinturón grueso negro bien sujeto a la cintura. Del interior de su chamarra se proyectan dos enormes senos. Lleva falda larga negra de casimir hasta los tobillos y, como yo, botas militares. No exhibe ni un centímetro de piel. No parece importarle ni notar que las botas golpean y rayan la ruinosa madera del suelo, Genevieve no vino a este mundo a pasar desapercibida. El salón es tan antiguo que el suelo está en declive. Me encanta ver cómo los caballetes y los banquillos de los nuevos pintores caen y ruedan por el suelo hacia mí. Adoro el horror en sus rostros cuando ven sus pinturas a punto de caer sobre la mujer desnuda. Para impedirlo, tienen que clavar los caballetes en alguna rendija entre la duela y hundirlos bien en el suelo.

Tiemblo de frío. Las ventanas están abiertas de par en par.

Lo lamento, dice Genevieve mientras reacomoda los banquillos y los caballetes. Tuvimos una noche salvaje, estoy tratando de deshacerme del humo.

Husmeo el aire, le digo que no huelo nada. Ahora es un lienzo en blanco, pero puedo imaginarlo horas antes lleno de cuerpos en movimiento, sudor y todo lo demás. Algo parecido a mi estudio ayer por la noche. Genevieve levanta la nariz para verificar si no miento. De acuerdo, las cerraré ahora, dice dirigiéndose a las ventanas y pisoteando con fuerza el piso, y de pronto la imagino en una vida anterior, tomando un rifle, cayendo de rodillas y disparándoles como francotiradora a los soldados afuera en la calle. Pero en la realidad la veo cerrando las ventanas. Hoy tenemos doce, dice, pero ninguno de último minuto. Los pintores de último minuto ya no tienen derecho a participar en la sesión desde la última vez, cuando en lugar de pintar, uno de ellos decidió, también de último minuto, manosear el frente de su pantalón mientras me veía. Genevieve, que no se anda por las ramas, prácticamente lo sacó del edificio arrastrándolo del pene. Nos miramos y ambas sonreímos al recordarlo.

No puedes culpar al hombre, le digo. *¡Fueron sus pezones!*, grito imitando los aullidos conciliatorios que emitió el tipo cuando lo sacaron, amando y odiando al mismo tiempo mis pezones por haber sido su perdición.

Tienes unos pezones estupendos, dice ella, mirando fugazmente mi pecho.

Sé que es un cumplido. Genevieve ha visto bastantes tetas.

Voy detrás del biombo y me desvisto. El suelo está helado y hace que se me ponga la piel de gallina. Necesitaré entibiarme un poco para poder permanecer sentada, aunque sé que apreciarán los pezones endurecidos y la areola. No vienen por la belleza, lo que quieren son los detalles. Carácter. Masajeo mi piel con aceite para que brille. No soy vanidosa en exceso, pero hay ciertos aspectos en los que me he impuesto estándares, y la piel seca, las marcas que dejan las calcetas y la piel de gallina no van con ellos. No son el tipo de detalles que quiero mostrar. Genevieve prefiere que tome mi lugar en el pequeño podio una vez que todos hayan llegado. Dice que no tiene sentido que se me congelen las tetas al punto de caerse por culpa de quienes llegan tarde. De hecho, no me quito la bata sino hasta que estoy sentada, pero sé a lo que se refiere: un poco de respeto para este trozo de carne, por favor.

Por fin todos están en su sitio, solo queda un lugar vacío al fondo, pero Genevieve no espera a nadie más, así que comenzamos. No miro sus rostros sino hasta que me quito la bata y me siento en una posición cómoda. La bata de seda estampada cuelga de la silla de madera en la que estoy sentada, es estilo *art déco*, pero para mi trasero es solo madera dura. Al menos la bata la suaviza un poco. Miro al público. Detecto algunos rostros familiares, sus miradas se encuentran con la mía en señal de que me reconocen también, otros solo me observan de arriba abajo como si fuera un cuenco de fruta. Buscan sombras y ángulos. Pliegues y manchas. Detalles y carácter.

Las nuevas miradas pasan por el lugar de mi cuerpo que obviamente llama más la atención: mi brazo izquierdo. Sigue repleto de las cicatrices de mi adolescencia, cuando rasgaba mi piel para formar constelaciones uniendo una peca con otra. Creo que por eso Genevieve continúa pidiéndome que vuelva. Es un rasgo interesante, la apariencia de una lesión infligida por mí misma. Un verdadero desafío para los estudiantes: o lo ignoran o lo enfrentan. Me parece que algunos expresan las cicatrices de una manera más bien burda, un garabato estridente y feo, zanjas profundas en mi piel que hacen que el resto de lo que soy adquiera la apariencia de un ave frágil y herida. Otros las dibujan o las pintan como simples trazos, rasguños. También hay quienes me pintan como un valiente guerrero. Nadie las ve como constelaciones. Por supuesto, hay quienes no las ven en absoluto y pasan más tiempo destacando pecas y lunares, o los hoyuelos en mis muslos. He descubierto que, aunque yo soy la persona desnuda al centro del salón, los artistas revelan mucho más de sí mismos al pintarme. Yo estoy separada de ellos, en mi propia zona. Al mismo tiempo, me siento algo especial bajo su mirada. Soy un rompecabezas que deben resolver. Mientras pintan mi coraza, sus entrañas supuran hacia el lienzo como relatos delatores. La incontinencia del Artista. Quizá yo esté al descubierto, pero ellos están exponiendo el alma. Es lo que más me gusta de posar desnuda para pintores, el hecho de que crean que soy el espectáculo cuando, en realidad, soy el espectador.

Por supuesto, también me agradan los quince euros por hora que me pagan en efectivo.

La puerta se abre lentamente y alguien entra. Mi postura es equilibrada, pero no me impide moverme un poco para echar un vistazo. Hm, ey, alguien chasquea la lengua molesto por el ligero cambio de posición. Que se vaya al demonio.

Lamento la tardanza, dice el joven.

Es alto y esbelto. Viste jeans y camisa de mezclilla, tenis Converse, apariencia estudiantil. Se sonroja al ver que ha interrumpido la sesión.

De acuerdo, pasa, dice Genevieve irritada. James, comenzamos a… vaya, la hora de inicio es la una de la tarde. De acuerdo, la próxima vez llegarás a tiempo, si es que hay una próxima vez. Puedes sentarte ahí, al fondo.

Cuando se posa desnuda, nunca se encuentra en realidad una posición cómoda, siempre algo empezará a lastimar en algún momento. Sin embargo, al principio de la sesión elegí dirigir mi cuerpo hacia el banquillo vacío al que ahora camina James, y mantener las piernas un poco separadas, no porque me dé pena que otros vean, sino porque la idea de que el pintor que llegara tarde tuviera que enfrentarse de lleno a una deslumbrante vagina me pareció graciosa. De alguna manera me tengo que divertir, ¿no?

James atraviesa el salón y el suelo inclinado cruje con cada paso que da. Se sienta en el banquillo y, mientras prepara su material, consciente de que otros lo observan, tira algunas cosas al piso en el lastimero estilo de Hugh Grant. Esta podría ser la primera escena de una comedia romántica, el principio de una nueva relación para mí. Muy bien, queridos nietos, conocí a su abuelo el día que me pintó desnuda. Pensó que me estaba salvando, pero en realidad fui yo quien lo salvó, y mírennos ahora, todos estos años después. Me río por dentro. Levanta la vista y mira mi cuerpo, pero luego desvía la mirada rápido. Espero que note mi rostro, pero no lo hace. Continúa preparándose. Genevieve le explica algunas reglas de mantenimiento del salón y, mientras él escucha, me mira furtivamente de reojo en varias ocasiones, a veces rascándose la nariz, y otras, moviéndose nervioso.

Al terminar las dos horas de clase se revelan las pinturas, bocetos y todo el material que usaron los artistas.

James se enfocó por completo en mi sexo. Enormes pezones erectos color ocre, areolas exageradas y una rabiosa carnosidad color carmesí entre mis piernas. En su lienzo, soy una recopilación de pigmentos superpuestos: siena, ocre, negro carbón difuminado. En mi rostro no hay rasgos distinguibles, solo trazos cruzados que se desdibujan entre sí. Trato de no reírme. Él, quien tenía la vista más clara de las cicatrices que unen mis pecas, decidió no incluir esta peculiaridad en su pintura. No creo que la haya omitido por amabilidad, tampoco creo que le haya faltado tiempo para pintar mi rostro. Mi teoría es que, sin importar a qué mujer mire, lo único que ve es sexo.

Como algunos hombres. No todos. En fin.

Y como hoy no tengo que cuidar niños ni nada más que hacer, de todas maneras me acuesto con él. Tal vez nuestro estilo es más filme erótico *noir* que comedia romántica, pero al menos, la idea de que nuestro flirteo sea algo remotamente romántico me hace reír.

Siete

LUNES POR LA MAÑANA. DESPIERTO DOS MINUTOS ANTES DE LAS siete. Me levanto a las siete en punto. Me visto de gris y chaleco amarillo fluorescente. Paso junto al hombre de negocios en traje de vestir y los audífonos enormes. La trotadora como torre inclinada. El hombre que pasea al gran danés. El anciano con andadera de ruedas y la versión joven de sí mismo. Buenos días, dice el señor, buenos días, dice el joven, buenos días, les deseo a ambos. Llego a Village Bakery quince minutos antes de las ocho, Spanner levanta la vista rápido al escuchar el timbre, pero de inmediato vuelve al trabajo.

¿Cómo estás, Pecas? Lo de siempre para ti.

Me da la espalda para verter la mezcla en la máquina de waffles, y luego programa la cafetera. Su espalda es amplia. Camiseta blanca, hombros musculosos y tatuajes a lo largo de ambos brazos. Nunca he tratado de descifrarlos, son demasiados. Azules, y todos se encuentran entre sí. Acciona la cafetera, mueve los brazos de aquí para allá mientras maldice, sorbe, manipula y golpea la barra como profesor loco en laboratorio. Voltea con mi café en la mano. No salió como lo planeé, Pecas, me dice al tiempo que coloca el vaso sobre la barra, aún cuidando el waffle de reojo.

Al principio creo que se refiere a que me sirvió un café del tamaño equivocado, pero no, es grande, así que vuelvo a mirarlo. Su ojo derecho está ligeramente cerrado y lo rodea un delgado aro negro.

Resulta que Chloe tiene un nuevo novio, pero si piensa que este tipo va a vivir con mi pequeña Ariana y verla cuando se le dé la maldita gana, siendo que el padre soy yo, tendrá que vérselas conmigo, y se lo dije. Tan simple como eso.

Me entrega el waffle, pero olvida ponerle azúcar glas.

Pecas, me dice, el tipo era una marioneta delgadita con retraso mental, cinco años más joven que ella. Podría ser un pedófilo, lo único que pedí fue que la Garda lo investigara. Tal vez acecha a Chloe porque tiene una hija. Un padre tiene que ser cuidadoso y estar atento para detectar a los pervertidos. Hay pedófilos en todos lados. Asquerosos bastardos, sin excepción.

¿Le dijiste todo eso?, pregunto, y añado azúcar a mi café. Dos sobres. Me pregunto si podría espolvorear mi waffle también mientras él no está mirando. Aunque el azúcar granulada no sabe igual. Si dejara de hablar de sus penas, podría pedirle que me diera azúcar glas. Me interesa escuchar lo que le sucede, pero no en detrimento de mi día.

Se lo dije a él, me explica moviendo el cuello y girando los hombros como si se estuviera preparando para otra pelea, tan orgulloso como un pavorreal. Golpea en el aire con el dedo extendido y exclama, oye, tú, así le dije, Pecas, más te vale no ser un maldito pedófilo.

Y entonces él te puso el ojo morado.

No me esperaba eso, que me atacaran en un bautismo. Surgió de la nada. Maldito títere. Y luego todas las hermanas acudieron en su ayuda. Más te vale no meterte con él, gritaron, kókoro, kókoro, como bandada de gallinas. Debería solicitar una orden de restricción contra ese individuo.

Tal vez no sea lo más prudente, le recordé, piensa que vive en la misma casa que Ariana y si no se puede acercar a ti, tú no podrás acercarte a tu hija.

Vaya, cierto… dice mientras lanza sobre su hombro el trapo de cocina y camina alrededor del extremo del mostrador, buscando sus cigarros en el bolsillo del frente de su delantal y dirigiéndose a la puerta del frente.

Lo lamento, Spanner, sé que en verdad te esfuerzas, le digo mientras lo veo succionando el tabaco y entrecerrando aún más el ojo morado para evitar que entre en él el humo.

¿No crees que deberías buscar un abogado?, le digo. Tienes derechos.

No tiene ningún sentido pagar la fortuna que cuesta un puñetero abogado cuando en realidad yo puedo solucionar este asunto.

Whistles está sentado en su caja de cartón y envuelto con una cobija sucia. Mira en otra dirección con cara de estarse divirtiendo. Tal vez no tenga ni un techo, pero sabe lo que pasa. Se dirige a recoger la colilla aún encendida que Spanner arroja en la acera. Queda más de lo usual. No fumó tanto como acostumbra. Qué amable detalle.

Bajo la vista y miro mi waffle, ya no puedo seguir con esto, no puedo fingir que soy lo que no soy.

Spanner, olvidaste el azúcar glas. Le entrego el waffle cuando pasa camino a la barra.

Me alejo del área escolar dejando muy atrás los insultos y las miradas asesinas, contenta de que de nuevo no haya llovido. Es más fácil trabajar sin las gotitas que empañan los parabrisas, distorsionan los comprobantes y los discos, o que producen la condensación y escarcha que impiden leer los boletos. Paddy con frecuencia es perezoso y no revisa los detalles, pero yo sé que la gente exhibe boletos viejos creyendo que se saldrá con la suya. No basta con ver un boleto blanco sobre el tablero, los números cuentan.

Aunque mis mañanas obedecen la dirección de las manecillas del reloj, no tengo ruta fija. Al principio sí, pero un día me moví más rápido y llegué a cierta zona algunos minutos antes de lo acostumbrado y descubrí un automóvil estacionado ilegalmente.

Lo hago todos los días, confiesa el conductor, usted no llega aquí sino hasta las diez.

Decirme eso fue el mayor error que ha cometido en su vida. Descubrí que la gente de la ciudad observaba mis movimientos, y no me agrada ser predecible. Tengo que mantenerlos alerta. No es algo que me infunda un sentimiento de poder absoluto, como han vociferado algunos casi escupiéndome, solo me permite ver cómo manifiestan lo idiotas que son. Todos esos juegos tontos para evitar pagar un euro por una hora de estacionamiento. Para ellos es quizá solo un euro, pero sumándolos, todos cuentan para el ayuntamiento. Nos extrañarían si desapareciéramos. Me lo explicó Paddy cuando me entrenó.

Sin nosotros, dijo, esto sería un pandemonio.

De pronto me sorprendo caminando directo a James's Terrace. Me gustaría decirme a mí misma que lo hago por lo reconfortante que es la vista del mar, pero sé que es por el Ferrari amarillo. Siento curiosidad, algo extraño me arrastra en esa dirección. A pesar de que mi objetivo es ver el automóvil, me sorprende verlo estacionado ahí tan temprano. Pensé que alguien como él tendría el tipo de empleo que le permite a uno quedarse tirado en la cama hasta mediodía. No lo digo solo por el modelo, sino porque el color amarillo me hace pensar eso de manera específica. A esta hora la carretera está vacía, se respira soledad. Hay algunos automóviles estacionados por aquí y por allá, pero este tipo de vías laterales no se llenan sino hasta después de las nueve. Tal vez el Ferrari ha estado ahí desde ayer, pero dudo que alguien deje un automóvil como este solo toda la noche. Aunque quizás estando suficientemente ebrio sí.

Los automóviles de los garda están estacionados en sus posiciones especiales. Ni siquiera miro sus parabrisas, sería insultante que lo hiciera. Golpeo ligeramente mi sombrero al ver a una joven garda a través de una ventana, pienso que habría podido ser yo y me pregunto qué parte de mi solicitud arruinó mi candidatura, aunque sé que debe de haber sido la entrevista. Tú y yo no somos como los demás, me dijo papá en una ocasión que, una vez más, me sentí frustrada por una confusión al interactuar con alguien. Cuando me lo dijo me pareció duro, pero también me sentí aliviada porque sabía que tenía razón. Aún la tiene. Hay algo en mi ritmo, en los instantes que elijo para reaccionar. Como lo que sucedió con el azúcar glas y Spanner. Las interacciones humanas a menudo son como un baile cuyo ritmo no logro captar.

Todavía no me acerco al automóvil. Permanezco alejada e inspecciono el edificio frente al que está estacionado. Número ocho. El año pasado fue objeto de una intensa remodelación, duró todo el tiempo que llevo trabajando aquí, afuera tuvieron un camión de volteo y camioneta de trabajo que ocuparon todo el espacio reservado para otros vehículos. Las camionetas blancas y los camiones de reparto les causaron congestionamientos y otros problemas de estacionamiento a los negocios cercanos. Tuve que escuchar sus lamentos e imponer muchas multas.

Es una serie de construcciones georgianas adosadas. La número ocho tiene cuatro pisos que incluyen un sótano. Techos altos, ventanales enormes, cornisas elegantes, vista al club de tenis, el mar a la izquierda, enyesado con detalles en los techos. Una pesadilla a la hora de sacudir el polvo, sobre todo ahora que no hay empleados domésticos. Por alguna razón, el Ferrari no va con esta construcción. Clásico y de buen gusto contra ostentoso y estridente. El edificio fue comprado por dos millones de euros, lo busqué en internet, me moría de ganas de saber lo que había adentro y vi fotografías de la casa cuando estuvo en el mercado. Como la mayoría de las otras propiedades de la serie georgiana, la dividieron en pisos y habitaciones para rentarlas a negocios. En un piso había un salón de belleza; un café internet, un consultorio de acupuntura. En el piso superior había un negocio de manicura; y en el sótano, un restaurante chino. Era una construcción vieja y estaba demasiado sucia. Tuvieron que arrancar todo, modernizarlo, instalar nueva plomería, un nuevo sistema de calefacción, todo nuevo. Un edificio así podría ser un pozo sin fondo, quién sabe cuánto terminó costando todo.

El camión de volteo y los constructores se han ido, desde hace dos semanas parece como si el negocio en el interior, cualquiera que sea, hubiese iniciado. Es solo uno y tiene una brillante placa dorada que dice Cockadoodledoo Inc. Qué mierda es eso. Me bajo el sombrero hasta casi cubrir mis ojos, meto las manos en los bolsillos y empiezo a avanzar con mi andar de patrullaje.

El corazón me palpita con fuerza, pero no sé bien por qué. Nunca me ha dado temor imponer multas. Soy guardia de estacionamiento, es mi derecho. Aunque tal vez podría admitir que fue injusto poner la multa de ayer, solo cinco minutos antes de que terminara la vigencia del parquímetro. Aun así. Fue un acto legal. Era mi deber. Voy directo al automóvil, consciente de que es posible verme desde los ventanales de las oficinas. El corazón me palpita aún más fuerte, quizás estoy asustada, o tal vez es emoción, pero sin duda es distinto a todo lo que he sentido hasta ahora en mi trabajo.

La gran revelación. Miro el parabrisas. Nada. No lo puedo creer, después de dos multas ayer, no se tomó la molestia de pagar hoy.

No hay comprobante de pago sobre el tablero.

No hay disco ni el permiso que los negocios pueden comprar para estacionarse todo el día, todos los días del año, sin preocupaciones.

Escaneo la matrícula. Tampoco pagó en línea ni usó la aplicación. No hay manera de ayudarle.

Me está provocando, eso es. Una burla. Bueno, es mi turno.

Se supone que debemos ofrecerles a los clientes quince minutos de gracia mientras cambian su boleto de pago. Eso les da tiempo de ir hasta el parquímetro y volver al automóvil, es una especie de acuerdo de honor, y yo lo cumplo. Sin embargo, no pasan quince minutos entre ahora y el momento en que el dueño del Ferrari amarillo compró el primer boleto. De hecho, no compró un boleto, punto. En esta zona, el sistema de pago y exhibición inicia a las ocho de la mañana. Son casi las nueve. Desde mi punto de vista, tuvo un periodo de gracia justo. A nadie le he dado más tiempo que a él.

Estoy a punto de ingresar la información en mi máquina para imprimir multas cuando, de repente, un irritante sonido detrás de mí me asusta.

Ahí estás, dice Paddy jadeando.

¡Por Dios, Paddy! Salto asustada, el corazón me late a toda velocidad, tengo la sensación de que me agarraron con las manos en la masa. Lo que sonó fue su equipo de protección contra la lluvia, fue el ruido que hace la tela al rozar con sus muslos.

Ve el automóvil y silba. Camina a todo lo largo mirando por las ventanas con curiosidad. Es un Lamborghini, ¿no? Tiene la cara prácticamente pegada al vidrio. Trata de tapar la luz con las manos para mirar dentro, deja el rastro de sus huellas digitales y su aliento en la ventana antes transparente.

Ferrari, lo corrijo un poco incómoda, mirando hacia arriba, a los ventanales. Veo una figura, su cabello rubio, rizado y alborotado. Nos mira y desaparece. Genial, me han descubierto en el puesto de vigilancia, necesito actuar con rapidez.

¿No recibiste mi mensaje?, pregunta Paddy con la nariz aún pegada a la ventana del conductor y sin dejar de mirar hacia dentro. Te envié un mensaje de texto anoche para avisarte que hoy me encargaría de esta zona.

No, no lo recibí, le digo distraída.

Alguien más se acerca a la ventana, ahora son dos jóvenes, parecen salidos de una banda musical de adolescentes. Ninguno de ellos es mi amigo, el dueño del Ferrari.

Me haré cargo a partir de este momento, dice Paddy.

No, le digo abruptamente, yo me encargo. Ingreso la dirección, la zona, FCM y la infracción. Tomo una fotografía. Imprimo la multa. Paddy sigue hablando, pero yo no escucho nada de lo que dice. De pronto oigo con claridad una puerta que se abre en la gran casa que tengo al lado.

Oigan, grita un individuo.

No levanto la vista, saco la multa de la máquina, la envuelvo en plástico para protegerla de la lluvia y otros elementos. Los dedos me tiemblan, el corazón casi se me sale, Paddy no se da cuenta de nada. Coloco el sobre debajo de los limpiaparabrisas y empiezo a alejarme, se me dificulta respirar, incluso estoy un poco mareada. Listo.

¿Qué sucede?, pregunta el individuo de ayer.

Paddy me mira.

Por desgracia no se exhibe el comprobante de pago del parquímetro, le digo cortésmente, pero con firmeza.

Llevo estacionado aquí desde las seis de la mañana, todavía es gratis, no necesito boleto sino hasta las nueve. Tengo diez minutos, dice, mirándome como si yo fuera un pedazo de mierda en su maldito zapato deportivo Prada.

Señalo el letrero. En esta zona, el sistema de pago y exhibición comienza a las ocho. Me sorprende descubrir cuán temblorosa suena mi voz. Este asunto está haciendo correr adrenalina por todo mi cuerpo. Me vuelvo a colocar la banda de la máquina de multas sobre el hombro como si metiera mi revólver a la cartuchera.

Se me queda mirando. Lleva su gorra roja. La de Ferrari. Casi le cubre los ojos, de la misma manera que mi sombrero casi cubre los míos. Apenas alcanzo a ver su mirada, pero basta para saber que está llena de odio. Es difícil odiar a alguien que no conoces, pero puedo sentir su desprecio manando hacia mí. Trago saliva.

Qué automóvil tan impresionante, dice Paddy con tiento. ¿Quién es el dueño?

Miro a Paddy sorprendida.

Es mío, contesta el individuo de mal modo. ¿Por qué otra razón estaría parado aquí preguntando por qué me están poniendo una multa?

Disculpe usted, dice Paddy con aire sentido, como ofendido. Pensé que le pertenecía a tu jefe, agrega mirando más allá del tipo, a la propiedad.

Yo soy el jefe, contesta, y ahí está: ese quejido de hombre blanco privilegiado que tanto deploro. Pobre niño rico, le impusieron una multa porque no se tomó la molestia de verificar las reglas y depositar un euro en el parquímetro. Ahora todo el mundo está en su contra. Bu, bu, pobrecito, cómo llora el imbécil. Tal vez esto será lo peor que le sucederá esta semana.

Levanta el limpiaparabrisas y toma de mala gana la multa. Suelta el limpiaparabrisas, y este choca con el vidrio. Le lanza un vistazo, pero no necesita leerla para saber lo que dice: el viernes recibió dos iguales con solo unas horas de diferencia, y una cada tercer día en las últimas dos semanas.

¿Es esto una especie de *vendetta* de su parte?, pregunta.

Niego con la cabeza. No, ninguna *vendetta*, aclaro, solo estoy haciendo mi trabajo.

¿Cuál es su problema?, vuelve a preguntar aún más enojado, como si no hubiera escuchado mi respuesta. Camina hacia mí con sus hombros amplios, cuadrados. Yo soy alta, pero él lo es todavía más.

No tengo ningún problema, digo, tratando de esquivar la situación. No me agrada en absoluto, es demasiado tensa. Él está muy enojado y sus niveles de agresión van en aumento. Debería moverme, pero no puedo. Estoy congelada, atorada en este lugar.

¡Cómo te das aires de grandeza y poder, maldito remedo de garda!, grita de repente.

Lo miro sorprendida. Tiene razón hasta cierto punto.

A ver, espera un momento, dice Paddy. Ven aquí, Allegra.

Pero sigo sin poder moverme. Es como un accidente de tránsito, debo detenerme para mirar con claridad todos los grotescos detalles que mi mente no necesita registrar. La sangre y las vísceras. He entrenado para este momento, para el instante en que alguien se pone agresivo. Una semana de entrenamiento intensivo sobre el significado de las líneas y los garabatos en los bordes de las aceras, y también sobre manejo de conflictos. Se supone que debo pararme de lado y estar preparada para alejarme caminando, pero en ese momento mi entrenamiento sale volando por la ventana. Sigo paralizada en el mismo sitio viendo al frente, mirándolo como venadito sorprendido por los faros delanteros de un vehículo. Esperando lo que sigue.

Dicen que uno es resultado de las cinco personas con quienes se pasa más tiempo, vocifera mirándome con odio y las fosas nasales dilatadas como lobo. Eso no habla muy bien de la gente cercana a ti, ¿verdad? Este es uno, dice señalando a Paddy. Me pregunto quiénes serán los otros cuatro perdedores que te acompañan en la vida.

Luego saca la multa del sobre de plástico y la rompe en pedacitos que caen ondeando hasta el piso como tormenta de confeti. Da vuelta y sube los escalones de dos en dos antes de cerrar la puerta de golpe y volver a su oficina.

El corazón está a punto de estallarme. Lo siento palpitando en mis oídos, como si continuaran vibrando tras una explosión.

Dios santo, exclama Paddy con una risita nerviosa y jadeante. Se acerca a mí tan rápido como se lo permiten sus piernas porque no puede avanzar sin que rocen entre sí. Las piernas del forro de sus pantalones se fueron plegando hacia arriba y ahora las tiene hechas un bulto alrededor de la entrepierna.

Miro los pedacitos de papel en el suelo, la multa reducida a añicos.

Tiene que pasar un momento antes de que la sangre que se agolpó en mi cabeza vuelva a mi cuerpo, antes de recuperar el pulso normal y de que la sensación de pánico disminuya. Y aún después de que todo eso sucede, mi cuerpo continúa temblando.

Sigue ahí parada, escucho gritar a alguien y después se oyen risas. Risas de burla que salen por la ventana de la oficina desde donde algunos de ellos se han reunido para observarme. Veo a los dos individuos que ya conocía, y varios rostros nuevos. Cuando los miro fijamente, se dispersan.

Voy a evitar esta terraza por el momento, dice Paddy. Encárgate de St. Margaret's y toda la zona oeste. ¿De acuerdo?, me pregunta al ver que no reacciono.

Asiento.

Yo no dejaría que se saliera con la suya, dice Paddy, pensará que puede destrozar cualquier multa que le den y que no tiene que pagar. Sin embargo, vamos a dejar el asunto por la paz. Por el momento. Deja que se calme. Volveré más tarde a evaluar la situación, y si aún no ha aprendido la lección, le impondré otra multa.

No puedo mover los pies. Las piernas me tiemblan.

No te lo habrás tomado como algo personal, ¿verdad?, pregunta sin dejar de mirarme.

No, contesto al fin. Mi voz sale ronca, ahogada. Ni siquiera sé de qué estaba hablando, agrego.

Y es cierto.

Nada de lo que dijo me pareció lógico, fueron solo un montón de frases coléricas y ridículas en extremo que profirió al hilo para insultarme. Por eso tuve que pensar más en ellas, tuve que volver a escucharlas una y otra vez en mi cabeza durante el día y buena parte de la noche para encontrarles sentido.

Sus insultos fueron como una de esas canciones que no te agradan la primera vez, pero que te va gustando cuanto más la escuchas. Es decir, fue un insulto que en realidad no me lastimó la primera vez que lo escuché. Las palabras fueron demasiado complicadas para percibir su fuerza, no fue un sencillo "jódete". Entre más las escucho, más las interiorizo y más me lastiman. Al igual que el caballo de Troya, sus palabras atravesaron inocentemente mis fronteras, y luego, ¡pum!: lograron engañarme. Las tropas emergieron de un salto del caballo y me golpearon con fuerza, me hirieron con sus lanzas una y otra, y otra vez.

Es el tipo más ingenioso de insulto.

Y así es como me ha dejado. Como un débil caracol hecho papilla, aplastado por la suela de su zapato deportivo con toda la fuerza de sus palabras. Quebrada. Aplanada. Con el escudo protector en el suelo y las antenas vulnerables.

Ocho

PASO UNA NOCHE TURBULENTA. EL MISMO SUEÑO EN BUCLE. ES extenuante. Estoy haciendo lo mismo una y otra vez, tratando de resolver el mismo problema. De nuevo me descubro en un cubículo de sanitario que no tiene ni puerta ni paredes, todos pueden verme. Mis sueños me mantienen tan ocupada, que el martes por la mañana despierto tarde.

Son las siete treinta y cuatro. Mi iPhone muestra que apagué la alarma a las siete de la mañana, pero no recuerdo haberlo hecho. Nunca me había sucedido. Estoy conmocionada, el hecho de haber quebrantado mi rutina me afecta demasiado. Me doy un baño lo más rápido posible. El agua apenas me enjuaga y, cuando salgo, la espuma del gel de baño aún me cubre. Me visto, pero mi piel sigue húmeda. Siento pánico y confusión. Estoy retrasada treinta minutos y el día ya se siente perdido. La luz es distinta, también los sonidos. Los pájaros no pían tanto, me perdí su concierto. Perdí el tiempo que necesito para hacer lo que acostumbro. Estoy unos pasos atrás. En un gesto contradictorio, dejo de moverme un instante y trato de ponerme al tanto con lo que hago. Estoy desincronizada.

En el internado todo tenía un orden, todo contaba, no se desperdiciaba ni un minuto, todo estaba programado en nuestros horarios: 7:30 a.m., inicio del día, desayuno y estudio; 9:00 a.m., inicio de clases; 1:05 p.m., almuerzo; 1:50 p.m., reinicio de clases; 3:40 p.m., juegos/otras actividades/hora del té; 4:30 a 6:30 p.m., cena; 6:30 a 7:30 p.m., descanso y actividad recreativa; 7:00 a 9:00 p.m., estudio; 8:55 p.m. oración nocturna; 9:00 a 9:30 p.m., té nocturno y recreación; 9:30 a 10:15 p.m., luces apagadas. Pecas. Constelaciones. La vida estilo militar del internado era todo lo opuesto a la vida con papá, quien era un espíritu libre que parecía existir en su propia comprensión del tiempo, alguien que hacía que el mundo a su alrededor se doblegara ante él. Yo solía pensar que la vida con él era lo normal, pero cuando entré al internado comprendí algo: que la rutina, la disciplina y saber lo que iba a suceder a cada minuto me permitía sentirme tranquila. La rutina nunca me aburrió ni me sofocó como a otras chicas.

Salgo tarde de mi estudio. Atravieso el jardín con la cabeza agachada, ignorando lo que sucede en la casa. Cuando llego al castillo de Malahide paso junto al hombre con los audífonos. Va más adelante de lo acostumbrado. Yo estoy rezagada. Camino más rápido. No me encuentro con la trotadora inclinada, pero espero hacerlo más allá. El hombre que pasea al gran danés no se ve por ningún lado. ¿Cómo es posible? ¿Habrá tomado otra ruta? ¿Dónde están el anciano y su hijo? ¿La tierra se movió de su eje esta mañana? Es miércoles. No, martes. Estoy confundida. ¿Qué tipo de maldición me habrá lanzado el tipo del Ferrari?

Llego a la panadería a las ocho con quince minutos, para ese momento está repleta y no puedo ni entrar. Spanner no sabe que estoy ahí porque tengo enfrente una hilera de gente dándome la espalda. Es tarde. Mi turno ya comenzó, pero tengo que apegarme a la rutina. Siento como si me hubieran excluido de la fiesta, me quedo mirando las ventanas empañadas por el vapor de la multitud como una niña a quien no invitaron. Me alejo, no estoy segura adónde ir. Llevo tres semanas viniendo a este lugar. ¿Ahora adónde?

Me siento desorientada, incluso un poco mareada. Continúo caminando. Siento como si todos me miraran porque no sé adónde me dirijo. Me detengo y reinicio. Doy vuelta y regreso por donde vine antes de volver a dar vuelta de nuevo mientras mi mente hace la lista de todos los lugares a los que podría ir. Soy como una hormiga cuya hilera se ha dispersado. Es culpa de ese tipo. Me formo afuera de

Insomnia y examino la vitrina llena de muffins y pastelillos que no conozco. Escucho a Spanner quejándose de ellos. No tienen waffles belgas, solo algunos *stroopwafels* empacados junto a la caja registradora. No me puedo decidir por nada, así que salgo de ahí. Afuera me encuentro a Donnacha.

Buenos días, Allegra.

Su jeep se encuentra justo enfrente. El motor está encendido, las luces intermitentes parpadean y los niños se mueven en el interior. Está estacionado sobre líneas amarillas dobles. Las llaves cuelgan junto al volante. Me pregunto cómo reaccionará cuando le diga que debe moverse. No lo había visto desde que sorprendí a Becky. Me pregunto si sospechará algo, si necesitaré tener cuidado con lo que diga, pero me inquieta más que esté estacionado en lugar prohibido.

Anoche vi un zorro en el jardín, empieza a decir.

Mi mirada vaga mientras él habla. Los niños gritan en el automóvil, los escucho desde aquí, pero él sigue diciendo que los zorros son cazadores nocturnos. Bestias solitarias. Carroñeros. Sin embargo, no representan una amenaza ni para los perros ni para los gatos, así que Barley y Rye no deberían correr peligro.

Un diligente hocico lame el camino de piedras y se desplaza, dice.

Ah, vaya, tan temprano por la mañana y ya está vomitando poesía.

Heaney. El erizo y el zorro, explica.

Ah. Claro. Lo estudiamos en la escuela, digo. Algo sobre las papas.

Ese era "Cavando", me corrige.

Por supuesto. No recuerdo bien, fue hace bastante tiempo.

Es un poema sobre el trabajo, el ritual y el deseo de crear, continúa.

Me mira profundamente, como tratando de constatar que sé de qué diablos habla. Pero no puedo hacer esto hoy. No en el estado en que se encuentra mi cerebro.

Pensé que solo era sobre papas, mascullo.

Sí sabías que el erizo era Hume y el zorro Trimble, ¿no?

Mi nula respuesta, el no establecer contacto visual y mi falta general de interés lo animan a continuar.

John Hume. El Partido Socialdemócrata y Laborista. David Trimble. El Partido Unionista de Ulster. Progreso titubeante con movimiento seguro.

Ah, claro, exclamo. El sudor empieza a recorrer mi espalda y a hormiguear al contacto con la camisa.

Vuelvo a mirar el jeep.

¿No es peligroso dejar las llaves puestas estando los niños en el auto?, pregunto.

Le toma un instante comprender que cambié de tema, y cuando al fin lo hace, encoge los hombros un poco. No, no las van a tocar siquiera.

No me refiero a los niños. Quiero decir que alguien podría subirse al jeep e irse con ellos.

Donnacha se ríe de buena gana. Si alguien se atreviera a hacer eso regresaría de inmediato, créeme. Tal vez debas mantenerte alerta en caso de que venga.

¿Que venga quién?

El zorro. Avísame si ves que nos visita de nuevo. Yo estaba tratando de averiguar por dónde llega, me explica. Y vuelve a dar vueltas y vueltas al tema.

Miro el vehículo, me siento cada vez más irritada, tengo comezón en la espalda, también en la nariz.

Donnacha, lo interrumpo, sabes que soy guardia de tránsito y estás estacionado sobre líneas dobles amarillas.

No estoy estacionado, las luces intermitentes están encendidas. Solo me tomará un minuto.

No sabe lo que significa un minuto. Siento como si todos me miraran pensando *esa oficial no está haciendo su trabajo. Quémenla en la hoguera por ineficiente.* Un automóvil de garda pasa por ahí y mi corazón se acelera. No quiero que me vean haciendo mal mi trabajo. Miro a Donnacha con aire estricto. Tal vez piensen que lo estoy reprendiendo. Que estoy trabajando en el asunto.

Tu automóvil está estacionado ilegalmente, le digo, me estás poniendo en una situación muy delicada. Y además, tu esposa se acuesta con otro. La última parte no la digo en voz alta. Pero podría. Y quizá lo haga si no me deja ir. Libérame de tu trampa, estoy a punto de vociferar.

De acuerdo, de acuerdo, dice.

Tengo que irme de aquí antes de soltar la sopa. Doy la vuelta en Townyard Lane para no sentir su mirada siguiéndome. Aún tiemblo. Es culpa del tipo del Ferrari. Logró destrozarme. Desde las costuras. El relleno se me sale. Comencé con el pie izquierdo y ahora no puedo encontrar el ritmo natural. Siento como si fuera dando saltos. Siento escalofríos. Cuando me acerco al salón de belleza noto que el BMW no está estacionado afuera. Aún confundida, miro alrededor para ver si se estacionó en algún otro sitio, pero no hay señales de ella. Cruzo la calle rápido sin prestar atención al tráfico y casi me atropellan. ¿Dónde está? ¿Qué le sucedió? ¿Por qué no vino a trabajar hoy? Un automovilista hace sonar el claxon y este vibra en mis oídos, troto hasta el salón y miro al interior. Está ahí, junto a la ventana haciendo una manicura. Me alegra, así que puedo relajarme un poco. ¿Pero dónde está su maldito automóvil y qué diablos sucede?

Camino por la calle de ida y vuelta varias veces, y reviso que cada uno de los automóviles tenga el disco para estacionarse. Tal vez se compró uno nuevo, tal vez vino manejando otro, y en ese caso, espero que haya transferido la información del nuevo vehículo a su disco porque, de lo contrario, tendré que ponerle una multa. Sin embargo, no veo nada que le pertenezca a ella ni a su negocio. Me vuelvo a asomar confundida por la ventana. Ella levanta la vista rápido y alcanza a verme otra vez. Sonríe con aire profesional, siempre en busca de nuevos clientes. Doy media vuelta y me alejo caminando rápido, la interacción hace que el corazón casi me estalle.

Me detengo al inicio de James's Terrace y miro al final de la calle. Mi corazón bombea con un golpeteo. No sé si quiero ver el Ferrari o no. Camino al lado de los automóviles sintiéndome abatida, tengo la sensación de una fatalidad inminente. Alguien sale corriendo del número ocho, pero no es él, es el chico del cabello ensortijado. Viste de manera casual, bien arreglado, a la moda, con camiseta y jeans, demasiado relajado para un ambiente laboral. Me pregunto qué harán en esa oficina además de arruinarle la vida a la gente. Me mira sonriendo mientras baja las escaleras. Va buscando dinero en su bolsillo, se apresura a llegar al parquímetro, y luego al Ferrari. Abre la puerta y coloca el boleto sobre el tablero, me hace un guiño como si me hubiera ganado en un juego que no tengo ganas de jugar, o tal vez sí. Después, entra al edificio corriendo de nuevo.

Lo ascendieron al puesto de ángel guardián del estacionamiento.

Me da gusto que el tipo del Ferrari haya pagado. O, al menos, que haya enviado a uno de sus lacayos. Sin embargo, pagar solo porque ve que me acerco no tiene ningún sentido. Esto no es el juego del gato y el ratón, no se trata de mí, se supone que tienes que pagar todas las horas que te estacionas. Vuelvo a sentirme agitada.

Necesito un descanso. Aunque no he bebido mi café ni desayunado, me parece que tal vez debería almorzar más temprano. Paso caminando junto a la oficina sin dejar de mirar directo al frente, y luego bajo por la escalera que lleva a la carretera de la costa. Me dirijo a la banca de siempre, pero empieza a llover y tengo que cambiar de dirección de inmediato. Llueve a cántaros, enormes y gruesas gotas. Una lluvia húmeda, como se dice por aquí. Camino presurosa a los baños públicos de la esquina, junto al club de tenis. Afuera hay hermosos parterres y canastas colgantes. Como mi sándwich de queso de pie, asegurándome de darle la espalda al número ocho. Mírala, almorzando bajo la lluvia junto a los apestosos baños, imagino que dicen esos tipos que parecen modelos mientras estiran las piernas y colocan sus pies envueltos en zapatos deportivos Prada sobre el escritorio, mientras se reclinan y beben capuchinos con media medida de leche de almendra y la otra de leche de llama.

Para distraerme observo las ventanas de la estación de los garda, la luz sale por entre las persianas verticales y se transforma en líneas brillantes, me pregunto en qué estarán trabajando y si las multas que impongo alguna vez les ayudarán a resolver un caso.

Llueve el resto de la tarde, es un día gris que se agrisa más. Más sucio, más frío. El viento helado sopla, hace que la promesa de la primavera se aleje, nos vuelve a sumir en el invierno. Para cuando termino la jornada y llego a casa, me estoy congelando. Tengo los pies entumecidos y mis dedos están tan helados que apenas puedo sostener bien la llave para abrir la puerta. No me vendría mal cuidar a los niños esta noche, me servirían de distracción. Por lo general, Becky y Donnacha salen los martes, pero hoy la casa está en silencio. Camino por el sendero que insinúan las piedras y atravieso el jardín secreto que lleva al gimnasio.

La lluvia ha invitado a los gusanos y los caracoles a salir de sus escondites.

Siento que algo cruje debajo de mi pie. Retuerzo mi zapato para sacudirme el caracol.

Me quedo de pie en la regadera durante mucho tiempo. Pasa un largo rato antes de que el calor del agua atraviese mi piel y llegue a mis huesos. El vapor es tan denso que empaña el vidrio y no puedo ver a través del cancel ni respirar con facilidad. A pesar de que en mi piel se ven marcas de escocimiento, abro más la llave del agua caliente.

Un poco más tarde, no puedo dormir. Mi mente está agitada, no se detiene. No puedo enfocarme en una sola idea el tiempo necesario para profundizar, mi pensamiento salta de aquí para allá sin sentido, entre cinco personas.

Escucho ruido afuera. Un choque, un estallido. Parece el contenedor de basura. Hay viento, pero no suficiente para hacerlo volar. Los contenedores de la familia McGovern están juntos en una sola área cerca de la casa, separados detrás de una verja pintada de color caqui. Dos contenedores para la basura reciclable, uno café para los alimentos y uno color violeta para los desechos de la casa. Afuera del garaje hay uno de cada tipo para mi uso personal. Soy meticulosa con el reciclaje, todo debe separarse, hay que arrancarles las etiquetas a los recipientes de plástico y lavar los residuos de comida. Todas las reglas deben ser obedecidas. Me duele ver lo que hacen otras familias después de lo mucho que yo me esfuerzo. Pensar que toda su porquería se mezclará con mi basura me afecta. Visualizo el remolino de plástico en el mar. El estallido se escuchó justo afuera de mi ventana. Me asomo, pero no veo nada. Hay una luz de seguridad que se enciende cuando el sensor de movimiento se activa, pero lo apagué porque un árbol lo activaba cada vez que se mecía.

Me vuelvo a poner los pantalones para estar en casa y un suéter, y bajo con prisa por las escaleras. Las luces de la oficina y del gimnasio están apagadas. Estoy sola en el edificio. Abro la puerta, me asomo y me encuentro cara a cara con un zorro. Él levanta el hocico y me mira sin parpadear. Volteó el contenedor verde. Mala idea, amigo, ahí no hay comida. Tal vez percibió el olor que dejó en los recipientes la comida. Parece concurso de miradas, el corazón me late con fuerza. No me atrevo a respirar ni a parpadear. Tiene una cola larga y tupida con la punta blanca. No es demasiado distinto a un perro, pero la cola lo delata.

Madra rua, el zorro rojo.

Continuamos mirándonos durante no sé cuánto tiempo, tal vez no es tanto como me parece. Su forma de verme no es amenazante, pero sé que es una bestia peligrosa. Tal vez para las gallinas. ¿Eres gallina, Allegra? Kókoro, kókoro ko. ¿Vas a permitir que lo que dijo ese tipo de destruya? ¿Que te saque de tu centro? ¿Lo vas a permitir, Allegra? Te llamó perdedora y piensa que las cinco personas con las que más pasas tiempo también son perdedores. Aunque tal vez sea cierto porque... solo recuerda la forma en que reaccionaste, Allegra. ¿O debería llamarte Pecas? ¿Quién eres desde que llegaste aquí? ¿Allegra o Pecas? Vamos, decídete.

Doy un paso hacia el interior y le cierro la puerta al zorro en las narices, pero mi corazón continúa latiendo a toda velocidad.

Pum, pum, pum.

Cuando estoy debajo del edredón me doy cuenta de que no dejo de recorrer la piel de mi brazo izquierdo con las puntas de los dedos de la mano derecha. Llevo un rato sintiendo la piel cicatrizada cerca de mi bíceps una y otra vez como si quisiera marcar un sendero. No necesito ver en cuál constelación me estoy enfocando porque mi tacto las conoce de memoria. Casiopea. Una constelación de cinco estrellas. Aún recuerdo el nombre de cada una: Segin, Ruchbach, Navi, Shedar, Caph. Mientras paso mis dedos sobre ellas pienso en lo que me dijo el tipo del Ferrari.

Cinco personas. Cinco estrellas. De una peca a otra. De una estrella a una peca. De persona a estrella. De persona a peca. Una y otra vez hasta que me quedo dormida.

Nueve

MIRO EL TABLERO DEL FERRARI. EL CRÉDITO DE SU BOLETO SE ACA-
bó hace treinta minutos. Me siento satisfecha por un instante, no
porque ahora puedo volver a imponerle una multa, sino porque veo
que hizo el esfuerzo. Sin embargo, luego me enojo conmigo misma
por haber bajado mis estándares. Solo hacer un esfuerzo no es suficiente ni aceptable.

Subo los cuatro escalones para llegar al número ocho. A diferencia de los otros escalones de la misma terraza, que con el paso del
tiempo se han roto, despostillado y desnivelado, estos se encuentran
limpios, restaurados y pulidos. No hay señal del limo baboso que
dejé cuando me pisó como caracol y me aplastó con sus palabras. La
puerta georgiana es negra y brillante, tiene una gran manija dorada
y, sobre ella, un enorme número ocho. Del lado derecho solo hay
un timbre junto al nombre de la empresa: Cockadoodledoo Inc. Lo
oprimo, doy un paso atrás y aclaro la garganta.

Pasa tanto tiempo que pienso que tal vez debería irme, pero
por fin abre una chica, más o menos de mi edad. Aunque es alta,
solo llena un cuarto de la altura de la puerta. Parece una persona
en miniatura, una muñeca en una casa de muñecas. Me asusta el
repentino y profundo alarido de varios hombres, como si un equipo
hubiera anotado gol. Ella prácticamente no reacciona. En cuanto me
doy cuenta de que no soy la causa del barullo, o al menos eso parece,
me tranquilizo.

La hermosa mujer con cara agria se me queda viendo. Ey, me
dice.

Tiene piernas largas, es morena y viste unos jeans negros entallados que, de manera estratégica, están rasgados a la altura de
los muslos. Sandalias con tacón. Blusa arremangada a cuadros, la
mitad insertada en sus jeans de talle alto, a la altura de la cintura,
y abotonada solo hasta la mitad. Debajo lleva un sexy chaleco de
malla. O tal vez es un leotardo. Es súper *cool* y sin proponérselo.
Un caos sensual. Todas las prendas limpias, frescas. Cejas densas
y bien delineadas. Como orugas gruesas, perfectamente marcadas y
cepilladas. Arracadas. Labios carnosos. Desbordantes. La piel es tan
clara que parece irreal. Ni una sola mancha, ni un pequeño vello,
ni una peca. Es como si la hubieran limado para eliminar todas las
imperfecciones. Parece una barra nueva de mantequilla al levantar
el aluminio, un camino inmaculado sobre el que acaba de nevar. El
blanco de sus ojos es como leche, y sus iris, del color del ámbar que
me recuerda a la resina para el arco del violonchelo de papá. Es una
nueva especie de mujer. Cuerpo de Kendall Jenner con el rostro de
Kylie Jenner. O al menos está maquillada con la línea de cosméticos
que ellas crearon.

Hola, digo, soy guardia de estacionamiento. Trabajo para el
Consejo del condado de Fingal. Me gustaría hablar con el dueño
del Ferrari amarillo.

Estoy de pie, un poco más erguida de lo que acostumbro. No
sé por qué eso debería hacerme sentir mejor, pero así es. Veo al
fondo, detrás de ella, hasta donde termina el largo corredor. Al lugar
de donde provienen los gritos. Todo está pintado en una gama de
grises y blancos. Los muros, las cornisas, los paneles de madera. El
lugar parece salido de revista de decoración de interiores. Un gato
camina por el corredor hacia nosotras. También es gris y blanco,
como si lo hubieran sumergido en pintura para que coincidiera con
la decoración.

Rooster está en una reunión, me dice al mismo tiempo que se inclina para recoger al gato. Lo besa en el aire para evitar que sus brillantes
labios se peguen al pelambre. Sus uñas son largas y puntiagudas, del

tipo que podría causar bastante daño. Falsas, pintadas con un color rosáceo. Se escucha otro alarido desde el fondo del corredor.

¿Rooster?, digo.

Sí, Rooster es el dueño del Ferrari, me explica.

Me siento muy decepcionada. No por el nombre, no, eso es un regalo. Qué mejor apelativo para el imbécil dueño de un automóvil de mierda. Me pareció que sería la oportunidad perfecta para volver a hablar con él, para enfrentarme al zorro. Para preguntarle más sobre las cinco personas y la maldición que me lanzó. ¿Qué significa y por qué me molesta tanto? No debería haber hecho el viaje en vano.

Levanto el sobre de papel manila.

Quiero dejar esto para que se lo entreguen, le digo a la mujer.

Ajá, claro, ¿de qué se trata?, me pregunta.

Le cuesta trabajo mantener al gato entre sus brazos. Da la impresión de que las uñas puntiagudas lo rasgarán y saldrá volando como globo por todo el lugar. El gato se libera solo y salta hasta el piso. Camina hacia mí y se detiene sobre el tapete de la entrada, luego retrocede rápido, como si yo fuera una amenaza. Maldito.

Tiene que ver con sus hábitos para estacionarse, explico. Noté que se estaciona aquí todos los días y que tiene un negocio. Hago una pausa. Porque este es un negocio, una empresa, ¿cierto?

Ella entrecierra sus ojos color ámbar. Vaya, claro, por supuesto, contesta.

Quería entregarle estos documentos, digo al mismo tiempo que le entrego el sobre. Son para solicitar un tipo especial de permiso. La tarifa anual es de seiscientos euros y se puede pagar en una sola exhibición o en partes, mensualmente. El permiso le permitirá tener un disco sobre el tablero, y de esa manera no tendrá que molestarse en pagar el parquímetro ni se le impondrán multas.

Sonrío un poco cuando menciono las multas, pero ella no parece comprender. Nada.

Espere, me dice confundida. Usted es vendedora.

No, contesto con un suspiro. Soy guardia de estacionamiento. Se lo digo lento y con toda claridad.

Me mira de arriba abajo, se oye otro vitoreo al fondo del corredor, es el último. Después de eso, las voces se oyen más fuerte y un grupo de jóvenes salen en hilera de una sala. Se parecen entre sí. Jeans, zapatos deportivos, camisetas, gorras, cabello largo, barba. Piel hidratada, aroma invitante. ¿Cuál sería el sustantivo colectivo para las bandas musicales de chicos? Pandilla. Manada. Ramillete. Rockstars.

El ángel guardián del estacionamiento me ve.

Mierda, ¿ya corrió el tiempo?, pregunta mirando preocupado el reloj de pulsera con banda gruesa rosa que lleva puesto.

Sí, comienzo a decirle, pero vine a…

Rooster está en una reunión, me interrumpe. Lleva ahí tres horas, no ha podido depositarle al parquímetro, te pedí que tú lo hicieras, le dice a la chica mirándola directo a los ojos.

No sabía, contesta ella encogiendo los hombros. Bien, de todas formas, creo que esta chica vende permisos para estacionarse.

No, yo…

Solo cómpralo entonces, dice el ángel, señalándome con la mano en un débil gesto desdeñoso, antes de desaparecer al entrar a la oficina del ventanal, el mismo desde donde suele observar para ver si me acerco, como vigilante nocturno frente al muro de un castillo.

Los jóvenes atraviesan el corredor, van de una sala a la otra, el gato también, y un perrito. Me miran al pasar. Al principio curiosos, luego pierden el interés y siguen su camino. Me doy por vencida.

De acuerdo. Hasta luego.

Doy media vuelta y bajo los escalones. Debería revisar los otros automóviles estacionados en la calle, pero ya no me interesa quedarme por ahí. Tuvieron suerte por hoy. Siento los ojos inflamados. Escucho algunas risas disimuladas, luego se cierra la puerta. Decido almorzar temprano, de esa forma Paddy no podrá alcanzarme y no tendré que hablar sobre lo sucedido ni revivir el episodio.

Veo a alguien sentado en mi banca.

Maldita sea.

Maldigo en voz alta.

La pareja de adultos mayores voltea y me ve. El hombre está inclinado hacia el frente, se apoya en un bastón, resuella, le cuesta trabajo respirar.

¿Creen que permanecerán mucho tiempo aquí?, les pregunto.

Continúan mirándome.

¿Quieres decir vivos o sentados en la banca?, me pregunta el anciano.

En la banca, aclaro.

Mi esposo necesita un descanso, contesta la señora en tono defensivo.

¿Necesito pagar y mostrarle un boleto para estacionarme aquí?, pregunta él guiñando. Sonrío.

No, dejaré pasar la falta por esta vez.

Vuelvo a nivelar la situación. Todo parece desequilibrado hoy.

Veo una piedra de poca altura que me permitiría ver hacia el puerto. Jamás me había sentado aquí, me siento como perro, dando vueltas alrededor de la piedra para elegir cómo sentarme. Frente a mí hay una grada para botes que desciende hacia una apacible zona de la marina que en este día tan bello parece seda, espejo. La observo por un rato, luego miro la isla al otro lado. De vez en cuando veo algunos puntos moverse, son los golfistas que atraviesan el campo de golf.

Acabo de darle la primera mordida a mi sándwich de queso cuando, en el muro a mi lado, aparecen un pie y una pierna, luego se revela el cuerpo completo. Lo primero que reconozco son los zapatos deportivos. Prada.

¿Puedo acompañarte?, pregunta. Sigue de pie, esperando que le dé la bienvenida.

Por supuesto.

Se sienta.

Gracias, dice mostrándome el sobre de papel manila y los documentos que trae en la mano. Acabo de salir de una reunión. Supongo que tú los trajiste.

Pensé que te sería más sencillo tener un permiso para negocios que seguir corriendo para poner monedas en el parquímetro. La mayoría de las empresas de la zona usa estos permisos de estacionamiento.

Sí, claro, parece lógico. Gracias.

Doy otra mordida a mi sándwich. Siento su mirada, mastico sin ritmo, de una forma antinatural. Debí hablar en lugar de comer. Una vez más, mi problema para elegir el momento oportuno. Trago el bocado.

Mira, puedes pagar el estacionamiento de cualquier forma que desees, le digo, pero si no lo haces, tengo que multarte. Es mi trabajo, no es una cuestión personal. No hay ninguna *vendetta*. Dejo multas en muchos automóviles. Casi nunca sé quién es el dueño.

Sin embargo, tengo muy buena memoria y recuerdo a quiénes pertenecen los automóviles, pero no me tomo la molestia de decirle eso, por supuesto.

Escucha, lamento mucho lo del otro día, dice. Lamento haber despedazado la multa, y también todo lo que dije. Fui sumamente irrespetuoso, en verdad muy impropio. En general… es decir, nunca estallo de esa manera. Lo que dije, no fue en serio.

Sí, sí lo fue.

Bueno, tal vez en ese momento sí, pero no era mi intención… De todas maneras, lo siento.

Se acobardó de inmediato. Tal vez las gallinas pueden asustar a los zorros después de todo. Quizá los caracoles pueden aplastar a la gente.

Continúa, le digo.

Bien, murmura y se queda pensando. Tuve un mal día y llevaba dos semanas recibiendo multas diariamente. Estaba muy estresado, ya sabes, negocio nuevo, políticas de la oficina… ¿Por qué sonríes?

Quise decir que continuaras hablando sobre lo que me dijiste esa mañana. Sobre eso de ser el resultado de las cinco personas con las que pasas más tiempo. Se lo digo en voz alta y con mucha claridad, de la misma manera en que me lo he repetido desde que escuché sus palabras. El encanto. La maldición. El caballo de Troya.

Ah, sobre eso. No, en serio. No fue mi intención decirlo.

Parece avergonzado. Por haberme insultado o por la manera en que lo hizo, no estoy segura. De cualquier forma, necesito que desglose el concepto, que me explique.

De acuerdo, digo, pero ¿qué significa?

Es una expresión del mundo de los negocios, una cita inspiradora. Jim Rohn fue quien dijo que uno es el resultado de las cinco personas con quienes pasa más tiempo, me explica. Significa que la gente con la que más convives le da forma a tu personalidad.

Me mira para ver si sigo prestando atención, si me interesa lo que dice. Así es. Captó mi atención desde que me dijo eso la primera vez. No de la manera en que sucede en la película *Jerry Maguire* porque él hizo todo lo contrario a completarme. Sin embargo, la frase provocó una reacción en mí.

De acuerdo con las investigaciones, continúa explicando, la gente con la que pasas tiempo de manera regular determina tu éxito o tu fracaso en la vida hasta en noventa y cinco por ciento. Determina tus conversaciones. Afecta las actitudes y los comportamientos a los que estás expuesta. En algún momento empiezas a pensar y a comportarte como esas cinco personas. Estoy tomando algunos cursos de negocios y acababa de leer esta teoría, supongo que la tenía fresca cuando te vi y… Ya sabes, solo lo dije sin pensar.

Piensas que estoy rodeada de perdedores, le digo. Que las cinco personas con las que paso más tiempo son nulas, que valen tan poco que se reunieron, y que colaboran para que yo también sea nula. Llamaste "perdedor" a Paddy, a mi colega. Cuando hiciste trozos la multa en mis narices, no estabas tratando de inspirarme.

Acabo de decir algo muy ingenioso. Digno de un astuto zorro viejo. Volteo y miro al pescador en la grada.

Como ya te dije, lo lamento.

Deja de repetir eso, estamos más allá de las disculpas. Lo que necesito es comprender.

¿Comprender qué?

Quiénes son mis cinco personas. Es decir, si todos eligieran cinco personas, ¿no serían siempre el cónyuge, los hijos, lo padres o…

No, mira, no pueden ser los miembros de tu familia, me explica sonriendo.

¿Por qué no?

Porque si así fuera, los cinco siempre serían miembros de tu familia.

En mi caso solo sería una persona.

Oh.

Pero continúa.

Cuando piensas en las personas que no pertenecen a tu grupo familiar, encuentras gente que influye en tu vida y que tiene un efecto sobre ti que no has considerado.

Abro el recipiente con nueces y le ofrezco. Él declina con la cabeza.

No creo que debas darle mucha importancia. Lo que te dije fue estúpido, lo dije al azar, era solo algo que traía en la cabeza.

Cierto, pero es tan persistente como un "tralalá, tralalá".

¿Qué quieres decir con eso?

Ya sabes, algo en lo que no puedes dejar de pensar, como una melodía pegajosa que no puedes olvidar. No he podido sacármelo de la cabeza.

Sí, es algo así. Tal vez por eso te lo transmití, porque no me dejaba en paz.

Entre las cinco personas, ¿puedes tomar en cuenta a un miembro de tu familia?, le pregunto.

Supongo que si fuera una persona con una influencia extrema en ti, sería posible.

Lo es. Papá.

¿Hablas de tu padre o de tu abuelo?

De mi padre.

De acuerdo. Supongo que sí, dice encogiendo los hombros.

Y cuatro más, digo pensando en voz alta. ¿Son literalmente las personas con las que pasas más tiempo, te agrade o no? ¿O podría ser gente con la que...? Hago una pausa. Gente a la que aún no has conocido.

Gente a la que aún no has conocido... repite, pensando en voz alta. ¿Te refieres a personas que te inspiran?, pregunta mientras extiende el brazo y toma algunas nueces. Se las mete a la boca meditando todavía la pregunta. Mira hacia el mar. Vaya, saben bien. En general odio las nueces.

Están azucaradas.

No lo sé, dice, creo que estás pensando demasiado las cosas. Sé que es difícil reducir el número de personas que conoces a cinco. Por otra parte, claro que las ideas y las acciones de alguien pueden resultar inspiradoras... Pensemos en Oprah, por ejemplo. Sin embargo, ella no puede estar en tu lista. Tiene que ser gente con la que interactúes. Deben ser personas cuya vida se intersecte con la tuya.

Se me queda mirando.

Y yo a él.

Si no fuera un tipo tan arrogante y nefasto, sería muy guapo.

Explícame de nuevo, le digo. En realidad no comprendo bien los parámetros para que uno se convierta en cinco.

Las cinco personas con las que pasas más tiempo, repite. Esta vez lo hace con una amplia sonrisa que me permite ver la perfección de sus dientes. Eso es. Se me queda mirando, aún sonríe.

¿Qué te parece tan divertido?

Tu cara. Te ves muy confundida.

Lo estoy, digo. Lo haces sonar muy simple. Esas cinco personas, quienesquiera que sean, me convierten en lo que soy. Por siempre.

Solo porque convivo con ellas. Eso es todo. No tiene nada que ver conmigo, con la forma en que me criaron, con las decisiones que tomo, con mis genes ni con nada. Todo se resume en estas cinco personas.

Sí, pero no. Gira su cuerpo hacia mí, levanta las manos vigorosamente y vuelve a hablar. Un enorme reloj de pulsera rodea su delgada muñeca. Vello rubio sobre la amarillenta piel de sus brazos. Por supuesto, eres quien eres, pero eso es lo más maravilloso. La segunda parte de la cita es: "Elige con sabiduría". Puedes elegir. Elegir a esas cinco personas. Es decir, puedes escoger quién te dará forma y, por lo tanto, elegir quién serás. Digamos que vas a armar un equipo de baloncesto. ¿No elegirías a los cinco mejores jugadores especializados en áreas específicas? Necesitas un jugador base, un escolta, el alero, el ala-pivote y el pivote.

Yo no juego baloncesto.

Eso no importa, dice poniendo los ojos en blanco. Tú eres el proyecto. ¿A quién necesitas en tu equipo para convertirte en quien quieres ser?

Vaya, qué inspirador, digo. ¿Por qué no solo explicaste eso antes de hacer pedazos la multa?

Reímos.

Pido una tregua, dice levantando la mano.

Asiento.

¿Cómo te llamas?

Allegra Bird.

Sus manos son suaves, más suaves que las mías.

Allegra Bird, es un nombre genial.

Viene de *allegro*. Es una indicación para tocar la música de una manera ágil. Papá es profesor de música.

Él es una de tus cinco personas.

Es mi número uno. ¿Necesitan estar en orden?

Su risa es un sonido formidable que me contagia en medio de esta profunda confusión que sacude mi mente.

Algunas personas me llaman Pecas, le explico a pesar de que no es necesario. No se me ocurre qué más decir.

Pecas, repite sonriendo mientras estudia mi rostro como tratando de cartografiarlas: qué lindas, añade, y yo me siento un poco incómoda.

Bien, Allegra, también conocida como Pecas, yo soy Tristan.

Pensé que te llamabas Rooster.

No, Rooster es mi seudónimo en YouTube.

¿Por qué tienes un seudónimo de YouTube?

Porque... ¿No sabías que soy youtuber? ¿Entonces cómo supiste mi nombre?

Tu secretaria me lo dijo. El sobre que ahora tienes en las manos, se lo entregué a ella, le explico confundida. Si ya olvidó que vino a verme hasta aquí para hablar de los documentos para empezar, debe estar mal de la cabeza.

Se queda mirando el sobre con el ceño fruncido.

Lo encontré en el suelo, junto a la puerta. Pensé que lo habías insertado en el buzón.

No. Tus amigos me dijeron que estabas en una reunión.

Exacto, es cierto.

¿Qué prefieres?, le pregunto. ¿Rooster o Tristan?

¿Te refieres a quién prefiero ser o al nombre?

En realidad no había pensado en eso, pero le digo que quiero saber ambas cosas.

Prefiero ser Rooster, pero puedes llamarme Tristan. ¿Y tú qué prefieres? ¿Allegra o Pecas?

Me le quedo mirando. Volvió a hacerlo. Volvió a provocar una reacción en mí.

Papá me llama Allegra, y tengo pecas debido a él. Sin embargo, no le digo nada de esto, solo me encojo de hombros y comenzamos a alejarnos. Ambos necesitamos volver al trabajo.

Diez

Voy a casa para la Pascua, no podría estar más contenta. Es la mañana del Viernes Santo y estoy sentada en el tren de las seis y veinte de Dublín a Killarney mirando la campiña pasar a toda velocidad. La ciudad se mantuvo tranquila durante la semana porque las clases terminaron y el tránsito no se vio afectado por los padres llevando a sus hijos a clases. La mayoría de la gente se fue de vacaciones las dos semanas. Las calles estuvieron hasta cierto punto vacías. Muchos lugares de estacionamiento desocupados, no tuve mucho trabajo, no hubo nadie con quien discutir por las mañanas. El miércoles me divertí contando el número de manchas de ceniza en la frente de las personas: mentes abrasadas. Cuando era niña pensaba que a la gente se le quemaba la cabeza, me daba gusto que lograran apagar el incendio.

No soy una persona religiosa. Tampoco papá aunque, técnicamente, pertenece a la Iglesia de Irlanda. A pesar de haber estudiado en internados católicos, nunca tuve que participar en clases de religión. No fui la única exenta, hubo algunas chicas protestantes, tres hindúes y una musulmana. También una chica que vino a Irlanda a estudiar, sus padres se quedaron en Malasia. Decía que era atea, y como yo no tenía ninguna fe, cada vez que se realizaban actividades religiosas nos dejaban permanecer juntas y nos asignaban alguna tarea. Ensayos, fichas de ejercicios, encargos sin sentido, ese tipo de cosas. En una ocasión, un agradable día soleado, nos sacaron al jardín para teñir nuestras camisetas mientras todas las otras chicas estaban encerradas aprendiendo sobre la transustanciación. A muchas les daba envidia nuestro culto no religioso.

A pesar de no practicar su religión, la hermana Lechuga me agradaba. Era joven, tenía treinta y tantos años y en verdad creía en su causa. Me da la impresión de que creía que ella sola tenía que compensar todos los actos malvados que las religiosas decrépitas habían realizado en el pasado. Se esforzaba en auxiliarnos, escuchaba nuestros problemas, nos mostraba que le importaban y trataba de ayudarnos a resolverlos.

Saco de mi bolsa mi libreta dorada de notas y la coloco sobre la mesa. Empiezo a trabajar en mi lista. Entre los cinco y los once años, las cinco personas con las que más conviví fueron papá y mis mejores amigas de Valentia: Marion, Cara, Marie y Laura. En secundaria fueron Marion, la hermana Lechuga, papá, Viv, mi amiga más cercana en la escuela, y Bobby, un chico que fue mi novio un año, pero que me mantuvo obsesionada mucho más tiempo. Tanto, que les daba forma a mis sueños y mis pensamientos. Desde que salí de la escuela y no fui aceptada en la Garda Síochána, y hasta ahora, las cinco personas han sido Marion, mi novio Jamie, Cyclops, mi tía Pauline y papá. Siempre papá.

Han pasado varios meses desde la última vez que fui a casa, por lo que tengo muchas ganas de ponerme al día con todos ellos. Bueno, con la mayoría.

A las diez veinte llego a la estación de Killarney y desciendo del tren. El trayecto a Isla de Valentia toma una hora y veinte minutos, o una hora si papá conduce. No es sencillo volver a casa, el transporte público no atiende esta parte del mundo. Valentia es una pequeña isla de once kilómetros de largo y tres de ancho. No se encuentra demasiado lejos, pero en términos de accesibilidad, a veces siento como si tratara de llegar a Australia.

Incluso si consiguiera que alguien me llevara hasta Portmagee, de todas formas necesitaría un automóvil para cruzar el Puente homenaje a Maurice O'Neill que une la costa principal con la isla, y luego a Knightstown, el pueblo en el punto más alejado de la entrada del puente. De Reenard's Point sale un ferri que va directo a Knightstown y solo toma cinco minutos, sin embargo, solo opera de abril a octubre, la temporada pico, y si no llegas a Reenard's Point antes de las diez de la noche, pierdes el último ferri. Trabajé ahí cuando terminé la escuela, fue el empleo que dejé para ser guardia de estacionamiento. Bueno, trabajé de abril a octubre, los otros meses fui empleada en una tienda de regalos de Skellig Experience, el museo que exhibe artículos relacionados con la historia de la isla. Aquí hay un sitio monacal del siglo dieciséis que la UNESCO declaró Patrimonio mundial cerca del mar. Cuando estrenaron el *Episodio VII: El despertar de la Fuerza*, de *Star Wars*, el sitio necesitó más personal.

Por lo general la persona en quien se puede confiar para llegar de Cahirciveen a casa es Tom Breen. Tom es el taxista local, pero juega mucho golf, así que no siempre es de mucha ayuda, como cuando contesta desde el cuarto hoyo en Kinsale y te pregunta si podrías esperar algunas horas. Además, es lento. La forma de conducir de papá me aterra, pero la de Tom Breen despierta mis instintos asesinos.

Echo un vistazo en la zona de estacionamiento de la estación de trenes, papá no ha llegado.

Le llamo por teléfono.

¡Allegra, mi amor!, contesta. Estoy en la casa, no pude ir a recogerte.

¿Te encuentras bien?

Yo sí, pero el auto no.

Miro alrededor en el estacionamiento y me pregunto cuáles podrían ser mis opciones. Los sábados no hay autobuses a Cahirciveen, e incluso si los hubiera, tendría que llamar a Tom Breen y, Dios mío, no por favor. Creo que llegaría a casa más rápido si caminara. ¿Cuándo habrá surgido el problema del automóvil? Me pudo haber avisado antes. Le habría tomado una hora llegar aquí, es decir, habría tenido que salir de casa hace una hora. ¿Por qué no me llamó o me envió un mensaje? ¿Por qué solo me entero hasta que yo le llamo?

Mientras camino entre los automóviles estacionados y pienso en la manera de salir de Killarney, también lucho contra mi enojo.

Pero no te preocupes, me dice, ya arreglé que alguien te traiga.

Me duele el estómago en cuanto veo un automóvil conocido entrar al estacionamiento. Dios, espero que no venga a recogerme a mí. Es el automóvil de Tom Breen.

Papá, te dije que no le llamaras a Tom, te lo pedí.

No es Tom, dice.

Bien. Entonces Tom debe haber venido por alguien más, pienso aliviada, y de inmediato me pregunto a quién le habrá pedido papá que viniera a recogerme. Tal vez a mi tío Mossie o a tía Pauline, aunque ella seguramente estará ocupada con su *Bed and Breakfast* y no tiene tiempo para venir por mí. Aunque me quiere mucho, no estaría contenta de que le pidieran un favor como este de último momento.

El automóvil de Tom se arrastra por todo el estacionamiento. Doy la vuelta y camino en la dirección contraria en caso de que me aborde e insista en que suba a su automóvil y comparta el viaje con alguien más. Pero él maneja lentamente hacia mí y me acecha como un acosador.

Tom no estaba disponible porque le llamé de último minuto, explica papá, se encontraba jugando golf. Pero me dijo que enviaría a Jamie, su hijo.

Me dice "Jamie, su hijo" como si nunca me lo hubieran mencionado en la vida. Como si no fuera *ese Jamie*, mi novio durante tres años. El mismo al que no quería volver a ver a pesar de que forma parte de la lista de cinco personas que, sí, lo admito, acabo de escribir en el tren.

Jamie. Maldita sea.

Dejo de caminar y el automóvil se detiene también. Me asomo al interior, Jamie me mira. Ninguno de los dos sonríe. Cuando dejé

Valentia, también dejé a Jamie. Y no fue en buenos términos. Ahora estaré atrapada con él en un automóvil durante una hora y veinte minutos.

Baja y abre la cajuela para que guarde mi equipaje, pero le digo que prefiero mantenerlo conmigo. Entonces la cierra de golpe y vuelve a abordar el automóvil. Respiro hondo y me pregunto si tendré otras opciones, pero sé que no. Además, evitar esta situación podría empeorar las cosas, así que me siento, en la parte de atrás, detrás del asiento del pasajero, lo cual se siente extraño porque siempre nos sentábamos lado a lado.

Espero que conduzcas más rápido que tu papá, digo en broma. Todos sabemos que su padre no maneja, gatea, era algo de lo que solíamos reírnos, volvía loco a Jamie. Pero quizá no logro decirlo con un tono cálido en mi voz, y él no se da cuenta de que es una frase para romper el hielo. O tal vez sí, pero no desea fingir que todo está bien porque no es verdad. Me mira a través del espejo retrovisor. Espero que tú no seas una depravada como tu papá.

Cierra la puerta, enciende la radio a todo volumen y conduce.

Más rápido que su padre.

Once

Tu papá es un depravado.

Ya lo había escuchado. En la secundaria. Debo haber tenido unos doce años.

Fue algo con lo que salió un día Katie Sullivan, sucedió después de que yo la tacleara y anotara en el entrenamiento de camogie. Ella siempre fue mala perdedora, colérica y agresiva. Lo manifestaba principalmente pateando, arañando, jalando e incluso mordiendo. No a mí, sino a las chicas del equipo contrario por lo general. No me esperaba lo que dijo. Al principio me reí porque parecía un insulto muy raro y al azar, y porque era divertido verla enojada. Las fosas nasales se le dilataban, su rostro enrojecía y una vena se le inflamaba en el centro de la frente. Se enojaba como personaje de caricatura. Tenía serios problemas. Es la misma chica que le escribía correos a su mamá diciéndole que la odiaba por haber engañado a su padre. Escuché el rumor de que también coqueteó peligrosamente con el nuevo novio de su madre, y que luego lo acusó de insinuársele. Era una chica perversa. Desbordante de rabia.

La imagen que yo tenía de un pervertido no coincidía con mi padre. Yo imaginaba a un viejo gordo y mantecoso con cabello sucio, vestido con un impermeable asqueroso que abría para exhibirse ante la gente que paseaba en los parques. Eso era lo que hacía que el insulto fuera tan divertido. Sin embargo, nadie más se rio. Lo recuerdo bien. No sabían que ella solo lo estaba inventando para avergonzarme, para herirme y hacerme sentir de la misma manera que ella se sintió cuando la tacleé y gané.

Es cierto, gritó mientras la hermana Lechuga la sacaba de la cancha de juego. Solo pregúntenle a Carmencita, vociferó. Volví a reír, esta vez nerviosa, y en cuanto escuché el nombre, me quedé callada. Estaba azorada, mi cuerpo temblaba por dentro. Carmencita era el nombre de mi madre y, nadie, excepto papá, tía Pauline, tío Mossie y mis dos primos, lo sabía. Pensé que tal vez Katie lo había leído en uno de mis cuadernos porque en una o dos ocasiones lo garabateé, pero incluso si así hubiera sido, era improbable que hubiera relacionado el garabato con el nombre de mi mamá.

Después de que superé la conmoción, quise preguntarle al respecto, pero la castigaron de una forma tan severa por lo que dijo, que incluso le daba miedo mirarme. La suspendieron del equipo de camogie por el resto de la temporada, lo cual resultó ser también un castigo para la escuela porque era nuestra jugadora estrella. Todas las chicas del equipo me culparon por ello. Solían rodearme en grupo y pedirme que perdonara a Katie, trataron de convencerme de que no había querido herir mis sentimientos, como si yo tuviera algún poder de decisión respecto a su castigo.

Por supuesto, di por sentado que lo que había dicho no era cierto, no había razón para pensar lo contrario. Sin embargo, quería averiguar qué sabía sobre mí y cómo lo había descubierto. Los viernes por la noche Katie viajaba conmigo en el mismo tren a Limerick, el lugar donde papá me recogía. Un día la vi sola y reuní el valor necesario para sentarme a su lado en el vagón y preguntarle por qué había dicho eso respecto a mi padre.

Jamie Peter, JP, vuela por los caminos rurales lo más rápido que puede, va lidiando con el tránsito del sábado por la mañana y escuchando su estruendosa música. La sacudida me hace sentir un poco mareada, así que trato de bajar la ventana, pero él cerró todo con seguros y no me atrevo a romper el tenso silencio a pesar de que no puedo respirar y me hace falta el aire. Se detiene en una estación de servicio y sale del auto sin decir una palabra. La música por fin se detiene y exhalo aliviada. Aprovecho la oportunidad para comprar algunas cosas para papá como pan, leche, tocino, avena, jugo, peras, el tipo de comestibles básicos que nunca parece tener en casa. No sé de qué vive. Jamón, tomates y botes de sopa de verduras, quizá.

Cuando estoy en la caja pagando, Jamie se forma detrás de mí y siento su mirada atravesándome. Los momentos incómodos se presentan uno tras otro. En cuanto termino de pagar, no sé si esperarlo en la tienda o no. Decido esperarlo, pero más bien hago como que me detengo en el exhibidor de periódicos un momento. Paga y sale de ahí sin decirme nada, y yo lo sigo deseando no haberlo esperado ni un instante. No vuelve a encender la música cuando abordamos de nuevo el automóvil, me pregunto si dirá algo, pero solo nos sentamos y permanecemos en silencio. Me desconecto mentalmente de él, trato de fingir que solo es un conductor de taxi como cualquier otro. Ahora que los seguros no están puestos, bajo la ventana, cierro los ojos y respiro el aire. Ya casi llego a casa.

Cuando abro los ojos veo que me mira por el espejo retrovisor. Lo atrapé, no le queda otra opción que hablar.

¿Y qué tal las cosas en la gran ciudad? Mucha gente, supongo.

En su voz hay un tono de amargura. A veces, la gente que se queda tiene la sensación de que quienes se fueron encontraron algo mucho mejor. Que al volver miramos todo y a todos con desprecio. Es un complejo de inferioridad que no tiene lógica porque la isla es infinitamente superior a Dublín y a cualquier otra ciudad del mundo. Si Jamie pudiera ver el lugar donde vivo ahora, sobre un gimnasio, en un suburbio, creo que se daría cuenta de que no coincide con la idea que tiene respecto a mí: viviendo en Dublín y haciéndome cargo casi sola de todo el tránsito de la ciudad. Aunque creo que tampoco me agradaría que supiera la verdad.

Todo bien, le digo cuando por fin decido que "Todo bien" es una frase que no suena ni a que presumo, ni a que me quejo. ¿Este es tu nuevo empleo o solo estás remplazando a tu padre?

Me he estado haciendo cargo del negocio desde enero. Papá se retiró.

¿En serio? Pensé que habías dicho que jamás te unirías al negocio familiar.

No me uní, explica, asumí el control. Ahora estoy a cargo. Papá tuvo un ataque cardiaco en febrero.

No sabía nada al respecto, papá no me lo dijo. Lo lamento, Jamie.

Ya es un hombre mayor, dice. Fueron varias semanas muy difíciles.

De nuevo percibo ese tono de enojo por no haberme enterado, por no haberlo contactado.

Aunque debo decir que nunca había sido tan feliz, continúa, ahora juega golf casi todos los días. Lanza tiros y gana torneos.

¿Te agrada?

¿Qué?

¿Conducir?

Siempre me ha gustado conducir.

No era a lo que me refería, pero recuerdo que hacíamos paseos largos todo el tiempo. Solo él y yo. Así nos escapábamos. Knightstown es un lugar pequeño, Valentia también. Manejábamos durante horas, nos estacionábamos en algún lugar y teníamos relaciones sexuales en el auto, pero no en este. En aquel tiempo él compartía un Volkswagen Beetle con su hermana, fue ella quien escogió el modelo. Jamie odiaba el hecho de que no fuera un automóvil masculino, pero lo usaba más que ella. Me pregunto si estará pensando en lo mismo que yo ahora. Lo miro, lo analizo. No fue un mal novio, al contrario. Estuvimos juntos casi cuatro años. Y luego me fui.

Fui la primera persona con la que Jamie tuvo relaciones sexuales, pero él no fue el primero para mí. Mi primera vez fue en unas vacaciones a los quince años. Papá solía inscribirme en un club para niños a pesar de que yo ya era demasiado grande para eso. Lo hacía para explorar la isla solo: a mí no me interesaba verla porque era adolescente y siempre estaba de mal humor. Por eso terminaba ayudando a los maestros del club para niños. A las once de la mañana hacíamos el baile matutino del club en un escenario junto a la alberca para recibir a los niños, bailábamos con la mascota, un pez gigante color azul con delgadas piernitas amarillas llamado Geluk.

A veces podía ver que Geluk tenía un celular en el bolsillo. En una ocasión, cuando estaba haciendo el paso "Agadoo" en la discoteca para los niños, vi un paquete de cigarros a través del spándex color amarillo brillante. Un día le pedí un cigarro y eso fue todo. Me acosté con Geluk, que en realidad era Luuk, un chico de Ámsterdam. En fin, a Jamie no le quité la virginidad cuando éramos novios, sino antes, cuando yo tenía dieciséis. Fuimos amigos por años, luego las cosas se pusieron serias, cuando yo ya tenía diecinueve, y así siguieron hasta que me fui a Dublín.

Escudriño su perfil. Ya no tiene acné. De su rostro desaparecieron los furiosos y encendidos granitos, las asquerosas pústulas. Seguro encontró por fin la crema correcta tras probar algo nuevo cada semana. Ahora viste mejor, menos desaliñado, y tiene un nuevo corte de cabello. Tom Breen es más que una empresa de taxis. Para realmente construir un negocio, Tom trabajaba como chofer y llevaba a los golfistas estadounidenses de un campo de golf a otro por toda la región. A Jamie, sin embargo, no puedo imaginarlo como guía de turistas señalando lugares para que los estadounidenses los vean, fingiendo que le interesan las ruinas y repitiendo las historias que su papá podría contar incluso dormido. Tal vez lo haga bien y sea bueno en ello, pero fuera de eso, sigue siendo el mismo Jamie de siempre. De pronto me descubro mirándolo con una sonrisa cariñosa. Y él me sorprende por el retrovisor.

¿Qué?, pregunta.

Nada.

¿Qué?

Solo estoy recordando.

Sostenemos la mirada a través del espejo.

De Killarney a Killorglin, y luego la N70 a Cahirciveen. Se desvía para llegar a Reenard's Point.

Es abril, digo como si apenas me hubiera dado cuenta.

Ajá.

Es temporada del ferri de automóviles. Durante varios años Jamie y yo fuimos asistentes de temporada, yo adoraba ese empleo. Me encantaba la sensación de venir a casa y también la de dejar la isla, de verla desaparecer detrás de mí. Así podía admirarla en toda su gloria pero sin dejarla por completo, solo sentía una insinuación de lo que sería irse antes de volver. Vivía dos de mis sensaciones preferidas cada diez minutos, del amanecer al anochecer. Nunca me aburría, siempre sucedía algo interesante, había por lo menos un incidente diario.

¿Todavía hay mucha gente?

Claro, me dice, es Pascua.

Exactamente en esta época todos empiezan a trabajar en dos o tres empleos y los conservan hasta noviembre. Es el inicio de la temporada turística, hay que aprovecharla y generar la mayor cantidad posible de dinero porque después, a partir de noviembre, todo estará muerto.

¿Recuerdas aquella vez que el toro se quedó atorado mientras el tractor descargaba?, le pregunto. Fue a mitad del verano y obstaculizó el tránsito en ambos lados.

Sonrío al recordar a Jamie corriendo por todas partes con el granjero tratando de atrapar al toro mientras este se volvía cada vez más loco en el ferri. Fue necesario que varios valientes de la línea de automóviles se ofrecieran como voluntarios para rodearlo, conducirlo de nuevo a su contendor, y volver a unir este con el jeep. Y mientras tanto, yo tuve que retroceder porque estuve a punto de orinarme de risa.

¿Recuerdas cuando organicé la búsqueda de los huevos de Pascua en el ferri para ti?, me pregunta. Ni siquiera necesito mirarlo para saber que está sonriendo, lo escucho en su voz.

Treinta huevos Cadbury rellenos de crema. Estuve a punto de vomitar, digo.

¿Sigues siendo adicta al chocolate?

Ahora me vuelven loca los waffles.

¿Los de la marca Birds Eye?

Los belgas. El panadero local los prepara cada mañana, le cuento, y con su expresión me hace saber que le parece demasiado sofisticado y que es otra más de las costumbres que he cambiado.

Nos formamos en la hilera de automóviles que se dirigen a Reenard's Point. No hay muchos frente a nosotros, quizá diez, así que creo que lograremos partir en el siguiente grupo. El ferri se acerca a nosotros navegando entre aguas apacibles. Siento mariposas en el estómago. Mi hogar. Me quito el cinturón de seguridad para poder deslizarme como niña ansiosa hasta el centro, en medio de los asientos del frente. Para estar cerca de Jamie.

Te ves feliz de volver a casa, dice.

Lo estoy. Incluso yo escucho el alivio en mi voz.

¿Dublín no es lo que pensabas?

Encojo los hombros.

¿Hiciste lo que te habías propuesto?

Sí y no.

¿Qué significa eso?, me interroga volteando hacia atrás para mirarme.

De pronto me siento conmovida, como si estuviera a punto de llorar. Si fuéramos el Jamie y la Allegra de antes, le contaría sobre Becky, le diría que la encontré sobre mis sábanas, invadiendo mi espacio. También le contaría sobre Tristan y la manera en que rompió la multa y me llamó perdedora. Entonces los insultaríamos a ambos y diríamos cosas terribles sobre ellos, y yo me sentiría mejor. Incluso le diría todas las otras cosas que me dan vueltas en la cabeza. Le hablaría del concepto de las cinco personas, de lo que significa y de cómo ha persistido en mi mente. Porque me mira como si le importara.

El automóvil de atrás hace sonar el claxon y asusta a Jamie, quien avanza de inmediato. Estamos hasta el frente del ferri y hemos detenido a todos. Un individuo que no conozco nos hace señales frenéticas. Jamie y yo solíamos guiar a los automóviles en su camino al ferri. Avance. Deténgase. No es nada complicado. Solo hay espacio para dos hileras. Luego nos turnábamos para manejar el dinero. El viaje de ida costaba ocho euros, el redondo, doce. Eso no ha cambiado. Era de esperarse, no fue ni hace más de un año. En cuanto Jamie se estaciona, bajo del vehículo. Me quedo cerca de la cadena y observo Reenard's Point en la lejanía. Luego, cuando estamos a medio camino de la isla, voy al extremo y observo cómo nos acercamos al puerto de Knightstown. Es un día totalmente despejado, si estuviéramos del otro lado de la isla veríamos los peñascos Skellig en todo su esplendor, sus paisajes eternos e imponentes, los paisajes con los que crecí, pero de los que jamás me hastié. El hotel Royal Valentia impera sobre el embarcadero, una construcción nívea que ha estado ahí desde el siglo diecinueve, la torre roja del reloj ocupando su prominente ubicación, el punto de reunión para prácticamente todo.

Los abuelos de papá se mudaron a Isla de Valentia para trabajar en la estación trasatlántica de telégrafo inaugurada a finales del siglo XIX. A lo largo de toda mi infancia me recordaron que cuando sacaron el cable de la costa de Valentia y lo remolcaron hasta Heart's Content, un diminuto pueblo pesquero en Newfoundland, mi abuelo fue el responsable de enviar el primer mensaje recibido con éxito, el que le envió la Reina Victoria al presidente de Estados Unidos después de que se firmara el tratado de paz entre Austria y Prusia. Cada letra de un mensaje telegráfico costaba un dólar pagadero en oro, por lo que solo la gente adinerada podía darse el lujo de enviar mensajes. En aquel tiempo la isla era un lugar próspero debido a la estación de telégrafo y a la cantera de pizarra, pero la impetuosa competencia que significaron los satélites hizo que la estación cerrara en 1966. Una vez que el empleo se acabó, la familia de papá abandonó Valentia y se mudó a lo que llamamos "la otra isla": Irlanda. Cuando yo nací, papá volvió a casa.

Nos acercamos al muelle y quienes salieron de su automóvil para respirar un poco vuelven a abordarlo y se preparan para bajar del ferri. Yo abandono mi posición en medio de los asientos y retomo mi postura de viajera de taxi sintiendo que una emoción extrema me recorre.

Me gustaría sentirme así al volver a casa, dice Jamie con dulzura.

Siempre me ha gustado esta parte del viaje, incluso cuando lo hacía diez veces al día, le digo.

Lo sé. Lo recuerdo. Por eso me sorprendió que te fueras.

Tuve que hacerlo.

Él gruñe y enciende el motor. Sigue al conductor que tiene al frente. En dos minutos más podré bajar del automóvil.

Lamento haberme ido, Jamie.

Me mira sorprendido.

Entiendo por qué tomaste esa decisión. Al menos, lo entendí cuando te fuiste. No lamento que hayas partido, sino la manera en que lo hiciste. Sin advertencia. Solo… ya sabes.

Sí.

Yo tenía planes.

¿Qué tipo de planes?

Para nosotros.

No lo sabía.

Mira en otra dirección. Enfadado, con la mandíbula tensa. Tampoco me pediste que fuera contigo, añade. Yo lo habría hecho.

Odias Dublín, le dije. Odias a los dublineses.

Pero a ti te amaba.

No digo nada. No me sorprende. Solía repetirlo todo el tiempo. No temía hacerlo, tampoco le daba vergüenza. Siempre fue demasiado bueno para mí. Me amaba más de lo que yo a él. Repetía que me amaba como si tratara de convencerme. Yo le creía, pero cada vez que lo decía, yo sentía un poco menos por él. Como uno de esos tipos que te invitan a pasar a los restaurantes en vacaciones. Pase, pase, le haremos un buen descuento. Y entre mejor es la propuesta, entre más gritan, y entre más artificiosos son sus gestos, menos te dan ganas de entrar. Escuchas la desesperación y das por sentado que la comida es una porquería. Te vas a otro restaurante. Al lugar ese popular donde el tipo ni siquiera te mira cuando entras y, para colmo, te hace esperar por una mesa.

Jamie se detiene afuera de la casa y yo salgo del automóvil. Él también, pero deja el motor encendido, se apoya en el techo con un pie en el auto y el otro fuera.

¿Sabes?, solo estaré aquí hasta el lunes, pero ¿te gustaría que nos viéramos para tomar algo el fin de semana?, le digo mirándolo a los ojos. Debería divertirme mientras esté aquí, tal vez con eso podría compensar la manera en que me fui.

Estoy saliendo con Marion, dice de la nada. Bueno, no de la nada, lo dijo por algo, pero yo no me lo esperaba. Como si se lo hubiera sacado del culo. Me dan ganas de lanzarlo ahí de nuevo.

Marion. Mi mejor amiga. Marion y Jamie, dos de mis cinco. Papá el tercero, pero en realidad siempre el primero.

Marion y yo estudiamos en el mismo jardín de niños Montessori, luego asistimos a escuelas diferentes porque yo tenía que estar en internado, pero continuamos siendo mejores amigas. No había sabido nada de ella en algún tiempo, se suponía que iría a Dublín unos meses después de que yo me mudé, pero no logró hacerlo por distintas razones. La vida se volvió irritante. Las llamadas telefónicas se convirtieron en mensajes de texto y los mensajes de texto se espaciaron más, pero sigue siendo mi mejor amiga.

Sonrío, no puedo evitarlo. Es una sonrisa nerviosa. La que siempre pongo cuando escucho noticias terribles, como que alguien falleció. No soporto la presión de lucir seria, de actuar como se supone que debería. Si fuera médico, sonreiría al darle a alguien la noticia de que tiene cáncer. Si me eligieran para cargar un féretro, iría sonriendo todo el camino hasta llegar al pasillo de la iglesia. Cuando voy a ver obras de teatro me río en los momentos silenciosos e incómodos. Yo soy esa persona. Mi expresión no tiene sincronía alguna con los sucesos. Es una disfunción no verbal, tal vez eso fue lo que escribieron en el reporte de mi entrevista para unirme al cuerpo de la Garda Síochána. Quizá no podían permitir que me presentara sonriendo en la casa de la familia de una víctima a las tres de la mañana: Lo lamento, su hija acaba de morir.

Mi sonrisa enfurece a Jamie. Tal vez estaba enojado de todas formas, quizás incluso se sentía insultado y por eso me dice que ahora sale con Marion. Para lastimarme. No me río de él, pero si me recordara de la manera que me conoció, a fondo y mejor que la mayoría de la gente, sabría que en este momento le sonrío como tonta porque me siento incómoda y nerviosa, porque me atemoriza lo que acaba de decir. Sin embargo, esto es lo que sucede cuando la gente se separa, esos pequeños secretos que sabían el uno del otro se disuelven hasta desaparecer. Como si los fragmentos más importantes que constituyen a alguien dejaran de ser relevantes. El hechizo del que éramos parte se fracturó cuando me fui de la isla. Él ya no me recuerda, no de la manera que debería.

Tiene ocho semanas de embarazo, añade antes de volver a meterse al automóvil e irse. Me deja afuera de la casa, a un costado del camino y con una enorme sonrisa en medio de un momento de desesperación.

Doce

LA PUERTA DEL FRENTE ESTÁ ABIERTA COMO SIEMPRE. ME RECIBEN distintos aromas, humedad, moho, pan quemado, algo rancio que aún está por ahí, y algo nuevo e indiscernible. Hay olores caseros ocultos entre los nuevos aromas, olores reconfortantes. Inhalo y percibo cómo van y vienen. Dejo caer las bolsas con las compras en el corredor y me apresuro a llegar al salón del frente, donde está la televisión y donde supongo que papá me espera. Se siente frío y oscuro. A él le cuesta trabajo levantarse. Es un sillón de cuero color borgoña del que se eleva un reposapiés cuando te reclinas. Antes de que yo partiera, compramos todos los muebles en la tienda Corcoran's de Killarney. Fue una especie de ritual de partida, así lo sentí. El salón aún huele a cuero nuevo, un aroma que resulta invitante por encima del indistinguible hedor a rancio.

No te levantes, no te levantes, le digo extendiendo los brazos para estrecharlo, pero de todas formas lo hace, me sobrepasa, es un hombre alto, no tanto como antes, no es en nada como antes, y notarlo me toma por sorpresa. Oculto mi preocupación en el abrazo, me alegra que no pueda ver mi rostro y me pregunto por qué no pude mostrarle esta expresión a Jamie y usar aquella sonrisa en este momento. ¿Hace cuánto tiempo que no lo veo? Trato de recordar. Tal vez tres meses, mucho más de lo que debí dejar pasar, pero estaba esperando la Pascua y no podía tomarme más días de vacaciones. Debí venir a casa algunos fines de semana. Entre mis brazos lo siento más delgado, su rostro se ve angosto, luce demacrado. Sus ojos parecen más oscuros y hundidos. En algunas zonas su cabello sigue siendo anaranjado, pero hay más grises, muchas más. No se ha rasurado y, odio decirlo, pero algo huele mal, algo rancio que debió quedarse olvidado entre su ropa. O quizás es él, eso rancio que yo dejé olvidado. Tal vez de una forma egoísta, tal vez no. Hay manchas en su suéter y en sus pantalones, una especie de mucosidad coagulada que no se puede quitar.

¿Qué le sucedió al automóvil?, le pregunto tratando de mirar en otra dirección, asombrada por su apariencia.

Ah, no te preocupes por eso, me dice haciendo un gesto de indiferencia con la mano. Ven y mira, agrega mientras me conduce por el pasillo hasta la cocina que da a los terrenos atrás de la casa. Son tierras que no nos pertenecen, pero de todas formas es agradable contemplarlas. Quiero mostrarte algo, dice. Le cuesta trabajo abrir la cerradura de la puerta de atrás a pesar de que nunca la cerramos con llave. Mira, lo encontré aquí esta mañana, estaba balando, debe haberse alejado de su madre, ¿por qué no gira esta maldita llave? Eso es terri… ah, no estaba cerrado con llave, por eso no giraba. Bueno, no parece muy seguro, ¿verdad? Podrían entrar por atrás. Los ladrones y los buenos para nada nunca entrarían por el frente porque podríamos verlos. Es lo que hacen ahora, solo entran por la puerta trasera. A Laurence le robaron sus herramientas el mes pasado. El tonto no debió dejarlas fuera, pero llegaron por atrás. Muy bien, ven por aquí, te va a encantar, Allegra, es una dulzura.

Sale al jardín entre susurrando y silbando, shush, shush. Camina por ahí, shush, shush. Yo permanezco en la puerta. El clima es agradable, el cielo está despejado, hace sol y, de hecho, se siente el calor en el aire. Sin embargo, todo el año hay zonas pastosas y cenagosas en la tierra porque ahí nunca da el sol y la hierba no crece de forma adecuada. Papá chapotea con sus viejos zapatos deportivos, el lodo salpica sus pantorrillas y deja grandes manchas sobre las manchas secas que se formaron la última vez que estuvo aquí afuera, chapoteando y susurrando shush, shush. Extiende el brazo y ofrece nada entre dos dedos apretados como si ahí hubiera algo. Lo observo hasta que me doy cuenta de que le está llamando a una criatura, y entonces también miro alrededor y espero a que aparezca.

¿Es un gato?

Shush, shush, shush, shush.

Papá, ¿es un gato?

Ven, chiquito, todo está bien, no temas. Shush shush, repite y voltea hacia mí y veo su rostro colérico porque las cosas no están saliendo como esperaba.

Papá, si solo me dijeras…

Shush, shush, shush, shush.

… de qué se trata, entonces…

Shush, shush, shush, shush.

… podría ayudarte…

¡Que se pudra! Ya se fue, dice enderezándose. Respira con dificultad, resuella. No me mira a los ojos. Era un corderito. Es la temporada en que nacen los corderos, ¿sabes?

Sí, los vi por todo el camino hacia acá.

Debe haberse alejado de su madre, llegó aquí ayer. Lo he estado alimentando y cuidando, me explica, y de nuevo camina por ahí buscando, chapoteando entre más lodo. Tiene los zapatos hundidos, momificados por toda la eternidad, esperando que las nuevas especies que surjan los desentierren dentro de miles de años. Los zapatos ortopédicos con talón Abzorb de New Balance para evitar el golpeteo que recibe el cuerpo al caminar, los celebrados zapatos de la humanidad. Los seres del futuro lo estudiarán en los museos: el pie de mi padre.

Papá, te estás ensuciando.

No lo abandoné ni por un instante en todo el día. Shush, shush, shush, shush.

Un último intento.

Trago saliva, siento cómo el pánico comienza a crecer en mi pecho y a arremolinarse en mi estómago. Escucho el tremor en mi voz. Su comportamiento es perturbador.

Tal vez volvió a la granja de Nessie, le digo. Mejor explícame qué le sucedió a tu automóvil.

Papá deja de dar vueltas en el jardín, levanta la cabeza y me mira.

No pude manejarlo por culpa de las ratas. Vamos, dice papá agitando la mano como si guiara un rebaño, a pesar de que nunca ha tenido el menor instinto de granjero.

Las ratas. Lo sigo. Primero corderos y ahora ratas. Papá, ten cuidado, le advierto al verlo pisar el linóleo barato del piso de la cocina con sus zapatos enlodados, pero sigue caminando por toda la casa hasta salir al jardín del frente. Levanta el capote del automóvil y mira al interior. Contempla un manojo de cables y me da la impresión de que ellos lo miran de vuelta de la misma manera. Algo anda mal con lo eléctrico.

Mira.

Pero no sé qué estoy mirando.

El motor.

Sí, ya sé que es el motor.

En ese caso, sabes mucho más de lo que admites. Traté de manejar y empezó a salir humo. Vino Gerry, el mecánico, me dijo que las ratas habían hecho un nido y que masticaron todos los cables. Lo destruyeron por completo, no puede repararlo.

¿Ratas?

Eso fue lo que dijo Gerry, que masticaron los cables.

¿Y lo puede cubrir tu seguro?

No, dijeron que necesitaba probar que las ratas habían masticado los cables. Les pregunté qué tan buenos eran para lidiar con súplicas de clemencia porque pensaba llevarles precisamente una rata para que se declarara culpable.

¡Jesucristo! ¡Qué desagradable! ¿Y el daño lo hicieron durante la noche o anduviste manejando por ahí con las ratas en el motor?

No lo sé, supongo que si hubieran estado ahí mientras conducía se habrían quemado, pero no encontré ninguna muerta. De todas formas, eso no explica lo que están haciéndole al piano.

¡Hay ratas en el piano!, exclamo con los ojos abiertos como platos. A pesar de que estoy asqueada, me siento aliviada al constatar que papá no está perdiendo sus facultades mentales después de todo. Si Gerry fue testigo de esto, significa que papá no lo inventó. Sin embargo, a la detective Pecas aún le queda pendiente el asunto del cordero.

No, no son ratas, dice en cuanto llego detrás de él a su estudio de música. Yo diría que son ratones, ratones caseros.

Papá tiene un hermoso piano de media cola. Los sábados, cuando era niña, él daba clases particulares aquí en el estudio durante horas sin parar. A niños y adultos. Yo jugaba afuera o arriba en mi habitación, a veces veía televisión mientras escuchaba a los alumnos tocar las notas incorrectas o frasear lento mientras él los guiaba con paciencia. Siempre con mucha paciencia.

Levanta un dedo para indicarme que guarde silencio y escuche. Escucho.

El silencio inunda el estudio, no se oye nada, solo el crujido de la duela cuando me apoyo en la otra pierna.

Sshhh, me dice papá, molesto por la interrupción.

Mira a la nada con las orejas bien aguzadas. Algo lo hace mover la cabeza y me mira con ilusión. ¿Escuchaste eso?

Aclaro la garganta, no, no escuché nada.

Se queda mirando el piano. Pues no suena bien, dice.

Tal vez necesite afinarse, le digo. Toca algo para mí.

Se sienta. Mientras piensa qué tocar, sus dedos se mueven suavemente sobre las teclas tratando de encontrar su sitio. El Concierto para piano no. 23 de Mozart, segundo movimiento, dice. Más bien susurra para sí mismo y empieza a tocar. Lo he escuchado interpretar este movimiento muchas veces. Es hermoso y conmovedor, pero también inquietante. Una vez me compró una bailarina de ballet de cerámica, esta era la música que sonaba cuando ella giraba. Tenía que darle cuerda, bastante, y entonces comenzaba a moverse rápido, pero no tardaba en desacelerar. A veces emitía una nota repentina en la madrugada y me asustaba. La veía girar un poco por sí sola y me escondía debajo de las cobijas para evitar sus ojos azules y su gélida mirada. Cuando papá la interpreta me parece una melodía hermosa, pero siempre me ha inquietado.

De pronto toca una nota equivocada y deja caer las manos con fuerza sobre el teclado. De una manera estrepitosa, dramática. Las notas más graves reverberan por un rato.

Ratones, dice, al mismo tiempo que empuja el banquillo hacia atrás y se pone de pie. Voy a colocar otra trampa, dice mientras abre la tapa del piano. Eso los mantendrá al margen.

Sale del estudio, pero su hedor corporal permanece ahí conmigo.

Katie está en el tren. Está sentada sola, no hay nadie junto a ella. Deliberadamente la sigo hasta su vagón y observo con ansiedad el asiento vacío de al lado durante veinte minutos. Han pasado dos semanas desde que dijo que papá era un pervertido, y no he podido sacármelo de la cabeza. Sus palabras me han mantenido despierta hasta muy tarde, he pasado más tiempo de lo normal rasgando mi piel para unir una peca con otra, y para colmo, las chicas de la escuela no dejan de presionarme para que me congracie con nuestra jugadora estrella. Alguien me dijo algo espantoso, y ahora yo soy quien se tiene que disculpar por ello. A veces pienso que ser humano sería más sencillo si no existieran los otros seres humanos. Por fin reúno el valor suficiente para sentarme a su lado, y cuando lo hago, me mira aterrorizada. Jamás la había visto así, me pregunto si es porque me tiene miedo o por papá.

Abre los ojos como platos y mira alrededor como tratando de establecer contacto visual con alguien para pedir ayuda. ¿Qué quieres?, me pregunta enojada.

Quiero saber qué quisiste decir cuando hablaste de mi padre.

Tu papá, dice poniendo los ojos en blanco. Mira, Pecas, no debí decir nada. Ya me disculpé, ¿de acuerdo? Estaba furiosa y lo dije sin pensar, no debí hacerlo.

Si me explicas qué quisiste decir hablaré con la hermana Lechuga y le diré que ya te perdoné, que te permita volver al equipo.

En cuanto escucha eso se endereza, pero nos acercamos a la estación de Limerick, necesito que se apresure.

Es solo algo que escuché a alguien decir, admite por fin.

¿A quién?

A mi prima Stephanie. Hace algunas semanas reconoció a tu papá cuando te recogió en la estación. Ese es el señor Bird, es un pervertido, me dijo. Se acostó con una chica de mi grupo. Bird el pervertido. Incluso hicieron una canción: *Bird, Bird, Bird, Bird el perv.*

El corazón me retumba. Me preparo para lo que viene, pero ella deja de hablar. Continúa, le digo.

Bueno, eso es todo. Él era maestro y ella era estudiante. Es asqueroso. Una noche estaban en un pub con otros profesores y académicos. Empezaron a conversar, y cuando mi prima se alistó para volver a casa, su amiga no quiso acompañarla. Quienes iban con ella supusieron que se quedaría en buenas manos porque estaba con un profesor, así que la dejaron. En fin, el caso es que se acostaron. Después de eso, la chica le dijo a mi prima que se arrepentía muchísimo, y luego, durante meses antes de los exámenes finales, nadie supo de ella, solo desapareció. Es todo lo que sé, me dice encogiéndose de hombros.

¿Sabes dónde está esa estudiante ahora?

¿Cómo diablos podría saberlo?

Es decir, ¿tu prima sigue siendo amiga suya?

No, eso fue hace como mil años, Pecas. Antes de que tú nacieras, no fue el fin de semana pasado, no te pongas loca por ello.

La pobre no da una. No ha comprendido que esa Carmencita es mi madre, que su nombre hispánico coincide con el color de mi piel y mi cabello. Lo único que ve son mis pecas y lo mucho que se parecen a las de papá.

Además, no fue en la Universidad de Limerick, añade, fue en Dublín. Stephanie estudiaba ahí con esa chica, dice que no deberían permitirle dar clases en Limerick, que debería hacer algo al respecto.

Es como lo que sucede con los sacerdotes, los mueven constantemente a lugares distintos. Mira, eso es todo lo que sé, ¿de acuerdo?

El tren se detiene en la estación y ella se pone de pie, de nuevo adopta esa actitud arrogante. Se pasa la mochila a la espalda. Piensa lo que quieras, me dice, pero mi prima no es ninguna mentirosa. Tu papá es un maestro pervertido que se acostó con una estudiante, y eso es totalmente asqueroso, pero como sea. Ahora vas a hacer que me vuelvan a integrar al equipo, ¿de acuerdo? Te dije lo que querías saber.

La sigo hasta salir del tren, luego por la estación. Papá suele esperarme afuera, en el auto, pero esta vez está dentro, junto a la máquina expendedora de alimentos.

Ah, Allegra, mi amor, ahí estás. ¿Y quién es esta chica?

No había notado que Katie se detuvo junto a mí. Ahora lo mira como si fuera un pedazo de basura repugnante. En su carita de mierda asustada de hace un rato reaparece todo ese desprecio incomprensible. Cómo la odio.

Es Katie, de la escuela.

Mucho gusto en conocerte, Katie, dice papá con una sonrisa.

Katie lo mira como si fuera el ser más nauseabundo que haya visto y se aleja caminando lo más rápido que puede.

Qué chica tan interesante. ¿Acaso dije algo malo?, me pregunta papá al verla irse, pero luego se interesa de nuevo en la máquina expendedora. Lo veo insertar las monedas en la ranura, contarlas con cuidado y oprimir los botones. Observo sus dedos, sus manos, las mismas que Katie considera repelentes, esas manos que me criaron y que contemplo cuando se mueven con gracia sobre las teclas del piano y las cuerdas del violonchelo.

No es amiga mía, digo finalmente.

Papá me mira preocupado por encima del armazón de sus lentes.

¿Ah, no? En ese caso, queda "desinvitada" a todas las reuniones con amigos que organicemos en el futuro. Toma, te compré unas Pringles de sal y vinagre para comer en el camino, pero más te vale compartirlas conmigo.

Me besa en la cabeza, me abraza a la altura del hombro y me conduce al automóvil.

Katie no me dijo nada que no supiera. Ya estaba enterada de que papá fue académico en la universidad y que mamá era estudiante. En nuestra casa hablamos de todo sin reservas. Ella no era alumna suya, pero no me tomo la molestia de decírselo a Katie porque no creo que eso pudiera cambiar las cosas. También sé que no es un pervertido. Lo que en verdad resulta sorprendente es lo que aprendí de mí misma gracias a todo esto.

Que llevo tiempo deseando saber dónde está mi madre.

Papá y yo hemos pasado toda la tarde sentados en la sala de televisión desde el incidente de los ratones. Él no se ha movido ni una vez. Limpié el lodo del piso y luego lo alcancé. Está viendo documentales sobre la naturaleza en *streaming*, uno tras otro. Era justo de lo que yo tenía ganas, de relajarme en su compañía, sin embargo, después de la escena con que me recibió, me cuesta trabajo. Sigo tensa. Lo observo. Tal vez ha pasado demasiado tiempo solo. La última vez que lo visité fue hace tres meses, pero luego pienso que también tiene su trabajo y a sus colegas.

Creo que voy a beber algo, digo finalmente. Llevo mirando el reloj desde hace rato, pero han dado las cinco: una hora aceptable para empezar a beber.

Papá se espabila. Hora de una bebida recién preparada, exclama.

Oh, no estaba pensando en té, papá. Necesito algo más fuerte.

No, no, no es té, es algo mucho mejor. Lo tengo en la prensa en caliente, dice saltando del sillón con malicia en la mirada.

¿La prensa en caliente? Ay, Dios, no, ¿y ahora qué?

Papá abre el área de almacenaje. Sobre las repisas empotradas alrededor del sistema de agua caliente, entre las toallas y la ropa que se está secando, veo unas cubetas grandes de plástico. Y percibo el penetrante olor a alcohol y queso rancio.

Aquí lo tengo, mi propio barril de cerveza, dice levantando una de las cubetas. Lleva varias semanas haciendo efervescencia.

Miro el interior de la cubeta de plástico. Azúcar y cerveza fermentada que parece jabonadura en medio de toallas, ropa de cama, ropa interior, calor, gases y líquido.

Nos sentamos en la terraza interior atrás de la casa, bebemos cerveza, contemplamos el solar, nos sentimos tranquilos al ver las vacas y las ovejas en el terreno de cultivo frente a nosotros.

No puedo creer que estés elaborando cerveza en la prensa en caliente, le digo riendo y sorbiendo. Sabe a echado a perder. Como calcetines sucios y plástico derretido.

Ya te acostumbrarás al sabor, dice al notar mi reacción. La primera vez que lo intenté, la cubeta estalló y el líquido se desparramó sobre mí y las sábanas.

Me tranquiliza: eso explica el olor en su ropa. Tal vez se encuentra bien después de todo. Mi preocupación se disipa en el desconcierto que me provoca la cerveza.

Me da gusto tenerte en casa, amor.

Me da gusto estar en casa, papá.

Nos sentamos lado a lado. Conversamos ocasionalmente, pero la mayor parte del tiempo nos mantenemos en un silencio apacible y cómodo. Observamos el atardecer y, mucho más tarde, las estrellas. Seguimos así hasta que se vacían las dos cubetas y a mí no me inquieta nada en el mundo.

En la noche despierto al escuchar un golpeteo en el estudio. Papá está ahí en shorts y camiseta blanca. Está inclinado sobre el piano como si escudriñara el motor de un automóvil.

¿Qué estás haciendo, papá?

Están aquí.

¿Quiénes?

Los ratones. Comienza a oprimir una tecla una y otra vez. Siempre la misma.

No bromea. Yo siento como si estuviera en una fiesta de té con el Sombrerero Loco, solo que es el último sitio donde querría encontrarme. Porque, para empezar, es una situación real. Y porque es mi padre. Murmullos absurdos. Incluso me pregunto si estará despierto o si será sonambulismo. Luce aturdido, adormilado, como si no estuviera aquí en realidad.

Papá, volvamos a dormir, es tarde. Mañana podemos hacer algo al respecto. Llamaremos a los exterminadores.

Los escucho trepando por ahí, mascúlla antes de caminar a su habitación.

Me despierto a las diez de la mañana, y en cuanto me levanto salgo de casa para comprar algo de comer. A pesar de que ayer traje algunas cosas, en el refrigerador no hay nada para desayunar y tengo hambre. La cabeza me palpita. No es debido al hambre, sino a toda la cerveza casera y a la falta de sueño. Después de que papá estuvo cazando ratones, permanecí despierta y solo logré volver a dormir cuando los pájaros empezaban a cantar. Usualmente tomo el automóvil de papá, pero ahora no puedo debido a toda la historia aquella de las ratas. Me siento tentada a encenderlo de todas maneras para ver si es verdad, pero prefiero no arriesgarme. Mi segunda misión es visitar a Gerry y preguntarle sobre los cables y el supuesto nido. Detective Pecas. Si papá inventó todo esto, tengo un verdadero problema entre las manos.

Él siempre ha sido una persona emocionante y dramática. Tal vez "excéntrico" es la mejor manera de describirlo. No compara su comportamiento con el de nadie más, tampoco le interesan las expectativas de otros, y eso es positivo. Siempre ha sido un hombre libre y ha pensado de manera independiente, original e interesante. Además, se expresa sin un gramo de vergüenza. No obstante, su comportamiento reciente me parece distinto. Ratas en el motor, ratones en el piano. No es una teoría interesante, sino disparates.

Nuestra casa se encuentra a diez minutos caminando de la calle principal. La mañana está iluminada, aunque hay un poco de neblina y el rocío permanece en el aire. Sin embargo, en algún momento se disipará y la belleza de la isla se revelará con un gran *ta-tán*. El aire se siente ligero, humedece mi cuerpo más de lo que esperaba. Una rociada, digamos. No me importa, me agrada caminar bajo este tipo de lluvia ligera, siempre me ha hecho sentir libre. A pesar de que me encrespa el cabello, me gusta porque refresca mi cabeza y hace sisear mis sesos humeantes.

En el puerto ya hay una hilera de automóviles esperando al ferri que viene de vuelta a la costa. Tal vez regresa después del primer viaje del día y ya viene repleto de vehículos. Temporada turística. Es la época preferida de toda la gente que tiene negocios. La isla se llena de gente que viene a pasar el fin de semana de Pascua, y afuera del hotel Royal Valentia se llevan a cabo los preparativos para la carrera de diez kilómetros y el medio maratón Hardman de Killarney.

Al llegar a la tienda compro suficiente comida para hoy y para la cena de mañana, que es domingo de Pascua. No tenemos creencias religiosas, pero nos gusta comer y estamos a favor de cualquier fecha que se pueda celebrar con una buena cena. Papá le compró el cordero directamente a Nessie, el granjero que vive atrás de nuestra casa. Me pregunto si no será el amiguito de papá: el mismo corderito adorable que desapareció. Claro, si es que acaso existió para empezar. Con las bolsas llenas de víveres, continúo caminando un poco más hacia el garaje de Gerry. El problema es que su negocio está en su casa, es decir, en el mismo lugar donde vive Marion, su hija. Marion, la misma que hace poco inauguró un salón de belleza y se embarazó de mi novio y mi primer amor. Preferiría mantenerme alejada, pero necesito averiguar qué sucede con papá. Si corro con un poco de suerte, tal vez no me encuentre con ella.

Camino por el acceso vehicular. La casa está a la derecha y el negocio a la izquierda. Veo estacionados varios automóviles en distintas etapas de su vida útil, algunos no tienen llantas y están tan corroídos que parece que se quedarán aquí por siempre. Gerry es el tipo de persona que parece no tener dinero, actúa y habla como si no le interesara, sin embargo, papá dice que, más bien, es increíblemente mezquino. Todo luce igual, es la misma casa en la que jugué la mayor parte de mi infancia, donde participé en fiestas de piyamas. A Marion y a mí nos encantaba jugar a que corríamos aventuras entre los automóviles. Nos agachábamos para ocultarnos, serpenteábamos por ahí con *walkie-talkies* como en una nueva misión, nos sentábamos al volante de algún automóvil, participábamos en persecuciones imaginarias a toda velocidad e íbamos haciendo caer los capotes como si nos dispararan. Tal vez algunos de los automóviles que están aquí ahora son los mismos en que jugamos cuando niñas, quizá no los han triturado aún. Todo sigue igual salvo la fachada, de donde cuelga un letrero: "Salón de belleza de Marion". Lo logró. Cumplió su sueño.

Esquivo la casa y camino al granero en el garaje. Dos pequeños westies se acercan a recibirme. Jamón y Queso, o Mantequilla de maní y Jalea, o algo por el estilo. Tenían nombres divertidos. Ellos tampoco me recuerdan, les ladran a mis tobillos y tratan de saltar para que los abrace, pero solo logran golpear con el hocico las bolsas que traigo en las manos y que se mecen con mi andar. La cortina de metal del garaje está cerrada, lo cual me desilusiona. Debí imaginar que Gerry no trabajaría en las vacaciones de Pascua.

En una de las ventanas del piso de abajo de la casa de Marion veo una silueta. Demonios, ya me vieron. Doy vuelta y serpenteo hacia la salida entre los automóviles corroídos, pero los perros me delatan con sus ladridos.

Allegra Bird, ¿eres tú? En cuanto escucho la voz de Marion deseo caer al suelo y resquebrajarme como las carcasas oxidadas de los automóviles. Dejar reposar mis raíces, rendirme y no tener que enfrentarla. La verdad es que dejé de amar a Jamie mucho antes de irme a la otra isla, si acaso aquello fue amor del todo para empezar. No obstante, en este momento sigo odiándolos a ambos por atreverse a hacer lo que hicieron.

¡Ruibarbo, vete de aquí! ¡Tú también, Natilla! ¡Fuera los dos!, grita. Su voz se escucha cada vez más cerca.

Baja de la terraza y camina hacia mí entre el laberinto de automóviles. Yo salgo del hueco en el que me había ocultado sintiéndome tonta.

Oh, hola, Marion.

¡Qué diablos estás haciendo!

Tiene el cárdigan sobre la espalda, bien sujeto con los brazos cruzados sobre el vientre. Veo el bulto de un bebé que no está ahí. No podría porque solo tiene ocho semanas de embarazo, debe ser aún del tamaño de una tableta de éxtasis. Como las que Cyclops solía conseguirnos cuando era DJ y distribuidor. También consumidor. A mí nunca me provocaron gran cosa, solo una euforia ligera, supongo. A Jamie, sin embargo, le hacían sentir mucho más placer cuando tenía contacto físico, por eso las adoraba. Si acaso, también me permitían tener momentos de mayor enfoque. Fue en uno de ellos, mientras aún tenía la mano en el interior de los pantalones de Jamie, que empecé a tramar y hacer planes para irme de Valentia. En ese instante me enfoqué en mi siguiente objetivo. A él, nunca lo merecí.

JP me dijo que estabas en la isla, que habías venido a pasar el puente de Pascua. ¿Cierto?

No puedo evitar mirar su vientre, me pregunto si hablarían sobre mí. Seguramente. Incluso si no lo hicieron con mala intención, deben haberse desahogado el uno con el otro. Una conversación entre las sábanas, susurros sobre los rasgos que les molestaban de mí. Lo sé porque yo solía hablar de Marion con él. Me pregunto si le habrá dicho las cosas que dije de ella. En realidad eran críticas inocentes, pero siempre duele cuando te enteras de lo que han dicho de ti. Los típicos defectos sobre los que uno medita preguntándose si debería cambiar su personalidad para corregirlos. Jamie se acostó con las dos. Me siento sofocada y molesta. El corazón me late con fuerza al pensar en que compartieron la frustración que les hice sentir a ambos. Cómo se atreven. Hay tantas cosas que le podría decir a Marion, que no quiero ni abrir la boca. No cambiaría nada.

Me habría gustado que me avisaras que regresarías, dice.

Cambia el peso de su cuerpo de una pierna a otra. Me lanza una mirada fría, incómoda. El rocío es mucho más denso, baña nuestro rostro. Cae alrededor de nosotros con ímpetu, de una forma dramática. Luego termina. Siento las gotas escurriendo por mi frente. Mi cabello debe verse espantoso. Es demasiado grueso para esta isla. En realidad estaba hecho para el sol y las montañas de Cataluña. Marion voltea a la casa para verificar que se encuentra a salvo, luego me mira de nuevo.

Mira, JP me dijo que te contó sobre nuestra relación y sobre… lo otro. Me dieron ganas de matarlo porque es demasiado pronto. No le hemos dicho a nadie. Ya sabes que algo podría suceder y, bueno, entonces no habría tenido sentido mencionarlo siquiera.

Ah, por supuesto, algo como un aborto, le digo. Ella enfurece.

De nuevo me doy cuenta de que quisiera preguntarle muchas cosas, pero no me tomo la molestia de hacerlo. No quiero sonar desesperada, no quiero escuchar la amargura que delatará mi voz porque sé que no tengo derecho a ello. Mi exnovio y mi mejor amiga. Tal vez mi ex mejor amiga. No hemos hablado en meses. ¿Cuándo dejamos de enviarnos mensajes? Se suponía que me iba a visitar en Dublín, pero algo se presentó y nunca lo hizo. Tal vez lo que se presentó fue el pene de Jamie. De cualquier forma, no la volví a invitar, no sé por qué. Tal vez no planeaba quedarme tanto tiempo… bueno sí, tal vez todo el que llevo ahí hasta ahora, pero no para siempre. La idea era que cuando yo regresara, sin importar cuándo decidiera hacerlo, mis amigos siguieran aquí. No se suponía que comenzarían a tener sexo entre ellos y a hacer bebés. Solo tenían que permanecer aquí, en modo de pausa. Él en el ferri o trabajando en el bar del hotel. Ella en el hospital comunitario y aceptando trabajitos de estilista cuando pudiera.

No lo planeamos, Allegra, me explica. Fue un accidente. Yo y Cyclops rompimos. Ha cambiado mucho, se puso muy loco por las drogas. Es decir, más loco y extraño de lo normal. Ahora produce sus propias pastillas. JP y yo nos quedamos solos. Te extrañábamos. Quiero decir... yo te extrañaba.

No puedo evitar visualizar sus muslos azulosos y manchados rodeando la delgada cintura de Jamie. Ella siempre tuvo el trasero enorme, en forma de pera. También tenía color de pera, amoratado y pinto, cacarizo por la celulitis. Odiaba usar traje de baño, siempre se ponía shorts encima. También tenía la piel enrojecida y con sarpullido porque se depilaba la línea del bikini todos los días y era alérgica a la cera. Me pregunto lo que él habrá pensado de sus piernas cuando las vio por primera vez. De sus piernas chuecas en forma de pera y cubiertas de socavones de celulitis.

Ella sigue hablando.

Nos empezamos a llevar mejor de lo que esperábamos. En realidad no nos conocimos a fondo sino hasta que te marchaste, ya sabes, cuando salíamos juntos los cuatro. En fin, JP me animó a no tener miedo y a empezar a hacer las cosas que deseaba. La idea de poner el salón de belleza fue suya. Es decir, fue mía, pero nunca lo habría hecho sin él.

Vuelve a mirar a la casa. No sé por qué sigue haciéndolo, tal vez tiene a una clienta esperando sentada con el peróxido quemándole la piel hasta el cráneo. El salón está al frente, puedo ver algo de equipo. También noto que tumbaron el muro y añadieron una nueva puerta que da al patio para que las clientas puedan entrar directo al salón. Es solo una de las habitaciones en la casa de sus padres, donde solíamos ver caricaturas. Difícilmente es un negocio en forma. Incluso con todos los letreros feos y baratos que están colgados por toda la isla, me pregunto quién iría a verla, quién atravesaría toda la chatarra en el depósito del frente solo para que le arreglaran el cabello. En fin, tal vez yo lo habría hecho.

Lo logré, dice orgullosa y con una enorme sonrisa que permite entrever los hoyuelos en sus mejillas y un ligero gesto de temor que la hace lucir encantadora. Creo que será más fácil trabajar desde casa cuando nazca el bebé y todo eso, añade.

Me da toda esa información y lo único que me pregunto es por qué le llamará JP. Solo su madre le llama así. Sus amigos lo llaman Jamie. Me parece perverso.

La mayoría de la gente tiene que salir de la isla para hacer que las cosas sucedan. Casi todos aquellos con quienes crecimos se han ido. "La migración ha diezmado a la población", dice un anuncio de wifi para las Islas Aran que trata de atraer de vuelta a la gente. Yo me fui, pero Marion no. Ella se queda aquí, abre un salón de belleza y tiene un bebé. Una vida de ensueño. Y todo lo hizo ella, en el lugar del que yo pensé que tenía que partir para lograr algo.

Pero entonces, ¿la viste?, me pregunta para cambiar de tema. Allegra, di algo, insiste pero ya sin sonreír.

Tiene el cabello empapado, pegado a la cabeza, las enormes gotas de agua se aferran a los trozos de lana de su cárdigan. Tiembla. Imagino a su bebé del tamaño de una tableta de éxtasis con la piel de gallina. O tal vez es un poco más grande ahora.

Vine a ver a tu padre, digo finalmente.

Me mira con sorpresa. Luego se ve herida y poco después molesta. Una pizca de odio quizá. Me siento estúpida, pero ya debería conocerme y saber que nunca digo lo correcto. Sé que es así y solía decírselo. Solía contarle todas las estupideces que les decía a las otras personas, lo hacía cuando organizábamos piyamadas en su casa, y se reía o me tenía paciencia y me explicaba cuál sería la mejor manera de comportarme la próxima vez. Sin embargo, me da la impresión de que ya olvidó todas esas pláticas motivadoras que me dio. Igual que Jamie, olvidó quién soy. La aceptación y la paciencia que la amistad otorga desaparecieron. Es algo que tienes que ganarte y mi tiempo ya pasó. Da media vuelta girando sobre los talones y se aleja. Ruibarbo y Natilla siguen de cerca sus talones y llevan la mandíbula en alto con aire pomposo. Salen del depósito de chatarra y entran a la casa. No sé si le dará el mensaje a su padre o no. Sería una tontería quedarme esperando.

Camino rápido y paso junto a un Mazda verde con la puerta golpeada. Voy pateando guijarros por aquí y por allá. Las bolsas de las compras comienzan a pesarme, tal vez debería irme, quizás estoy tomando todo esto de la manera equivocada. La puerta se abre y sale Gerry vestido de manera casual, no trae su enterizo de mecánico.

Espero junto a los automóviles y trato de leer su expresión, no estoy segura de lo que significa. Está a punto de golpearme o de besarme, no tengo idea. Dudo que Marion le haya dicho que no fui amable, y si lo hizo, habría tenido que explicarle sobre el embarazo sin temer la posibilidad de un aborto. Pero no habría podido decirle todo tan rápido. Además, Gerry no estaría caminando hacia mí si acabara de enterarse de que su hija está embarazada.

Allegra, me saluda.

Qué tal, Gerry, vine para hablar de papá.

Espero que esté bien.

No lo sé, ¿tú qué piensas? Según él, le dijiste que había ratas viviendo en su automóvil.

Así es, me dice. Mi alivio es inmenso al escuchar eso.

Exhalo profundamente, no me había dado cuenta de que estaba conteniendo tanto la respiración.

Escalaron por el tubo de escape e hicieron nido en la zona de lo eléctrico, me explica. Masticaron los cables. Tiene suerte de no haber estado manejando cuando se produjo el chispazo y el fuego. Y también de que haya sucedido al encender el motor.

Entonces, es algo que ya habías visto.

No con frecuencia. Ha sucedido aquí en el depósito de chatarra, pasa a menudo en los automóviles que no se manejan por algún tiempo.

¿Cuánto es "algún tiempo"?

Mira alrededor como buscando la respuesta. Meses, me dice.

Pero papá conduce todos los días.

Me mira con extrañeza. Da un paso hacia atrás hasta quedar parado en diagonal. Como me enseñaron en el entrenamiento de resolución de conflictos. Cree que estoy a punto de ponerme agresiva y se prepara para irse. No comprendo.

No estaría seguro de ello, dice.

De acuerdo, tal vez no conduce todos los días, pero sí la mayoría. Tiene que tocar el órgano en la misa y el violonchelo en los funerales. Además da clases de música en Killarney. Y también tiene el coro... Empiezo a bajar la voz porque me mira como si me estuviera diciendo que me calle. Dejo las bolsas de las compras en el suelo, prácticamente no puedo flexionar los dedos, la tela lleva demasiado tiempo hundiéndose en mi piel. ¿Qué sucede, Gerry? Dime. Me preparo para lo que vendrá, sea lo que sea.

Mira, no sé bien qué pasa, pero ya no está yendo a las iglesias.

¿No va a las misas o a los funerales?

A ninguno. Tampoco está dando clases. Y lleva algún tiempo sin presentarse al coro.

¿Cómo? ¿Por qué?

Tal vez debas preguntarle a...

Gerry, si él me lo hubiera dicho, no me habría molestado en venir a buscarte.

Baja la vista y empieza a hablarle al suelo, más bien a mis pies.

Tiene que ver con el incidente que tuvo con la mujer que trabaja ahí. Creo que se llama Majella, ¿no?, pregunta levantando la vista por un instante para ver si reacciono al oír su nombre.

No lo sé, ¿qué mujer? ¿Trabaja dónde?

Es una administradora de la iglesia en Cahirciveen. Me parece que ella le agradaba a tu padre más de lo permisible.

Levanto la mano para impedir que continúe hablando a pesar de que tal vez no pensaba hacerlo. Fue una oración demasiado larga para él. Ahora me parece lógico que Jamie haya dicho que mi papá era un pervertido. En realidad no estaba retomando insultos del pasado para lastimarme. Esto era algo nuevo. Reciente.

¿Hace cuánto sucedió esto, Gerry?

Un mes o dos, me parece. Me enteré hace algún tiempo, pero no fue él quien me lo dijo.

Levanto las bolsas sintiendo náuseas.

De acuerdo, gracias, Gerry.

Mira, Allegra, por favor pasa a la casa un momento.

No, muchas gracias. Me alejo y recuerdo algo más que quería preguntarle. Volteo, aún me mira. ¿Y qué hay sobre los ratones?, pregunto.

Pone en blanco los ojos. Los malditos ratones, sí, me pidió que le echara un vistazo al piano, me llamó dos veces en la madrugada. ¿Acaso tengo cara de exterminador?, le pregunté la segunda vez. En fin, puse algunas trampas para tranquilizarlo, me explica negando con la cabeza y encogiendo los hombros. No sé qué decirte, Allegra. Tal vez es el estrés, es el tipo de cosa que puede afectar de maneras extrañas a un hombre.

Doy media vuelta y me alejo de ahí.

Trece

EN CASA, ME SIENTO EN EL SILLÓN DE LA TERRAZA INTERIOR. ME cambié de ropa y me puse un traje deportivo viejo que dejé aquí. Al contacto con mi piel, la tela me reconforta. Es algo viejo, familiar. Papá está en el jardín de atrás murmurando otra vez para atraer al cordero. El sol salió de nuevo, es un día fulgurante, hermoso, pero el césped sigue mojado tras el chubasco. Él se está enlodando otra vez, no me presta atención. La lavadora sigue encendida, metí en ella toda la ropa que encontré, en especial las toallas y las sábanas bañadas en cerveza. El cordero está en el horno y las cacerolas burbujean sobre la estufa: todos los sistemas están en operación.

Yo solía llamarle a esta habitación "la sala de las estrellas". La añadieron a la casa cuando tenía más o menos diez años, me parecía mágica y muy glamorosa. Una terraza interior, una habitación de vidrio que estaba dentro pero se sentía como si estuviera en el jardín. Cuando acababan de construirla nos sentábamos aquí todo el tiempo, inhalábamos el aroma a pintura nueva, comíamos con los platos en el regazo y mirábamos los terrenos de Nessie. Ah, y por supuesto, hacíamos lo mismo los fines de semana por la noche, cuando venía a casa del internado. Aquí no me rasgaba la piel porque papá lo habría notado y habría hecho algo al respecto. Eso lo hacía arriba, en mi habitación, tras puerta cerrada. La sala de las estrellas era y sigue siendo para contemplar el cielo nocturno, la Vía láctea, la galaxia Andrómeda, los cúmulos de estrellas y la nebulosa. Papá usa un telescopio, pero yo siempre he preferido hacerlo a simple vista. El lugar donde estamos, al suroeste de Kerry, fue designado hace poco como una de las tres Reservas de cielo oscuro de alto nivel en el mundo, junto con el Gran Cañón y la sabana africana. De acuerdo con la información de una aplicación que tengo en mi teléfono celular, hoy podremos ver a Júpiter.

Las puntas de mis dedos se deslizan con suavidad sobre las cicatrices en mi brazo izquierdo. Una constelación de cinco estrellas. Cinco personas. La frase vuelve de manera obsesiva.

Papá entra a la terraza y se quita los zapatos porque le advertí que debía hacerlo.

No hay señales del corderito, dice.

¿Su lana era tan blanca como la nieve?

¡Sí, mi preciosa sabionda! Y espero que no sea la carne que está en el horno ahora. Me mira, observa mi brazo.

Cinco, le digo, el número del ser humano. Cuatro miembros y la cabeza que los controla. Cinco dedos en cada mano. Cinco en cada pie.

Se sienta, parece interesado. Cinco, añade. Cinco sentidos: vista, oído, olfato, gusto y tacto. Cinco, el número de Mercurio, continúa.

Leo es el quinto signo del zodiaco, añado.

Ambos nos quedamos pensando, pero él habla primero.

El alfabeto tiene cinco vocales.

¡Choca esos cinco!, digo levantando la mano en un gesto de celebración.

Y chocamos las palmas.

Las quintillas jocosas irlandesas tienen cinco versos, dice. Las estrellas de mar cinco brazos. La lombriz de tierra cinco corazones.

Me río. Los equipos de baloncesto cinco jugadores.

Los quintetos cinco músicos.

Los aros olímpicos simbolizan los cinco continentes.

Inhala fuerte con la boca abierta. ¡Muy bien, Allegra!

Yo no puedo parar. El cinco era el número predilecto de Coco Chanel. Siempre presentaba sus colecciones el quinto día del quinto mes.

No sabía eso, dice reclinándose meditabundo. Y para cenar, ¡comeré cinco papas!, añade.

Le sonrío.

Noto que papá ha estado observando mis dedos moverse sobre la cicatriz en forma de w que tengo en el brazo. Deslizo mi dedo de una peca a la otra nombrando las estrellas en voz alta: Segin, Ruchbach, Navi, Shedar, Caph.

¿Cuál es esta?, me pregunta.

Casiopea, la reina sentada. En la mitología griega era la reina de Etiopía. También era madre de Andrómeda y decía que ella y su hija eran más hermosas que los dioses del mar. Para castigarla, Poseidón la encadenó a su trono en el cielo.

Qué severo, dice. Se inclina y coloca los codos sobre las rodillas. Deja de ver mi brazo, mira en otra dirección, tal vez le estresa ver-me angustiada. Sabe que lo estoy porque, cuando eso sucede, siempre recorro mis cicatrices con los dedos. Al menos, eso es mejor que hacerme nuevas heridas.

¿Vas a decirme por qué estamos hablando del número cinco?

Dejo de frotar mi piel. Hay un tipo, confieso con un profundo suspiro.

¡Ajá!, exclama sonriendo.

No, no es lo que piensas, al contrario. Fue grosero conmigo. Le puse una multa y perdió los estribos. Empezó a vociferar: "Dicen que uno es resultado de las cinco personas con quienes se pasa más tiempo".

¿Y eso te pareció grosero?, pregunta confundido.

Sí, porque no lo dijo en un sentido positivo, papá. Me llamó perdedora e hizo añicos la multa en mis narices.

Ah. Eso es lo que te pasa en Dublín, dice y se queda en silencio. Entonces, ¿qué piensas?

Yo diría que el individuo que te dijo eso es un tipo raro.

Todos lo somos, argumento.

Cierto. Pero bueno, entonces, uno es el resultado... ¿de qué?

De las cinco personas con quienes se pasa más tiempo, le digo.

Papá se queda meditando. Es un concepto interesante, dice. Es un juego de ley de la probabilidad.

El horno tintinea, el cordero está listo. Lo saco e inunda la cocina con aromas más deliciosos aun. La piel burbujea y los jugos se derraman al fondo de la charola. Perfectos para la salsa espesa de carne. Ramitos de romero y trozos de ajo suavizado supuran de las perforaciones de la carne. Lo dejo reposar. Vacío el agua de las papas. El vapor me hace un facial mientras tanto. Luego las cubro con mantequilla Kerrygold. Mezclo la salsa de menta con los chícharos, trincho la carne y me como de inmediato las partes tiernas que se desprenden.

¿Qué quieres decir con "ley de la probabilidad", papá?

Es una especie de ley de Murphy muy sofisticada y blablablá que tiene algún principio matemático...

Al ver mi cara de desilusión, deja de hablar.

No, espera, Allegra, eso que dije sonó cínico. Veo que en verdad te interesa esto, lo lamento. Creo que tiene más que ver con las leyes de la atracción. Con el poder de tu pensamiento para manifestar tus deseos, me explica. Es decir, que el ambiente que nos rodea afecta quiénes somos, nuestras características y nuestro comportamiento.

Así es, papá. De eso se trata, digo sin dejar de agitar la salsa de carne y de mirarlo al mismo tiempo. Eso fue lo que el tipo aquel quiso decir cuando me insultó. Que estaba rodeada de... perdedores. Y que por eso yo también lo era.

Papá niega con la cabeza y lleva el cuenco de verduras a la mesa. ¿Por qué querrías creer en una filosofía de este tipo, Allegra?

Tengo que hacerlo. Lo traigo en la mente.

Se queda ponderando. Le encantan los misterios tipo crucigrama. ¿Quiénes son tus cinco personas?, me pregunta mientras va por más de su cerveza casera. No, no quiero beber eso, por favor, le digo con un gesto de dolor y sintiendo aún la efervescencia rancia en mi cabeza. Compré vino tinto, papá.

Toma la botella, examina la etiqueta y busca un descorchador en el cajón.

Es una tapa de rosca, papá, solo hay que girarla. En cuanto a los cinco, vaya, no lo sé. Es decir, creía saberlo, pero ahora no estoy tan segura, mascullo mientras vierto los jugos de la charola en la cacerola de la salsa de carne y los mezclo.

Tal vez no sabes porque estás demasiado involucrada. Permíteme tratar de adivinar, dice antes de sentarse. Sirve el vino y sorbe un poco. Marion, por supuesto. Jamie, a pesar de que… Cyclops, Pauline y ¿tal vez yo?

Lo pregunta con tanta esperanza que me dan ganas de abrazarlo hasta sofocarlo, pero tengo en las manos la cacerola de salsa. ¡Por supuesto que tú! Tú eres mi persona incondicional. Coloco la cacerola en la mesa y me siento frente a él.

Esto está delicioso, Allegra, dice papá. Levanta las manos con aire ceremonioso. Me da gusto ver que es él de nuevo. Pero entonces, ¿crees que adiviné los cinco?

Claro.

¿Y he ganado un premio?

Jamie y Marion van a tener un bebé, digo.

¿Juntos?

Asiento, pero no lo miro a los ojos. Podría llorar si lo hiciera.

Ay, vaya. De lo contrario habría sido una coincidencia descomunal.

Corto el cordero y las papas con mantequilla. Levanto los chícharos con menta con el tenedor. No he sabido nada de Cyclops desde que me fui de la isla, digo antes de comer los chícharos.

A veces lo veo manejando por ahí una camioneta con bocinas en el techo. Va vestido de monstruo, me cuenta papá.

Es Chewbacca, le digo entre risas: DJ Chewy, de *Star Wars*. Lleva a la gente a los peñascos Skellig en un bote y se viste de Chewy para mostrarles el escondite Jedi.

Ah, más de esas tonterías de *Star Wars*.

Esas tonterías le dan empleo a la gente, papá. Atraen turistas, las necesitamos.

Más bien nos están convirtiendo en Disney World, eso es. Antes de que siquiera lo notes, inaugurarán un McDonald's.

¿Pero qué importa, papá? ¿Qué importa si la gente viene a ver frailecillos o las locaciones de la película?

Gruñe, pero no responde.

Perdí el contacto con Pauline, le digo cambiando de tema. Me visitó dos veces en Dublín, pero solo se quedó por el día en cada ocasión y no tuvimos tiempo de hacer casi nada, de pronto ya tenía que volver a la estación de trenes.

Supongo que está manteniendo su distancia, permitiendo que te las arregles sola.

Sí, pero no me ha llamado desde entonces. Tampoco nos enviamos mensajes de texto.

Se necesitan dos para bailar tango, me dice. ¿Qué hay respecto a Dublín?

No he dejado de empujar la comida de un lado a otro del plato, tengo un hueco en el estómago y un nudo en la garganta, siento que estoy a punto de llorar, poco a poco comprendo que no tengo cinco personas, ni en Dublín ni aquí. Allá, al menos habría podido fingir que los cinco de la lista aún me pertenecían, de hecho lo intenté a pesar de las dudas que me acosaban, pero aquí resulta obvio. Por eso me lastimó la frase, porque muy en el fondo, mi instinto primitivo me dijo, mucho antes que mi cerebro, que no tengo cinco personas a mi lado.

El cielo empieza a despejarse. Papá cambia la conversación mirando afuera.

Ajá.

Se va a poner lindo el día.

Aclaro la garganta. Hubo un maratón esta mañana. Corrieron diez kilómetros, hasta Chapeltown y por algunos circuitos en los alrededores.

Papá continúa mirando afuera como si imaginara cómo fue la carrera para los pobres desgraciados que compitieron, luego arponea una papa con su cuchillo, la desliza sobre los chícharos tratando de cubrirla con salsa de menta y devora el gran bocado. Bueno, es solo una papa cambray, pero él tiene una gran boca.

La cena está deliciosa, Allegra, gracias, dice cuando acaba de tragar.

De nada, papá, feliz Pascua, digo triste y contenta al mismo tiempo: devastada por no tener cinco personas en mi vida, pero eufórica y sintiéndome bendecida de contar con una.

Feliz Pascua, contesta con una sonrisa: lo que sea que este ritual signifique.

Hacemos chocar nuestras copas.

Gerry me dijo que tu automóvil no ha funcionado desde hace semanas.

Ah, viste a Gerry.

Sí, esta mañana.

En el pueblo.

No, estaba en su casa.

Papá pesca en el mar de salsa de carne un diente de ajo rostizado, le quita la piel y se lo come entero.

¿Fuiste a ver a Marion?, me pregunta lamiéndose la grasa de los dedos.

Fui a ver a Gerry.

¿Qué te dijo?

Que tu automóvil no ha funcionado desde hace varias semanas, tal vez varios meses.

Continúa comiendo.

No has estado yendo a trabajar.

Estoy retirado.

Semirretirado. Eres la persona retirada más ocupada que conozco.

Eres demasiado joven para conocer a otros retirados.

La escuela de música, los funerales, la misa, el coro… No has ido a trabajar en meses, papá.

Estrella el tenedor y el cuchillo contra el plato, el ruido me asusta. Contengo el aliento.

Uno no puede mirar a una mujer de reojo sin que lo cataloguen de pervertido.

El pecho me va a estallar. ¿Qué sucedió?, le pregunto.

¡Nada! ¡Ese es el problema!

Algo debe haber sucedido, de lo contrario no habrías perdido tu empleo.

Eso fue lo que te dijo Gerry, ¿no? Bien, pues se equivoca. Si quiere le devuelvo sus trampas para ratones porque no sirven para nada, igual que él. Papá golpea sobre la mesa con el puño y hace repiquetear los cubiertos y los platos, se pone de pie. No perdí el empleo, exclama. Hablé con el padre David, lo discutimos y yo decidí partir. No me despidieron.

Contemplo a este hombre. A este hombre deteriorado. Su contundente *joie de vivre* se ha ido. Se le escurrió del rostro y los huesos del cuerpo igual que la piel que ahora cuelga de ellos. Recupera el aliento y se vuelve a sentar en la silla.

Majella, dice. Trabaja en la oficina de la iglesia, es la administradora. Me hace llegar la información sobre los horarios de los funerales y las canciones que les agradan a las familias. Siempre nos llevamos bien, bromeábamos y reíamos, me explica mientras yo trato de ocultar mi horror por lo que podría venir a continuación. Le pregunté si le agradaría venir a la casa y probar mi cerveza casera, esto fue hace algunos meses, tú te fuiste semanas antes, me pareció que sería agradable tener algo de compañía. De cualquier forma no quiso venir, tal vez fue lo mejor porque la primera tanda de cerveza sabía peor que la que probaste. No insistí, y al día siguiente que me estoy preparando para el funeral, llego y no la veo por ningún lado. Entonces el padre David me pide que vaya a su oficina a conversar y me dice que Majella está muy molesta. Ahí lo tienes, eso fue todo.

No comprendo, ¿eso fue todo?

Exacto.

No la tocaste.

No la toqué, dice. Solo estiré el brazo y le di una palmadita en la pierna.

¡Ay, papá por Cristo santo! ¡No puedes guardarte información como esa, tienes que decirme todo!

Cómo diablos quieres que te dé cada detalle si hay cosas que no me parecen importantes. Si no fuera así, entonces te las contaría porque me parecería que significan algo. No sé qué más pude haber hecho. Tal vez me rasqué una ceja de una forma que no le agradó, qué sé yo.

¡Rascarte la ceja y darle palmaditas en la pierna no es lo mismo!

¡No la manoseé! No me monté en su pierna como perro en brama, solo le di una palmadita. Así, me explica dándole una palmadita a la mesa. Solo una, agrega. Estábamos sentados, tan lejos como tú y yo lo estamos ahora, no había una mesa de por medio, solo me incliné y le di la palmadita.

Siento la mano de papá en mi pierna debajo de la mesa, me da una sola palmada.

Eso fue, me explica. Lo lamento, su Señoría. Enciérreme por tocar una pierna. ¡No ataqué con saña su trasero ni nada por el estilo! Le di una leve palmada en la pierna, eso fue todo, no la palpé asquerosamente por todas partes.

¿Qué edad tiene Majella?

No lo sé. ¿Cuarenta y tantos? Es soltera y tiene una hija. Es divorciada y está sola como yo. Pensé que podríamos beber una cerveza, eso fue todo, ahora sé que nunca debo volver a invitar a nadie. Y jamás volveré a tocar ni con un dedo absolutamente ninguna maldita cosa.

Se queda callado, veo que está avergonzado. Y yo estoy avergonzada por él. Admitió que se sentía solo. No estoy segura si le apena más haber confesado eso o contarme las condiciones en que tuvo que renunciar a su empleo. Aunque sé que él no quiso ser grosero ni molestarla, comprendo el punto de vista de Majella. Le puso la mano en la pierna. Eso fue lo único que ella sintió: la mano de un viejo posándose en su pierna momentáneamente sin haber sido invitada. Tal vez solo quería ser amable con él y provocó un efecto no deseado.

Las mujeres no solían ser tan quisquillosas, dice. ¿Tú eres así, Allegra?

Entonces pienso en los hombres con los que me he acostado a lo largo de mi vida. Como la semana pasada, al terminar el taller de arte de Genevieve. No podría describirme como una chica quisquillosa, no. Tampoco exigente. Sin embargo, no me pongo a hablar de esto con papá porque no lo entendería.

En lugar de eso, le explico algo: Se llama autonomía, papá.

Pero lo único que tenía que hacer era decirme que no quería venir y ya. No tenía por qué ir corriendo a acusarme con el padre David.

Lo que hizo fue hacerte saber cuáles eran sus límites.

¡Estábamos en una iglesia, por Dios santo! Se cubre el rostro con las manos y niega con la cabeza, veo que se siente muy avergonzado. Le di una palmadita en la pierna, Allegra, quería hacerle saber que todo estaba en orden, que no había por qué sentirse apenada, que no había problema.

Pero ese era su límite.

Papá baja la vista y mira su plato. Queda un trozo de grasa de cordero del lado izquierdo, la salsa de menta mezclada con la salsa de carne quedó alrededor y empieza a endurecerse. También hay un chícharo solitario que no fue consumido.

Permanecemos sentados en silencio.

Voy a tratar de arreglar el seguro del automóvil para que cubran el daño, le digo finalmente. La cabeza me da vueltas al pensar en todas las cosas que tengo que hacer por él antes de irme. Y después también. Vueltas y vueltas, como la lavadora repleta con su ropa detrás de mí. Dame los detalles y me haré cargo. Si no puedo, creo que Gerry podría venderlo por partes a cambio de efectivo. No tiene caso que se quede estacionado allá afuera si no lo puedes usar.

Papá gruñe como respuesta.

¿Pauline está al tanto?

¿Al tanto de qué?

De cualquier cosa sobre la que acabamos de hablar.

No.

Le voy a decir que te visite de vez en cuando. No estás cuidando bien de ti mismo.

¿Y quién podría después de ser acusado de algo así? Ya sabes cómo es habladora la gente. Me parece repugnante. No te atrevas a llamarle a Pauline, está muy ocupada con Mussel House, en especial esta semana. Vienen los turistas de abril. En caso de que la necesite, yo mismo le llamaré, solo está al otro lado del puente.

No puedes llegar a ella porque no tienes un automóvil.

Pero está el ferri, la última vez que pregunté, me dijeron que lo podía abordar como peatón. También hay una cosa nueva que se llama puente. Es un invento reciente, ¿ya habías oído hablar de él?

¿Pero y si tienes una emergencia?

No me responde. Es como hablar con un adolescente.

En serio, papá, el mundo es un lugar más seguro cuando tú no andas por ahí manejando, pero por otra parte, no puedes quedarte aquí encerrado. Ríe al escuchar esto. ¿Considerarías la posibilidad de volver a dar clases aquí en tu estudio?

La música es parte de mi médula ósea. Hablar sobre ella, ense-ñarla, ejecutarla. Es el cartílago que mantiene mis huesos unidos…

Es decir, si logras sacar a los ratones del piano, añado. Pero lo digo más como una broma que solo yo entiendo.

Le propongo esta opción, pero en el fondo, la idea de que alguien permita que sus hijos vengan aquí a tomar clases me da escalofríos. La casa se ha deteriorado mucho en unos cuantos meses. Además, estamos hablando de un maestro que apesta a cerveza rancia porque la fabrica en su propia prensa en caliente, un hombre acusado de manosear a la administradora de una iglesia. Un tipo excéntrico que cree que hay ratones en su piano porque no suena bien. Porque tal vez está tocando las notas equivocadas. Porque sus dedos están más torcidos que de costumbre y tienen manchas oscuras que no son pecas. Tal vez porque tiene artritis y no lo sabe, o lo sabe y no me quiere decir ni admitirlo para sí mismo y prefiere insistir en que el piano suena desafinado por culpa de unos ratones.

¿Y quién vendría a tomar clases de música si todos se están yendo?, dice.

Eso no es verdad. Están atrayendo a más gente de la otra isla, a los estresados con hipotecas que ya no pueden pagar. Le cuento lo que me dijo Jamie sobre la gente que sueña con vivir en Valentia, estar aislada y cerca de la naturaleza porque ahora eso está de moda.

Papá sonríe. Vivir en una isla, dice pensativo, juega con las palabras en su boca como si fueran cuadritos blandos de caramelo duro: un dulce oxímoron.

Tal vez podrías quedarte con Pauline, le sugiero.

No, solo le estorbaría.

Eres su hermano.

Por eso le estorbaría. Ella se encarga de los negocios y tiene a sus nietos. Ya he permitido que su carga se acumule demasiado.

Ambos sabemos lo que eso significa.

Tal vez Mossie necesite ayuda en la granja de mejillones, sugiero como segunda opción.

Estoy demasiado viejo para un trabajo físico.

Pero podrías trabajar en la barra, sirviendo ostras y tarros de cerveza para gente rica recién bajada de sus yates. Mossie siempre necesita ayuda adicional en el verano. Te conozco y sé que incluso trabajarías sin cobrar con tal de mantenerte activo, imagina las historias que podrías contarle a la gente. Podrías hablar todo el santo día con personas distintas, las nuevas generaciones estarían atentas a cada palabra que saliera de tu boca.

Tendría que abrir ostras, dice. Sin embargo, en su mirada veo que la idea le agrada.

Incluso podrías preparar tu propia cerveza. Ostras en cerveza artesanal, podría ser un nuevo platillo en el menú. ¿Qué piensas?

Ah, no.

Piénsalo.

Lo haré.

Sé que no lo hará.

Papá, tu vida aún no termina, no te quedes sentado aquí como si así fuera.

Ajá.

Lamento que te sientas solo.

Tal vez tú también te sientes sola, dice.

Bajo la mirada.

Cinco personas, ja, añade riéndose.

Sí. ¿Quiénes son las tuyas?

No me ignora, pero tampoco responde. Se queda sumergido en sus pensamientos, a él también le ha afectado darse cuenta. O al menos eso parece hasta que levanta la mano derecha en el aire como si me ofreciera chocar las palmas.

Bach, dice flexionando el pulgar. Mozart, baja el índice. Handel, Beethoven y tú. Deja el puño levantado.

Tengo buena compañía.

No te engañes, Allegra. Tuviste tus cinco, estuvieron ahí. Solo renunciaste a ellos para encontrar tu *uno*.

Tú eres mi uno, digo rápidamente, sus palabras me dejan sin aliento. Nunca renunciaré a ti.

Papá extiende el brazo sobre la mesa y toma mi mano.

Te diría que volvieras a casa, pero sé que quieres estar en Dublín. Solo llámame y estaré ahí en un instante. Y si no me quieres a mí ahí, Pauline puede ir a verte. Tal vez pienses que no está cerca, pero créeme que se encuentra disponible, ya lo sabes, solo tienes que llamar en caso de que la necesites. En caso de que algo no salga bien y desees volver.

No puedo darme el lujo de pensar en volver. No puedo renunciar a *todo* por conseguir *algo*, y luego no conseguir ese *algo*. No sería justo para el *todo*.

Tenemos tarta de manzana como postre, digo poniéndome de pie. Empiezo a recoger los platos.

Antes de meter los platos al lavavajillas retiro los restos de comida y los tiro en el bote de la basura, dándole la espalda a papá. Siento que su mirada me traspasa, no quiero seguir hablando de esto. Tampoco quiero que me pregunte, pero lo hace.

¿Ya hablaste con ella?

Niego con la cabeza.

Yo quiero mi tarta con helado, dice amablemente.

ES MI ÚLTIMA NOCHE EN VALENTIA. PARA LAS NUEVE DE LA NOCHE papá ya está cabeceando en el sillón. Yo me siento ansiosa, sobre todo después de nuestra conversación respecto a mis cinco personas. O la ausencia de ellas.

¿Quieres que salgamos a beber algo, papá?

No, no, estoy bien aquí.

Es día festivo, sé que el ambiente debe ser genial allá afuera. Tal vez haya una sesión en vivo en el Royal o en el Ring Lyne, pero papá no quiere saber nada al respecto. El hombre que vive para la música no quiere escuchar música. Sin embargo, insiste en que yo salga y me divierta. Le marco a Cyclops. No sé si tenga el mismo número telefónico, pero supongo que no se arriesgaría a cambiarlo y perder clientes por ello.

Me contesta de inmediato con un qué onda.

Hola, soy Allegra.

¡Pecas!, dice. Me hace sonreír.

Entre Jamie, Marion y Cyclops, él era el único que me llamaba por mi apodo de la escuela cuando venía a casa los fines de semana. A Marion le molestaba, odiaba que otras personas usaran ese estúpido nombre siendo que quien me conocía desde más tiempo atrás era ella. A Jamie siempre se le olvidaba. Quizá Cyclops lo usaba y lo sigue haciendo porque no solo comprende lo que es tener un apodo, también sabe lo que significa encarnarlo.

A Cyclops le llaman así debido a su apellido original irlandés, *Ó Súilleabháin*, que en inglés sería O'Sullivan. Al pronunciarlo, suena a *súil amháin*, que quiere decir "un ojo", también en irlandés. Cyclops viene de una familia de seis hermanos y todos se apellidan igual. Sus hermanos son muy corpulentos y, por lo mismo, parecen encarnar mejor su apellido. Son enormes y forman parte de la GAA, la Asociación Atlética Gaélica. Su hermano mayor jugó para el equipo sénior de Kerry, le dicen el Cyclops. Así nada más porque es el Cyclops más importante. Luego sigue Goosey Cyclops, le llaman así porque *goose* es ganso en inglés, y él se dedica a desplumar aves. Su papá es Chief Cyclops porque durante treinta años ha estado involucrado como líder en el futbol local y del condado. Luego sigue Nicholas, a quien le dicen Nixie Cyclops de cariño. Después viene Inky Cyclops. Le llaman así porque *ink* quiere decir tinta, y él escribe para el periódico local y ya publicó un libro de poesía. Detrás viene Chops Cyclops, que es granjero ovejero. En una ocasión, alguien me dijo que mi amigo era el enano de la familia. Estábamos en las líneas laterales durante un partido y solo veíamos cómo todos lo aporreaban. No era buen jugador, al menos no como sus hermanos. Lo intentó porque se sintió obligado, no quería decepcionar a su padre y a los conocidos del pueblo, pero lo suyo eran los automóviles y la música. Adaptaba sus automóviles para que parecieran pequeñas naves espaciales con luces pegadas al chasís que brillaban e iban iluminando el pavimento. Así fue como empezó a salir con Marion. Siempre le pedía a Gerry que hiciera las modificaciones necesarias en los automóviles. Se llama a sí mismo Chewy Cyclops porque también es DJ Chewy, pero a diferencia de los apodos de sus hermanos, la gente olvida con facilidad el suyo. Además, es un apelativo que él mismo eligió, y las cosas no funcionan realmente de esa manera con un apodo. Uno se lo gana. La gente te lo otorga como si fuera un distintivo de honor. La gente del pueblo le llama Cyclops *óg*, que quiere decir joven Cyclops o el más pequeño.

Entonces ya te enteraste, me dice, y de inmediato sé que se refiere a Marion y Jamie. Ratas repugnantes, añade. ¿Te gustaría que nos viéramos? Para ahogar en alcohol nuestras penas o para celebrar, lo que prefieras.

Ambos, contesto, y a él le parece bien. Me dice que llegará en una hora más o menos. Tiene que tocar un set esta noche e iremos juntos.

Llega muy orgulloso de sí mismo en una camioneta con bocinas en el techo. Los paneles laterales vienen decorados con su nombre, DJ Chewy, y con imágenes de una mesa de mezclas, notas musicales y un Chewbacca que más bien parece mono rabioso. También tiene un rótulo que dice: "Trayendo diversión a la ruta turística de la costa oeste".

Algún ocioso había vandalizado la frase, y ahora se leía: "Trayendo diversión a la puta turística con que se acueste".

Ignora esa parte, me dice. Lo pintaron con un marcador Sharpie. Me está tomando semanas borrarlo. ¿Tu papá está en casa? Me gustaría saludarlo, es súper divertido. Escuché lo que sucedió con la administradora de la iglesia. Creo que esa mujer debería irse al carajo. Y tu papá no debería permitir que le afecte.

Descuida. En realidad ya está dormido, le digo mientras rodeo la camioneta. Pensé que el nombre de Chewy era una cosa más bien para los turistas que vienen a ver las locaciones. ¿Por qué no mejor te haces llamar DJ Cyclops? ¿No crees que podrías hacerte de una mejor reputación?

Mi hermano mayor no me lo permitió porque su hijo mayor se llama DJ. Bueno, así le dicen.

Ah, comprendo, digo y subo a la camioneta. ¿Adónde vamos?

A los salones del sindicato.

Sé que los salones están en Tralee, a una hora y media de distancia, pero no me importa, me da gusto salir e ir lejos, olvidarme de tantos problemas. Cyclops enciende un cigarro, luego el automóvil y no se anda con rodeos.

Entonces, ¿qué piensas respecto a la relación de Jamie y Marion?

No sé si ya está enterado de que van a tener un bebé, tal vez no. Y no creo que ni Jamie ni Marion querrían que lo supiera. Solo Dios sabe de lo que sería capaz. No lo sé, siento raro, pero supongo

CECELIA AHERN

que pueden hacer lo que quieran, ¿no?, le digo eso porque es lo que pienso.

Pero tenían una relación a mis espaldas, me explica, ya estaban juntos. Cuando iba a tocar a las fiestas, ellos se acostaban. Asquerosos traidores pestilentes.

Mientras habla, observo su perfil. Está más delgado que nunca. Siempre lo fue, pero ahora luce enfermo. Su rostro parece una calavera. Se ve pálido, tiene la piel tan blanca que azulea.

Te ves de la mierda, le digo.

No, no me digas eso tú también. Mamá no deja de ofrecerme galletas cuando estoy en casa. Kimberley y Mikados. Tal vez comería tartitas de cereza, las de Kipling o algo así, ¿pero a quién se le ocurrió que mezclar malvaviscos y mermelada sería buena idea?

A mí sí me gustan las Mikados.

Claro, porque tú comes como niña de cinco años en fiesta de cumpleaños.

Quizá deberías dejar de comer tartitas de cereza y empezar a consumir hierro, le sugiero.

¿Qué alimentos tienen hierro?

La carne. Las verduras.

Pone cara de asco.

Tienes pinta de estar anémico, le digo sin dejar de analizar su perfil.

Al menos no vomito lo que como.

Eso no es estar anémico. Bueno, entonces te saliste de tu casa, digo.

Sí, encontré una caravana retro increíble en Portmagee, me la consiguió un chico llamado Tinny. La cuestión es que en realidad no estoy comiendo gran cosa.

¿Es por Marion?

Demonios, claro que no. Me vale mierda lo que ella haga. Estoy muy ocupado, todo el tiempo tengo trabajo. Ahora también tengo un negocio de viajes en bote, seguro ya te contaron, ¿no? Asiento. Sí,

134

durante el día ando en el barco y por las noches trabajo como DJ, no paro. En fin, espero que al menos ese par de traidores permanezcan juntos para siempre. Ninguno de ellos tiene visión, no son ni como tú ni como yo. Nosotros siempre tuvimos sueños.

¿Acaso yo los tuve?, le pregunto.

Para ser franca, nunca me vi como soñadora. Soy más bien una persona pragmática. Realista.

Siempre quisiste ser garda, me dice. Siempre. Desde que te conocí.

Nunca lo consideré un sueño. Nunca pensé las cosas de esa manera tan simplona. Era un empleo que en verdad quería. Marion siempre quiso un salón de belleza. ¿Por qué su "sueño" tendría que ser menos valioso que el mío?, me pregunto.

Sin embargo, no le digo nada de eso.

Los gardaí no me aceptaron.

Pero te mudaste a Dublín, ¿no? Estás haciendo algo en la vida. No andas por ahí conduciendo el taxi de tu papi ni jugando al salón de belleza en la casa de tu familia. Tú y yo estamos haciendo algo por nosotros mismos, nos estamos abriendo camino. Somos la siguiente generación de esta isla, nos estamos haciendo también de un nombre.

No lo sé. Miro por la ventana y veo las montañas pasar a toda velocidad. Cyclops conduce aún más rápido que papá. Está logrando marearme.

¿Quién es Tinny?

Un chico de Cahirciveen. Terminó con su esposa y sufre de un acúfeno. Es un tipo corpulento. Nunca estamos en la caravana al mismo tiempo. Resulta práctico porque solo hay una cama. Pero cuéntame, ¿lograste lo que querías hacer en Dublín?, me pregunta pasándome el cigarro.

No, todavía no.

Es domingo de fin de semana festivo. Los salones del sindicato están repletos. El set de Cyclops empieza a las once de la noche.

Lo veo instalarse. Solicita los tragos gratuitos que le ofrece el personal, pero en lugar de beberlos, me los pasa a mí. Me impresiona su sobriedad, me parece que de verdad toma muy en serio su trabajo. Pero luego me doy cuenta de que, más bien, consumió otra sustancia. Comienza con música bailable de los noventa, luego se pone más pesado. Luces estroboscópicas y humo, sudor y chicas ebrias con faldas cortas y tacones enormes que se apoyan por todos lados sobre el quipo para hablarle al oído y pedirle que toque Beyoncé, pero él no lo hace. Me divierte observarlo. La cabeza me da vueltas, me levanto y bailo varias veces. Me siento libre y feliz, bailo con desconocidos y con chicas que se convierten en mis mejores amigas durante el lapso de una canción. En algún momento Cyclops me pasa una pastilla, no sé qué demonios es, pero la trago. De pronto abandono mi gozosa ebriedad y empiezo a sentirme atontada y letárgica. El suelo se mueve bajo mis pies y siento la necesidad de salir de ahí. Me alejo de la plataforma del DJ, trago medio litro de agua, salgo y me quedo de pie junto a los guardias que sacan a los ebrios.

¿Estás bien, cariño?, me pregunta uno de ellos. Asiento. Me siento segura a su lado, inhalando el aire fresco y el abrumador aroma de su loción para después de afeitar. Creo que podría quedarme a dormir aquí en este preciso momento.

Las últimas peticiones las aceptan a las dos de la mañana. La música termina a las dos y media. Entonces apoyo la cabeza en la cabina del DJ mientras Cyclops empaca su equipo. Noto que la gente se ríe de mí mientras limpian el lugar, pero no me importa, no puedo mantener los ojos abiertos.

Vamos, Pecas, me dice Cyclops después de un rato. Te llevaré a casa.

Dejo que me jale y me abra los ojos. Cuando lo hago me doy cuenta de que me mira intensamente, muy cerca, nuestras narices se tocan. Oh, oh.

Se siente bien, ¿no? El alboroto.

¿Qué diablos me diste?

Le llamo Jetlag. Lo desarrollé con unos amigos.

¿Tú fabricaste esto? Jesucristo, Cyclops, podrías terminar en prisión para siempre. ¿Qué diablos le pusiste?

Shh. No te puedo decir, pero funciona de maravilla, ¿no?

Preferiría embriagarme, siento que me voy a dormir.

¿Y no te parece esa la mejor sensación? ¿Justo antes de quedarte dormida? ¿Cuando estás completamente aletargada, somnolienta y cómoda? Contonea su cuerpo junto al mío, no me agrada su cercanía. Se siente puntiagudo, es un saco de huesos. Me incomoda.

Cuando estoy en la cama sí me agrada esa sensación, no cuando estoy en la calle.

Entonces vayamos a la cama. Aquí tienen habitaciones. Me dice abrazando mi cintura con fuerza.

No, no, no, le digo. Me alejo y me suelto de él. No es buena idea.

¿Por qué no? Jamie y Marion tal vez están saltando el uno sobre el otro en este preciso momento, riéndose de nosotros.

Dice eso para lastimarme, para hacerme sentir deseos de venganza. Tal vez me siento como si acabara de bajar de un vuelo a Australia tras haber dejado el alma en Singapur, pero sé bien lo que trata de hacer.

Solo quieres vengarte de ellos, Cyclops.

¿Y tú no?, ¿no me llamaste para eso?

No. Te llamé porque eres mi amigo.

Se ríe.

Pecas, no he sabido nada de ti desde que te fuiste.

No recuerdo haber recibido llamadas tuyas tampoco, le digo.

Porque no somos amigos, me dice en un tono juguetón, picándome con el dedo en las costillas para enfatizar cada una de sus ideas.

Aléjate.

Mira, francamente no me importa lo que ellos hagan, le digo. Jamie y yo ya habíamos terminado, él no me engañó. Necesito concentrarme en mi vida, le digo. Tomo mi bolsa, estoy lista para irme, no debí haber venido. Tiene razón, fuera de la relación que teníamos como grupo con Jamie y Marion, nunca fuimos amigos. Éramos cuatro, pero solo porque Marion y yo éramos mejores amigas. Nosotras trajimos a Jamie y a Cyclops y formamos un grupo. En efecto, Marion tiene razón, el hecho de que sintiera algo por Jamie sin que yo ni Cyclops estuviéramos presentes fue algo especial. Afuera, en el estacionamiento, me quedo junto a la camioneta mientras él espera su paga. Los guardias continúan a un lado de la puerta. Una chica vomita detrás de un automóvil. Su amiga sostiene sus zapatos y le da palmadas en la espalda distraídamente mientras mira a lo lejos. Por ahí anda un tipo solo, algunos amigos dispersos, él tiene la cabeza entre las manos como si su vida estuviera desmoronándose.

No me importa lo que digas, sé que sí te importa lo de Jamie y Marion, dice Cyclops canturreando, en tono burlón. Llega hasta la camioneta, viene cargando su equipo. Retomamos la conversación. Tú y Jamie tenían una relación seria, importante. Se iba a casar contigo, me lo dijo él mismo.

Nunca dijimos que nos casaríamos. Nunca.

Bien, pues él tenía todo planeado, tenía un anillo y todo eso. Luego tú solo te fuiste.

Jamie no tenía un anillo, le digo molesta.

De acuerdo, tal vez no, contesta riéndose. Pero sí tomaba en serio su relación contigo.

Cyclops abre la parte trasera de la camioneta y guarda su equipo. Huele a pescado, a pescado echado a perder.

Dios santo, exclamo tapándome la nariz y dando un paso atrás.

Aquí guardo mi equipo de los paseos en barco. ¿No te sientes tentada?

¿Qué? ¿Tentada a acostarme aquí?, exclamo. Él solo se encoge de hombros.

Es más sencillo que conseguir una habitación. Además, no quiero gastar el dinero que acabo de ganar. Vamos, insiste acercándose de nuevo. Me vuelve a abrazar de la cintura y me jala hacia él. Solo uno, rápido. Te daré otra pastilla.

Puta madre, claro que no, Cyclops. Vamos a casa.

Entonces cierra las puertas traseras de la camioneta de golpe, colérico. Acostarte con todos los demás no te causa ningún problema, ¿verdad, Allegra? Pero no conmigo. ¿A cuántos de mis hermanos te tiraste? ¿Dos, tres?

Uno, le digo. Pero en realidad fueron dos. También me acosté con Inky, en secreto porque solía escribirme poemas.

Y por cierto, no me acuesto con toda la gente con la que salgo, gracias. Siento el tremor del insulto en mi voz.

Claro que no, dice antes de subir a la camioneta y encender el motor a pesar de que no la he abordado. Con gusto regresaría a casa de otra manera, pero él es mi única opción. Él, su camioneta de Chewbacca que apesta a pescado pasado y sus pastillas Jetlag. Para colmo, ya se acabó el efecto, ahora estoy completamente despierta, temerosa de que detenga la camioneta y vuelva a intentarlo. Le doy la espalda y apoyo la cabeza en la ventana helada, finjo estar dormida. Él conduce a casa a toda velocidad, la música a todo volumen, fumando un cigarro tras otro. No vuelve a decir nada en todo el trayecto.

Jamie se ha ido. Marion se ha ido. Cyclops también. Otro nombre que debo tachar de mi lista.

Terminó la Pascua. Es el lunes del fin de semana festivo y debo volver a Dublín. Tengo sentimientos encontrados al respecto. Estoy programada para odiar el momento en que me voy de casa. Tal vez, en el fondo, la recién nacida en mi interior recuerda el abandono que sufrí en cuanto cortaron mi cordón umbilical. Quizás es porque no sé a qué estoy volviendo. Me mudé a Dublín para hacer algo y aún no lo he logrado. Me fui en medio de una gran emoción. Inicié mi viaje de exploración en un entorno de buena voluntad y esperanza, pero la gente que se quedó aquí rara vez recibe noticias mías y, para colmo, no he cumplido lo prometido. No tengo nada que contarles de nuevo. Todos han avanzado en la vida y yo me quedé un poco atorada.

Estoy preocupada por papá. Me inquieta dejarlo, pero también me angustia estar con él. Cuando llegué a casa, a las cuatro de la mañana, estaba revisando el piano y el reloj de pie en busca de los ratones. Me quedé sentada escuchándolo salir del cobertizo en el jardín trasero y pasar por el corredor hasta el reloj, una y otra vez, trayendo y llevando herramientas y trampas para ratones.

Me va a dar gusto dejar este caos.

Me dará miedo dejar este caos.

Él siempre ha sido peculiar. Conducía muy rápido, pero siempre llegaba tarde. Me permitía dormir hasta el mediodía y me daba helado a medianoche. Me despertaba en la madrugada para enseñarme una araña tejiendo su telaraña de un lado a otro de la ventana bajo la luz de la luna, o al amanecer para ir a caminar a la playa, observar cangrejos y levantar rocas para descubrir criaturas. Organizaba su propia carrera de cangrejos desde una roca donde nos sentábamos y cada quien elegía uno. Los alentábamos a avanzar y luego volvíamos a casa caminando de lado y con los brazos en alto, juntando y separando los pulgares de los otros dedos como tenazas en el aire mientras la gente que pasaba nos miraba divertida. Era increíble para mostrarme el asombro, la magia subyacente a todo. Cuando me presentaba alguna de las maravillas del mundo natural, no le agradaba escucharme decir "qué asco" o verme acobardada y sin querer tocarla.

¿Lo ves, Allegra? El mundo está justo aquí, en la punta de tus dedos. Solo tienes que voltear una piedra o dos para ver cómo se revela todo. Nada es nunca lo que parece, siempre hay algo oculto, pero depende de ti descubrirlo.

Sin su guía, todo era como se veía. Sin él, volteaba una piedra y no encontraba nada, solo guijarros y huecos inundados. Podía caminar una hora en la playa sin ver un cangrejo. No solo era mis ojos, era mi imaginación.

Dejarlo para ir a estudiar en un internado a los cinco años fue como viajar a otro planeta. Vaya, entonces así es como viven otras personas. Ahí no me incomodaba voltear piedras y no encontrar nada moviéndose porque estaba con gente que solo pasaba sobre ellas sin pensar en las maravillas que ocultaban. Estaba con gente como yo. En el internado me sentía tranquila, estable. Era la disciplina. Los horarios. El orden y la rutina.

Cuando terminé mis estudios y no me aceptaron en la Garda Síochána, en lugar de ir a Tipperary para estudiar en la universidad Templemore como lo había planeado para continuar teniendo una vida estructurada, al estilo militar, volví a casa. La isla que extrañaba se volvió ordinaria de nuevo. La mayoría de los chicos de mi edad se había ido a alguna universidad o se mudó a Cork, a Limerick, a Dublín o incluso a Australia o Estados Unidos para trabajar. Los que se quedaron tenían razones para hacerlo. ¿Cuál era mi razón? Me quedé porque fracasé y no sabía qué más hacer.

Hasta un día que estaba hojeando el periódico y lo supe con claridad.

No tengo la intención de pedirle a Jamie que me lleve a la estación de trenes y, después de lo que sucedió anoche con Cyclops, tampoco le llamaré a él. Nunca más. Los autobuses no me funcionan, así que llamo a tía Pauline a pesar de que sé que tiene mucho que hacer el lunes después de un fin de semana festivo porque los vacacionistas querrán comer en Mussel House, en especial en un día como hoy que el sol parece rebanar las rocas con sus rayos y se siente como si fuera mediados de agosto. Antes habría dejado todo por mí, y posiblemente pedirle que lo hiciera también era injusto. El caso es que ahora no lo hace, en lugar de eso envía a mi primo Dara, una opción interesante y decepcionante al mismo tiempo porque nunca nos hemos llevado bien en realidad. Él siempre ha sido grosero con papá, tiene una actitud sarcástica con él, una especie de desdén cínico. Me habría encantado ver a John, su hermano, y sé que a él también le habría dado gusto verme, pero Pauline envió a Dara. Me pregunto si lo habrá hecho por alguna razón en especial.

Durante todo el trayecto tenemos una conversación trivial y hasta cierto punto amable, hablamos de sus extraños hijos, de su extraña esposa y de su extraña vida, todo en la extraña y maliciosa manera en que él habla. Dara hace trabajitos variados, todo depende de la temporada. A veces ayuda en las granjas, durante los meses en que nacen los corderos; maneja camiones de plataforma cada vez que algún conocido necesita un conductor, corta heno en la época de cosecha del mismo, trabaja en la barra de un bar distinto cada año. Sin embargo, nunca trabaja con la familia, no le ayuda a Mossie en la granja de mejillones, ni a Pauline en Mussel House o en el *Bed and Breakfast*. Siempre he pensado que no soporta a su familia, sin embargo, siempre está con ellos, es como si quisiera alejarse, pero no pudiera irse. Quiere hacer cosas mejores que ellos, pero no tiene ni la mentalidad ni las habilidades necesarias, así que solo mantiene su distancia a pesar de que permanece ahí siempre. En su mirada se puede ver que es inestable. Le cuento sobre Dublín y mi empleo, y empieza a hacer bromas sarcásticas como respuesta a casi todo lo que digo. Me urge bajarme del automóvil, terminar esta farsa y sacudirme de la piel su grasiento sarcasmo y su amargura.

Atravesamos Killarney y, a medida que nos acercamos a la estación, empiezo a sentir más confianza en mí misma. El fin del trayecto está a la vista. Cuando detiene el automóvil estoy lista, no quiero desperdiciar este viaje, así que abro la puerta y el aire fresco acaricia mi piel. Siento que pronto me liberaré de mi primo, entonces le pregunto: Dara, ¿qué hiciste con ella durante esas dos semanas? ¿Adónde fueron?

Él sonríe entre dientes como si hubiera estado esperando la pregunta. En este instante deseo no haberla formulado.

Eso solo lo sabe ella, y si a alguien le corresponde averiguarlo, es a ti, dice. Entonces sé que lo haré. No volveré a casa, no volveré a poner un pie en esta isla hasta que no logre lo que se supone que debo hacer.

Quince

ESTOY EN EL TREN DE LAS CINCO TREINTA Y NUEVE DE KILLARNEY a Dublín. Llegaré a la ciudad a las nueve con dos minutos, luego viajaré a Malahide y estaré ahí a las nueve con treinta y tres. Con todo este tiempo disponible frente a mí y con mi mente tan necesitada de compañía, me pongo los audífonos y busco a Rooster en YouTube. Supongo que tendré que rastrearlo entre una copiosa cantidad de resultados que no tienen nada que ver con él, pero me sorprendo al descubrir decenas, si no es que cientos de videos de un adolescente llamado Rooster que se parece a Tristan. Aparecen imágenes de él a partir de que tenía diez años y hasta hace dos. Rooster juega videojuegos y comenta mientras tanto, mueve las manos en el aire de la misma forma exagerada e irritante que cuando no las tiene sobre los controles. Dejo un video para pasar a otro y descubro lo mismo. Veo a Rooster arriba, en la esquina derecha, mientras la pantalla compartida muestra el videojuego que está jugando. Habla, habla y no para de hablar con un acento fastidioso. Lo veo crecer. Todo sucede en su propia cuenta de YouTube. Comienza su introducción con una llamada "Rooster". "Una producción Cockadoodledoo." De pronto la placa de bronce en el número ocho cobra sentido. Es su tarjeta de presentación, un enlace que te anima a comprar nueva mercancía. Hago clic en él y me lleva a un sitio de internet donde hay tazas, sudaderas y artículos de papelería, todo con la marca impresa. Es un sofisticado sitio llamado Rooster.com que incluye enlaces a videos en otro sitio, Cockadoodledoo Inc.

Mientras observo al adolescente jugar emocionado, recuerdo que se trata de la persona que Tristan me dijo que prefiere ser. Un chico lleno de confianza en sí mismo, un poco irritante, precoz, parlanchín, incapaz de detenerse un instante para respirar, un chico que hace distintas voces tontas, que sin compañía de nadie monta un espectáculo en un videojuego. El sitio de internet anuncia que dentro de poco habrá nuevos juegos creados por Rooster.

Sostengo el teléfono en la mano, se sobrecalentó, tengo que soltarlo. Llevo casi dos horas perdida en el agujero espaciotemporal de Rooster y he recorrido la mitad del camino a Dublín.

No fueron exactamente las palabras que uno dice para despedirse, pero mientras compartíamos un plato de huevos revueltos con mantequilla, gruesas rebanadas de tocino curado en maple y un poco de pudín negro de Valentia, papá dijo que reflexionaría al respecto. La teoría de las cinco personas.

Allegra, de acuerdo con mi versión de esta teoría, si te rodeas de gente que adora *Star Wars*, aprenderás mucho sobre *Star Wars*, ¿cierto? Y si te rodeas de gente feliz, entonces podrás ser feliz. Así que no te preocupes por Marion, Jamie o Cyclops, tampoco por el pequeño mojón que fue grosero contigo en Dublín. Todo depende de ti, tú tienes el control.

Fue tal vez lo más positivo que escuché en este viaje a casa, incluso si papá solo estaba tratando de ser amable al referirse a una teoría que no lo convence. Saco mi libreta dorada de nuevo y empiezo a escribir.

Querida Amal Alamuddin Clooney

Me llamo Allegra Bird. Te escribo con la esperanza de que te conviertas en una de mis cinco personas. Permíteme explicarte lo que eso significa. Verás, soy guardia de estacionamiento y hace poco un individuo rompió en mis narices una multa que le puse. Me dijo que uno era resultado de las cinco personas con quienes pasaba más tiempo, me lo dijo con el objetivo de insultarme. *Ahora que te escribo, pienso y supongo que también trataba de insultar a la gente que me rodea en la vida porque no le agradó lo que vio en mí. Después de eso se disculpó y limamos asperezas. Fue cruel, cierto, pero descuida, lo que busco no es que me brindes asesoría jurídica. Esta experiencia me forzó a analizar a la gente con la que convivía y a preguntarme quiénes eran las cinco personas con las que más paso tiempo.*

En un principio me pareció que sería sencillo, pero ahora que vuelvo de un viaje a casa —de hecho, te estoy escribiendo en el tren— me doy cuenta de que las cinco personas que había considerado pertenecen a mi vida anterior. Sin embargo, me mudé con el objetivo, digamos, de cumplir una misión, y ahora resulta que no tengo a cinco personas en mi vida. Es vergonzoso, incluso triste, supongo, pero estoy tratando de verlo desde una perspectiva positiva. Creo que puedo sanear mi vida. Puedo buscar a la gente que me inspira, que me hace sentir que estoy sólidamente plantada en el suelo, o a la que me eleva, la que me guía, la que es honesta conmigo. Creo que al elegir a quienes me rodearán ahora, a quienes tendrán una influencia sobre mí, también estaré eligiendo quién deseo ser.

Amal, tú eres una mujer asombrosa. Eres una legisladora internacional, defensora de la justicia. He leído todos los artículos que has escrito disponibles en internet. Te admiro por representar a Nadia Murad, ganadora del Premio Nobel de la Paz, al periodista Mohamed Fahmy, al otrora presidente de las Islas Maldivas, Mohamed Nasheed, a los periodistas de Reuters en Myanmar. Asimismo, el hecho de que hayas representado a Julian Assange en su proceso para evitar la extradición te convirtió en una heroína para mi padre. Además eres madre y un icono de la moda. Mi cabello se parece al tuyo, pero creo que esa es la única similitud entre nosotras. Sé que nadie lo tiene todo, pero pienso que tú vas bastante bien, o al menos, eso es lo que parece. A veces la vida es un poco como un juicio amañado, falso, y creo que necesito a alguien que pueda reconocer un juicio de este tipo al verlo. Alguien que pueda restaurar la justicia y la esperanza en mi vida.

Gracias por leer esta carta.
Allegra Bird

P. D. Estoy enviando copias de esta carta a Lake Como, a las Naciones Unidas, a la Universidad Columbia, a Doughty Street Chambers y a tu casa en Sonning Eye con la esperanza de que recibas por lo menos una de ellas. Ojalá no pienses que te estoy acosando. Lol.

P. P. D. Esto que hago tiene más bien que ver con sentirme inspirada por ciertas personas, la idea es que convivamos para que puedas influir en mí directamente, así que estoy disponible para encontrarnos con regularidad en videollamadas por Skype o Zoom.

Todavía me queda una hora más en el tren.

Querida Katie Taylor,

Hola, soy Allegra Bird, soy de Isla de Valentia en County Kerry, Irlanda. He visto todas tus peleas, bueno, la mayoría. Mi papá y yo incluso te vimos ganar en las Olimpiadas de verano 2012 en Londres, cuando venciste a Sofya Ochigava, ganaste el oro para Irlanda y te convertiste en la primera mujer ganadora de un campeonato olímpico de peso ligero. Vaya, ¡qué gran momento! Papá y yo nos volvimos locos.

Te escribo con la esperanza de que te conviertas en una especie de mentora para mí. No me refiero al box, sino al desarrollo personal. Sé que debes estar increíblemente ocupada entrenando y compitiendo, pero me sentiría muy honrada si fueras una de las cinco personas que influyen en mí y le dan forma a mi personalidad.

Estoy buscando a gente en distintas áreas de la vida para que me ayuden a convertirme en la persona que debería ser, ¡y tú eres perfecta para el aspecto deportivo! Si pudiéramos reunirnos en algunas ocasiones sería genial, de lo contrario, si pudieras enviarme una carta con consejos y recomendaciones también sería genial (de preferencia las cartas o reunirnos por Skype o Zoom porque la idea es que pasemos tiempo juntas). No tenemos que enfocarnos en el deporte, apreciaré cualquier sugerencia sobre cómo vivir en general. Al final de esta carta encontrarás mi dirección postal y mi dirección de correo electrónico.

Con toda mi admiración,
Allegra Bird

Termino la última carta justo cuando el tren se detiene en la estación Connolly.

Estimada ministra Ruth Brasil,

Me llamo Allegra Bird y tengo veinticuatro años. Soy de Isla de Valentia. Le envío esta carta a su oficina electoral, a su oficina en los edificios gubernamentales y a su casa de campo en Kenmare Bay. También se la voy a enviar a mi tía, Pauline Moran, porque ella vive en Waterville —es dueña de Mussel House, en el muelle Ballymacuddy— y me ha dicho que a veces, en el verano, usted va al restaurante cuando navega con su esposo, y que las ostras al vapor con vino blanco y ajo son sus favoritas.

Debo aclarar que mi familia no se involucra mucho en la política y que no podré votar en la elección extraordinaria que se realizará dentro de algunas semanas porque fui a casa para celebrar la Pascua y no puedo darme el lujo de tomar más días de vacaciones. Además, por favor no lo tome de manera personal, pero viajar a la isla para votar no suena a un verdadero descanso. A pesar de todo lo anterior, soy admiradora suya. Me dio mucho gusto cuando el Taoiseach la nombró ministra de Justicia e Igualdad. Cuando salí de la preparatoria quería unirme a la Garda Síochána, me habría sentido muy orgullosa de que usted fuera mi líder en la tarea de garantizar que la ley se cumpliera en Irlanda porque me agrada escuchar sus discursos y creo que es una persona fuerte y firme, pero justa. También pienso que es compasiva, quizá porque durante muchos años se dedicó al derecho familiar. Francamente, me parece que sería una jueza muy justa.

Hace poco alguien me dijo que uno era resultado de las cinco personas con las que más convivía. Si eso es cierto —y después de haber analizado durante mucho tiempo a la gente que me rodea y que ha estado conmigo a lo largo de mi vida, me parece que lo es—, entonces me gustaría que esos cinco fueran las personas más importantes e inspiradoras posibles. No estoy en busca de una amistad íntima porque eso sería muy extraño, más bien me gustaría relacionarme con usted en sus propios términos y de cualquier manera que le parezca cómoda. Sugiero cartas, correos electrónicos, videollamadas por Zoom o Skype, pero la decisión es suya.

Hace poco alguien me hizo notar que sí puedo tener control respecto a las cinco personas con quienes más convivo, que no es necesario conformarme con aquellas con quienes el azar me relaciona. Digamos que puedo elegir con detenimiento quién y cómo deseo ser, pero ya veremos qué sucede.

Me encantaría saber quiénes son las cinco personas que la rodean a usted. Conociéndola, estoy segura de que deben ser gente muy especial.

Espero recibir noticias suyas pronto.

Cordialmente,
Allegra Bird

En cuanto llego a casa, a las diez de la noche, me meto a la cama. Los McGovern continúan en sus vacaciones en Marbella. Casi todo está en penumbras y cerrado con llave, me resulta espeluznante estar en una enorme mansión vacía. Solo algunas de las luces nocturnas permanecen encendidas para hacer creer a los extraños que la familia está en casa.

Me parece ver a Barley afuera en el jardín husmeando por ahí, pero luego recuerdo que lo enviaron a la estancia para perros. En ese momento, la criatura se acerca a la luz y deja ver su frondosa cola. *Madra rua*. El zorro. Apago las luces de la cocina para ver mejor. Él percibe el cambio, se detiene y mira hacia arriba. Contengo el aliento. Mantiene el contacto visual. No quiero parpadear ni mirar en otra dirección. Esta vez no tengo miedo.

Camino lentamente hacia el refrigerador y saco un paquete de jamón con la esperanza de que no se haya ido. Lo veo, sigue husmeando el césped. No es un cachorro, es un zorro adulto, un carroñero experto, se ha alimentado a sí mismo bien, se ve saludable.

Separo las rebanadas de jamón y las coloco sobre el pasto. El zorro me observa desde lejos, a través de la entrada que se forma entre los arbustos bien podados.

Son para ti, susurro.

Doy unos pasos hacia atrás con sigilo, me alejo lo suficiente para que no se sienta amenazado, pero no tanto como para no poder verlo en la oscuridad. Me observa, parece que me está evaluando, ponderando. ¿Puede confiar en mí? Decide que sí. Avanza y se dirige al jamón. Lo toma de un tarascón y huye.

Me siento complacida, doy la vuelta para entrar al garaje y la alarma de la casa se activa de una manera tan repentina y penetrante que me asusta. Dejo caer el jamón y corro al interior.

Para cuando llego a mi habitación, el teléfono está sonando.

Es Becky.

Hola, Allegra.

Hola, Becky.

Te escuchas agitada, ¿dónde estás?

En Dublín.

Qué graciosa, dice en un tono seco. ¿En qué parte de Dublín exactamente?

No traté de ser graciosa, hace rato todavía estaba en Valentia, fui a pasar la Pascua, le contesto confundida. Pensé que te referías a… En fin, ya volví. Hace un par de horas.

Ah, de acuerdo, bien, como sabes, la alarma se activó, la escucho desde aquí. Vaya, suena muy fuerte. Tal vez no sea nada, pero la empresa de seguridad me acaba de llamar para informarse. Se pusieron en contacto con los gardaí, estarán ahí en poco tiempo.

De acuerdo, le digo.

Allegra, me dice lentamente antes de hacer una pausa… No entraste a la casa, ¿verdad?

¿Por qué habría de…?, le digo mientras corro por mi habitación tratando de ponerme unos pantalones deportivos y sudadera. Gardaí, dijo Becky, gardaí, estimada detective Pecas.

No te acercaste a la casa ni tocaste los sensores, ¿verdad…?

De pronto me detengo y frunzo el ceño, me doy cuenta de que suena a acusación. No, contesto en un tono seco.

Tomo la linterna especial que guardo junto al extinguidor. De acuerdo con la publicidad, es la linterna más brillante del mundo, se supone que produce cuatro mil cien cegadores lúmenes. Recuerdo cuando estaba con Marion, Jamie y Cyclops, y apunté hacia unos murciélagos con ella. Qué rara eres, en serio, dijo Marion riéndose mientras me veía empacar. ¿Para qué necesitas una linterna así en Dublín? Es una ciudad, hay luz en todos lados. Dicen que ni siquiera puedes ver las estrellas. De acuerdo, Marion, ¿y ahora quién es la rara?

De acuerdo, es solo que no quería que te asustaras, dice Becky, de nuevo en un tono amable y dulce, como si no acabara de acusarme de haber entrado a su casa. Pero no me importa, estoy demasiado emocionada porque vendrán los gardaí.

Cuando abro la puerta del garaje que se cerró detrás de mí, la linterna ilumina todo el jardín. No sé si hay una alarma en el taller de Donnacha, pero supongo que es posible porque, si cada uno de sus diminutos tazones en los que no cabe nada cuesta quinientos euros, entonces hay mucho que resguardar. La alarma sigue aullando en mis oídos mientras reviso la puerta del taller. Está cerrada con llave. Ninguna ventana está rota. Ilumino el interior y veo sus tazones en distintas etapas de producción. Nada se mueve.

Ey, quién está ahí, pregunta un hombre.

Doy la vuelta y veo a dos gardaí entrando al jardín por la verja lateral, un hombre y una mujer. El estómago me duele de la emoción. Él tiene una pequeña linterna, no se parece en nada a la mía. Alumbro la zona por donde se acercan y camino hacia ellos, pero sin apuntar a sus rostros, no soy estúpida. Cuando me acerco los reconozco porque los he visto en la estación. Ella es la garda *cool* que veo con frecuencia en el pueblo. Usa mucho maquillaje y trae su rubio cabello recogido. No es mucho mayor que yo, cada vez que la veo, pienso que podría ser ella. Siempre le digo buenos días o la saludo de lejos cuando paso por la oficina. Les sonrío, pero ellos no me responden, lo cual me decepciona un poco porque veo que no me reconocen, no se dan cuenta de que yo soy la guardia de estacionamiento. Me entristece, después de todo, mi labor consiste en ayudarles.

Soy Allegra Bird, digo extendiendo la mano. Soy la inquilina de los McGovern, vivo arriba del gimnasio, les digo apuntando a mi estudio con la linterna para mostrarles. Becky me dijo que venían en camino. Estaba preocupada por el taller de Donnacha, hay cosas valiosas ahí, así que pasé a revisar. No hay señales de que alguien haya forzado la puerta para entrar. No he revisado la casa. Alumbro el taller con mi linterna y ellos caminan en esa dirección. Él continúa hasta la ventana y mira al interior. Revisa la manija de la puerta, lo mismo que acabo de hacer. Observo cada uno de sus movimientos, yo podría ser uno de ellos.

¿Vio a alguien?

No, contesto gritando. La alarma aún ulula y sigue perforándome los oídos.

La garda me mira con detenimiento, luego ambos entran a la casa y revisan las puertas y las ventanas. Nos dijeron que fue el sensor del jardín trasero, le dice a su compañero.

Ah, ese sensor está aquí, les digo mostrándoles la zona alrededor del patio que está junto al muro del fondo de la casa. Toda esa área está protegida por sensores que se encienden cuando cualquiera se acerca a la construcción.

Usted no la activó, ¿verdad?

No, entré por el mismo lugar que ustedes. Los sensores no protegen la entrada, puedo entrar y salir sin perturbar a la familia. Enciendo mi linterna y apunto a la entrada para peatones por donde entraron y luego la ruta que sigo a través del jardín hasta entrar a la construcción al fondo. Llegué a casa a las diez y media exactamente, así que no pude ser yo de todas formas.

Estoy segura de que los impresiona lo cuidadosa que soy con los detalles. Para hacerlos sentir más seguros de la información que les proveo, me dan ganas de explicarles que Becky y Donnacha me albergan y me han dado un empleo, pero sé que no están aquí para eso.

Cuando la alarma se activó, yo estaba allá, en el jardín secreto, les explico.

¿Dónde?

Les muestro con la linterna.

¿Por qué estaba ahí?

Porque vi un zorro. ¡Oh! Tal vez él activó la alarma, digo. Apenas se me ocurre.

¿Cómo dijo que se llama?

Allegra Bird. Soy guardia de estacionamiento en la ciudad.

Ah, claro, dice ella por fin. Me alegra y me alivia que me haya reconocido.

A veces la saludo cuando paso por su oficina.

Por supuesto, dice.

Cuando salí de la preparatoria hice una solicitud para formar parte de los gardaí.

Bien, pues ha hecho un buen trabajo aquí, Allegra. Ahora vamos a echar otro vistazo.

Quizá fue el zorro, les digo, voy caminando detrás de ellos. Tal vez anduvo husmeando junto a los contenedores de basura. Suele entrar por aquí, viene de alguna parte por allá, explico usando mi linterna de nuevo. Luego avanza y llega hasta esta zona. Los contenedores están allá. Nadie los ha vaciado desde que los McGovern se fueron de vacaciones. El zorro debe de haber olido la comida.

La alarma por fin se apaga, pero sigo escuchando el zumbido.

¿Tiene un duplicado de la llave?, me pregunta él.

No, pero los vecinos de junto sí. También la asistente de Becky. Es quien viene a recoger los paquetes y entregas cuando los McGovern no están.

Espero que pueda volver a dormir, Allegra, dice la garda.

Gracias, garda. La veré muy pronto en la ciudad, tal vez la próxima vez me reconozca cuando me vea en uniforme. Los acompaño a su vehículo, le digo. Camino con ellos y voy alumbrando el camino. Por cierto, si alguna vez requieren información sobre las multas de estacionamiento, algo que les ayude a ubicar a alguien en un lugar específico, o ese tipo de cosa, por favor cuenten conmigo. Ahora tomamos fotografías de los vehículos y uno nunca sabe lo que puede aparecer en ellas.

En general, esa información nos la provee el Consejo del condado, dice él, lo cual me decepciona un poco.

Claro, supongo que así es.

Gracias, Allegra, buenas noches, dice ella en un tono más amigable. Policía bueno, policía malo.

¿Tiene una tarjeta de presentación o algo así?, pregunto.

Él no se mueve siquiera. Ella busca en su bolsillo y me entrega una tarjeta.

Laura Murphy.

Observo su automóvil alejarse hasta que desaparecen las luces traseras y sonrío de nuevo, no puedo dejar de hacerlo, siento que camino sobre nubes cuando vuelvo a mi habitación. La garda Laura Murphy me agrada. Se ha convertido en una de mis cinco personas ideales.

Dieciséis

ME LEVANTO TEMPRANO. VISTO MI UNIFORME, CHALECO AMARILLO fluorescente y mis botas ligeras. Las aves cantan afuera. Parece que será un día glorioso, no necesito impermeable. Mi almuerzo está empacado. Queso Edam en pan de germen de trigo con granos, sin mantequilla. Una manzana Granny Smith, nueces endulzadas y un termo con té. Salgo de la propiedad de los McGovern buscando señales de algo raro bajo la luz diurna, pero todo está intacto a pesar de que anoche hubo un intruso. Atravieso los terrenos del castillo de Malahide, paso junto al hombre de traje con los audífonos, camina con paso alegre. Luego me encuentro con la mujer que trota inclinada. El hombre que pasea al gran danés. El anciano con andadera de ruedas y su versión joven. Buenos días, buenos días, buenos días.

He vuelto.

El viaje a casa me ayudó. Me despojó de algunas personas, sí, pero me dio algo a cambio: una misión. Una misión distinta a pesar de que hay un vínculo entre ellas. Me siento vigorizada. Tengo las cartas que escribí en el tren y luego firmé y metí en sobres. Solo me hacen falta las estampillas y enviarlas. Son más de tres, ya que hice copias para enviarle a cada persona a todas las direcciones que pude ubicar. En total, en mi mochila tengo dieciséis sobres para cuatro personas. No necesito escribirle a papá porque es una de mis cinco le guste o no. A la quinta persona planeo buscarla en Instagram. Garda Laura Murphy es nueva en la lista, pero con ella preferiría desarrollar una amistad en persona. Estaré contactando a ocho personas, pero es porque estoy siendo realista: las probabilidades de que Katie Taylor, Amal Alamuddin Clooney y Ruth Brasil me respondan son muy bajas. Tal vez solo dos de ellas lo hagan.

Estoy de vuelta en Village Bakery después de mucho tiempo de no haber venido. Whistles está afuera comiendo una dona. A su lado, sobre la acera, hay un café caliente. Me mira y asiente en forma de saludo cuando entro. En la barra hay una mujer sentada, está junto a la ventana con la cabeza sumida en el vacío espaciotemporal de la red social en su teléfono que la ha succionado esta mañana. Se mete a la boca el último bocado de un cuernito y luego bebe un trago de café. La reconozco, la he visto antes. Conduce un Mini Cooper plateado con techo negro. Dos puertas. Siempre se estaciona en la avenida St. Margaret. Nunca he tenido que ponerle una multa, y por eso la respeto. Se ha ganado un "Buenos días" cuando nos miramos. Luego le agradece a Spanner y sale de la panadería.

¡Pecas, eres tú! Hace cuánto tiempo de no verte, amiga, dice Spanner. Estaba empezando a creer que me habías abandonado, que ahora desayunabas con la competencia.

Esta mañana tienen tarta de manzana "deconstruida", por lo que pude ver en su enorme pizarra.

Deconstruido mi trasero, Pecas, ¿acaso el objetivo de la repostería no es precisamente construir?, me pregunta. ¿Las tartas no están suficientemente deconstruidas en los anaqueles de la tienda cuando compras los ingredientes? En fin. ¿Qué vas a ordenar? Lo de siempre, supongo.

Spanner está ocupado mezclando la masa y sirviendo bebidas de espaldas a mí, solo veo sus hombros y sus codos.

¿Cómo está Ariana?, le pregunto.

¡Muy bien! Es una princesa, te lo juro, Pecas. Spanner sigue de espaldas a la barra mientras vierte la masa en la wafflera. El sábado tuvo su primer baile irlandés de festival *feis*, me cuenta.

Voltea, se enjuga la frente con el trapo que lleva al hombro y busca su celular en el bolsillo de su delantal. Me muestra una fotografía.

Aquí está ella. Incluso se hizo bronceado para ese día, no cabía de felicidad, no tenía ni maldita idea de lo que estaba haciendo, bailando como su mamá, cayéndose como caballo... ah, no, solo bromeo, Pecas: su mamá era campeona de todo Irlanda. No creo que ahora pueda bailar con ese peso adicional, pero no creas que solo hablo por hablar. Dicen que cuando la gente es feliz, engorda, así que debe ser endiabladamente dichosa.

Entonces todo está en orden, le digo.

Me advirtió que si me presentaba a la fiesta llamaría a la policía, pero no pensaba perdérmela por nada del mundo. Me quedé hasta que bailó Ariana y luego me fui, no ganó premio ni nada. Su papá y su mamá estuvieron presentes y no hubo drama, dejé en paz al maldito novio pedófilo, se quedó mirando la presentación de los chicos, extasiado, con las palmas sudorosas. Ni siquiera volteé a ver a las hermanastras feas. Me conformé con ver a mi hija, pero luego, esta mañana, recibí esta maldita carta, me explica buscando en su bolsillo. Saca un documento arrugado y me lo entrega. Mira eso, Pecas, y dime qué demonios está sucediendo.

Miro con inquietud mi taza de café vacía esperando en la cafetera, y el waffle en la wafflera, pero Spanner solo me mira a mí, así que bajo la mirada y leo sin ganas.

Whistles entra arrastrando los pies. El aroma del café no puede ocultar su hedor. Me recuerda a papá y su ropa, me da gusto haber lavado todo lo que encontré en su armario para que nadie piense de él lo mismo que yo ahora pienso de Whistles, quien silba para captar la atención de Spanner. Levanto la vista. Whistles sostiene en el aire la dona a medio comer.

¿Qué quieres?, le pregunta Spanner.

Whistles continúa silbando y sacude la dona.

¿La mermelada?, pregunta Spanner. ¡Ah! ¡No te gusta la mermelada! Silba en un tono más agudo. Respuesta correcta.

Muy bien, su alteza, dice Spanner haciendo una dramática reverencia. Si pudiera decirme cuáles de mis pastelillos prefiere, estaré encantado de complacerlo, dado que, al parecer, no tengo nada mejor que hacer aquí.

Whistles aprieta la dona demasiado fuerte, la mermelada comienza a rezumar hasta gotear sobre la carta que tengo en la mano.

Maldita sea, grita Spanner arrojando el trapo de cocina al suelo.

Whistles se mueve por la panadería nerviosamente y silbando de vez en cuando como un aparato de radio que perdió la señal.

Tomo una servilleta para limpiar, pero para ser franca, me preocupa muchísimo más que mi waffle continúe en la wafflera, quemándose. La gente del DART llegará pronto y no quiero estar aquí apretujada con ellos, en medio de todos esos alientos y estados de ánimo.

Spanner, sé que es un mal momento, le digo cuando da vuelta al mostrador para golpear a Whistles o para tomar la carta manchada de mermelada de fresa, pero tengo hambre y necesito mi waffle.

Esto lo hace detenerse de inmediato y le da a Whistles la oportunidad de escapar. Spanner está furioso, es obvio, pero no sé si conmigo, con Whistles, con Chloe, con el waffle o más bien porque la carta es un documento legal y está embadurnada de mermelada. No lo sé, no soy buena para interpretar situaciones. Él se arma de paciencia, regresa atrás de la barra y abre la wafflera. Mi waffle está quemado. Empieza a hacer otro, lo cual resulta frustrante porque el tiempo corre.

No pueden hacer esto, digo al fin, no pueden impedirte visitar a tu hija.

Lo sé, dice Spanner, es lo mismo que les he dicho estos meses. Primero Chloe no me dejaba verla, y ahora quiere hacerlo oficial. Yo no provoqué la pelea en el bautizo, su novio pedófilo me golpeó, yo a él no le hice nada. Solo contesté al ataque con un merecido porrazo. Eso de utilizar los cargos que me hicieron por agresiones y violencia de hace tantos años, de incluso antes de que conociera a Chloe, es un golpe muy bajo. Tenía diecinueve años y fue hace mucho tiempo, cumplí mi condena. Nunca le hice daño a Chloe ni a Ariana, jamás lo haría. La voz se le quiebra, mira en otra dirección para recobrar la compostura.

La luz de la wafflera cambia a verde. Spanner continúa reponiéndose, mueve los músculos de la mandíbula, pero no puedo permitir que se vuelva a quemar mi waffle. Eso me retardaría aún más y tengo una rutina, un horario que respetar. No funciono bien cuando las cosas varían. Además, tengo que llamar a papá.

Spanner, mi waffle.

Sí, sí, lo lamento, dice con los hombros colgando y volteando hacia la wafflera. Es solo que, uno de estos días… bueno, ya sabes.

Dejo el documento sobre la barra. Spanner me entrega el café y el waffle envuelto en periódico o, más bien, en papel estraza con estampado imitación periódico. Olvidó el azúcar glas. El moretón de su ojo ha desaparecido, pero aún puedo verlo, tal vez porque sé que está ahí. Supongo que eso sucede cuando conoces a la gente de mucho tiempo atrás. Conoces todos los moretones y heridas que alguna vez estuvieron ahí, los puedes seguir viendo aunque hayan desaparecido.

Spanner me entrega una dona sin mermelada. Toma, dale esto a Whistles cuando salgas por favor, dice con aire cansado.

La ciudad duerme aún, son las vacaciones escolares. El lunes todo volverá a la normalidad, la gente estará de peor humor que de costumbre. Si algo ayuda, es que el clima primaveral sea como debe, es decir, el equivalente a nuestro verano. Por el momento casi no hay tráfico, pero irá en aumento a medida que el día avance y que la gente vaya llegando a la zona costera de la ciudad. En días como este, la mayoría prefiere caminar y usar vestidos, faldas y shorts. Los brazos y las piernas van saliendo del periodo de hibernación, los mentones van en alto. Yo no tengo mucho que hacer en cuanto a las multas de estacionamiento, pero hago lo que me corresponde. El BMW plateado todavía no está afuera del salón de belleza y manicura, debe de haber viajado. Debe de haber tomado vacaciones también. Los niños no están yendo a la escuela. Adentro, las chicas ríen un poco más fuerte que de costumbre o quizá lo estoy imaginando. Siento que debo protegerla, como si tuviera que vigilar mientras ella no esté. La mayoría de las mañanas su espacio de estacionamiento ha permanecido vacío, es como si solo ella pudiera quedarse aquí, como si nadie más lo mereciera. Contemplo el lugar vacío por un rato, no me agrada ver que no está. Sigo mi camino.

Durante mi descanso voy a la oficina postal, hay mucha gente porque es hora del almuerzo, parecería que las calles están tranquilas porque todos están aquí comprando timbres. Me formo. Estar en la fila me da mucho tiempo para pensar y volver a meditar sobre lo que escribí y estoy a punto de enviar. De pronto me encuentro frente a la ventanilla, pero no estoy lista. Me pongo nerviosa, abandono la fila, finjo y ejecuto una especie de acto silencioso breve, como si fuera mimo, como si hubiera olvidado algo. Entonces salgo de la oficina postal, camino un poco, pero luego vuelvo a formarme, la fila es ahora más larga, sale del local.

Les echo un vistazo a mis sobres. Amal en Columbia, Amal en Londres, Amal en la oficina de Londres, Amal en Naciones Unidas. Katie en su club de admiradores, Katie en el Consejo olímpico de Irlanda, Katie en el Club de boxeo Bray.

Hola, qué tal.

Doy un salto, el saludo me toma por sorpresa y dejo caer los sobres. Mientras los recojo en medio de un frenesí que me hace temblar, veo los cagantes zapatos deportivos Prada.

Rooster, Tristan, digo al levantarme. Me sonrojo. Tiemblo un poco más, no esperaba encontrarlo.

Pecas, Allegra.

Bajo los brazos trae una enorme cantidad de paquetes en sobres acolchados. ¿Vas a enviar tu correspondencia?, le pregunto.

Sonríe. Ajá. ¿Tú también?

Sip. Estrujo mis sobres. Espero que entre lo que enviarás se encuentre el formulario de solicitud del permiso de estacionamiento.

Jazz lo envió la semana pasada.

Deberá llegarte pronto, le aseguro. Hoy tuve que multarte.

Lo sé, dice haciendo un gesto de dolor, lo lamento.

No tienes por qué ofrecerme disculpas a mí.

Siento que sí.

Oh.

¿Disfrutaste de la Pascua?

Sí, hice una visita a casa.

¿Dónde está?

En Isla de Valentia.

Ah, genial, nunca he visitado. Me pareció detectar un acento rural.

Meeldito accento delattor.

¿Tienes familia allá?

Sí, mi papá.

Ah, de acuerdo, dice sonriendo. Tu padre, el número uno de tus cinco.

Veo su rostro de frente por primera vez desde que empezamos a hablar, agradezco que recuerde a papá, significa mucho para mí. También vi a los otros cuatro, pero descubrí que ya no son parte de mi vida, así que ahora solo queda uno.

Oh, vaya, lo lamento, dice. ¿Qué sucedió?

Mi mejor amiga se acuesta con mi exnovio y está embarazada. Su exnovio literalmente se me lanzó, y mi tía Pauline no ha tenido mucho contacto conmigo, le explico, dándome de pronto cuenta de que hay otro hueco en mi vida que no había considerado. Sé por qué, pero eso no cambia nada, así que… tía Pauline queda fuera de la lista también.

Dios santo.

No hay problema, conseguiré a otras cuatro personas.

Tristan ríe de buena gana. Lo miro confundida y entonces se pone serio.

Lo lamento, pensé que estabas bromeando… Mira, me parece genial que busques más. ¿Cómo planeas hacerlo?

Por fin dejo de estrujar los sobres contra mi pecho. Les escribí, explico.

Avanzamos algunos pasos. Hay diez personas antes que nosotros y la fila serpentea. Parece laberinto de ratas.

Tristan mira los sobres que traigo bajo los brazos. ¿A cuánta gente le escribiste?

Ah, solo a cuatro personas, pero como desconozco la dirección exacta de tres de ellas, voy a enviar copias a varios lugares.

Trato de interpretar la solemnidad en su rostro. ¿Por qué me miras así? ¿Estoy haciendo algo mal?

Allegra, no hay… no hay una manera correcta de hacerlo, me explica con amabilidad, pero irritado. Para ser franco, yo nunca pierdo el control, soy amable y paciente en general, no sé por qué te hablé de esa forma aquel día. Es obvio que no lo merecías, eres una persona buena y tienes un gran corazón, deberías continuar siendo así. Me siento responsable de que ahora estés haciendo esto, me dice, parece herido.

De pronto se abre la puerta del personal y sale una empleada masticando y limpiándose las migajas de la boca, se sienta y organiza su área de trabajo. Quita el letrero que dice DÚNTA (CERRADO) y por fin se abren los cubículos.

Dos personas pasan para que las atiendan, nosotros avanzamos, solo quedan ocho más en la fila.

Bajo la vista y la fijo en los sobres. Escribí todo a mano, supuse que no tenía caso escribirle a Amal con una hermosa caligrafía para la dirección de Como, y luego enviar un sobre mecanografiado a la Universidad Columbia. No puedo saber qué carta terminará leyendo. Me tomó mucho tiempo redactarlas todas y ahora me dice que me olvide del asunto.

Entonces estoy perdiendo mi tiempo, digo. Separo los sobres de mi pecho y me doy cuenta de que le acabo de dar la oportunidad de leer a quién están dirigidos.

Amal Alamuddin Clooney, dice.

Me siento avergonzada, vuelvo a abrazarlos contra mi pecho.

¿Está casada con George Clooney?, pregunta Tristan.

Él está casado con ella.

¿La conoces?

No.

Silencio. Un paso más al frente. Quedan seis personas frente a nosotros.

Pero me agradaría conocerla, añado.

Él asiente. Pero ninguna Oprah, ¿de acuerdo?, tienes que... conocerlas en persona.

Quiero conocer a Amal, por eso le estoy escribiendo. ¿Te parece algo estúpido?

Se queda pensando.

Si tienes que pensarlo, entonces es estúpido.

No, no, en absoluto, es solo que...

¿Qué?

Que...

Que es estúpido, insisto.

En realidad no debería importar lo que yo piense, no tengo idea de qué escribiste en esa carta.

En ella le cuento a Amal sobre la teoría de las cinco personas. Le digo que quiero que sea una de mis cinco personas, explico mirando en otra dirección porque me siento avergonzada.

Solo quedan cuatro personas frente a mí. Una mujer termina y deja una ventanilla libre. Solo quedan tres.

¿A quién más le escribiste?

De pronto siento pánico, estoy demasiado cerca de la ventanilla. Decido contarle todo para que me diga si debería hacerlo. Veo los sobres y leo los nombres. Katie Taylor, Ruth Brasil. Él arquea las cejas y me quedo callada.

Katie Taylor, ¿la boxeadora?

Sip.

Ruth Brasil, la política.

Sí. Ministra de Justicia e Igualdad. Es mi favorita. Bueno, la única que conozco, para ser honesta.

¿Y qué hay de la otra carta?

¿Cuál?

Dijiste que habías escrito cuatro.

Entonces extiende el brazo, toma el último sobre de una esquina y lo jala, el que está más cerca de mi pecho.

El corazón me late sin control. Me aferro a ese sobre, dejo caer los otros y quedan esparcidos en el suelo, pero yo no suelto el que tengo y de pronto lo jalo y empiezo a romperlo en trocitos como si estuviera loca. Como bestia iracunda. La gente que está formada se me queda viendo, también el personal de la oficina postal. Los dos empleados en las ventanillas que ahora están libres nos miran azorados.

Siguiente, dice la mujer.

Tristan se agacha para recoger los sobres que dejé caer mientras yo me aferro al que rompí. Meto los trocitos de papel en mi bolsillo sintiéndome mortificada por mi arrebato.

Tristan me entrega las cartas. Creo, me dice en un tono amable, que esa es la que sin duda debiste enviar.

Camino hasta la ventanilla con las manos aún temblorosas y pido los timbres postales. Él pasa a la ventanilla de al lado. Su envío es más complicado que el mío, son paquetes con destinos internacionales, por lo que deben pesarlos, registrarlos y enviarlos a través de procesos complejos y distintos. Incluso tiene que llenar algunos formularios. Yo no puedo dejar de temblar, pago los timbres y, cuando la señora me ofrece poner las cartas en el costal que tienen en la parte de atrás, me niego y salgo de ahí. Escucho a Tristan llamarme, pero camino con prisa para que no pueda alcanzarme.

Recuerdo lo que decía la carta que rompí. Palabra por palabra. Lo recuerdo porque la escribí decenas de veces en mi libreta dorada hasta que me pareció que la redacción era perfecta, a pesar de que sé que eso es imposible. Después de que la garda Laura Murphy y su compañero se fueron me quedé escribiendo hasta las cuatro de la mañana, leyendo y releyendo. Hubo un momento en que ya no pude encontrar más palabras que añadir, cambiar o eliminar. Entonces reescribí todo una y otra vez, con letra cursiva cada vez más pulcra. Como si la curva perfecta de mi *f* o el remolino de la *s* pudieran afectar la manera en que me percibiría quien la leyera.

Es una carta que he escrito en mi cabeza durante años.

Está dirigida a Carmencita Casanova. Mi madre.

Diecisiete

Me mudé aquí para encontrarme con mi madre. Dejé todo y a todas las personas que amaba, a mis cinco personas. Lo hice para mudarme a Dublín y encontrar a una sola. No imaginé que me tomaría tanto tiempo presentarme ante ella, pero viéndolo en retrospectiva, es obvio que sabía que sería un juego prolongado. Si no, ¿para qué me entrenaría para obtener el empleo de guardia de estacionamiento y para qué buscaría empleo en la pequeña ciudad donde vive? Deseaba sumergirme en su vida, sentirme cómoda. Nunca iba a solo llegar caminando, tocar a la puerta o darle unos golpecitos en el hombro y decir: "¡Ey! Hola, Carmencita, soy yo, la hija que abandonaste". Nunca pensé que pasaría tanto tiempo antes de conocerla, es obvio que lo que yo quería era pasar más tiempo averiguando quién era y conviviendo con ella, no rondándola. Ahora que viajé a Valentia, a juzgar por lo que me dijo la única persona que aún conservo y las cuatro que perdí o dejé ir, todos pensaron que tendría resultados mucho antes. ¿Ya la viste? ¿Has hablado con ella? ¿Ya lograste lo que fuiste a hacer allá? Pero nadie menciona su nombre. Nadie usa las palabras precisas.

¿Ya te presentaste con tu madre, Allegra?

En una ocasión, cuando terminé la preparatoria, intenté encontrarla. Mientras todos iban a Croacia para asistir a un festival de música en el verano, antes de que nos entregaran los resultados de los exámenes, yo reservé boletos de avión a Barcelona. Marion iría conmigo. Papá no sabía nada de Carmencita ni había tenido noticias de ella desde el día que se fue y me dejó con él. Lo único que sabíamos era que su nombre era Carmencita Casanova y que venía de Cataluña. Lo que sí sé es lo que sucedió hace veinticuatro años. Carmencita tenía veintiuno y entró en pánico cuando se enteró de que estaba embarazada. No la culpo. Era el bebé de un profesor de música en una universidad, para colmo, engendrado durante un letargo de embriaguez, en un momento de vulnerabilidad, incluso tal vez de desesperación. Tampoco la culpo por ello, yo no estoy libre de pecado. Carmencita dejó la universidad en el último semestre y luego regresó, después de haberme dado a luz, y continuó como si nada hubiera sucedido. Papá la ayudó. Ella decidió huir, salir de Dublín, no quería encontrarse con algún conocido y que notara su vientre protuberante, así que los últimos tres meses del embarazo se mudó al *Bed and Breakfast* de tía Pauline, en Kinsale. Sin embargo, solo permaneció ahí dos meses porque fui prematura.

Era complicada. Esa era la manera en que Pauline siempre describía a mamá cuando le preguntaba sobre su personalidad. Su inglés no era muy bueno, solía decirme cuando la instaba a darme más información a medida que fui creciendo. Si Pauline se sentía más franca en determinado momento, también describía a mi madre como una chica perturbada. Sin embargo, no creo que lo que me haya dado deseos de saber más sobre ella fuera mi edad. Dependiendo de lo que hubiera escuchado o aprendido cierto día, a veces me sentía en particular curiosa. En algunas ocasiones me importaba mucho averiguar quién era mi madre, dónde estaba, qué hacía. Otras, era todo lo contrario: no me intrigaba en absoluto. A veces pensaba que podría aferrarme a las historias que me contaba Pauline sobre el tiempo que pasaron juntas, o que, también gracias a ella, notaría algo revelador respecto a su carácter, algo en qué reflejarme o encontrarme. No lo sé, las cosas nunca son así de simples. Por encima de todo, quería saber. Las mujeres siempre quieren saber, es lo que dicen todos los hombres que he conocido.

Complicada. Su inglés no era muy bueno. Perturbada.

Mientras estuvo con Pauline, desapareció dos semanas. Me lo contaron todos: la misma Pauline, papá, mi primo John y Dara, quien desapareció con ella. Nadie oculta nada, pero no tengo idea de adónde fueron. Eso solo lo sabe ella, y si a alguien le corresponde averiguarlo, es a mí, fue lo que dijo Dara. La preocupación de Pauline era tener que administrar un *Bed and Breakfast* durante los meses más concurridos del verano mientras la *master suite*, su mejor habitación, la ocupaba una estudiante española a punto de tener un bebé. Y supongo que también le inquietaba el efecto que su estancia podría tener en sus dos hijos. Cuando se enteró de que estaba embarazada, mamá —bueno, mejor la llamaré Carmencita porque esa es la persona que en realidad es—, no estaba interesada en papá. Tal vez ni siquiera lo estaba cuando se acostó con él. Sin embargo, necesitaba su ayuda, por lo que aceptó lo que él le ofreció. Carmencita no podía confesarle a su familia lo que estaba sucediendo, no podía volver a casa. Necesitaba a papá y quería tenerme. Eso fue lo que me dijeron.

Confundida, dijo Pauline en otra ocasión.

Complicada. Su inglés no era muy bueno. Perturbada. Confundida.

Se refugió en la *master suite* durante seis semanas, solo abría la puerta para recibir el desayuno, el almuerzo y la cena. ¿Qué hacía todo el día?, pregunté. Veía televisión, pero en aquel tiempo solo había cuatro canales. Tres de ellos eran en inglés y uno en irlandés. Veía videos, pero no había muchos, Dara los conseguía en la tienda de videos local, suena como la Edad de Piedra. Los libros que Pauline le dejaba en la charola de sus alimentos no los leía. También le pregunté a mi primo John respecto a mi madre.

Era una perra, dijo.

Complicada. Su inglés no era muy bueno. Perturbada. Confundida. Perra.

Lo intenté, dijo Pauline una vez, cansada de repetirlo. Como si mis preguntas conllevaran una acusación, una insinuación de que, si ella hubiera hecho algo distinto, Carmencita se habría quedado y no habría renunciado a mí. Pero nadie cree que ella y papá hubieran permanecido juntos de todas maneras, de hecho, me da gusto que no lo hayan hecho. Me da gusto que haya renunciado a mí. Tal vez lo que no me hace muy feliz es que me haya abandonado por completo, pero la verdad es que todo parece indicar que sí era una perra.

Comprendo la situación de Pauline. Cincuenta años, dos hijos, un negocio, un marido, tener que cuidar a una desconocida noche y día, brindarle todo lo que necesitaba, a una joven que daría a luz al hijo de su hermano. Una alumna que con frecuencia despotricaba y no deseaba tener nada que ver ni con papá ni con el bebé. Comprendo su estrés, la presión. Pauline me dijo que estaba aterrada, que en una ocasión Carmencita la acusó de mantenerla cautiva en su casa. Ella le había dicho que podía marcharse si lo deseaba, que solo la estaba ayudando porque dijo que no tenía adónde ir. Entonces se fue dos semanas y luego regresó.

Era dramática, dijo Pauline.

Complicada. Su inglés no era muy bueno. Perturbada. Confundida. Perra. Dramática.

Carmencita se quedó hasta que me tuvo. Pauline me dijo que nunca habló respecto a sus consultas en el hospital. Nadie sabía si el bebé estaba sano o no, si daba patadas o no. Carmencita no le contaba nada a nadie, salvo a mi primo Dara, el rarito con problemas de cableado en el cerebro. Él no creía que fuera una perra, tal vez sentía que era su espíritu animal gemelo, alguien con el mismo tipo de cableado que despreciaba a mi familia tanto como él. Dara fue quien la llevó a sus citas en el hospital y adonde quiera que se haya ocultado durante aquellas dos semanas. Me gustaría pensar que no tuvieron nada que ver porque ella tenía más de seis meses de embarazo. Sin embargo, mi primo siempre fue un poco raro. Lo sigue siendo.

Naturalmente, también he pensado las cosas desde la perspectiva de papá, en especial desde que Katie dijo aquello de que era un pervertido. Fue algo que tuve que procesar. Un profesor universitario de música solitario pero sociable. Soltero viviendo en Dublín. Una mujer hermosa que por casualidad es su alumna lo desea. No está acostumbrado a ser deseado, no de esa manera, no por alguien como ella. Él es mayor y está solo. Francamente, es el tipo de hombre que se veía viejo desde que era adolescente. El problema es que se trata de una relación que no está destinada a consolidarse. Ella descubre que está embarazada, pero no quiere tener nada que ver con él. Quiere deshacerse del bebé, pero él desea conservarlo. Nadie sabe por qué, pero al final ella decide tenerlo, tal vez tiene miedo de desprenderse de él, quizá piensa que sería incorrecto. El profesor haría cualquier cosa por ella, cualquier cosa para ayudarla, pero también quiere conservar al bebé porque sabe que de esa forma nunca volverá a estar solo. Renuncia a su empleo. Las murmuraciones y los rumores empiezan a correr. No es el primer académico que se acuesta con una estudiante de la universidad, aunque en este caso él nunca fue su profesor. La gente murmura de todas maneras. No importa, él ya se ha ido lejos. Cría solo al bebé. Es difícil, pero está contento porque sabe que no volverá a estar solo.

No vuelve a amar a nadie. No hasta el momento.

¿Cómo podría enojarme con él por amarme y por desear conservarme?

Cuando tenía cinco años y empecé a ir al internado, papá pudo tener un empleo importante otra vez. Consiguió una plaza en la Universidad de Limerick y yo volvía a casa para pasar con él los fines de semana. Su empleo como maestro era ideal porque le permitía estar libre durante el verano, cuando yo tenía vacaciones. En esos periodos daba clases en casa o en escuelas de verano. Si tenía que viajar para trabajar, yo me quedaba con Pauline, lo cual me encantaba porque el *Bed and Breakfast* era muy emocionante en esa temporada. Gente de distintos países pasaba por ahí, ciclistas que participaban en algún recorrido, excursionistas o golfistas. Artistas o artesanos en busca de inspiración en nuestros hermosos paisajes. Golfistas estadounidenses, artistas daneses, ciclistas franceses. Autobuses repletos de turistas japoneses bloqueaban los estrechos caminos entre acantilados al querer rebasar a los autobuses repletos de alemanes. Nuestra pequeña región recibía a gente de todo el mundo.

Yo le ayudaba a Pauline a hornear tartas de manzana y pavlovas para el postre; así como pan integral, estofado Guinness y coliflor en mantequilla para los turistas. Comíamos el pescado fresco que Mossie pescaba. Los berberechos, los mejillones y las almejas. Y lo mejor de todo era que mientras esperaba a que papá volviera, podía escaparme sola al jardín de atrás. Tenía a mi disposición acres enteros de la zona conocida como Wild Atlantic Way, colinas que se elevaban y caían, suficientemente pedregosas y peligrosas para mi imaginación, para convertirme en una detective con muchas investigaciones por realizar.

No recuerdo haberme sentido nunca ni más perdida ni más vacía que otros niños. Tuve malos momentos porque soy humana, pero no por culpa de Carmencita, no por no tener una madre. Ni siquiera cuando tenía que explicarlo la primera semana de clases o cuando conocía a alguien, lo cual era raro porque ¿realmente a quién le importa? La mayoría de las veces decía que mi mamá no estaba presente por el momento. Si sentía ganas de añadir algo, decía que nunca la conocí, que me crio mi padre. Me encantaba decir eso, me agradaba cómo sonaba. Para ser franca, me hacía sentir especial, diferente, cualquiera podía tener una familia aburrida, un padre y una madre, eso era sencillo. Claro, tampoco era la única de la secundaria con una vida familiar peculiar. Había separaciones, divorcios, fallecimientos, dos madres, dos padres, en fin, todo tipo de situaciones. De hecho, solíamos bromear respecto a quiénes serían los siguientes padres en divorciarse, algunas de las chicas en verdad deseaban que eso sucediera. Y quienes tenían padres solteros o separados hablaban de lo desagradable que sería si ambos vivieran en la misma casa.

De cualquier forma, al final no fui a Barcelona a buscar a Carmencita. Fuimos al festival de música en Croacia. Marion realmente deseaba ir y yo todavía no le había dicho por qué quería viajar a Barcelona, así que preferí dejarme llevar y modificar mis planes. Incluso creo que me sentí un poco aliviada.

Luego pasó el momento propicio y yo aún no tenía deseos inmensos de buscar a Carmencita Casanova. Solo fue una idea romántica que me atrajo cuando terminé la preparatoria y me sentí libre, justo antes de iniciar el entrenamiento como garda que nunca realicé. Así pues, me olvidé del asunto y volví a pensar en ella como la persona que me habían dicho que era: perturbada, errática, complicada, afligida, confundida, perra, dramática. Seguí así hasta una buena tarde de noviembre en que aún era muy temprano para que oscureciera, pero ya no se veía el sol, y yo estaba trabajando en la tienda de regalos de la Experiencia Valentia Skellig a pesar de que el lugar se encontraba vacío porque nadie podía viajar. Había tormentas, y manejar por la costa para ver dos islas era impensable, el aire era tan denso que había pesados nubarrones bajos, rocío y lluvia que te impedían ver más allá de tus narices. Días cortos y noches largas en las que solo esperaba que todo pasara, hasta que encontré un anuncio en un periódico local que alguien dejó olvidado:

A principios de mes, la Cámara de Comercio de Malahide eligió a Carmencita Casanova como su nueva presidenta. El puesto lo entrega Mark Kavanagh, quien lo ocupó los últimos tres años. Carmencita Casanova ha vivido en Malahide, al norte del Condado de Dublín, durante una década. Está casada con Fergal D'Arcy y tiene dos niños. "Traeré gran energía, imaginación y compromiso a la Cámara de Comercio de Malahide. Me siento honrada de haber sido elegida presidenta. Hay muchas áreas en las que deseo enfocarme, pero me gustaría en particular continuar el trabajo que hice en el comité principal, en áreas como la problemática de estacionamiento en la ciudad que tanto ha afectado a los negocios locales", explicó la nueva presidenta.

Era ella. ¿Quién más tendría un nombre así? Al menos en Irlanda.

Además la vi una y otra vez. Tenía una linda cara. Ojos oscuros. Brillante cabello negro. Maquillaje impecable, ojos sombreados al estilo ahumado y una dosis generosa de delineador. Una hermosa y amplia sonrisa con los dientes del centro un poco separados. Y la mirada enfocada en el lente de la cámara.

Complicada. Perturbada. Confundida. Errática. No hablaba bien inglés. Perra. Dramática. Tal vez eso fue Carmencita para los demás, pero ya no era nada más eso. Cuando la vi, sucedió algo inusitado: supe que era mi madre, y por primera vez en mi vida sentí que la necesitaba. Aunque no solo porque fuera ella. Ahora que lo pienso en retrospectiva, veo que en ese momento su existencia me ofreció un lugar adonde ir, un destino. Y desde ese instante quise partir.

Dieciocho

TALLER DE PINTURA CON MODELO EN VIVO EL MARTES POR LA noche. No estoy muy convencida de ir. Tal vez suena estúpido que a alguien pueda agradarle ir a sentarse desnudo frente a un montón de desconocidos que pagaron doce euros para capturarlo en una pintura, pero es posible. De hecho, creo que a uno puede emocionarle casi cualquier cosa. Y también dejar de emocionarle.

James, el estudiante con el que me acosté antes de la Pascua, vino de nuevo al taller. ¿O se llamaba Henry? Tiene cara de Henry. Está muy dispuesto, pero esta noche eso solo le interesa a él. No tengo ganas de tener sexo, lo cual es raro en mí. Estoy cansada. Papá llamó a las tres de la mañana para decirme que los ratones estaban esquivando las nuevas trampas que puso en el piano. Quitó las del "maldito Gerry" cuando se enteró de que lo había traicionado, que me había contado lo sucedido con Majella. Esta mañana le llamé a Posie, nuestra vecina, para informarme. Me dijo que papá no había salido de casa desde que me fui. No sé dónde consiguió las nuevas trampas. Además, ya debe haberse quedado sin comida. Posie dice que le llevará algunos víveres, y quedamos en que yo le haré una transferencia bancaria. Papá tiene dinero, por supuesto, o al menos eso creo, pero podría estarme ocultando algo más. Sin embargo, si dependiera de él, sé que no aceptaría la ayuda de nuestra vecina.

Posie es la persona que me cuidó cuando era bebé. Me aceptó desde que tenía cuatro semanas de nacida y papá empezó a trabajar. En su casa tenía una especie de guardería no autorizada, pero la descubrieron cuando se implementaron las nuevas leyes, así que tuvo que cerrar el servicio. Después de eso abrió un negocio de cuidado diurno para perros, por eso siempre huele a croquetas y pasto mojado. Ahora tengo que pedirle que cuide a papá. El mundo funciona de una manera graciosa. Bueno, no tan graciosa.

En fin, estoy en la Galería Monty, sentada, desvestida en la silla. Bueno, desnuda, como sea, el caso es que me quité la ropa. Tengo las tetas al aire, siento más frío que de costumbre. Mantengo las piernas juntas. Las puertas están cerradas y afuera colocaron el letrero de "No molestar". No mencioné nada respecto a la temperatura, pero de repente Genevieve salió del salón y luego regresó con un pequeño calefactor que colocó frente a mí. Siento que el frío abandona mis huesos, y de repente alguien chasquea la lengua molesto. Tal vez cometió un error, o quizá llevaba toda la sesión trabajando en una piel casi azulada, en pezones erectos o en la textura de piel de gallina, y todo eso desapareció cuando entré en calor. Henry, o James, garabatea frenéticamente con carboncillo, la lengua le cuelga de la boca como perro sediento. No quiero pensar qué está dibujando, pero me parece adivinar que tiene que ver menos con lo que ve frente a sí, y más con lo que fantasea o recuerda. Según yo, tiene el pene chiquito y largo como un lápiz. Podría retratarme con él. De cierta forma, es lo que está haciendo. Los artistas captan mi pesimismo. Sus obras terminadas tienen algo en común, una noción dominante de tristeza. Se manifiesta en mi rostro, en mis hombros encorvados, en las rodillas apretadas con fuerza una contra la otra, como diciendo, "nadie entra aquí, nadie tiene permiso". No quiero que me miren. Ver el reflejo de mis sentimientos solo me hace sentir peor.

Genevieve percibe que algo sucede y muy amable me pregunta si quiero ir a tomar una copa. Sí. Al principio somos solo ella, Jasper y yo, pero luego otros se unen y el rosé hace efecto: afloja mi mente y mi lengua. Les cuento sobre Rooster y la teoría de los cinco, y durante las siguientes horas tengo que escucharlos a ambos contar sus cinco personas, lo cual toma bastante tiempo porque a través de cada anécdota van tratando de descubrir quién fue la más influyente. El tiempo sigue su curso y la conversación se intensifica, después de demasiadas copas de rosé, siento que estoy mejor que nunca en mi vida. Para cuando nos vamos, pasa de medianoche. Cuando digo "nos vamos", me refiero a mí y a un individuo al que difícilmente recuerdo. No sé cómo llegamos de la galería a su casa, pero si no me equivoco, a las cuatro de la mañana salí de un cottage en Stoneybatter mientras él dormía porque no quería despertar en su cama. Recuerdo haber caminado por calles desconocidas en busca de un taxi. El viaje matinal me cuesta lo mismo que gané por haber posado desnuda, lo cual no me hace nada feliz. Salgo del taxi dando tumbos y camino hasta el gimnasio al fondo del jardín, incluso creo que choqué con los contenedores de basura con ruedas en algún momento. Recuerdo que sonó una alarma y de pronto sentí los brazos de Donnacha alrededor, levantándome del suelo mientras yo trataba de explicarle que debería dejarme ahí para que me recogieran los del servicio de limpieza el siguiente día de recolección. Unas horas después, sin embargo, cuando despierto en mi cama, me pregunto qué de todo eso sí pasó y qué no. Siento la cabeza a punto de estallar, me palpita por todos lados de una manera increíble, en cuanto me siento y abro los ojos bajo la luz de abril, tengo que correr al baño para vomitar.

Vomito con tanta violencia que quedo tirada en el suelo, con la mejilla pegada a las baldosas para tratar de refrescarme y hacer tierra. Me siento enferma por haber bebido tanto alcohol, pero también por lo que hice, me siento mal conmigo misma, es una especie de culpabilidad y miedo, la sensación de que cometí un gran error, de que mi vida ha cambiado por siempre y de que algo terrible está a punto de pasar. Es un miedo primitivo, profundo. Continúo recordando fragmentos de la noche anterior. Trozos de conversaciones, de contactos físicos, miradas, algunos momentos entrelazados. Recuerdo cosas que nunca debí decir en voz alta.

En la regadera vuelvo a vomitar, me arqueo una y otra vez, me cuesta trabajo mantenerme de pie, quiero sacar todo, el alcohol, mis pensamientos y mis recuerdos.

Me obligo a beber un café, no podré caminar hasta la ciudad sin eso. También bebo medio litro de agua, no me tomo la molestia de prepararme un almuerzo, salgo sin comer nada, no soporto siquiera ver u oler comida.

Paso frente a la cocina de los McGovern, el suelo se mueve bajo mis pies como si yo fuera un bote. Entonces se abren las malditas puertas corredizas. Continúo caminando. En cuanto me acerco a los contenedores de basura recuerdo que caí en ellos, me pregunto si eso tendrá que ver con el moretón que tengo en la cadera.

Allegra, grita Becky. Viste pantalones deportivos y blusa de seda, todo color azul marino. La blusa, abotonada apenas lo suficiente, deja ver un poco de su sostén negro de encaje. Tiene la cara lavada, luce fresca y deslumbrante, deben ser las vacaciones. Se ve increíble. Nunca me sentí tan mierda. Yo visto de los colores más oscuros que pude encontrar.

¿Cómo estás?, pregunta.

Tal vez no me caí en sus contenedores, ni activé la alarma de su casa a las cuatro de la mañana, y quizá su esposo tampoco tuvo que levantarme. Todo eso pudo haber pasado o no, pero no pregunto ni me disculpo. Mascullo una respuesta que no es ni un sí ni un no.

Me pregunta si puedo cuidar a sus niños esta noche, dice algo sobre unos amigos, Hong Kong, una cena… no me puedo concentrar. Nunca me he interesado en los detalles, solo quiero saber a qué hora me necesitan. ¿Por qué hay tanta gente que se toma la molestia de dar detalles? La interrumpo a medio discurso, tengo que hacerlo porque siento que voy a volver a vomitar. Tengo la garganta completamente seca y, a pesar del café, el agua y la pasta de dientes, todavía puedo percibir el pútrido vómito en mi boca. Mi interrupción la incomoda un poco. No sé por qué, si nunca lo hace, hoy decide ponerse a conversar. Tal vez la estupidez que la sorprendí cometiendo y la revelación de que también soy humana provocan en ella la necesidad de establecer un vínculo.

A las siete en punto, por favor, dice antes de dar algunos pasos hacia mí y mirar atrás, a la cocina, para asegurarse de que nadie nos escuche. Baja la voz. Allegra, respecto a lo que sucedió hace algunas semanas... comienza a decir, pero no puedo dejarla terminar, es imposible, en verdad creo que voy a vomitar. Me siento acalorada, sudorosa, como si sufriera un bochorno. No debí ponerme el sombrero sino hasta el inicio de mi turno, pero necesitaba ocultarme. Por eso también me puse lentes oscuros. Seguro parezco Robocop. Becky habla en un tono menos agudo, no como cuando quiere ser asertiva. Habla con más suavidad y gentileza, es una versión de ella con la que no estoy familiarizada. Cualquier otro día, su actitud me resultaría intrigante, pero hoy necesito que se retire de inmediato. A menos de que quiera que adorne su traje Prada azul marino con vómito.

De acuerdo, le digo tratando de respirar, pero siento el sudor cosquilleándome en la frente, justo en la acalorada zona entre el sombrero y mi cabello. Lo que hiciste o dejaste de hacer no me concierne, le digo. No se lo mencionaré a nadie. Te doy mi palabra.

Becky trata de comprender mi expresión, pero seguramente le resulta difícil ver algo debajo de este disfraz de Robocop. De todas formas, asiente con cara de alivio.

Solo preferiría que no fuera en mi cama, añado. Fue asqueroso.

Ella levanta las manos como rindiéndose. De pronto se ve muy mortificada por los detalles y no quiere que continúe hablando. Claro que no, dice. Nunca más en tu cama.

Me pregunto si lo hizo antes, pero tal vez sea mejor que nunca me entere.

De pronto escuchamos la descarga de agua de un sanitario y ambas nos asustamos. Volteo hacia arriba, a la habitación encima de las puertas de vidrio corredizas. La ventana está abierta, es la del baño de la alcoba principal. Echo un vistazo rápido a la cocina para ver si

Donnacha está ahí, tal vez quien estaba en el baño era uno de los tres niños, pero todos están en la cocina. Donnacha no. Becky se queda paralizada y yo me siento muy mal de nuevo por ella. Y por mí.

Escucha, no dijiste nada específico, le digo en voz baja, pero luego pienso que yo fui la que mencionó mi cama.

La miro, está repasando la conversación en su mente. Me doy cuenta de que no quiere volver a entrar a su casa y enfrentar la situación.

Te veo a las siete, Becky, digo mientras me alejo y la dejo afuera de su casa.

En cuanto tengo oportunidad, bebo bastante agua de una botella de vidrio que traigo conmigo, nunca de plástico. Paso junto al entusiasta hombre de traje y audífonos con la mochila en la espalda. Cada vez que da un largo paso, su cuerpo parece saltar. Me gustaría saber qué escucha. Nunca voltea, ni siquiera me mira. Me pregunto si se habrá percatado de que todas las mañanas pasa junto a mí, si notará cuando no estoy, o si le dará curiosidad por qué algunas mañanas nos encontramos en otros puntos. Quizá no. Tal vez no toda la gente sea como yo. Me siento un poco mejor. El túnel que forman los árboles provee sombra y frescura, por fin puedo respirar. Me quito el sombrero. Paso junto a la mujer que trota. Va tan inclinada que no sé cómo se mantiene de pie. El sudor le corre por la frente, hace brillar su pecho. No va muy rápido, yo podría caminar a su lado e ir más rápido. Tiene mojada la cabeza, el cabello se le ha pegado al cuero cabelludo, sus senos van saltando y columpiándose al ritmo del trote. Bueno, el seno derecho no, ese se mantiene en su sitio porque lleva el brazo rígido, flexionado hacia arriba y apretando su pecho. Es el lado del que va inclinada. El otro se mueve como si fuera haciendo el baile del trenecito. Su posición se ve tan dolorosa que hace que me den ganas de sostenerme los senos y mantenerlos en su sitio.

Me ve, o más bien, su mirada me traspasa, ve más allá. Tal vez no ha notado la discreta sonrisa con la que la animo a seguir. La mujer me deja atrás y da la vuelta en la verja, yo me quedo viendo el largo sendero que tengo enfrente. Es un hermoso camino flanqueado por árboles que forman arcos sobre mí. Hoy, sin embargo, no puedo recorrerlo porque parece infinito, como si no condujera a ningún lugar. Y no es que quisiera que tuviera fin. En realidad, aquí me siento a salvo, protegida, envuelta por el aire fresco. Sé que en cuanto salga de los terrenos del castillo me enfrentaré a gente, aromas, tránsito denso y ruido. Consecuencias y repercusiones. Pero sé que hoy no puedo recorrer el camino arbolado.

Doy varios pasos cansados hasta la banca que dice "Lucy Curtain se sentó aquí" y me siento con su fantasma. La fatiga envuelve mi cuerpo. Siento dolores y punzadas en varias zonas de mi cuerpo, pero no quiero pensar qué los produjo. El hombre que pasea al gran danés. El perro va sin cadena, olfatea mis botas pero no tengo energía para apartarlo. Hoy podría ser una estatua más del parque. Estoy esperando que un pájaro cague sobre mí. El anciano y su hijo pasan caminando con calma. Buenos días, buenos días, buenos días, digo casi en un murmullo.

Luego sé que estaré tranquila unos minutos más antes de que alguien más aparezca. Cierro los ojos y me dejo llevar por uno de esos momentos de meditación que me permiten convencerme de que el mundo está bien, que anoche no hice lo que creo que hice. Pero no funciona. De nuevo estoy de vuelta en la ansiedad que me produce la resaca. Una pizca de vergüenza, una ramita de autocompasión, un puñado de arrepentimiento y deje cocinar a fuego lento veinticuatro horas.

No podría decir que esta mañana estoy haciendo mi trabajo de la mejor manera posible. Lo intento, pero mis esfuerzos dejan que desear. Impongo más multas de lo habitual. Estoy tan cansada y drenada mentalmente, que no tengo la capacidad intelectual para decidir si debo otorgar a los automovilistas los veinte minutos de gracia entre una multa y otra, o no. Solo imprimo multas y me voy. En algún momento me pregunto si deberé trabajar el domingo porque hay muchos automóviles que no han pagado aún. Entre ellos, el Ferrari amarillo de Rooster. Después de mi breve crisis nerviosa de ayer en la oficina postal, prefiero pasar rápido porque estoy demasiado cansada y no puedo lidiar con el enojo que me causa que no haya conseguido su permiso para negocios aún. En todo caso, me pregunto por qué a la oficina de Fingal le ha tomado tanto tiempo emitirlo. Tal vez debería llamarlos. Conozco a alguien útil ahí, Fidelma.

Me enfrento a los problemas de costumbre toda la mañana y cuando llega el momento de tomar un descanso me tranquilizo. Me siento en la banca con mi botella de agua llena de nuevo. Solo quiero recostarme y dormir. Estoy en medio de una reflexión práctica —¿podría recostarme a lo largo?, ¿podrían despedirme si lo hiciera?— cuando llega Tristan.

¿No vas a almorzar?

Demasiada resaca.

Ah, debe de haber sido una noche genial.

Solo gruño, y él se ríe.

No me pusiste multa hoy.

Demasiada resaca.

Vaya, ¡debes de sentirte muy mal de verdad!

Si tu boleto de pago expira, tengo que darte un periodo de quince minutos de gracia.

Pero los guardias de estacionamiento y los periodos de gracia no se llevan bien.

Esas son las reglas, le digo y bebo casi todo el contenido de mi botella. Siento que me observa.

¿Dónde estuviste anoche?

No quiero hablar sobre anoche.

Se ríe a pesar de que hablo en serio.

De acuerdo. ¿Sabes?, desde la última vez que nos vimos he estado pensando. Fue ayer, en caso de que lo hayas olvidado. Antes de que te intoxicaras con alcohol.

Pongo los ojos en blanco.

Creo que tus cartas son una buena idea, deberías enviarlas. Lamento haber dudado al respecto. Ahora siento una responsabilidad adicional por las decisiones que tomes por lo que te dije. No quiero empeorar tu vida.

No podría empeorar, digo. Y en cuanto hago la aclaración, me sorprende escucharme decir eso.

Mierda.

No hay problema. Todo es culpa mía.

Ambos nos quedamos en silencio un momento.

Pero entonces ¿sí vas a enviar las cartas a Amal Clooney, a Katie Taylor y a Ruth Brasil?

Suspiro antes de hablar. Hoy no puedo pensar. No lo sé, quizá no. Dámelas, dice él extendiendo la mano.

¿Cómo? No, para nada.

No las voy a leer, solo las enviaré por correo.

No lo sé, Tristan. Mejor no, le digo retirando su mano con un manotazo. No lo sé. No puedo pensar.

Qué bueno. No deberías pensarlo. Eso fue lo que te impidió enviarlas ayer, solo deberías entregarlas en la oficina postal sin analizar nada. Siéntate en la banca, vive tu resaca, lidia con ella. Yo me encargo de enviar tus cartas. ¿Qué es lo peor que podría suceder?

Que logre avergonzarme a mí misma.

No, nadie lo sabrá.

Tú lo sabes.

No le diré a nadie, Allegra. Me mira con un aire profundamente serio. ¿Qué es lo peor que podría suceder?, insiste.

Que no respondan.

Exacto, dice encogiéndose de hombros. ¿Y a quién le importa?

A mí. A mí me importará si no responden.

¿Tienes las cartas aquí?

Se quedaron en mi bolsa desde ayer.

Déjame verlas.

Abro el cierre de mi chamarra y de ella caen quince cartas. No volví a escribir la de Carmencita. Incluso si hubiera querido hacerlo, ayer al salir del trabajo no tuve tiempo. Ahora no sé lo que quiero hacer al respecto. Esta mañana, durante algunos momentos, en mis peores instantes de miedo, pensé en volver a casa, renunciar a este empleo y a mi media vida en Dublín. Sin embargo, después del viaje que hice en la Pascua, no sé a qué regresaría a casa. Aunque no sea mucho, aquí están sucediendo más cosas para mí, y además, debería terminar lo que comencé.

De pronto Tristan me arrebata las cartas y corre. Creo que está bromeando, que se detendrá en cualquier momento, pero no lo hace. Continúa, cruza la carretera, casi lo atropellan. Luego da vuelta en la esquina y desaparece. Recojo mis cosas y lo persigo. Lo veo correr hacia Townyard Lane. A pesar de mi estado, tomo impulso y corro detrás de él. Para cuando llego al final de la calle estoy jadeando, me cuesta trabajo respirar. Entonces lo veo afuera del café Insomnia, junto al gran buzón verde, sonríe de oreja a oreja, aún tiene los sobres en la mano, los veo cernirse sobre el buzón. Los mueve en círculos, está a medio camino, pero luego los acerca demasiado a la ranura.

Me cuesta tanto trabajo respirar, que creo que voy a desmayarme. Me inclino hacia el frente, apoyo las manos en las rodillas. Estoy mareada. No volveré a beber nunca, me digo.

Las famosas últimas palabras, dice sonriendo. Vamos.

Me enderezo.

Tristan ya no está jugueteando con mis cartas a centímetros de la ranura. Ha extendido el brazo y me las ofrece. Tienes que hacer esto tú misma, dice. Envíalas. Termina lo que comenzaste.

Es como si hubiera leído mi mente, es justo lo que acabo de pensar. ¿Cómo pudo saberlo? No lo sabe, fue solo una coincidencia, pero me basta con eso. Tomo los sobres y los inserto en la ranura del buzón uno por uno. Una sonrisa nace en mi rostro y crece a medida que los veo desaparecer. Tres personas. Estoy lanzando mis deseos al universo. En realidad solo estoy enviando cartas, pero para el caso es lo mismo.

¿Ahora qué?, pregunto. Me siento orgullosa, el corazón me late con fuerza por la emoción, no solo debido a la carrera.

Ahora esperas, dice. Esperas una respuesta.

Oh. Me descorazono un poco.

No. Lo lamento, me equivoqué, no esperas, me dice. Esas cartas estaban dirigidas a tres personas solamente, ¿no es verdad? ¿Qué hay de la que hiciste pedazos?

Todavía estoy trabajando en ella. Es una apuesta más importante.

¿Me vas a decir quién es el destinatario?

Tal vez. Algún día.

Me mira con intensidad, luego ve su reloj. ¿Ya terminó tu descanso?

Veo la hora. Quedan quince minutos.

¿Quieres venir a conocer la oficina?

Su pregunta me sorprende mucho.

Diecinueve

ESTE ES ANDY, DICE TRISTAN CUANDO NOS ASOMAMOS EN LA PRIMERA oficina de la derecha. Estoy dentro. Miro alrededor con detenimiento, por fin he penetrado el misterioso edificio de Cockadoodledoo. Techos altos, una chimenea blanca de mármol. Me pregunto si de verdad podrían usarla o si incinerarían a una familia de palomas torcaces si se les ocurriera encenderla. A lo largo de la repisa de la chimenea hay varias velas alineadas, cera blanca pura en recipientes de vidrio, parecen costosas. Paredes con paneles. Dos estaciones de trabajo con escritorios blancos y computadoras Mac del mismo color y enormes pantallas. Suelos bien pulidos de duela oscura. Una alfombra blanca y peluda. Miro todo lo que hay en esa oficina antes de ver a Andy.

Él me mira con cautela.

Ah, Andy es tu ángel guardián del estacionamiento, exclamo.

¿Mi qué? Pregunta Tristan sonriendo.

Algunas empresas tienen ángeles guardianes. Puede ser un equipo o una persona, como en tu caso. Son quienes mueven los automóviles cada cierto número de horas o solo vuelven a colocar monedas en los parquímetros.

Tristan se ríe. Vaya, qué dulce ángel de la guarda elegí.

A Andy no le agrada la descripción de su empleo. Se recarga en la silla de cuero y empieza a balancearse de izquierda a derecha con las piernas separadas para hacerme saber que su pene y sus testículos son tan enormes que no puede juntar los muslos.

Soy vicepresidente ejecutivo de producción y desarrollo de Cockadoodledoo Inc, dice con flojera.

Ay, Dios mío, contesto en un tono llano. No me impresiona y eso le molesta porque se supone que su título debería hacerlo.

¿Dónde está Ben?, pregunta Tristan.

Salió un momento, dice Andy mientras se desliza sobre un documento en la pantalla. Doy un paso hacia atrás y veo lo que es: automóviles deportivos.

Esta tarde tiene la llamada telefónica con Nintendo, explica Tristan.

Creo que la pospusieron hasta mañana, dice Andy sin despegar la vista de la pantalla.

No, hablé con ellos esta mañana, añade Tristan. Estaban listos. Me ha tomado literalmente meses programar esa llamada.

Andy se encoge de hombros. Si a mí me molesta su actitud, no imagino lo que sentirá Tristan.

Pero parece que Ben canceló la reunión, digo, y Andy me fulmina con la mirada como si acabara de delatar a su amigo, como si con sus ofensivas respuestas hubiera sido capaz de ocultar la verdad. ¿Qué hay ahí?, pregunto y señalo unas puertas dobles con paneles. Blancas, por supuesto. Con el dolor de cabeza que tengo, la brillantez debería incluso repelerme, pero al contrario, me calma. Tal vez es un blanco crudo. O grisáceo. No lo sé.

Vamos, te mostraré, contesta Tristan. Si puedes, dile a Ben que venga a verme cuando regrese y esté libre, ¿sí?, dice Tristan en un tono demasiado suave, amigable y tranquilo, dándole a Ben un millón de razones para no tomarse la molestia de ir a verlo.

Claro, dice Andy sin dejar de prestar toda su atención a la pantalla de su computadora.

Tristan le lanza una mirada fulminante a la espalda antes de guiarme hasta la salida de esa oficina y luego a la que se encuentra al lado. El teléfono en la estación de Jazz repiquetea, pero ella no está ahí. Tristan ignora la llamada y gira la perilla. Está cerrado con llave. Trata de abrirla apoyando el hombro, luego toca, pero no hay respuesta. Escuchamos que hay gente en el interior. El teléfono de la recepción sigue sonando. Lo contesta.

Cockadoodledoo Inc.

Cuando dice esto, se escucha un rugido en la oficina que está cerrada. Tristan presiona su oreja con el dedo para escuchar lo que le dicen por teléfono. Jazz no se encuentra aquí en este momento, sí, por supuesto, permítame escribirlo. Busca pluma y papel en el escritorio. Encuentra un sobre de papel manila que reconozco de inmediato. Se escucha otro rugido. ¿Cómo?, pregunta. En su rostro se lee la frustración. Vuelve a taparse el oído. Una cita para hacerse manicura, sí, claro. Garabatea el mensaje y cuelga. Se ve muy irritado. Con el sobre aún en la mano, se dirige furioso a la oficina cerrada, trata de abrir la puerta de nuevo y, como no tiene respuesta inmediata, comienza a golpear con el puño.

Finalmente, alguien abre. Un pug sale apresurado y camina por el corredor hacia la parte trasera del edificio. Sigo a Tristan, al entrar me quito el sombrero, la chamarra y el chaleco fluorescente. Es una sala enorme, se extiende a lo largo, al fondo hay una cocina que conduce a un patio interior muy cuidado. Lo que veo me parece un jardín diseñado por urbanistas, hay pufs de colores alrededor de toda la zona pavimentada, y de las paredes de concreto cuelgan marcos. Un lugar de ensueño para Instagram. Lo que en realidad me fascina, sin embargo, es la oficina en la que estamos. Adosadas a las paredes hay hileras de máquinas de videojuegos como las de las galerías comerciales antiguas. Alrededor de una de ellas hay ocho personas apiñadas.

Pac-Man.

¡Vamos, Niallo!

Dicen como si Niallo estuviera compitiendo en las Olimpiadas.

Jazz está ahí. Uñas largas pintadas de color amarillo fluorescente, shorts para andar en bicicleta y una sudadera demasiado grande. Botas negras. Parece salida de un anuncio de Boohoo.

¿Qué sucede aquí?, pregunta Tristan, pero yo soy la única que lo escucha porque de repente vuelven a rugir y Niallo da algunos pasos hacia atrás y se aleja del videojuego con las manos en la cabeza.

Es *Pac-Man*. Uno habría imaginado que toda esa testosterona, el drama y los rugidos los provocaría *Street Fighter*, pero no: es *Pac-Man*.

El grupo por fin se dispersa, miran a Tristan. Espero una reacción, que se sientan culpables y avergonzados de que su jefe haya entrado a la oficina y los haya encontrado jugando, pero no les importa. No sé si Tristan está molesto porque no están trabajando o porque no participó en el juego. A ellos parece darles lo mismo. Llenos de emoción le informan quién ganó tantos puntos y a quién le toca jugar a continuación.

El teléfono vuelve a repiquetear en el corredor, es el del escritorio de Jazz. No se mueve, solo me mira con suspicacia.

Jazz, el teléfono, dice Tristan en tono amable. Es increíble que mantenga la calma.

Vamos, dice dirigiéndose a mí, te mostraré el resto.

Si vas a pasar por ahí puedes contestar tú mismo, dice Jazz con aire despreocupado.

Tristan responde y yo suspiro. Cobarde. Me alejo de él y avanzo por el corredor. Las escaleras llevan al piso de abajo. No me detengo, seré mi propia guía en este tour. El nivel del sótano se divide en cubículos. Me asomo a las oficinas y veo sillas ergonómicas, computadoras y audífonos de diadema al frente. Los muros están insonorizados y decorados con fotografías, muñecos de peluche, tarjetas postales, portavasos divertidos y artículos personales. De hecho, todas las unidades aisladas están personalizadas.

Cápsulas de juego, dice Tristan de repente, está detrás de mí. Aquí es donde probamos los juegos y grabamos los videos para YouTube.

Entonces veo las cámaras en el interior, están conectadas a las computadoras. Veo más mascotas por los corredores. El gato que ya conocía y otro perro. Las oficinas están vacías. Nadie trabaja en este edificio. Subimos de nuevo a la planta baja y luego al piso siguiente. El pug trata de alcanzarnos, pasa corriendo junto a mis piernas. Arriba solo hay dos oficinas.

Esta es la oficina de tío Tony. Quiero que lo conozcas, me dice mientras toca y abre la puerta. No hay nadie. Es una oficina espaciosa que ocupa la parte del frente de la construcción. La vista es asombrosa, da al club de tenis, a la zona del mar que me recuerda a mi hogar. En la esquina alcanzo a ver mi banca. También buena parte de la zona que cubro en mi ronda. Desde aquí sería posible verme caminar por toda la ciudad como ratón en laberinto.

No debe tardar en volver, dice Tristan y nos dirige a su propia oficina. No es tan imponente. Está en la parte de atrás y la vista da a techos y chimeneas, a las zonas menos atractivas de la ciudad, las áreas donde la gente trabaja. Se ve la parte trasera de cocinas, salones y tiendas. Estacionamientos para empleados, callejones, contenedores industriales, pero no es una vista espantosa para nada. Alcanzo a ver el salón de belleza. El muelle y el estuario. Una camioneta con las luces traseras encendidas estacionada sobre líneas amarillas dobles.

Mírate, dice Tristan riendo, pareces depredador oliendo la sangre.

Me siento en el sillón de cuero y miro alrededor, veo toda la parafernalia. Esta oficina no está ni tan limpia ni tan organizada como las otras que he visto en el edificio.

Su escritorio es el escritorio de alguien que trabaja, su oficina también. No lo conozco bien, pero me parece que coincide con su personalidad, que le pertenece. Figuras de los *Avengers*. Mercancía. Frases de videojuegos colgadas en las paredes como: "Quienes jugamos videojuegos no morimos, nos regeneramos". Sobre su escritorio hay alteros de documentos de trabajo pendiente. Muchas computadoras. Una Mac grande, dos laptops. Una pantalla plana grande en la pared, consolas de videojuegos, PlayStation, Nintendo, Wii, Xbox. Un asiento como de automóvil con volante y una enorme pantalla al frente. Otras consolas que no reconozco. Tiene consolas antiguas apiladas sobre repisas abiertas y llenas de objetos, un Nintendo, un Nintendo Game Boy de los noventa. Da la impresión de que todo lo tiene actualizado. Lo remplazó por una nueva tecnología, pero lo conservó. Incluso parece honrar los objetos. En las paredes hay pósteres enmarcados de *Mario Bros, Sonic the Hedgehog, Call of Duty, Grand Theft Auto, Pac-Man, Tetris.* Tiene todos los pósteres de los videojuegos. En las repisas hay una cantidad enorme de libros de negocios para autodidactas. *Los ensayos de Warren Buffet, Los 7 hábitos de la gente altamente efectiva, Nunca te pares, El vendedor más grande del mundo, El método Lean Startup...* todos los libros que explican por qué me salió con la letanía de las cinco personas de Jim Rohn. Detrás de su escritorio hay un cuadro grande de una computadora antigua con gráficos muy rudimentarios.

Space Wars, exclama. El primer juego de computadora que existió. La plataforma es un PDP-1. Fue creado en 1962 e influyó en los primeros juegos de video que aparecieron en las áreas comerciales.

Se ve animado, habla con emoción. Adora sus videos y los datos de todo tipo.

Esta es la oficina que más me agrada, le digo.

Gracias.

Al ver este lugar, es obvio que te está yendo bien. Tienes muchos empleados.

Me fue bien, pero apenas empezamos. Estamos desarrollando nuestros propios juegos, solo que aún seguimos en las primeras etapas.

Suena emocionante.

Sí... necesitaba hacer crecer el negocio. Siempre he tenido ideas respecto a los juegos, pero las he ido guardando a lo largo de los años. Creo que llegué lo más alto que se puede como youtuber. Es un campo muy competitivo. Creo que este es el momento perfecto para echar a andar mi propio negocio. Tío Tony tiene el conocimiento necesario, me veía jugando en YouTube todo el tiempo y se dio cuenta de las posibilidades antes que nadie más. Me consiguió los patrocinios, la ayuda económica, la mercancía, todo eso. Me llevó de ser solo un chico al que le gustaba jugar videojuegos a... bueno... a esto, dice extendiendo ambos brazos para mostrar el entorno.

A ser un chico mayor al que le gusta jugar videojuegos, agrego.

Tristan ríe con ganas. Sí, quizá, dice. A ser un chico mayor al que le gusta desarrollar juegos. Y con suerte, juegos exitosos. Tony piensa que debí seguir siendo Rooster, ya sabes, el personaje de YouTube. Que debí continuar jugando los juegos de otros. Pero yo tenía que intentarlo, así que me arriesgué. Ahora necesito que mi plan funcione.

De pronto todas las clases de negocios y las citas motivacionales cobran sentido.

¿Y cómo va?

Francamente, lento. Esperaba haber lanzado el primer videojuego para este momento. No vamos tan rápido como quisiera.

Me pregunto por qué…

Tristan no nota mi sarcasmo. Supongo que esa es la realidad del negocio, dice.

Bueno, es difícil avanzar rápido si tu personal está ocupado jugando un torneo de *Pac-Man*, ¿no?

Ah, eso. Bueno, dice encogiendo los hombros, pero enseguida se ilumina su rostro. ¿Quieres ver algunas muestras de mis juegos?, pregunta emocionado. Busca entre sus objetos como un chico que va a mostrarme los juguetes que tiene en su habitación, habla rápido sobre sus ideas y explica que todavía no se consolidan, pero pronto lo logrará, y me pide que… le dé una opinión honesta porque a este juego tenemos que darle prioridad porque necesita mejorar, de hecho estaba pensando que fuera posible decapitar a los personajes literalmente para infundirle más del espíritu de Tarantino y que fuera animado en lugar de real porque para el rango de edad sería lo más recomendable, pero aún no sabemos y lo seguimos debatiendo porque no es como este otro juego en el que hay un personaje para el que literalmente creamos un sonido característico utilizando el ruido que produce el triturador de basura en la tarja de la cocina y además su personalidad se basa en la de mi maestro de física que era un monstruo y…

Y así continúa buscando entre varios USB y CD, y encendiendo y apagando artilugios, revisando los parámetros con un control remoto y luego con otro.

Aunque no quiero, debería volver al trabajo ahora. Ni siquiera la camioneta sobre las rayas amarillas dobles con las luces traseras encendidas me tienta lo suficiente. Recargo la cabeza en el suave cuero del sillón y cierro los ojos mientras él se sienta a mi lado y juega diciendo cosas como que un juego no será tan malo como tal otro, y este personaje va a ser más musculoso y también tendrá el cuello más grueso y pienso que debería ser calvo y tal vez tener un tatuaje en la cabeza, algo como una telaraña o justo una araña o algo así, pero todavía no sé. Y este otro tendrá una música distinta y el personaje en lugar de un tipo será una chica que en vez de automóvil viajará en helicóptero, pero tendrá la opción de convertirlo en bote, y de este lado habrá un inventario donde puedes elegir una bomba que no será como se ve esta sino más bien como otra que...

Podría permanecer sentada aquí todo el día. Tristan me recuerda al Rooster de los videos que vi en el tren de Kerry. Lo tengo aquí, en vivo, en persona, hablando de la misma forma, con emoción y una prisa que le corta el aliento. Tantas palabras que decir y él no tiene tiempo suficiente para hacerlo. Parece un poco mayor, pero no del todo. Su voz es más grave, pero el entusiasmo infantil sigue siendo el mismo. De pronto se queda callado. Abro los ojos y lo veo mirándome.

¿Te estoy aburriendo?, me pregunta en voz baja.

No, en absoluto. Es la resaca.

Sonríe. En verdad me gustaría saber qué hiciste anoche.

Pienso en el individuo con el que me acosté. No puedo visualizar su cara, pero otras partes de su cuerpo sí. De pronto siento náuseas.

No, te aseguro que no te gustaría.

¿Se portó tan mal contigo?, me pregunta tratando de adivinar. ¿Volverás a verlo?

Observo a Tristan, lo analizo. ¿Qué pensaría de mí si le dijera que me acosté con un desconocido, con un tipo cuyo nombre ni siquiera recuerdo? Que no es para nada la primera vez que lo hago. ¿Qué pensaría si le dijera que poso desnuda por dinero? ¿Pensaría que soy repugnante? ¿Fracturaría su inocente mundito de videojuegos? ¿De Peter Pan jugando con los niños perdidos? A pesar de mis dudas, sé que él también ha perdido algo, y eso me hace sentir bien a su lado.

¿Qué?, dice.

Nuestras caras están tan cerca que siento su aliento en mi piel. Cálido, con aroma a café.

Estaba pensando en ti, en esta personalidad de Peter Pan que trata de crecer pero no lo hace porque es una navaja de doble filo. Por un lado, tienes que conservar una parte de tu infancia y tu imaginación para poder hacer todo esto con los videojuegos, pero al mismo tiempo tienes que crecer porque, de lo contrario, terminarás cediéndoles lo mejor de ti a todos los que te rodean.

Vaya, dice en un susurro, te estás vengando.

No era mi intención.

Se queda callado. No sé qué está pensando. En otra manera de insultarme tal vez. Me espero cualquier cosa, sin embargo, esta vez estoy tranquila. Sé que si me ataca no lo hará con malicia esta vez.

¿Anoche te embriagaste porque estabas molesta por lo de ayer? ¿Por lo que sucedió en la oficina postal?

Es posible.

Entonces es mi culpa de nuevo, dice molesto consigo mismo.

No lo corrijo. No tengo la energía suficiente para seguir apaciguando su ego y desenmarañar sensibilidades enredadas.

¿Para quién era la carta que rompiste en pedazos?

Para mi mamá, respondo con un suspiro.

Se me queda viendo en espera de más información. Fija en mí sus ojos como girasoles azules. Es una lástima que los oculte debajo de esa espantosa gorra de beisbolista.

No la conocí, le explico. Se fue en cuanto nací, me crio mi padre. Tampoco la extrañé, en realidad no pensé en ella. Bueno, tal vez sí, pero no de una manera que me hiciera extrañarla. Es decir, una vez, por ejemplo, probé las delicias turcas y me gustaron mucho a pesar de que todos los demás dijeron que sabían horrible, y entonces me pregunté si a mamá le gustarían. O tal vez veía un programa de televisión y quería saber si ella también lo estaría viendo en ese preciso momento, si estaríamos viendo o escuchando lo mismo. Cosas al azar de ese tipo. Sin embargo, nunca deseé tenerla a mi lado. Nunca la necesité. Hasta que un día me hizo falta y la quise. La quiero.

Por lo que dije sobre las cinco personas, ¿cierto?

No, fue antes de eso. Me mudé aquí por ella. Vine a conocerla.

Tristan abre los ojos como platos. Vive en Malahide, dice en tono de pregunta.

Carmencita Casanova, digo. Mi corazón late más rápido cuando pronuncio su nombre en voz alta. Cuando lo admito. Es el secreto de la familia y lo he dicho a los cuatro vientos de este deplorable mundo.

Tristan frunce el ceño. Veo que el nombre le recuerda algo.

Casanova, dice, el salón de belleza.

Sí, es ella. Es la dueña. Pero no le vayas a decir nada sobre mí. Jamás. No tiene idea de quién soy, es decir, de quién soy en realidad. He hablado con ella en tres ocasiones. La primera vez me dijo "Buenos días", la segunda me vio revisando su permiso de negocios para estacionarse y pensó que había algún problema, así que salió del salón. Yo no podía ni respirar, no sabía qué decir, me comporté como una tonta. Ni siquiera pude decir una frase completa, explico haciendo muecas al recordar cómo tartamudeé.

¿Y la tercera ocasión?

La tercera me dijo: "No ha dejado de llover en días". Cuando repito la frase para Tristan imito el acento español de Carmencita. Escucho su voz y su tono con toda claridad en mi mente. Cada vez que llueve días consecutivos, la escucho una y otra vez.

Tristan sonríe. Qué dulce, dice. ¿Cuánto tiempo llevas aquí?

Seis meses.

Y ella aún no sabe quién eres.

No, pero no empieces a criticarme. Todos en casa me han preguntado al respecto. Papá, mi amiga, mi ex…

¿Él quería venir contigo?

¿Quién? ¿Mi ex? No, terminé con él antes de mudarme. Ahora se acuesta con mi mejor amiga.

Tristan se ríe, pero de inmediato se disculpa. Quise decir tu papá, aclara.

¡Ah! Justo antes de partir le pregunté cómo se sentía al respecto, si creía que estaba haciendo lo correcto. Probablemente no, dijo.

Entonces él es tu persona honesta.

Sin duda alguna.

Me da gusto que hayas despedazado la carta que le ibas a enviar. No sé lo que escribiste en ella, pero no habría sido la mejor manera de acercarse porque no tendrías idea de si la abrió, si la entregaron, si se perdió. Hay demasiadas variables. Así que tu resaca no es en vano. Ahora veo lo que has estado haciendo, no puedes solo aparecer en su salón de belleza y decir: "Hola, qué hay, soy tu hija". De acuerdo, dice tamborileando los dedos sobre los zapatos deportivos Prada. ¿Cuál es la mejor manera en que podríamos hacer esto?

Sonrío en cuanto lo escucho hablar en plural: "podríamos".

Me mira de nuevo con detenimiento. Nuestras caras continúan muy cerca.

¿Te pareces a ella? Cuando me pregunta, recorre mi rostro con su mirada, es como si lo estuviera escaneando, comparándolo con el de mi madre. Sus ojos como girasoles azules hacen que se me ponga la piel de gallina. ¿No crees que podría adivinar quién eres? La he visto algunas veces y, es decir, pareces española. Además podría calcular tu edad.

Me quedo en silencio.

Dime.

¿Cómo sabes que tengo algo que decir?, le pregunto sorprendida.

¿Alguna vez *no* tienes algo que decir?

De acuerdo. Algunas personas se ven en otros, notan las similitudes, pero hay otras que solo ven las diferencias. Creo que ella es el tipo de persona que no se vería en mí, pero justo por eso creí que me reconocería de inmediato. Porque cuando me veo a mí misma, no veo a mi madre, veo las pecas de papá.

Rooster, cariño, dice Jazz al abrir la puerta y entrar con prisa. Oye, continúa diciendo. Nos ve en el sillón, nuestras caras tan cerca, los labios aún más. Sin hacer nada en realidad, pero de todas formas esto no luce bien. Estamos teniendo una conversación íntima sobre cómo acercarme a la madre que perdí hace mucho tiempo, por lo que es seguro que se perciba un ambiente particular. La verdad es que me importa un bledo lo que piense, en especial ahora que le llamó "cariño" y que acabo de confirmar que son pareja, lo cual me parece terriblemente predecible y molesto. Hace su trabajo con el trasero, pero es un trasero muy atractivo. Si no, ¿por qué otra razón estaría aquí? Su expresión hace que las cosas parezcan peores de lo que son.

Solo le estaba mostrando a Allegra el nuevo juego de destrucción masiva, explica nervioso, ansioso y como disculpándose al mismo tiempo que señala con la mirada la pantalla en pausa. Es patético.

Jazz me mira. Sonrío. Me gusta, digo. Pero será aún mejor cuando los órganos se incendien por la combustión espontánea y se desprendan de los cuerpos.

Tristan trata de disimular una risita repentina porque en realidad no mencionó nada sobre órganos ni combustión espontánea.

Pues… como decía, Katie y Gordo se van a casar, explica con los ojos bien abiertos. ¡Se van a casar, carajo!, dice y luego se sienta en el banco frente a Tristan, extiende sus largas y deslumbrantes piernas, y rodea las de él. Y adivina dónde será la boda.

No lo sé.

Adivina, Rooster.

Bien, ella es de Kells, ¿no? Así que…

¡En Ibiza, cariño!, exclama meneándose emocionada y sin emitir un gritito que parece ahogarse en su boca abierta. Es tan repugnante que tengo que salir de aquí.

Gracias por la visita, Tristan, digo y me pongo de pie.

¿Tristan?, dice Jazz mirándome con desdén. Nadie lo llama así. Solo su madre.

Bueno, por algo lo hará, ¿no?, le digo sin miramientos. Además, "Rooster" ya es un niño grande y puede tener nombre de niño grande. Agrego mientras lo volteo a ver. No olvides decirle a Jazz que cambiaron la cita para su manicura. Entonces le quito el sobre que ha estado cargando de una oficina a otra desde que tomó el mensaje en su escritorio. ¡Ah, sí, por cierto! Y no olvides enviar esto por correo, exclamo dejando caer el sobre en la mesa.

Tristan mira la cara de arriba y saca los documentos oficiales.

¡Es la solicitud del permiso de estacionamiento! Ay, Jazz, dice respirando hondo.

Puedo encontrar la salida sola, les digo a ambos.

Qué bien. No olvides tu chaleco fluorescente, dice Jazz.

Qué día tan espantoso.

Nunca me había dado tanto gusto ver a Paddy al final de un día de trabajo, como cuando detiene su vehículo en la parada de autobús frente a la iglesia en la avenida principal.

Sube. ¿Qué sucedió ahí?, me pregunta preocupado mirando por todas las ventanas.

La multitud que nos rodea no nos quita la vista de encima mientras abordo la patrulla.

Parecen enojados, Allegra.

Lo están, Paddy.

¿Qué hiciste?

Suspiro antes de explicarme. Un tipo se detuvo en la parada del autobús. Le puse una multa. Llevaba cuatro minutos ahí con las luces traseras encendidas.

Fuiste muy paciente.

Eso pensé yo también, le digo, pero francamente, creo que Paddy está siendo sarcástico. Es el tipo de individuo que, en lugar de multar a los infractores, recorre los cafés y las tiendas buscándolos para avisarles que se les acabó el tiempo. Paddy es un personaje bastante popular en la ciudad. A mí, al contrario, me detestan, pero no me importa.

No, no, ese tipo ya no tenía periodo de gracia. Hiciste lo correcto. ¿Qué excusa te dio?

Que se detuvo a ayudar a una señora que se había caído.

Paddy resopla. Sí, cómo no.

De hecho… era verdad, le digo.

Me mira sorprendido. ¿Y de todas formas lo multaste?

¡Paddy! ¡Tú fuiste mi supervisor! Tú mismo me entrenaste. Tú fuiste el que dijo: "Sin piedad. Nos pagan para hacer que se cumpla la ley de forma imparcial. Debemos garantizar que el tránsito sea fluido y que los conductores hagan lo correcto. Tenemos que asegurarnos de que se sigan las reglas a la perfección y no permitir que la simpatía nos distraiga".

Sí, lo sé, lo sé, dice en voz baja.

"Si no estuviéramos aquí la gente nos extrañaría y las calles serían un caos…", continúo repitiendo todo lo que me enseñó. El tipo se puso como energúmeno, le explico a Paddy para calmarlo, el sistema de apelación existe para este tipo de casos. Yo solo estaba cumpliendo con mi trabajo.

Paddy se queda en silencio, pero es claro que me está juzgando.

Hoy puse montones de multas, le digo. ¿Tú no? Fueron automóviles estacionados a todo lo largo del estuario. Parecía que todo mundo creyó que era domingo. Es increíble, ¡todos quieren obtener cosas gratis!

Paddy continúa en silencio, parece pensativo. ¿Revisaste si la máquina de pago y comprobante estaba funcionando?, me pregunta.

Mierda. Siento ganas de patearme a mí misma, cometí un error de principiante.

¿Cuántas multas?

Diez. Tal vez más.

Todos van a apelar. El sistema de apelación existe para este tipo de casos.

Repite lo que acabo de decir, pero ni siquiera trata de ser gracioso.

Me deja en casa, pero antes de que salga del vehículo me detiene.

Allegra, comprendiste bien las reglas, no queda duda de ello. Muy bien hecho. Sin embargo, en ocasiones, en ciertas ocasiones específicas, tienes que hacer concesiones cuando las personas se comportan como verdaderos seres humanos.

Verás, Paddy, ese es el problema. Es la parte que no comprendo. La parte sobre ser humano.

Por desgracia, para esa parte no puedo darte un reglamento, dice sonriendo.

Cuando da vuelta en la patrulla me quedo pensando de cuál restaurante pediré comida cuando cuide a los niños. Trato de ignorar lo sola que me siento en este momento. A veces sucede.

Maldita resaca.

Paddy baja la ventana antes de irse. Allegra, el domingo voy a hacer una parrillada por mi cumpleaños. ¿Te gustaría venir?

Ya me había invitado a algunos eventos, pero como nunca fui, dejó de hacerlo. Tal vez hoy notó mi estado de ánimo y decidió intentarlo. Sonrío de oreja a oreja y asiento. Sí, Paddy, gracias.

¿Conoces el chiste del guardia de estacionamiento? Cuando estaban cerrando con clavos su ataúd, de pronto se despertó porque en realidad no estaba muerto. Empezó a golpear la tapa para que lo dejaran salir, pero el enterrador le dijo desde afuera: "Lo lamento, pero ya se hizo el trámite".

No es gracioso, lo contó mal, pero por lo mismo, ambos reímos.

El domingo te enviaré un mensaje de texto, me dice y se va despidiéndose de mí agitando el brazo afuera de la patrulla.

Veinte

ESA NOCHE, MÁS TARDE, DESPUÉS DE VARIAS HORAS DE JUGAR Y DE mostrarles a los niños videos de Rooster que no les interesaron tanto como esperaba porque en ellos no juega la temporada actualizada de *Fortnite*, los acuesto a dormir y descargo Instagram. Ha llegado el momento de abrir una cuenta. Tengo cuentas de Facebook y Twitter, pero nunca publico nada en ellas porque solo son para ver lo que hacen otros. De vez en cuando, si me siento de cierto humor, publico un comentario. Es muchísimo más divertido sacar de quicio a quienes siempre se sienten ofendidos.

La mayoría de la gente de la escuela tiene cuentas privadas de Instagram, pero varios no. Al contrario, les encanta exhibir su vida, sus viajes, sus noches de juerga, sus citas motivacionales preferidas. Estoy buscando a Daisy Starbuck, su cuenta se llama Feliz Chica Errante. En su foto de perfil aparece sonriendo muy feliz y al fondo se ven unos acantilados, pero no están en Irlanda, sino en un lugar exótico, lejano. Se nota que hay brisa, algunos de sus mechones rubios vuelan y atraviesan su rostro. Mira más allá de la cámara, lejos. Tiene una enorme sonrisa con la boca abierta que revela su dentadura perfecta. Su piel brilla. Supura felicidad, confianza en sí misma y libertad. Su perfil dice: "Aquí. Allá. En todas partes. Feliz".

Daisy estudiaba en mi escuela, en el mismo grado. Era una chica enorme, no en talla, sino en personalidad y temperamento. En mi opinión, era deslumbrante, destacaba en cualquier lugar. Les simpatizaba a todos los estudiantes, incluso a las malditas perras. También les agradaba a los maestros, hasta a los cabrones. En el año de transición interpretó el papel principal en la obra de teatro *Vaselina*, cuando trabajamos con los chicos del internado local para varones para montar una producción anual. Yo fui tramoyista. Daisy terminó saliendo con Finn, el chico que interpretó a Danny. Eran una pareja muy dulce, de las que uno piensa que terminarán casándose. Eran más maduros y estables que los demás, sus citas eran como cenas formales y actuaban como adultos cuando estaban juntos. En sexto grado terminaron, justo antes de los exámenes Cert, los últimos. A los padres de ella les preocupaba que las cosas se pusieran demasiado serias entre ellos, querían que ella se enfocara en estudiar para los exámenes finales. Todo el año, los demás sentimos como si también hubiéramos terminado con Finn. Creo que el rompimiento le afectó tanto a él que tuvo que repetir los exámenes. No estoy segura de haber querido ser ella, pero recuerdo que deseaba verla como cuando uno quiere ver su película favorita, y quería escucharla hablar y hablar de la misma manera en que uno quiere escuchar su canción favorita. Daisy tenía un efecto magnético, atraía a la gente. A diferencia de las otras chicas populares, sin embargo, no usaba su poder y la lealtad que la gente le tenía para cumplir sus propios objetivos. Era agradable y generosa. Nunca fui su amiga, tampoco formé parte de su círculo de íntimas, pero ahora, sabiendo lo que he aprendido gracias a Tristan, me pregunto la manera en que habría afectado mi vida. Quizás en ese compacto grupito de cinco personas que terminaron haciendo justo lo que deseaban hacer en la universidad —y quizá también después—, algo habría influido en mí y me habría permitido llegar a ser garda.

No la he visto desde que salimos de la fiesta con que celebramos los resultados de los Cert, pero he pensado en ella a menudo y me pregunto cómo estará.

No puedo solo sentarme a esperar que Amal, Katie y Ruth respondan a mis cartas. Necesito tener cinco personas lo antes posible. Necesito convertirme en quien deseo ser lo más pronto posible, no tengo tiempo para un desarrollo natural, debo acelerar esta evolución. Llegó el momento de ponerme en contacto con la gente.

Aunque Daisy siempre fue amable, no espero que me recuerde ni que se convierta en mi amiga de inmediato. Necesito guiarla hacia mí, captar su atención. Por eso peino internet en busca de fotografías de viajes, tomadas por aficionados, pero impresionantes. Las que más me gustan las copio y las pego en mi cuenta, luego guardo todo en borradores de publicaciones.

Paso bastante tiempo pensando en frases como las que escribiría alguien como ella: frases sencillas, pero inspiradoras. Siempre positivas, pero sin caer en el sentimentalismo barato. Daisy también publica frases humorísticas, pero es obvio que es una persona en busca de sí misma que está haciendo muy bien su labor.

Dejo pasar las citas inspiradoras cursis y me esfuerzo en encontrar un equilibrio con el humor. También necesito conservar una parte de mí porque, de lo contrario, no podré mantener esta personalidad fabricada. Encuentro una fotografía del atardecer en Valentia. Pie de foto: "Mi hogar". Y emoji de carita feliz.

Pienso en mi caminata matutina a la ciudad, en el sendero bajo el túnel que forman los árboles. Entonces guardo una fotografía de la luz solar atravesando un túnel parecido al mío. Pie de foto: "Respiro". Y emoji de una chica haciendo yoga.

También encuentro una fotografía de un café y de un waffle belga con una mano que podría ser la mía. Está tomada sobre una linda mesa de mosaicos con flores, el fondo es una imagen algo borrosa de agua deslizándose sobre una superficie verde. Parece que la persona está sentada en un lugar en el exterior. Pie de foto: "Hora de un premio". Dos emojis: uno de pastel y otro de una carita sacando la lengua.

Me falta mostrar que también puedo ser divertida.

Encuentro una fotografía de una pareja en la playa. Es del sitio de internet de un hotel que anuncia bodas. No tengo idea de quiénes son, tal vez modelos. De todas formas la guardo. Pie de foto:

"Creando lindos recuerdos con amigos. Un día asombroso". Y emoji de las manitas en oración.

Para el humor con animales encuentro la fotografía de un castor que se cayó y quedó atrapado mientras construía su presa. Pie de foto: "¡Apresado!". Detesto los juegos de palabras de este tipo, no me parecen nada divertidos, pero a Daisy parecen gustarle, así que dejo la descripción y solo añado un comentario. "Feliz lunes, amigos."

Observo la colección que formé en mis borradores de publicación. Me hace falta algo divertido, algo que diga que soy esa chica con la que quieres salir a cenar y divertirte un rato. Pero nada que haga pensar que me acuesto con desconocidos que me pintan desnuda. Encuentro una fotografía algo traviesa de un grupo de amigos que se lanzan a una alberca por la noche. Todos se han bajado el traje de baño y muestran el trasero. Pie de foto: "¡Estos chicos!". Emoji de carita con los ojos alocados y sacando la lengua.

Nombre de usuario: Pecas. Perfil: "Uno es resultado de las cinco personas con quienes pasa más tiempo".

Al ver las fotos siento que parezco el tipo de chica con quien alguien como Daisy querría convivir. Publico todas las fotografías. Sigo a Daisy y reviso sus publicaciones. Le doy "Me gusta" a varias, comento otras y, en aquellas de las que parece orgullosa en particular, uso el emoji de las manos en oración alabando al redentor. Como en todas esas espectaculares imágenes de paisajes naturales.

Luego, justo como hice después de enviar las cartas, espero una respuesta.

Cuando Donnacha y Becky regresan, estoy durmiendo en el sillón. Me sobresalto al escuchar la llave de la puerta del frente, trato de recobrar la compostura rápido. Me veo desastrosa. Tuve pesadillas embriagantes en las que reviví la noche anterior con el tipo misterioso. Me siento sedienta, sudorosa y desorientada.

¿Todo bien?, pregunta Becky.

Sí, gracias, solo estoy muy cansada, contesto en un murmullo, adormilada.

Me refería a los niños.

Ah, claro. Sí, todo bien. Trato de doblar la cobija de casimir y de dejarla como se encontraba, extendida colgando con un aire sofisticado de la esquina del sillón, pero no tengo esa facilidad para hacer lucir los objetos. En cuanto la suelto, Becky la recoge y vuelve a acomodarla. Ni siquiera creo que note lo que hace.

Se acostaron a las nueve, le digo. Les leí un libro. No encontramos a Banana, el changuito de Cillín, así que permanecí con él hasta que se quedó dormido.

Becky huele a alcohol y también exuda un ligero aroma a humo de cigarro. Ambos se ven pasados de copas. Donnacha toma media jarra de agua y sube las escaleras chocando entre el pasamanos y la pared como si estuviera en un bote. Tal vez es mi imaginación, pero me parece que pasa algo peculiar entre ellos. Una especie de tensión. Tal vez él escuchó nuestra conversación de esta mañana cuando estaba en el baño. Quizá no es ningún idiota y se da cuenta de que su esposa se acuesta con otro en su propia casa. No hay nada mejor que una velada desbordante de alcohol para solucionar un problema doméstico. Becky habla en voz baja. ¿Donnacha te ha dicho algo respecto a...?

No, le contesto al mismo tiempo que tomo mi bolso. Desearía que dejara de hablar del asunto y de hacerme sentir como su cómplice. Le deseo buenas noches y salgo de ahí. Cuando voy caminando sobre las placas de piedra arenisca hacia el gimnasio, siento que alguien me sigue. Volteo y veo al zorro moverse con agilidad hacia las sombras.

Hola, Trimble, susurro. Saco un paquete de cacahuates de mi bolso y los esparzo en el jardín secreto que ahora es solo para nosotros dos, por privacidad de la familia. Doy algunos pasos hacia atrás y él se atreve a entrar. Se detiene al verme. No me muevo. No represento una amenaza. Él olfatea los cacahuates y elige. Se mueve con sigilo hacia el frente sin dejar de mirarme ni un instante, y luego come mientras yo lo observo. De repente suena mi teléfono celular y él huye de inmediato.

Gruño molesta, pero respondo la llamada.

No suenas muy contenta, me dice papá.

El timbre del teléfono ahuyentó al zorro.

¿Cuál zorro?

He estado alimentando a un zorro en el jardín.

No deberías animarlo a acercarse, Allegra.

Tú tampoco deberías animar al cordero.

Un cordero no es un zorro. Me parece que una de las cosas más importantes que pude enseñarte fue a discernir entre ellos, Allegra.

Conozco la diferencia entre un cordero y un zorro, papá, gracias.

¿En serio?, pregunta y luego se queda en silencio. En fin, te llamo para decirte que hablé con Pauline y quería que te dijera que la señora política que...

Ruth Brasil, digo muy emocionada.

Sí, Ruth Brasil. Estuvo en Mussel House durante la Pascua y Pauline le dio tu carta. ¿De qué se trata, Allegra?

Mientras papá habla y habla sobre mi amistad con zorros, sobre escribirles a políticos y sobre lo mucho que le habría gustado que Pauline me hubiera contactado ella misma para darme la noticia porque, sí, tal vez tengo razón y mi tía me está evitando, yo danzo por todo mi estudio.

Cuando despierto por la mañana, antes de que mis ojos se despeguen por sí solos, veo Instagram y noto un número uno rojo junto a la flecha que indica la llegada de un mensaje privado.

Feliz Chica Errante dice: "¡Pecas! Qué gusto saber de ti".

¡Sí! Doy un golpe en el aire y bajo de un salto de la cama.

Es una mañana hermosa. Brillante, soleada, calurosa. Dicen que hay una ola de calor. Es la primera semana de mayo. Las flores de cerezo están en plena floración. Incluso saludo al hombre del traje de vestir, la mochila y el caminar airoso. Parece desconcertado, tal vez cree que lo confundí con alguien más, pero no hay problema. Le sonrío a la mujer que trota y ella me sonríe de vuelta. Le doy una palmadita al gran danés y le pregunto a su dueño cuantos años tiene. Tres, me contesta. ¿Y cómo se llama? Tara. Ambos reímos. Buenos días, buenos días, qué hermosa mañana, les digo al anciano y su hijo.

Voy dando saltitos hasta mi siguiente destino, Village Bakery. Whistles está afuera comiendo un éclair de crema. A su lado, en el suelo, hay un café humeante.

Spanner fuma junto a él. Antes de terminar lanza la colilla y Whistles va a recogerla.

Abre la puerta de la panadería y me invita a pasar. Ey, Pecas, ¿cómo estás?, dice y ambos entramos.

Vierte masa en la wafflera a pesar de que aún no he ordenado. Me conoce. Esta simple acción me hace sentir más cercana a él, lo suficiente para empezar a hablar de pronto sobre mi reciente visita a papá y lo preocupada que estoy por él. Le cuento cuán rápido cambió después de que me fui. Lo rápido que podría perder todo si no encuentro a alguien cerca que esté al pendiente.

Verás, Pecas, es el maldito estrés de mierda. Es lo que te termina matando. Y si no, el cáncer, un derrame cerebral o el mismo Whistles y sus exigencias…

Mientras Spanner trabaja continúa hablando de lo mucho que le preocupa la orden de restricción. Debido a la orden que obtuvo Chloe para evitar que se le acercara, no ha podido ver a Ariana desde la fiesta de baile irlandés del festival *feis*. Ni siquiera la puede contactar de manera directa, así que les ha pedido a amigos y a su madre que le llamen de su parte. También le pidió a su mamá que recogiera a Ariana, pero Chloe no aceptó. ¿Sabes qué? Todas ustedes, las mujeres, y créeme que lamento lo que voy a decir, Allegra, pero con todo eso de la defensa de sus derechos y la idea de que hay desigualdad en esto y desigualdad en aquello nos están orillando a los malditos padres a organizar la próxima revolución. Nadie había solicitado una orden de restricción en mi contra nunca, y eso que a Deano lo estrellé contra una ventana porque me estaba robando el malnacido, aunque bueno, resultó que me equivoqué y no era él después de todo.

Tienes razón, le digo y mi respuesta le sorprende. Lo sé porque a mí me crio mi padre solo.

¡El poder para los papás!, dice levantando el puño, y yo lo que más veo es su bíceps tatuado.

Pero vas a necesitar un abogado, insisto.

De pronto siento un golpe en la espalda, es un tipo que entra a la panadería y me empuja. El café salpica a través de la perforación para beberlo y me cae en la piel. Me quema. Sacudo la mano en el aire y chupo con suavidad la piel escaldada.

¡Oye, idiota! ¿Qué tanto has estado diciendo sobre mí?, grita el tipo al mismo tiempo que atraviesa la panadería a toda velocidad señalando a Spanner con el dedo de una forma muy agresiva.

Vaya, pero si es el monigote pedófilo, vocifera Spanner con un brillo peculiar en los ojos y un tono que nunca le había escuchado. Siento el peligro latente.

Te voy a matar, malnacido, grita el tipo.

Spanner se quita el trapo del hombro y extiende los brazos hacia los lados en señal de invitación. Flexiona un poco las rodillas y los músculos de sus muslos se tensan. Ven e inténtalo, maldito.

¿Cómo entro ahí?, grita el individuo escupiendo y caminando hacia la barra.

Spanner levanta una batidora y la sacude en distintas direcciones como si fuera Bruce Lee usando chacos. Al final, se la lanza a su enemigo, pero lo único que logra es golpearlo levemente. La batidora hace un ruido mediocre al encuentro con el pecho, salpica al tipo de huevos batidos y finalmente cae al suelo.

Por suerte, o por desgracia para el novio de Chloe, es imposible llegar a Spanner. La barra atraviesa la panadería a todo lo ancho y la única manera de cruzarla es yendo hasta el extremo para, una vez ahí, abrir la media puerta con pestillo y levantar esa porción del mostrador. Sin embargo, el tipo está tan enojado que no encuentra cómo hacerlo. Entonces estalla en cólera y empieza a golpear con el brazo extendido y medio cuerpo encima de la barra. Los hermosos pastelitos de zanahoria alineados sobre la repisa superior quedan destrozados. Es una lástima, estaban muy lindos. El pan de plátano y los panquecitos de arándano también perecen cuando el tipo se desliza sobre la barra y da un golpe en el aire con el puño. Es la pelea más aguerrida que he visto librarse contra los pastelitos, pero de todas formas él va perdiendo.

¿Quieres que llame a los guardias, Spanner?

Sé que están a media calle, podría llegar ahí en unos minutos. Me emociona la idea de involucrar a los gardaí, sería otra oportunidad de pasar tiempo con la garda Laura. Además, podría impresionarlos al contarles todo lo que he visto hasta ahora. El problema es que sé que a Spanner no le agradaría que entraran a la panadería, sobre todo ahora que la batalla por la custodia se acerca. De todas formas, ni siquiera me escucha.

Spanner ríe a todo pulmón mofándose. Mala idea. El tipo ya está sobre la barra con la camiseta cubierta de azúcar, crema y jalea. Es el villano más dulce que he visto. Spanner, en cambio, se ve peligroso. Tiene demasiadas armas a su disposición: el cuchillo de pan serrado y puntiagudo que usó para cortar en gruesas rebanadas las hogazas que horneó esa mañana. El agua hirviendo en la cafetera que tiene al lado. Una enorme bola de masa fermentada que, lanzada a toda velocidad a la cabeza, podría noquear a cualquier hombre. Lo veo registrando cada movimiento frente a él, su mirada va rápido de izquierda a derecha. Nunca te metas con el panadero de la ciudad. Tiene las piernas separadas y flexionadas, su postura es sólida, los brazos abiertos y listos para lo que venga. Se ve enorme, sus múscu-los inflamados sobresalen y son visibles a través de la camiseta blanca y los jeans. Abre y cierra los puños moviéndose de un lado a otro como tenista en espera de servicio.

Tal vez debí correr a la estación.

No, espera, Spanner, le grito. Voltea y me ve, es como si de repente recordara que está en la panadería y que yo sigo aquí. ¡Piensa en Ariana!, agrego.

Al escuchar el nombre, ambos reaccionan de manera distinta. El novio de Chloe se enciende y avanza para atacar a Spanner, pero se resbala y cae. Supongo que el suelo está lleno de pastelitos aplastados. Spanner, en cambio, se apacigua al oír el nombre de su hija. Es lo que hace que, al enfrentarse a la decisión entre tomar el cuchillo de pan o la tradicional tarta de plátano y caramelo cubierta de perfectos picos de crema y virutas de chocolate, se incline por la tarta y se la lance directo a la cara.

Oye, inútil, lárgate de aquí, grita, pero en su voz ya no se escucha el peligro de hace unos minutos.

Spanner arrastra hasta la puerta a su oponente cegado por la crema pastelera.

Miro en esa dirección para ver qué sucede y esperando escuchar lo peor.

Spanner vuelve y mira el piso. Maldice entre dientes y luego se dirige a mí.

Lo lamento, Pecas, dice en medio de un resoplido. Se acomoda el delantal y el gorro. Pudo ser peor, estuve a punto de…

Noté la manera en que miró el cuchillo para pan, pero el momento pasó, perdió la furia de hace un rato y ahora luce perturbado por lo que pudo haber sucedido, por lo que pudo haber hecho.

Gracias, Pecas, de verdad gracias.

Tomo mi waffle y el café. Continúa caliente porque no he bebido ni un sorbo. Me dirijo a James's Terrace. A pesar del drama en la panadería continúo intoxicada por la felicidad de tener una nueva amiga en Instagram. Quiero contarle a Tristan, decirle que llegó a mi vida la segunda de las cinco personas.

Cuando paso por la estación, la puerta se abre y veo dos rostros conocidos. Garda Murphy, digo en voz alta y ella voltea.

¡Hola, Allegra! ¿Qué hay de nuevo?, dice Laura, y yo estoy encantada de que recuerde mi nombre. Me siento en las nubes, literalmente podría ponerme a bailar, tal vez tendré a tres de las cinco personas antes de que termine el día. Estoy de vuelta en mis rondas, le contesto.

Nosotros vamos terminando, explica, tengo que volver a casa para cuidar a mis pequeños. Su compañero me ignora y camina hasta el otro lado de su patrulla. Ella se detiene junto a la puerta del conductor. Me agrada, bien hecho, Laura.

Ya sabe dónde encontrarme en caso de que me necesite, añado mientras la veo abordar el vehículo. Señalo mi máquina de multas para indicar que me refiero a la conversación que tuvimos, cuando les ofrecí mi ayuda.

Gracias, Allegra, me dice con una sonrisa que me emociona muchísimo.

Veo el automóvil amarillo en el sitio de costumbre, significa que Tristan está en su oficina. Pienso en que no resultó ser la persona que creí, que no obtuvo su Ferrari siendo un bueno para nada. Sin embargo, tener una buena ética laboral no le da derecho a andar por ahí en un automóvil color banana. Es de muy mal gusto. Subo los escalones del número ocho y toco el timbre. Nadie responde. Vuelvo a tocar.

¡Jazz!, escucho gritar a Tristan. ¡La puerta! ¿Dónde estás? Entonces él es quien abre. Me da la impresión de que me da más gusto a mí verlo a él que a él verme a mí, también siento que son demasiadas visitas, pero sé que le interesa lo que tengo que decir.

Hola, digo contenta.

Estoy maquillándome, grita Jazz desde algún lugar en el edificio. ¿Podrías abrir la puerta tú mismo?

Tristan cierra los ojos y veo aparecer en su amable rostro esa misma expresión de energúmeno, cuando perdió los estribos conmigo y destrozó la multa.

Te traje un café de la panadería que mencioné cuando platicamos. Es mucho mejor que la porquería que sueles beber.

¿Quién es?, se escucha gritar a Jazz, pero Tristan toma una decisión. Sale del edificio, cierra de golpe la puerta detrás de él y toma el café. Caminemos, me dice.

Camina bastante rápido. Yo tengo piernas largas y suelo ir más rápido que la demás gente, pero llega un momento en que para seguirle el paso tengo que correr a su lado. Vamos hasta la zona del paseo marítimo. Parece tener ganas de meterse al mar y no volver a salir jamás.

¿Por dónde?, me pregunta.

¿A qué te refieres? ¿Adónde quieres ir?

Adonde sea. Contigo. Necesito compañía por un rato. Me vendría bien alejarme de ellos.

Por supuesto, como gustes. Vayamos por ahí, le digo. Damos vuelta a la derecha, no porque sea mi ruta sino porque parece que le haría bien un poco de aire de la costa y una caminata alejado de la gente. De toda la gente.

Una de mis cinco personas me contactó, le cuento emocionada.

¿Tu mamá?

No.

Amal.

No.

Katie Taylor.

No.

La ministra de Justicia.

No.

Pone los ojos en blanco. Tu padre te llamó.

No, le digo riéndome. Bueno, sí me llamó, pero no me refiero a él. Es una chica con la que estudié, Daisy. Era la chica más popular de mi generación, pero popular en un buen sentido porque era amable y generosa. Creo que me daban ganas de ser ella. En fin, la estuve buscando. Vaya, la encontré en Instagram.

Más bien acechando, dice en medio de una falsa tos.

La seguí y esta mañana cuando desperté vi que ella también me seguía. Además me envió un mensaje privado.

¡Genial, Allegra! Me da gusto por ti. Te vas a encontrar con ella, supongo...

Aún no lo sé.

¿Entonces cuál es el objetivo de todo esto?

Tal vez pueda influir en mi vida a través de Instagram.

Los *influencers* de Instagram no cuentan. Debes tener una interacción en la vida real con las cinco personas. Recuerda que eres el resultado de la gente con la que convives más tiempo. *Más-tiem-po*, repite lentamente. Su mirada se ensombrece como si acabara de recordar algo. En fin, ¿cómo te encuentro en Instagram?, me pregunta y saca su teléfono.

No quiero decirle porque la persona de Instagram no soy realmente yo, pero sé que insistirá. Además, ha estado involucrado en todo este proceso, así que le doy el nombre de mi cuenta.

Mientras él se desliza por la pantalla de su teléfono, yo me enfoco en los parabrisas de los automóviles que vamos pasando y de vez en cuando me detengo para ver bien los boletos de pago.

¿Tú tomaste estas fotografías?

No, las saqué de internet.

Entonces se detiene y se empieza a doblar de la risa. Se está riendo de mí, debería dolerme, pero verlo y escuchar sus carcajadas me resulta irresistible, es contagioso, así que empiezo a carcajearme también. Apenas puede hablar, la risa no se lo permite. ¡Allegra! Creo que no entiendes bien cuál es el objetivo de todo esto.

Me encojo de hombros.

¿Cómo se llama la chica?

Daisy.

No, en Instagram.

Ah, Feliz Chica Errante.

Tristan empieza a escribir en el teclado con el ceño fruncido y los labios haciendo un ligero puchero, su apariencia me enternece. Escribe a toda velocidad con ambas manos, sus dedos se mueven con furia, vuelan sobre las teclas.

Ah, aquí está, dice. Se desliza por la pantalla, hace un acercamiento, luego se aleja, parece observarla desde cada ángulo posible que le indica su imaginación.

Es una chica agradable, Tristan, explico. Cuando estudiábamos juntas la admiraba. En este momento no tengo ni un solo amigo.

Estaba a punto de decir algo acerca de Feliz Chica Errante, pero de pronto se queda callado. Oprime algunas teclas y guarda el teléfono en su bolsillo. Ahora yo también te sigo en Instagram. Tienes dos seguidores. Este café está buenísimo, por cierto.

Te lo dije. Lo preparó Spanner, dueño de Village Bakery.

¿Qué tipo de nombre es Spanner?

¿Qué tipo de nombre es Rooster?

¿Qué tipo de nombre es Pecas?

¿Qué tipo de nombre es Jazz?

Tristan inhala molesto. Se llama Jasmine.

¿Por qué estabas de tan pésimo humor esta mañana?

Convoqué a una reunión muy temprano y nadie se presentó. Ayer, después de que te mostré las oficinas, me sentí avergonzado por la falta de profesionalismo de todo el equipo. Es bastante difícil hacer que tus amigos trabajen para ti.

¿Son tus amigos?

La mayoría sí, de la escuela. Crecimos jugando videojuegos. Compartimos el mismo sueño, así que, en cuanto establecí el negocio les pedí que trabajaran conmigo.

Que trabajaran *para ti*.

Bueno, ya sabes…

Para ti.

Sí, de acuerdo, para mí.

Y tu tío, el que tiene la elegante oficina con la mejor vista en el edificio, ¿él para quién trabaja?

Pues él es una especie de asesor, consultor, administrador, agente. Fue quien consiguió los tratos para mí desde el principio, organizó los patrocinios. Fue quien vio el potencial de un chico de catorce años que jugaba videojuegos en YouTube.

Y ahora, ¿qué hace en esa gran oficina?

Vaya, pues él… digamos que… bueno, por lo pronto no hay un producto real que pueda vender porque todos los videojuegos están en etapa de desarrollo. Son muchos, los estamos diseñando. Como algunos de los que te mostré ayer. A Andy y a Ben los traje para que se encargaran de ello, son desarrolladores certificados de videojuegos, se enfocan en la parte técnica de la creación del juego, yo me encargo de la parte creativa. Los necesito a todos. Entre más tiempo pase alejado de los videojuegos en YouTube, más seguidores y admiradores perderé, por eso mi tío mantiene una campaña de presencia de Rooster de manera permanente. Participación en convenciones, patrocinios, a veces promovemos otros juegos o hacemos equipo con otros youtubers, ese tipo de acciones.

Y le pagas por ello. Es decir, tu tío trabaja para ti, igual que tus amigos. Tú eres el jefe.

No, no lo soy. Este es un tipo de negocio distinto. Soy joven y ellos también, Tony es mi tío, hermano de mi mamá. No puedo… ya sabes, no puedo andar gritándoles, prefiero crear un espacio en el que la gente desee estar. Por eso tenemos mascotas y sala de juegos. Tienen permiso de divertirse, eso hace que sientan deseos de venir a trabajar.

Solo que no trabajan.

No quiero que me tengan miedo. Tampoco quiero que mi mamá tenga que decidir entre mi tío y yo.

No tienen que temerte para respetarte, Tristan. Jazz no da una, Andy es una de las personas más groseras que he conocido, y todos fingen saber lo que hacen.

Siempre dices las cosas tal como las ves.

El azúcar glas va sobre los waffles belgas, no sobre las palabras, le digo. Ahora entiendo por qué tenías esa frase en la punta de la lengua, por qué me la escupiste. Eres resultado de las cinco personas con las que más pasas tiempo. Tú eres quien construyó un equipo a tu alrededor, estás tratando de rodearte de cierto tipo de gente para volverte cierto tipo de persona, pero me pregunto si es la gente correcta. Hmmm. Me pregunto si no te habrás vuelto flojo y grosero. Trabajas en un negocio que solía encantarte de niño, pero ahora tal vez estás en él por razones equivocadas.

Auch, exclama sonriendo.

Caminamos en silencio por un rato.

Tú me odiabas incluso antes de que yo siquiera te dirigiera la palabra, dice.

Cierto.

¿Por qué?

Por tu automóvil.

¿No te parece que es una actitud muy cerrada de tu parte?

Sí, lo es. En realidad eres una persona bastante agradable.

Sacude la cabeza y vuelve a carcajearse.

Me confunde que tengas un automóvil amarillo chillante, no parece ir con tu personalidad.

¿Qué tiene de malo un Ferrari amarillo?

¿Qué tiene de bueno?

Lo adquirí porque, como la mayoría de los chicos, tenía el sueño de poseer un automóvil deportivo. Cuando lo compré, fue el mejor momento de mi vida, sentí que había triunfado. Pero tienes razón en cuanto a que no coincide con la persona que soy y con mi estilo de vida. Aún vivo en casa de mis padres. La verdad es que no puedo ir con él a casa porque en toda la zona residencial hay topes, tengo que dejarlo en un estacionamiento privado todos los días. Luego le llamo a mi papá, y él pasa por mí camino a casa, cuando sale del trabajo. Vaya independencia, vaya chico triunfador.

Ahora yo soy quien ríe.

Y es amarillo porque solo lo tenían disponible en ese color. En realidad yo quería uno plateado, color plomizo con interiores rojos, pero habría tenido que esperar meses por él... Estaba muy emocionado, no podía esperar. Ey, ¿no deberías estar poniendo multas o algo? Solo hemos estado caminando.

¿Sabes? Hay días en que no pongo muchas multas, tampoco soy una bestia obsesiva.

¿Qué hay de ellos?

Al otro lado de la calle vemos una camioneta estacionada en una franja ancha de la acera. Dos hombres están colocando las ventanas de una casa. Entonces le explico a Tristan que, según las reglas, cuando se trabaja con vidrio hay que estacionarse lo más cerca posible a la zona de obras. Esos trabajadores tienen permiso de estacionarse sobre la acera.

Ah, ya veo.

Estás decepcionado, digo riendo.

Quiero atrapar a alguien, quiero ver algo de acción.

No se trata de atrapar gente, Tristan, sino de observar las reglas y respetar la ley.

En verdad crees en ello, ¿no es cierto?

¡Por supuesto! ¿Por qué te sorprende? ¿Creías que lo hacía para atrapar gente con las manos en la masa? Las reglas son un regalo. ¿No te encantaría tener un manual que te permitiera salir del agujero en el que te encuentras ahora? Es decir, si no, ¿por qué te la pasas buscando citas motivadoras? Quieres que te guíen, ¿no es esa otra manera de seguir las reglas?

Cuando terminamos de recorrer el circuito y volvemos a la ciudad, Tristan obtiene la acción que buscaba. Veo una camioneta blanca estacionada sobre las líneas amarillas dobles afuera de una casa. Las luces traseras están encendidas. La puerta del corredor está abierta y el constructor está en el interior de la propiedad cortando madera con un serrucho.

Vamos, Allegra, atrápalo, me dice como si fuera perro guardián. Como susurrando: "Mira, unos gatos".

Entonces me detengo y observo al carpintero.

Vamos, insiste Tristan.

Espera, le digo mientras veo mi reloj. Al pasar dos minutos me acerco. Disculpe, le digo, no se puede estacionar aquí sobre las líneas amarillas dobles.

Solo estaba cargando, dice casi sin mirarme.

No, no es verdad.

Entonces me mira como si quisiera usar su serrucho conmigo.

Estaba cargando, dice lentamente como si yo fuera estúpida. Así que me puedo estacionar ahí sin problemas. Tengo edad suficiente para conocer las reglas de tránsito, jovencita.

Tristan está a mi lado, siento que se pone tenso, incluso tengo que extender mi brazo para impedirle avanzar. Permíteme, le digo en voz baja.

Lo he estado observando durante dos minutos y no he visto señales de carga en esta zona.

El individuo me lanza un rugido, deja caer sus herramientas, toma las llaves y me insulta antes de abordar su vehículo e irse a toda velocidad.

Por Dios, dice Tristan sin dejar de verlo, está furioso. ¿Tienes que lidiar con muchos tipos como ese?

Con algunos, sí, le digo sonriendo. A veces la gente es amable y me ofrece disculpas cuando le pongo una multa, pero la mayoría adopta una actitud defensiva. Hay algunos que incluso se comportan agresivamente. Todo eso te permite ver su estado anímico. La multa puede desencadenar el estrés acumulado. Lo que le estoy explicando me lo dijo Paddy cuando me entrenó. Ahora entiendo mejor a los seres humanos. Tal vez tú también puedas aprender al respecto.

No creo tener lo que se necesita para permitir que me hablen así, dice. Pero en realidad es una tontería porque he visto a su personal hablarle de una manera que me parece inaceptable, sin embargo, no lo menciono.

¿Quién es el peor infractor con que te has topado?

Tú, le digo en voz baja. Tú me sacaste de quicio, agrego antes de continuar caminando.

Veintiuno

EXPLORO LAS FOTOGRAFÍAS DE DAISY EN INSTAGRAM PARA DARME una idea de lo que usa cuando sale por la noche. Hoy saldremos, es sábado, pero primero tengo la sesión del taller de pintura con modelo en la Galería Monty. Ya no me siento enferma y con náuseas como el martes. Me he olvidado del mantra *No volveré a beber nunca*, lo cual resulta muy oportuno porque voy a necesitar un poco de esa valentía que da el alcohol para reunirme con Daisy después de todo este tiempo. Su vida es fenomenal, trabaja en una organización internacional de caridad y viaja por todo el mundo. Es una persona generosa y sofisticada. Tiene mucha clase, no como yo, así que espero que me transmita un poco cuando convivamos: justo después de haber posado desnuda para un grupo de desconocidos y de unos cuantos no tan desconocidos con quienes he compartido la cama.

Nos vamos a reunir a las ocho en un lugar llamado Las Tapas de Lola, en Wexford Street. Ya he comido tapas muchas veces, de hecho, papá solía llevarme a este tipo de restaurantes y ordenar las especialidades catalanas. Incluso me animó a tomar clases de español en la escuela con la idea de nutrir mi patrimonio cultural. Pero en lugar de eso, cuando salíamos a cenar yo elegía el restaurante paquistaní, y en la escuela preferí aprender francés. No lo sé, tal vez estaba tratando de rechazar a Carmencita de la misma manera que ella me rechazó a mí. Quizá tenía miedo de no poder aprender su idioma, de volver a fallar aunque ella no se enterara. O tal vez solo quería aprender francés y comer platillos más exóticos.

Hoy, antes que nada, debo enfrentarme al taller en la galería. Los detalles de aquel día que salimos a beber continúan bastante borrosos y todavía hago muecas al recordar fragmentos de mi conversación con Genevieve y Jasper. Hubo cosas que no debí decir por ninguna razón, cosas que ni siquiera sentía del todo, pero que quería gritar a los cuatro vientos. Llego con muy poca anticipación al taller, lo hago a propósito porque así tendré menos tiempo para platicar. Tengo la esperanza de encontrar a Jasper ocupado con algún cliente al llegar, pero no es así. Levanta la cabeza y me ve. Hola, Allegra. Hola, Jasper, contesto sintiéndome de verdad incómoda. Subo por las escaleras hasta desaparecer de vista. Por suerte, Genevieve está hablando por teléfono con un artista, no deja de parlotear ni de poner los ojos en blanco cuando me ve. Para alguien que ama la pintura, tiene demasiadas complicaciones con los artistas. "Malditos necesitados de amor", así suele referirse a ellos.

Desaparezco detrás del biombo. Las ventanas están abiertas para ventilar el salón, las sillas y los caballetes están dispuestos. Me siento incómoda de hacer esto hoy, es difícil sentarse y esperar sin moverse cuando estás emocionado por algo.

Encontré el anuncio de este empleo antes de partir de Valentia, cuando estaba buscando alojamiento. Las primeras dos semanas en Dublín compartí una casa con dos profesionales del sector de la tecnología. Es lo que decía el anuncio. Buscaban a un hombre o una mujer, ciento veinticinco euros semanales por una habitación que en realidad era una especie de bodega interior con una cama individual. Las cosas se pusieron feas cuando ella me encontró en esa habitación con él. ¡Pero nunca mencionaron que fueran pareja! Ni una sola vez. Mientras estuve ahí nunca se tocaron ni se besaron. Tenían habitaciones separadas, ¿cómo iba yo a saber? Me dio gusto partir. Fue durante mi entrenamiento. Después me asignaron un trabajo en Fingal, así que de todas formas era lógico que me mudara. El empleo en la galería lo tomé para poder pagar mi parte de la renta en la casa, les pagaba en efectivo. Pensé que estaba siendo prudente en lo económico, pero Dublín es una ciudad cara, el dinero se va como el agua. Un café, un sándwich, una visita al supermercado y adiós: se acabó el sueldo.

Me desvisto detrás del biombo mientras escucho a Genevieve discutir respecto a un marco muchísimo más tiempo del necesario.

Humecto mi piel y me envuelvo en la bata tipo kimono justo antes de escuchar que los artistas empiezan a llegar. Genevieve le dice a Vincent que debe colgar, pero que lo llamará después para continuar la discusión.

Malditos necesitados de amor, murmura al colgar.

Hola, Allegra, lamento no haberte recibido. Estúpido Vincent.

Sí, escuché la discusión.

Genevieve se asoma detrás del biombo, me echa un vistazo y pregunta si estoy lista. Asiento.

Me sorprende lo rápido que está pasando la sesión mientras pienso en la conversación que podría tener con Daisy, en qué partes de mi vida podría compartir con ella y cuales voy a editar, y antes de darme cuenta, los artistas ya me capturaron con una expresión… pensativa. Es la palabra que usaría para describir de manera general sus distintas visiones. En una me veo desolada, me veo perdida en medio de un remolino de trazos del lápiz. Otro artista me ha mirado toda la sesión con simpatía y al final muestra mi retrato: pintó mis cicatrices de una forma muy cruda, como incisiones profundas, como heridas de una batalla.

Llego al restaurante temprano para poder instalarme y calmar mis nervios, pero Daisy ya está ahí. Ay, Dios mío, Pecas, ¡mírate! Se pone de pie y extiende los brazos para estrujarme con ganas. Huele a flores, es un aroma dulce. Alrededor de sus muñecas hay capas y capas de delicados brazaletes, uno con una estrella, otro con la luna, uno más con el sol y uno con una flor. Da un paso atrás y me mira con detenimiento. Te ves asombrosa, tu cabello... dice acercando la mano para tocarlo con sutileza. Vaya, ha pasado mucho tiempo, ¿puedes creer que ya pasaron siete años desde que nos fuimos? Qué gusto verte, tengo muchas ganas de que me cuentes qué has hecho. Sentémonos. ¿Quieres beber algo? Ordené agua al llegar. La comida aquí es deliciosa, ¿ya has venido?

No, nunca, son mis primeras palabras al sentarme mientras ella le hace señas al mesero sonriendo de una manera muy linda y agitando con discreción la mano. ¿Nos podría dar otra copa? Solo tenemos una en la mesa, gracias. Aquí está la carta de vinos, dice al ofrecérmela.

Me pregunto si debería beber a pesar de que ella no lo está haciendo. Ordeno una copa de Cava, pero Daisy le pide al mesero una botella.

Antes de iniciar la conversación nos entregamos al fino arte de escudriñar la carta. Ordeno queso manchego con miel y una albóndiga tradicional de Barcelona con alioli. Ella ordena chorizo en vino blanco; gambas con ajo, chile y aceite de oliva; mejillones en salsa marinara de la casa, pero luego pierdo el rastro de lo que pide a lo largo de la cena.

Tenemos la típica conversación sobre los grandes personajes de la escuela, mencionamos a los compañeros con quienes nos hemos mantenido en contacto, a quienes hemos visto, sobre los que hemos tenido noticias, hablamos de lo que hacen todos. La conversación no se interrumpe, ni siquiera sé por qué me preocupaba no tener de qué hablar.

Pero basta de hablar de los otros, Pecas, ¿tú qué has hecho? ¿Cuándo te mudaste a Dublín?

Hace cinco meses, le digo. Me urgía un cambio. Trabajo para el Consejo del condado de Fingal como guardia de estacionamiento, adoro mi trabajo.

Es la parte de mi vida de la que estoy orgullosa. Adoro lo que hago.

Vaya, guardia de estacionamiento, dice y me mira rápido de arriba abajo. ¿Pero no siempre quisiste ser...?

Detective Pecas, sí. Nos reímos. ¡Y tú siempre quisiste paz e igualdad en el mundo!

Ja, sí, y en la vida real eso implica construir. Trabajo con Brick-by-Brick, una organización internacional de derechos humanos enfocada en construir y reconstruir casas, escuelas, centros de salud, instalaciones sanitarias y edificios comunitarios en países en desarrollo. Así que pasé de desear paz e igualdad a fabricar ladrillos, aplicar enyesado y pintar. Al decírmelo tensa sus diminutos bíceps. No puedo imaginarla haciendo nada de eso.

Es asombroso, le digo impresionada. Yo paso la mayoría de mis días distribuyendo multas.

Discretamente hace como que no le da importancia, quiere continuar la conversación.

Tu empleo es increíble, le digo. Detesto lo aduladora que sueno, pero lo digo convencida. Visitar lugares distintos todo el tiempo, ver el mundo, ayudar a la gente.

Son cosas que yo odiaría, pero esa es la esencia de la teoría de las cinco personas, ¿no es cierto? Se supone que tienen que influir en ti de cierta manera. Papá me infunde honestidad y me mantiene con los pies en la tierra, es un hombre insumiso. Daisy, por otra parte, puede ser mi fuente de inspiración, la persona que puede transmitirme el deseo de aspirar a más, a ser mejor persona. Ya está sucediendo, de hecho. Es decir, no es que quiera mudarme a un país en vías de desarrollo para construir una escuela, pero quiero pensar que en cierto momento podría desear ayudar a comunidades a luchar contra la pobreza y los desastres. Yo podría ser ese tipo de persona.

¡Georgie!, dice de repente con cara de felicidad.

Un tipo que acaba de entrar toma una silla de la mesa de junto, le da a Daisy un beso en la mejilla y se sienta junto a nosotras.

Vengo con ellas, le dice al mesero con un elegante acento dublinés. Daisy le pregunta si desea ver la carta, pero contesta que no, gracias. Con el vino es suficiente. Toma una copa de una mesa vacía al lado y la pone frente a él. Hola, me dice con una gran sonrisa, con una dentadura tan blanca que deslumbra. Piel bronceada, tersa, muy humectada, brillante. Soy George, amigo de Daisy, dice extendiendo la mano.

Georgie, te presento a Pecas. Pecas, él es Georgie.

Gusto en conocerte.

Gusto en conocerte, responde imitando mi acento, que es una mala y pretenciosa versión dublinesa de un acento de Kerry. Me hace sonar como Darby O'Gill. Ríe y bebe todo el vino en su copa.

Lo odio desde el primer instante, su insufrible personalidad se desborda.

Tómanos una foto para Insta, dice Daisy entregándole de golpe su celular antes de darle vuelta a la mesa para venir de mi lado. Acerca mucho la cabeza, siento su frente contra la mía. Más arriba, le dice al tipo, él se pone de pie y nos apunta con la cámara desde un ángulo tan poco natural que siento que tengo que esforzarme para mirar hacia arriba, casi a través de mis pestañas. Me siento incómoda, no sé si Daisy tiene una gran sonrisa o no. Quiero mirarla para ver su expresión, pero no lo hago. No estoy segura de qué cara puse al final, pero si me pintaran, creo que transmitiría incertidumbre.

Ella examina la fotografía mientras yo espero que se ría de mi cara o que diga algo, pero no hace nada, solo juguetea con la imagen. ¡Listo! La acabo de publicar. Muy bien, dice y mete el teléfono a su bolso. ¿Nos vamos? Pedimos la cuenta, y cuando llega, Daisy la toma de la misma manera que la gente que insiste en pagar. Dividimos a mitades, ¿verdad?, decide y empieza a hacer el cálculo en su teléfono. Yo pedí dos platillos y una botella de Cava, de la cual solo disfruté dos copas porque su amigo Georgie Porgie se bebió el resto. Ella pidió dos martinis espresso y tantos platillos que tuvimos que poner algunos en la mesa de junto. Entrego mi tarjeta de mala gana, sintiendo el ardor de la injusticia. Ambos van al baño antes de irnos mientras yo espero afuera. Reviso Instagram. Daisy me etiquetó.

Pie de foto: "Viejas amigas. Buenos tiempos". El símbolo de la paz y labios lanzando un beso. A su lado me veo poco natural, incómoda. Tengo la espalda demasiado derecha y rígida, mientras que ella se ve relajada y moderna. Publico la fotografía en mi Instagram. Rooster es uno de los primeros en comentar con el emoji de los pulgares levantados. De pronto tengo ocho nuevos seguidores, son chicas de la escuela, algunas a las que apenas recuerdo y otra que ya había olvidado.

¡Pecas! ¡Ay, por Dioooos! ¡Pero qué recuerdos!, dice una de ellas. No sé quién es, su ID es loca_porla_nutrición, y en la fotografía de su perfil aparece un aguacate. Cuando le doy clic a su cuenta, veo fotografías de alimentos como las de las revistas, aún no logro descubrir quién es. Pero cuando me deslizo hacia abajo y veo las fotografías de su rutina en el gimnasio, los abdominales, los músculos, las pesas, sé que es Margaret, la chica que solía atiborrarse en la noche de mini Crunchies. Vaya, vaya, vaya.

Finalmente Georgie y Daisy salen del brazo.

Acabo de recibir un mensaje de Margaret Mahon. Ha cambiado mucho, le digo, y hablamos de ella hasta que Georgie bosteza en nuestra cara y nos dice que hablar de los viejos tiempos es tan poco interesante como escuchar los sueños de la gente. Llegamos al siguiente destino y me ofrezco a comprar las bebidas. Me da gusto escuchar que Daisy solo quiere agua. A George no le ofrezco nada porque creo que ambos sabemos cuál es nuestra postura respecto al otro, pero de todas formas anuncia que quiere un gin tonic. Dice que quiere ginebra Jawbox específicamente. Cuando me alejo para ir a ordenar, veo a Daisy tomar con aire casual una bebida sobre la barra. Tiene un portavasos encima, lo que quiere decir que la persona salió a fumar. Lo hace con una gran naturalidad. La veo beber rápido y dejar la copa vacía en una mesa alejada de donde la tomó. Cuando regreso los encuentro hablando con un grupo de gente cuyos nombres olvido de inmediato. George fue muy preciso respecto a la rebanada de pepino que quiere en su gin tonic, cuando lo tiene enfrente saca un sobre de granos de pimienta de su bolsillo y los deja caer en la bebida. Lo único que me hace sentir mejor es saber que ordené la ginebra más barata que había, no la Jawbox que pidió.

No se molesta siquiera en conversar conmigo. Habla a todo volumen, de una manera desagradable, es el alma de la fiesta para el grupo mientras yo sostengo una conversación más discreta con una chica que espera su primer bebé y tiene muchos deseos de volver a casa. Los individuos aquí parecen concursar para ver quién tiene los tobillos rasurados más delgados: todos visten pantalones cortos y ninguno lleva calcetines. Trato de imaginar a alguien de Valentia capaz de vestirse así, y me cuesta trabajo no reír al imaginar a Jamie con sus piernitas de pollo y los delicados y velludos tobillos, y a Cyclops con esas pantorrillas de esqueleto imposibles de lucir incluso en jeans. Cómo nos reiríamos de esto, pero no, no lo haremos porque ya no somos amigos. Perdí a esos cinco, ahora busco cinco más. ¿Los encontraré aquí? Bebo de prisa, me da gusto cuando Daisy me toma del brazo y me saca de ahí. Vamos a un lugar nuevo, y seguimos haciendo lo mismo en las siguientes horas.

Si dibujara a Daisy la representaría inmóvil y después haría garabatos sobre ella. La única cosa en que no se equivocó en su Instagram fue en su perfil: *aquí, allá y en todas partes*. No es sino hasta que me jala al interior de un cubículo en el baño y saca algo del bolso cruzado cuando me doy cuenta de que soy una idiota. Por supuesto: cocaína. No estoy en contra de las drogas, de hecho he tenido mis momentos con Cyclops, pero nunca he aspirado cocaína. Para ser franca, me parece hábito de gente estúpida. Es como muy para dublineses idiotas. Irónicamente, aparte de la cuenta de la cena, esto es lo único que le ha dado gusto compartir conmigo en toda la noche. Bueno, dos cosas aparte de la cena: la cocaína y el cubículo en el baño. Mientras ella inhala el polvo blanco, yo observo la parte trasera de su perfecta cabeza. Me desanimo, pensé que Daisy era distinta, pensé que era alguien que me inspiraría. Esta desagradable farsa suya es demasiado banal, demasiado mundana. No es nada. Este tipo de chicas las encuentras en todos lados.

Vuelvo a pensar en dibujarla; si lo hiciera, la dibujaría perfecta y luego tomaría una goma y la pasaría por encima. Borraría varias partes, pero no todas. Está ahí, pero no está. Es estable en ciertos aspectos y en otros está perdida. Me ofrece cocaína, yo me niego. No me presiona. No es que me importe, pero tal vez siente que la juzgo cuando la veo inhalar la línea que me había reservado encima del asqueroso inodoro. Cuando salgo de ese cubículo, mi verdadera personalidad aflora, tal vez la de ella también. Nadie finge, estamos al mismo nivel. Ella puede interpretarse a sí misma y yo a mí.

El resto de la noche es un rompecabezas incompleto, huecos que me impiden ver la totalidad de una imagen. Es como una serie de sucesos que, más que empañarse ligeramente entre sí, se intercalan de una manera brutal y precisa, entrando y saliendo. En algún momento terminamos haciendo una visita breve a un sucio y deslucido edificio: ahí vive Daisy. Comparte una litera con una desconocida, una chica china que nos grita porque encendemos la luz y ella está tratando de dormir. George se ríe. Daisy también. Busca algo debajo del colchón, no sé qué es, pero doy por hecho que son drogas o dinero. Salgo de la habitación en cuanto su compañera nos arroja una botella con agua caliente que pasa a solo unos centímetros de mi cabeza y explota al estrellarse con la pared. Siento que el agua hirviendo gotea sobre mi brazo. A los pies de la cama hay una regadera, y sobre el escritorio un microondas. Daisy tiene una gaveta afuera de la habitación, en el corredor. Me explica todo esto mientras revuelve las prendas con las que se ha fotografiado en Instagram, pero que por lo general permanecen bajo llave en esta polvorienta gaveta. Ya no se ven tan pintorescas.

En algún momento le digo a George que, obviamente, trabajar para organizaciones de caridad tiene su costo, que admiro a Daisy por dar su vida para ayudar a otros. No estoy segura de creer en verdad lo que digo, pero aún tengo la esperanza de salvar de alguna manera la idea que tenía de Daisy. George se ríe de mí.

¿Daisy? ¿Trabajar? Daisy no tiene empleo. Sus padres pagan para que ella pueda viajar y fingir que es voluntaria, para que parezca que está haciendo algo con su vida. Lo ven como una especie de tratamiento de rehabilitación. No tiene opción.

Más tarde, cuando salimos de ahí para caminar a nuestro siguiente destino, la tomo del brazo y le pregunto sobre Finn, su novio de la escuela. La perfecta Daisy y el perfecto Finn, nuestros Sandy Olsson y Danny Zuko: la pareja de ensueño de nuestra generación. ¿Lo ha visto? ¿Sabe a qué se dedica? Supongo que es el último engaño de Daisy porque luego cae el último pétalo y la bella se convierte en la bestia.

Ay, ¡pero por Dios santo! Finn O'Neill, claro, lo metieron a la cárcel por posesión de cannabis, por eso terminamos nuestro noviazgo. Mantuvimos todo en secreto, por supuesto. Lo juzgaron en un tribunal por intención de distribución. Lo iban a encerrar cinco años, la última vez que lo vi, hace algunos meses, estaba en un bar orinándole a alguien en la cabeza.

Recuerdo que reí cuando lo dijo, no lo hice porque me pareciera gracioso, sino porque sonaba demasiado ridículo. Al igual que todas las otras chicas de nuestra generación, yo soñaba con tener una relación como la de Daisy y Finn, sufrimos y atravesamos un duelo colectivo por ellos cuando terminaron. Y ahora estamos aquí, levantando la roca para revelar las cochinillas escondidas debajo.

Terminamos en un club subterráneo, es un sótano oscuro y sudoroso llamado Moonshine donde tocan música bailable con un ritmo tan monótono que mejor me salgo. No sé adónde fueron Daisy y George, y para ser honesta, tampoco los busco con mucho ahínco. Estoy harta, así que me voy sola y empiezo a caminar hacia D'Olier Street para tomar el Nitelink que me lleva a casa.

Camino y escucho carcajadas. Al principio imagino que no tienen nada que ver conmigo pero luego descubro que sí. No volteo porque no quiero involucrarme en una pelea callejera a las tres de la mañana. Pero llega un momento en que no puedo más, ¿qué les parece tan gracioso en mi manera de caminar? Si estos pedazos de mierda quieren pelear, adelante, responderé. Esta noche no ha sido lo que esperaba, estoy lista para noquear a alguien. Volteo y veo a Daisy y a George ocultos detrás de un palanquín y luego los veo por el rabillo del ojo cruzar la calle hasta llegar a un bote de basura. Juegan a los espías, es tan infantil que no puedo evitar reírme. Quieren seguir la fiesta. En mi casa.

Lo que me hace aceptar es mi estúpido ego. Coloqué a Daisy en un pedestal. Su empleo, su ropa, su cuenta de Instagram. Y yo, yo soy nada. Sin embargo, ahora quiero que vea cómo es mi vida y que la compare con su espantoso cuarto que apesta a orines de rata.

Perdemos a George afuera de un bar porque se detiene a hablar con algunas personas, entonces aprovecho para irme con Daisy. A medida que nos alejamos de él, crece en mí la esperanza de que se comporte mejor que a su lado, creo que así será más fácil tenerla para mí sola. Tal vez después de media hora sin meterse algo que la acelere, cuando recobre la sobriedad, vuelva a ser la agradable Daisy. La bohemia y elegante Daisy: nuestra Feliz Chica Errante de Instagram.

Veintidós

MI RECOMPENSA LLEGA CUANDO DAISY VE LA CASA Y SE QUEDA
impresionada. Tengo que decirle que baje la voz, de hecho tengo que
ser muy enérgica para que se calle la boca. Son las cuatro de la mañana y toda la familia está durmiendo. Tienen niños. Amanecerá dentro de poco. Cállate por favor. Al entrar al gimnasio enciende todas
las luces, se sube a los aparatos y deja caer pesas sin que le importe el
ruido metálico y la reverberación. Es como haber liberado a un mono.
Tengo que seguirla por todos lados, ir limpiando, devolviendo todo a
su sitio, diciéndole que no grite y tratando de sacarla del gimnasio.
De pronto veo encenderse la luz del baño de Becky y tengo que apagar
las del gimnasio rápido antes de jalar a Daisy para subir por la escalera.
A pesar de que ni sonrío ni le respondo, ella habla sin cesar hasta las
cinco de la mañana, y cuando analizo sus palabras, veo que no dice
nada. Luego se quita la ropa y se queda dormida en ropa interior en
mi cama. Yo me acuesto en el sillón. Me despierto temprano a pesar
de que estoy exhausta y tengo resaca. Preparo bastante café y vigilo a
Daisy. No necesitaría andar de puntitas: una manada de elefantes no
habría podido despertarla. A mediodía tengo que sacudirla con violencia para que se levante porque tengo que ir a la parrillada de Paddy.

Está callada. Le doy un café. Se asoma por la ventana y despierta
lentamente, me pregunto si, como yo, estará recordando todos los
sucesos de anoche: nunca en el orden correcto y nunca sin recuperar-
se por completo. Espero que comprenda lo que hizo, que me ofrezca
una disculpa o algo parecido, pero no lo hace. No parece avergonzada en absoluto. Excepto por las pequeñas manchas de delineador

en las grietas debajo de sus cansados ojos, en su rostro no queda rastro de maquillaje, y aun así luce perfecta. Tiene la cara en forma de manzana, pómulos altos, labios carnosos y jugosos. Bebe el café sin conciencia de lo que sucedió.

Le ofrezco llamar un taxi. Le digo dónde está la parada del autobús, también la estación de tren. Saco mi teléfono y busco en Google los horarios, hago todo lo necesario para deshacerme de ella, pero no responde a nada. Bueno, sí, pero no se compromete a ninguna acción. Lleva a cabo el mismo truco Jedi de anoche que le permite cambiar de tema sin parecer grosera. Es como si no pudiera concretar nada. Nada dura, todo es fugaz. Tal vez está postergando su partida, quizá no desea volver a su mierda de cuarto ni quiere ver a su compañera, quien seguramente estará furiosa. Sin embargo, no me importa la porquería de vida que se ha construido, necesito que se vaya porque tengo una cita. Le prometí a Paddy que iría, y a pesar de que nunca he querido aceptar sus invitaciones, siento que hoy tengo una obligación.

¿Adónde vas?, me pregunta.

Es cumpleaños de Paddy, mi colega. Va a hacer una parrillada.

Los ojos se le iluminan. ¡Adoro las parrilladas!

Y así comienza todo.

Agradezco que Becky y los niños hayan salido a pasear, no necesito volver a salir con la cabeza agachada por la vergüenza.

Vaya, dice Daisy cuando nos acercamos. Se sale del camino por el que se supone que siempre transito por privacidad de la familia, de hecho, se acerca a la casa.

No te acerques, vas a activar la alarma, le digo de inmediato.

Me escucha, pero continúa caminando.

¡Daisy! La tomo del brazo y la jalo. Tienen una alarma con sensores alrededor de toda la casa, explico. Si los cruzas, se va a activar.

Ella se ríe. Apuesto a que es mentira, lo inventaron.

No, es cierto. La alarma está conectada a una empresa de seguridad que alerta a los gardaí. Vamos.

Los gardaí, dice riéndose. Lo estás inventando.

Para nada.

Mira la casa como si fuera una gran tentación, como una niña pequeña a la que le acaban de decir que no debe hacer algo, pero lo hará de todas formas. La observo, veo la intensidad en su rostro, la mirada egoísta que codicia lo que codicia solo porque sí, porque le dije que no debía. Y todo eso arropado por su belleza etérea y las mismas prendas de anoche que se ven tan frescas como... vaya, como una margarita.

Las chicas como ella pueden asesinar y salirse con la suya.

Avanza justo hasta ponerse frente al sensor y la alarma empieza a ulular.

Lo que me hace desear lanzarle a las tetas una batidora como lo hizo Spanner con el novio de Chloe es verla abrir muchísimo los ojos con aire inocente y decir ¡ups!

No espero a que lleguen los gardaí, en lugar de eso le envío un mensaje de texto a Paddy y le pregunto si no le molesta que lleve a una amiga. Me contesta que entre más invitados más diversión y añade dos líneas de emojis de comida. Camino a su casa nos detenemos en una tienda para comprarle un regalo, es un sitio elegante en el que venden alimentos gourmet bastante caros. Mientras miro sobre los anaqueles, Daisy me sigue cansada.

A Paddy le encantan las marinadas, le digo, si pudiera, marinaría algo todo un año. Eso y hervir los alimentos a fuego lento. Creo que en una ocasión calentó una lasaña durante veinticuatro horas. Le encanta la comida, no deja de hablar de ella y de la manera en que la calienta.

¿Y a ti también te calienta?, pregunta alzando las cejas de una forma muy sugerente.

¡Ay, no, por Dios! Se trata de Paddy, digo riéndome. Espera a que lo conozcas. Solo trabajo con él, ni siquiera somos amigos.

Compro marinadas un poco más caras de lo que había planeado para regalárselas en nombre mío y también de Daisy porque, obviamente, ella no le compra nada. Nunca he estado en casa de Paddy, a veces he intentado imaginar cómo será, pero es difícil porque, salvo por su adoración por la comida, no sé mucho sobre su vida. Como llegué hace poco a Dublín, de lo que sí me ha hablado, y con mucho orgullo, es de su lugar de origen. Liberties es un vecindario de la ciudad, es su corazón, suele decir. Los primeros fines de semana que pasé en Dublín seguí sus consejos y exploré las áreas que me recomendó. Tenía razón, Liberties es el centro histórico de la ciudad en varios aspectos: artístico, político, religioso y militar. Como él dice, lo habita la gente más centrada, estoica, honesta y divertida que encontrarás. Nunca se mudaría de ahí porque extrañaría demasiado la zona.

Llegamos al departamento en la planta baja de un edificio de cuatro pisos, son departamentos del ayuntamiento de la década de los cuarenta. El de junto está sellado con tablas y tiene los muros manchados de humo.

La última parrillada no salió muy bien, dice Paddy en tono de broma cuando llegamos y recibe las marinadas con incomparable alegría.

Es el clima perfecto para una parrillada: templado y un poco soleado. Tal vez por eso Paddy no es el único que organizó una, por todos lados en la ciudad he percibido el aroma a carne asada. El departamento tiene un pequeño patio asfaltado que, siendo cuadrado, se convierte en asador cuando el calor se acumula. Hay una reja que conduce al callejón que pasa por todos los patios traseros. Como los niños están jugando futbol, cuando el balón llega a golpearla, la sacude y traquetea. Necesita que la lijen y la pinten, además las bisagras están oxidadas y sueltas. Daisy toma una botella de cerveza y se apoya en la madera astillada, con ella ahí, el lugar parece una locación rústica. La madera reciclada está de moda, dice y me pide una foto. Empiezo a acomodarme el cabello sobre el hombro, pero entonces me da su teléfono y comprendo que lo que quiere es que tome una fotografía *de ella*.

En cuanto Paddy se da cuenta, me quita el teléfono de las manos y me empuja hasta donde está Daisy. Solo puedo posar incómoda a su lado y preguntarme cómo logra disimular que las bisagras oxidadas no le están achicharrando la piel como a mí. Cuando examina la foto, hace una mueca.

Paddy tiene un pequeño asador cubierto con un paraguas de golf que mantiene un precario equilibrio entre dos botellas de limonada TK Red.

Solo estamos ahí Paddy y nosotras.

¿Vendrá alguien más?, pregunta Daisy.

Decko, mi mejor amigo, está en el sanitario, dice Paddy. También viene mami, es su día de salida. Y Fidelma, una colega nuestra que llegará más tarde, explica mientras mueve las salchichas en la parrilla.

Nunca había visto a Paddy sin uniforme. Hoy viste un jersey de futbol de Dublín que parece de una talla menor a la suya, y eso tratando de ser muy amables. Varias franjas de sudor recorren la prenda en la espalda y debajo de los senos. Sus lentes están empañados por el vapor que produce la parrillada y la cara le suda copiosamente. Veo que trae sandalias Birkenstock, pero evito mirar los dedos de sus pies. No hay nada de sombra en el patio, la del paraguas solo cubre la carne que crepita en la parrilla.

Decko sale al patio con la cabeza inclinada, mirando al suelo, trae las manos en los bolsillos, pero luego las saca y las vuelve a meter. Se rasca la cara y después la cabeza. Parece nervioso e inquieto. Paddy nos presenta y él solo asiente. ¿Qué tal?, pregunta sin lograr mirarnos directo a los ojos. No es que sea maleducado, solo parece increíblemente tímido. Trato de conversar con él sobre cosas sin importancia y me doy cuenta de que es agradable. Poco a poco se siente más cómodo, pero Daisy es muy grosera con él.

Ah, llegó mami, dice Paddy. Entonces, a pesar de lo oscuro del lugar, vemos a una anciana en una silla de ruedas. Una mujer que parece ser su cuidadora empuja la silla. Ambas entran al patio por la puerta, pero después de dejar a la anciana la mujer se despide y se va.

Gracias, Cora, grita Paddy, te veo más tarde.

En el patio ahora estamos Daisy, Paddy, su mami, Decko y yo. Tal vez ayer me habría dado pena traer a Daisy a una fiesta como esta, pero hoy no. Pasa todo el tiempo enviando mensajes de texto y no le presta atención a ninguna de las personas a su alrededor.

Hola, mami, dice Paddy dándole un beso. Mami no dice nada, pero mueve la mandíbula de un lado a otro como si fuera vaca masticando. Tiene pelos tiesos en su arrugada barbilla y alrededor de los labios, son tan largos y apretados que parecen una liga cerrándole la boca. Parece que no tiene dientes. Mami, estoy asando carne, te gustan las salchichas, ¿no es verdad?

Mami levanta la vista y en sus ojos se ve un destello de recuerdo en medio de un estado de confusión. Reconoció algo, a Paddy o las salchichas. Verla me hace pensar en papá y en sus ratones, espero que no llegue a esto. Me espantaría mucho, me sentiría muy lastimada si no me reconociera, es todo lo que tengo. ¿Qué pasa cuando la persona que mejor te conoce y más te ama, tu número uno, ya no sabe quién eres? ¿Me borraría eso de la existencia?

Suena el timbre. ¡Ya sé quién es!, anuncia Paddy de nuevo, muy emocionado por la llegada de sus invitados.

Al escuchar la voz al otro lado de la puerta el estómago se me revuelve. Georgie.

Volteó a ver a Daisy con la boca abierta. ¿Cómo supo que estábamos aquí?, le pregunto.

Le envié la dirección por mensaje de texto, me llevará a casa. En lugar de ofendida, me siento aliviada al enterarme de que se irá pronto.

Georgie entra dando grandes pasos. Viste shorts entallados, los músculos parecen estallarle, su cuello es grueso, resultado de sus días de rugby, si acaso alguna vez lo practicó. Camisa polo rosa abotonada y zapatos *top-siders* sin calcetines en caso de que surja la oportunidad de abordar algún yate en Liberties. Trae varias bolsas de plástico que emiten un tintineo al chocar.

Buenas tardes a todos, dice desbordante de confianza. Qué día tan extraordinario. Eso huele muy bien, Paddy, dice como si lo conociera de toda la vida. Traje bebidas energéticas.

No tiene nada que hacer aquí. Esa seguridad en sí mismo, su acento, su voz, su postura, toda su energía. No tiene nada que hacer en este pequeño patio ni en el vecindario. Cree ser el caballero perfecto, pero es un hipócrita, estoy segura de que en el fondo es una mierda. Toda esa buena educación de escuela privada, maldito gallito privilegiado y echado a perder, no debería estar aquí, entre toda esta gente auténtica y buena.

El timbre vuelve a sonar, me ofrezco a abrir la puerta para escapar de la incontenible furia que siento crecer en mi interior contra este tipo al que apenas conozco. Si Decko no le da una paliza, yo lo haré.

Abro la puerta y veo a Fidelma y a su hija con su vestido blanco de primera comunión y las manos enguantadas en posición de oración. Es obvio que Fidelma la ha obligado a ponerlas así frente a cada puerta que han tocado. Decko, Georgie, Daisy, Paddy, Fidelma, su hija Matilda y yo estamos de pie en círculo, asándonos porque no hay ni un centímetro de sombra, ni de brisa. Mami está en la cocina con un grueso suéter y bebiendo agua con un popote.

Creo que es hora de comer, dice Paddy. Empieza a pasar la carne en festivos platos de cartón para niños. Trato de conversar sobre trivialidades con Fidelma. Ella trabaja en la recepción del Consejo del condado de Fingal. Le hago una pregunta sobre la primera comunión y aprovecha para contarme toda la ceremonia, incluyendo las oraciones y las canciones. Matilda derrama salsa cátsup en su vestido blanco y llora. Decko no quiere nada que tenga lechuga, pimientos o cebolla porque no come verduras. Prueba la hamburguesa, pero prefiere no comerla porque hay algo en la carne. Paddy le dice que solo la marinó, eso es todo, pero de todas formas no se la come. En lugar de eso, enciende un cigarro. La escasa circulación de aire hace que el humo quede atrapado en el cuadrito candente en que se ha convertido el patio, y en algún momento todos empezamos a toser. Paddy bromea respecto a abrir la reja de madera para dejar salir el calor, pero su única queja es ese chiste.

La comida es deliciosa, es la mejor parrillada de mi vida. Incluso los pepinillos saben sensacional. Devoro todo, me lamo los dedos y extiendo mi plato para que Paddy me sirva más, delirante de felicidad. George no consume nada de carbohidratos, pero se come la carne y dice que es fabulosa. Sin embargo, usa esa palabra tantas veces que poco después pierde su autenticidad. Daisy se acaba todo el pollo y, cuando cree que nadie está mirando, la veo envolver una salchicha en una servilleta y guardarla en su bolso. En algún momento trato de iniciar una conversación grupal sobre su trabajo en las organizaciones de caridad. Su próximo viaje es a Nepal, ayudará a construir y reparar salones de clase dañados por los terremotos. Estoy segura de que a Matilda le habría gustado escuchar respecto a cómo construiría escuelas, pero el interés que tiene la Feliz Chica Errante de hablar de sus aventuras en el ámbito del voluntariado es muchísimo menor que el de Decko en probar un plátano asado a la parrilla como postre.

El sol es tan intenso que a Fidelma comienza a quemársele la piel del pecho. El calor le provoca un fuerte sarpullido que la obliga a volver a casa con Matilda de inmediato. Antes de que se vayan le doy un billete de cinco euros a la pequeña, es todo lo que tengo. Decko le da algo también, en tanto que Paddy, por supuesto, ya tiene una tarjeta de regalo lista para ella. Daisy y George ni siquiera notan cuando Fidelma parte con su hija. La fiesta terminó, pero ninguno de los dos se da por enterado de que es hora de irse. Y tampoco entienden cuando les digo llanamente que se acabó.

George prefiere sacar su iPhone y poner música a todo volumen. Ambos bailan "Rhythm is a Dancer", están en su propio mundo, piensan que son divertidos y fabulosos, más divertidos que cualquier otra persona del universo. Son patéticos. George golpea por accidente las patas del asador con sus *top-siders*, este cae al suelo y produce un gran estruendo. Mami se asusta y empieza a llorar. Paddy va a atenderla mientras Decko se encarga del asador. George y Daisy casi se orinan de la risa.

Pero entonces George se resbala, se atora con sus propios pies, cae de espaldas y termina sobre la reja de madera que cuelga de una sola bisagra. El peso es tanto que la reja se cae hacia Decko, quien está agachado levantando el asador.

Grito para advertirle, pero es demasiado tarde, le cae en la espalda. Da un aullido de dolor que, aunado al ruido que hace la reja al caer sobre el asador, le provoca a mami mucha más angustia. El retorcido y malvado sentido del humor de George y Daisy les permite percibir esta escena de devastación tipo *El Gordo y el Flaco* como algo increíblemente gracioso.

Miro alrededor, es una catástrofe sonora: mami llora a todo pulmón, George y Daisy ríen sin control, Decko aúlla de dolor mientras intenta enderezar la espalda. Es horrible. Y la expresión de Paddy...

¡Alto, por favor!, les digo a George y Daisy, pero no me escuchan, continúan resoplando tras lo sucedido. Tratan de evitarlo, por supuesto, saben que no es correcto, pero eso solo los hace reír más.

¡Silencio!, grito lo más fuerte que puedo.

Todos se quedan callados. Daisy y George dejan de reír, mami de llorar. Decko se detiene y deja de arreglar el asador. Paddy deja de reconfortar a su madre. Todos se me quedan mirando.

Creo que ustedes dos deberían largarse ahora mismo, les digo a Daisy y a George con más calma, con mayor control.

Se miran entre sí y vuelven a reír, esta vez nerviosos. Cuando me fijo en Daisy me doy cuenta de que algo cambió, me mira con desprecio.

Pecas, no sé por qué me trajiste a este lugar, dijiste que Paddy ni siquiera era tu amigo, dice con los ojos abiertísimos.

La expresión en el rostro de Paddy me rompe el corazón.

Entonces me voy por el hueco en la pared que dejó la reja de madera podrida al caerse.

En el autobús trato de redactar en mi mente un mensaje para disculparme con Paddy, pero estoy demasiado avergonzada. No hay manera de arreglar con palabras lo que pasó. Me invitó a su mundo y yo llegué a él con dos personas indeseables. Soy responsable de lo sucedido. Entre las fotografías de Instagram que todavía no he publicado hay una de mí y Daisy de pie junto a la reja rústica. El pie de foto dice: "Viejas amigas, nuevos inicios".

La borro.

Uno es resultado de las cinco personas con que pasa más tiempo.

No quiero ser como ella.

Dejo de seguirla.

Una vez más, solo tengo una persona de cinco.

Veintitrés

Después de haber presionado tres veces el botón de repetición de mi alarma, me obligo a levantarme de la cama a la fuerza. Papá me llamó durante la noche, o más bien la madrugada. Aún estaba oscuro, fue alrededor de las cuatro de la mañana. Agradezco que esta ocasión no sea para hablar de los ratones en el piano, aunque no está seguro de que sigan ahí porque no lo ha tocado desde hace algún tiempo, lo cual me preocupa. Creo que la música le ayudaría a restablecerse, pero él insiste en que no ha tenido tiempo para eso, ha estado ocupado. Vuelve a hacer berrinche porque cerraron otra oficina postal.

Están destrozando el corazón de Irlanda, vocifera. No se dan cuenta, no solo es una oficina postal, están cerrando comunidades enteras. Me uní a un grupo y vamos a manifestarnos en Dublín. Ya te avisaré la fecha. Vamos a empezar en Trinity College y de ahí caminaremos hasta varios edificios del gobierno en los que exigiremos hablar con el ministro. Están diezmando la isla. ¿Cómo podrá este lugar atraer negocios nuevos si ni siquiera tenemos oficina postal? ¡Podrían empezar por arreglar el wifi!

Y así siguió hablando y hablando con bastante lucidez hasta: Voy a abrir un negocio de palomas mensajeras. Sí, eso haré. Primero fue la clausura de las comunicaciones trasatlánticas por cable, que fue lo que obligó a mi familia a irse de la isla, ahora es la oficina postal. ¿Qué sigue? ¿Que el ferri deje de circular? Luego los isleños tendrán que nadar. No, no. Tengo que hacer algo al respecto. Con razón los ratones y las ratas están mudándose acá, creen que el lugar está desierto, son como aves de carroña en cacería. Están volando en círculos, Allegra, pueden oler que la comunidad y la decencia humana se están pudriendo...

Después de presionar el botón de repetición de la alarma por última vez, me quedo recostada porque no puedo moverme. No quiero moverme. Siento pesadez en la cabeza, mi cuerpo está agotado. Estoy drenada física y mentalmente. Quiero permanecer en cama todo el día, ocultarme del mundo. Quiero que me dejen en paz. Lo estoy intentando, en serio, estoy tratando de organizar mi maldita vida y ser alguien. Alguien que me agrade. Pero no puedo ni siquiera hacer eso. Tengo que cuidar a los niños de Becky esta noche, ni siquiera sé cómo enfrentaré a la familia. También tengo miedo, me preocupa mucho papá. Me sentí aliviada al saber que la cacería de ratones había terminado y que ahora tenía un nuevo objetivo. Unirse a un grupo de la comunidad implica interacción humana, incluso si se trata de un grupo pequeño. Y al mismo tiempo, no estoy segura de que sea lo mejor. Estoy cansada de todo. La vida que tanto protegí y que tanto me he esforzado por controlar se está yendo a la mierda.

Es lunes por la mañana. Tal vez toda la gente sienta el mismo temor. Quizá todos despierten y anden por ahí con el mismo miedo, dándose cuenta de que esto no era lo que tenían en mente. Su vida no va de acuerdo con el plan, pero ¿cuál era el maldito plan para empezar? Luego beben una taza de café y todo está bien, leen una noticia del día, escuchan su canción preferida y la sensación empieza a desvanecerse. Hacen una compra por internet y ya se fue. Hablan con un amigo y la sensación queda enterrada. Entonces me doy una vuelta por las redes sociales y recuerdo cuál es el problema.

Reviso el buzón a pesar de que el cartero no ha pasado aún. Uno nunca sabe, Amal Alamuddin Clooney, Katie Taylor o la ministra de Justicia e Igualdad pudieron traer discretamente durante la noche sus respuestas a mi carta. El buzón está vacío. Siento el triple rechazo: pum, pum, pum. Directo al estómago.

Me levanto tarde y aletargada, en el camino no veo al hombre de traje ni a la mujer que trota, tampoco a Tara y su humano, ni al anciano con su hijo. No encontrarme con ellos no me afecta tanto como de costumbre, de hecho me viene bien, dado mi estado anímico actual. Al cruzar el puente peraltado para llegar a la ciudad me doy cuenta de que me siento distinta. Más ligera, aunque no en el aspecto espiritual. Es porque olvidé en casa el almuerzo, la mochila y mi cartera. Los veo en la barra, donde los dejé. Mi turno empieza pronto, no tengo tiempo de regresar por ellos. Tal vez a la hora del almuerzo, pero por ahora tendré que sobrevivir sin café ni waffle, ni azúcar glas. Sin bandita adhesiva para el alma. Mi humor empeora.

Todos los conductores sentirán mi ira el día de hoy, no habrá misericordia. Me siento vengativa. Siento odio. Después de todo el trabajo invertido en mí misma he regresado adonde empecé: solo tengo una persona de cinco. Me parece patético haber creído que podría controlar mi vida, que podría ser la persona que deseaba. Papá tenía razón, no debí permitir que esa estúpida frase tuviera un impacto tan fuerte en mí.

No voy a James's Terrace sino hasta la hora del almuerzo, y para ese momento tengo tanta hambre que la cabeza me palpita. En el Ferrari amarillo hay un boleto de estacionamiento pagado que venció hace una hora. Los ángeles volvieron a fallarle a Tristan. En lugar de enojarme con él como lo habría hecho antes —supongo que estoy progresando—, ahora estoy furiosa con su personal. Con sus inútiles empleados que solo se aprovechan de él. Cuando subo por los escalones del número ocho siento la mirada de Andy y Ben. La puerta se abre antes de que tenga oportunidad de tocar el timbre.

Allegra, dice Jazz con una enorme y cautivadora sonrisa, pasa por favor, agrega entusiasmada.

Al entrar, su recibimiento hace que a mi cólera la remplace la sospecha. Tal vez Tristan habló con sus empleados. Me siento orgullosa. Busco a Tristan, le digo.

Rooster está en una reunión, dice haciendo énfasis en "Rooster". ¿Te puedo ayudar en algo?

Quería informarle a Tristan que si existe algún problema, que si por cualquier razón no puede enviar por correo los documentos para solicitar el permiso de estacionamiento para negocios, digo tratando de no sonar malintencionada, hay una aplicación que puede usar. Puede pagar el estacionamiento con ella desde su teléfono celular. Quizá prefiera ese sistema.

Estoy tratando de venderle la idea a Jazz, tratando de que haga algo por Tristan, algo que en realidad lo beneficiaría.

Se llama Parking Tag, continúo explicando, basta añadir una tarjeta de crédito o débito para que la aplicación le envíe un mensaje de texto para recordarle que su tiempo de parquímetro va a terminar.

Mmm, se queda pensando. Está en una reunión con Tony y no podemos interrumpirlo. Mejor subamos, podemos cargar la aplicación en su teléfono ahora mismo.

Papá solía decirme que no hay que confundir la amabilidad con la estupidez, el hecho de que sonrías cuando alguien hace un comentario malintencionado no significa que no hayas entendido el insulto. No siempre comprendo a la perfección a la gente. Sé que puedo tener problemas de sincronía con los demás, pero eso no significa que sea estúpida. Aquí hay gato encerrado y no sé de qué se trata, así que la sigo al piso de arriba con el pug casi pegado a mis tobillos. La puerta de la oficina de Tony está cerrada, escucho algunos murmullos. Sigo a Jazz hasta la oficina de Tristan.

Aquí está su teléfono, me dice tomándolo del escritorio. Entonces me doy cuenta de que es una de esas chicas que revisa todo: lee todos sus mensajes de texto y revisa sus cuentas de redes sociales con la idea de que su novio le pertenece. Ingresa el pin con sus largas uñas color albaricoque. Seguro ya sabe que me sigue en Instagram, tal vez también haya visto todos los comentarios que me ha hecho hasta ahora. Es probable que haya revisado mis publicaciones, que haya buscado como sicótica a la gente que sigo y a mis seguidores. Quizás ahora sepa más de mí que yo misma.

Aquí tienes, me dice al tiempo que me entrega el teléfono. Me quedo sorprendida.

Tal vez me equivoqué respecto a ella, quizá los profundos rugidos en mi estómago me han hecho equivocarme respecto a todo.

Sus tarjetas de crédito también están aquí, dice antes de abrir un cajón. Tal vez debas usar la empresarial, sí, eso creo. Se me queda mirando, no estoy segura si es afirmación o pregunta. Porque es un gasto del negocio, añade.

Ah, sí, por supuesto. Sin embargo, no sé bien cómo funcionan estas cosas, y todavía tengo mis sospechas respecto a sus intenciones. Al ver el teléfono en mi mano, me doy cuenta de que esa es su trampa, hay algo en él que quiere que vea, quizá sea una fotografía de ellos juntos usada como protector de pantalla o un mensaje de texto que espera que encuentre al husmear porque cree que soy como ella, pero se equivoca. No caeré en la trampa. Voy directo a la tienda de aplicaciones con toda mi arrogancia, con toda la seguridad de que acabo de eludir una bala, de que no me ha engañado.

¿Qué estaban haciendo aquí la semana pasada tú y Rooster?

Trato de no sonreír. ¡Ajá! Eso es lo que quiere, información. Se la daré: Tristan me estaba enseñando algunas muestras de sus videojuegos.

Aquí tienes la tarjeta, dice al entregármela.

Me siento en el sillón y me concentro en abrir y configurar la cuenta. Nombre. Dirección del negocio, registrada. Detalles de la tarjeta de crédito.

Es divertido cómo empieza todo, ¿no es cierto?, dice.

Sí, lo es. Es muy interesante ver de dónde viene la inspiración para crear estas cosas.

Jazz ya está encendiendo la pantalla de plasma. ¿Viste este?

Tengo que apretar los labios para no sonreír, es tan obvia. Me está poniendo a prueba. ¿En verdad vi las muestras de los videojuegos o me estaba toqueteando con su novio?

La música comienza, se escuchan algunos silbidos sofisticados, pero yo mantengo la cabeza inclinada, mirando la pantalla mientras ingreso los números de la tarjeta. Luego verifico haberlo hecho bien. O sea, podría aprovecharme de la situación, podría robarme los detalles de la tarjeta en este instante, y lo único que le preocupa a ella es si besé a su novio o no.

Este juego apenas está en las primeras etapas, pero a Rooster le emociona mucho, dice Jazz. De todos, es el que han desarrollado más rápido. Yo lo juego con bastante frecuencia.

En ese instante capta mi atención. No pensé que jugara videojuegos. Levanto la vista y veo las palabras de fuego en la pantalla. *Warden Wipeout: multas y masacre.*

¿Multas y masacre? Al leer esto presto aún más atención y veo las palabras convertirse en gotas de sangre que escurren.

El objetivo del juego es cazar a la guardia de estacionamiento cuando te pone una multa, dice muy animada.

Está sentada en el brazo del sillón con sus largas y brillantes piernas frente a ella, de sus tobillos cuelgan varios brazaletes muy delgados. Maneja los controles del PlayStation como una profesional.

Miro la pantalla y de repente siento que la boca se me seca. Como si fuera un algodón. Veo el centro de la ciudad, pero no está desarrollado por completo, parece que tomaron a Malahide como modelo. Hay una calle principal y una intersección en forma de diamante de la que salen varios callejones. Hay solo una persona caminando, viste de color azul marino y trae un chaleco amarillo fluorescente: es la guardia de estacionamiento. En la esquina superior derecha hay un mapa en el que se ve un punto rojo que indica dónde se encuentra todo el tiempo. También hay un temporizador y una cuenta regresiva que indican cuándo expirará el boleto.

De pronto suena una sirena porque la guardia puso una multa. El avatar de Jazz se dirige al objetivo en el mapa, la guardia, cuyos rasgos aparecen de pronto, es una mujer y viste exactamente igual que yo en este momento. Su rostro es espantoso, tiene los músculos retorcidos, nariz y barbilla largas, huesos muy pronunciados: parece bruja. Podría espantar a cualquier niño.

También tiene pecas.

Mira esto, dice Jazz riendo. En ese momento su avatar se enoja y golpea a la guardia.

El sombrero sale volando, de su cara salpica sangre por todos lados, como atomizador. El avatar da una patada, le pega a la guardia directo en el estómago. Esta se dobla del dolor, de su boca escurre sangre. Su equipo cae al suelo, el avatar lo levanta y la golpea con él. Más sangre atomizada, la cara de la guardia parece ciruela magulla-da. Luego el avatar pisotea el equipo, lo rompe y sigue pisando hasta pulverizarlo. La guardia empieza a correr y al huir salen volando multas y papeles como confeti. La pantalla vibra, de nuevo apare-cen las letras, *Warden Wipeout*, la guardia ha sido aniquilada. La música vuelve a retumbar y el avatar, o, mejor dicho, Jazz, continúa atacando. Golpes, patadas, llaves a la cabeza. La guardia no respon-de, solo emite alaridos: ¡Auch! ¡Oaaa! ¡Aaay! Sonidos que produce con una expresión de horror apenas visible entre toda la sangre y las heridas en el rostro. Luego Jazz se acerca a una máquina de pago y exhibición, la arranca del concreto y golpea con ella la cabeza de la guardia. La cabeza vuela, la sangre sale de nuevo disparada del cue-llo cercenado y el cuerpo empieza a tambalearse en círculos sobre el pavimento antes de caer como fardo al suelo. Por último, la cabeza pasa rodando.

Por lo general no soy una persona sensible, puedo distinguir entre la realidad y un juego, pero este nivel de mierda es distinto. Lo que más me duele es la crueldad de Jazz, siento cada uno de sus golpes y patadas. Sabía que estaba tejiendo una telaraña y de todas maneras me arrastré hasta ella. El daño psicológico es inmenso, está ahí sentada lastimándome a propósito y lo sabe, lo disfruta. Es tan doloroso que es imposible fingir lo contrario.

Ahí lo tienes, dice al dejar los controles sobre el escritorio. El videojuego que inspiraste. Rooster está particularmente orgulloso de él, cree que es el primero que podrá comercializar y dar a conocer al mundo.

No sé si espera una respuesta, que pelee con ella o que la ataque, pero sea lo que sea, no la voy a complacer.

Respiro con dificultad, necesito unos instantes antes de hablar. De acuerdo, Jazz, comprendo, le digo cuando por fin recobro la voz. Dejo el teléfono celular y la tarjeta de crédito en la mesa ratonera. La aplicación está instalada y la cuenta configurada. Mi trabajo aquí ha terminado, así que me voy. Así nada más. Paso por la oficina de Tony y escucho voces discutiendo en el interior. Mientras bajo por las escaleras contengo las lágrimas, llego a la terraza y luego camino hasta los escalones que bajan a la calle donde puedo ocultarme, fuera de la vista del número ocho. Qué humillación. Qué dolor. Podría llorar aquí mismo, pero no lo hago. No dejo de avanzar. De pronto la necesidad de llorar desaparece y la remplaza la ira. No tanto contra Jazz como contra Tristan. Es justo la persona que pensé cuando lo conocí, el imbécil de los zapatos deportivos Prada y el Ferrari amarillo. El hombre que me hizo sentir que me mataba a cuchilladas cuando insultó mi personalidad y mi vida privada. El que me lanzó a una búsqueda fallida de amigos que solo ha servido para devastarme. A la búsqueda de mí misma para ser mi mejor versión y merecer conocer a mi madre.

Continúo avanzando, ignoro a los automóviles estacionados, no estoy segura de adónde voy, solo me dejo llevar por la cólera que me mueve. Al acercarme al salón Casanova veo un vehículo desconocido estacionado afuera, donde debería estar el Mercedes plateado. Esto me hace enojar aún más, la maldita osadía del extraño que se estacionó en el lugar de Carmencita. ¿Cómo permitió ella que sucediera esto? Tal vez llegó tarde esta mañana y el conductor ya estaba ahí, y en ese caso, ¿por qué llegó tarde? ¿Tuvo que estacionarse en otro sitio? ¿No le molestó? ¿No le arruinó la mañana? ¿Tendré que intervenir para defenderla? ¿Vino a trabajar? ¿Estará todo bien en casa? ¿Chocó? ¿Se mudó? ¿Volverá a irse antes de que yo pueda siquiera decirle "hola"?

Esta última posibilidad me enfurece. Tengo hambre, me siento débil, me siento lastimada. No puede volver a abandonarme, no hasta que me brinde el tiempo que merezco pasar con ella.

Jadeante, pensando de más, enojada, frustrada, herida, hambrienta, débil, humillada. Podría gritar y gritar aquí, en este preciso momento. Quiero patear este sofisticado Range Rover tipo suv, golpearlo con un paraguas como Britney, arrancarle los espejos. Miro alrededor en busca del BMW, pero no lo veo por ningún lado. Camino de un lado a otro de la calle. El Range Rover se apoderó de su sitio y deberá ser castigado de alguna forma por ello. Ya encontraré la manera. Me asomo al parabrisas. ¡Ajá! No hay boleto del parquímetro, ¡te tengo! Un momento, sí hay permiso, pero es el permiso para negocios y está registrado a nombre de Carmencita Casanova. Es suyo. Veo el disco del seguro y los datos del motor en busca de más información.

Miro por la ventana al interior del salón. Está ahí. Me tranquilizo al ver que está bien, que aún hay tiempo y no la he perdido. Pero tampoco he perdido la cólera. La había concentrado en el Range Rover y ahora que vi a quién le pertenece, el enojo se dirige de manera natural a Carmencita. Porque me doy cuenta de que pudo haber decidido que llegó el momento de partir de nuevo, y entonces no volvería a saber de ella ni a encontrarla.

La veo colocar un póster en la ventana.

Mujeres en los negocios.

Una reunión de mujeres en los negocios locales: discusión y celebración.

Organizada por Carmencita Casanova, presidenta de la Cámara de Comercio de Malahide. Recepción en el salón de la Asociación

Atlética Gaélica de St. Sylvester a las 8:00 p.m. el 24 de junio. Boletos 6€.

Está muy orgullosa, lo veo desde aquí. Quita el póster de nuevo, solo está midiendo los espacios para nivelarlo, no quiere pegarlo chueco. Es su gran noche. Demasiado hacia la derecha, demasiado hacia la izquierda, un poco más a la derecha, sí, decide dejarlo ahí. Entonces presiona contra la ventana las esquinas del póster con cinta adhesiva de doble cara. Está muy contenta con ella misma, con su vida.

Volteo a ver el Range Rover y todavía siento coraje. Veo los asientos especiales. No son sillitas para bebé, así que los niños deben de tener más de cinco años. Veo juguetes en el piso de la parte de atrás. Un carrito, una figura de acción, un enorme libro de calcomanías para niñas. Completo, total, con todo lo que necesita quienquiera que sea. Pude ser yo. El enojo aumenta. El corazón casi se me sale del pecho. Pego la cara a los vidrios de atrás.

Carmencita conservó a esta niña. ¿Lo habrá hecho por la forma en que lloró al nacer? ¿Hizo algo distinto a lo que yo hice? Qué bebé tan tonta fui, debí ser más inteligente, debí saber qué hacer, debí intuir que esos pocos segundos que estuvimos juntas serían los últimos. Que solo tendría un instante para convencerla. ¿Habré llorado demasiado fuerte? ¿De una manera muy irritante? ¿Tal vez mi llanto no fue suficientemente desesperado? Lo que haya sido, no logré hacerla cambiar de opinión, no me la gané. A estos dos pequeños, en cambio, sí los conservó. A estas ratas sucias que tiran sus juguetes y dejan un desastre. Tengo la frente pegada al vidrio polarizado. Miro de cerca en busca de más señales de quiénes son. ¿Quiénes son? ¿También se parecerán a mí? Niños hispano-irlandeses de piel morena. Tal vez sin las pecas porque no tienen el gen Bird, esa parte de mí que ella no pudo amar.

Veo a Tristan en la esquina de James's Terrace, viene corriendo con cara de susto, pero cuando me ve aminora la marcha.

Allegra, dice en voz baja como si me viera apuntándome a la cabeza a mí misma con una pistola. Se ve preocupado. Sabe lo que hizo Jazz, lo que vi. Ella debe de haberle contado todo muy orgullosa.

Lo ignoro y continúo con la cabeza pegada a la ventana, el corazón me palpita aún más fuerte.

¿Todo está en orden?, escucho una voz decir detrás de mí.

La furia crece como una tormenta en mi interior. Los asientos para niño, los juguetes abandonados. Un vehículo que no corresponde al del permiso de estacionamiento para negocios. Complicada. No habla bien inglés. Perturbada. Confundida. Perra. Dramática.

¡Que se joda! Quería lidiar con la crisis de estacionamiento en la ciudad, ¿no? Pues empecemos de una vez.

No, no está todo en orden, contesto mirando mi máquina de multas, mi arma, porque soy guardia de estacionamiento y estoy trabajando ahora. Por desgracia esta suv no corresponde al vehículo registrado en el permiso de estacionamiento, explico.

No lo hagas, escucho decir a Tristan, pero lo ignoro. Está un poco más allá, alejado de nosotras, ella no puede verlo y él quiere impedirme que haga una escena.

Ella mira de izquierda a derecha mientras piensa. Comprende lo que está sucediendo pero ha decidido fingir lo contrario. Tal vez yo no sepa leer bien el comportamiento de la gente, pero reconozco cuando veo a alguien a quien atraparon con las manos en la masa y está a punto de mentir, lo veo todos los días y, en el caso de ella, simplemente lo sé. La conozco mucho más de lo que cree.

No, no, dice moviendo el dedo índice en el aire de un lado a otro como si yo fuera una niña y me hubiera portado mal.

Elegiste una mala jugada, madre.

Solo un momento, dice y entra al salón de nuevo.

Allegra, no hagas esto, insiste Tristan. Sé que estás enojada conmigo, pero no arruines esto con ella por mi culpa.

No todo tiene que ver contigo. Déjame en paz, le digo de mala manera antes de que ella regrese.

Él levanta las manos como rindiéndose.

Ella vuelve con un puñado de llaves en la mano. Son muchas, un llavero con varios aros, fotografías con caras sonrientes. Me va a mostrar su permiso pagado y al día. Me va a hacer pasar por una farsa, por un show de Mickey Mouse. Conozco toda esta historia, ¿dónde está Amal ahora que la necesito?

Veamos, dice muy seria sin siquiera mirarme cuando pasa a mi lado. Abre la puerta y del vehículo cae un muñeco Minion. Ay, los niños, dice resoplando con fuerza como si yo pudiera entender con exactitud a qué se refiere.

¿Cuántos tiene?, le pregunto.

Dos, contesta.

En realidad tiene tres, la tercera está parada aquí justo ahora, es la primogénita. Pero por supuesto no digo eso en voz alta, solo lo grito en mi mente.

Tristan se agarra la cabeza con ambas manos ante lo que está presenciando y se menea nervioso para tratar de atraer mi atención. Yo lo sigo ignorando.

Sí, sé que parece que tengo más. Son muy desordenados. En mi automóvil, sin embargo, no tienen permiso de dejar todo tirado. Esta camioneta es de mi esposo.

Fergal D'Arcy, digo.

Me mira sorprendida. ¿Cómo lo sabe?

La información aparece en mi máquina, contesto, pero es mentira, no lo leí ahí, ya lo sabía. Lo leí en el periódico que encontré en la tienda de regalos, en el que se anunciaba su nombramiento como presidenta de la Cámara de Comercio de Malahide, madre de dos y casada con Fergal D'Arcy. D'Arcy trabaja en un banco, tiene un puesto importante. Les va muy bien. Vuelvo a mirar los asientos de atrás, luego el maletero, hay dos monopatines y dos cascos, entre otras cosas. Me pregunto si Fergal sabrá respecto a mí, y de lo contrario, ¿qué pasaría con la familia si se enterara?

Carmencita desliza el disco para sacarlo de la funda de plástico en el parabrisas. Está tan cerca de mí que percibo su perfume, es una esencia intensa. Sé que pasaré un buen rato caminado por los pasillos de Boots para tratar de encontrarlo. Tal vez incluso lo compre. Lleva un colorido vestido cruzado con escote profundo, sus senos se desbordan un poco, tiene caderas bien formadas, zapatos de plataforma. Tiene más curvas que yo. Yo tengo la complexión esbelta de papá, o quizás en algún tiempo su cuerpo se pareció al mío ahora, antes de tener bebés. Tres bebés. Cuando la gente le pregunta cuántos niños tiene, ¿tendrá que pensar mucho la respuesta? ¿Le pasará que a veces está a punto de decir tres, pero luego dice dos? Me pregunto si a algunos les dirá que tiene tres hijos, a gente desconocida que no volverá a ver, solo para probar cómo se siente tener la verdad en la lengua por una vez al menos.

Mire, me dice con su fuerte acento español a pesar de todos los años que ha vivido en Irlanda, el permiso está al día y el registro también corresponde a esta dirección, es mi negocio.

Sí, sí, todo eso ya lo sé.

En efecto, pero no está registrado con este vehículo en particular, le digo, y en este momento me doy cuenta de que, en realidad, estoy disfrutando de nuestra primera conversación.

Este vehículo le pertenece a mi esposo, me contesta de mala gana. Me lo prestó por el día de hoy porque el mío está en el servicio. Se acerca la evaluación ENA.

No necesitaba decir "la evaluación ENA", es bien sabido que ENA quiere decir "Evaluación Nacional de Automóviles", así que, técnicamente, acaba de decir "Se acerca la evaluación Evaluación Nacional de Automóviles". Tal vez sea de los pocos que no lo saben. Su inglés no es muy bueno, ¿no fue eso lo que dijo Pauline? Tenía razón. Ahora veamos qué tan preciso es el resumen del resto de su personalidad.

¿Lo ve?, todo está en orden, me dice de una manera simple y definitiva, es una mujer acostumbrada a obtener lo que quiere. Me habla como si yo fuera una niña, sin saber que soy *su* niña. No hay ningún problema, dice y vuelve a insertar el disco en la funda de plástico transparente en el parabrisas. Tiene un problema con la autoridad. Es madre, es dueña y jefa de su negocio, es presidenta de la Cámara de Comercio de Malahide. No le gusta que le digan que se equivoca.

Solo que hay un problema: se equivoca.

Las reglas dicen con mucha claridad que si cambia de vehículo necesita solicitar que modifiquen la información del vehículo en su pago, le explico.

Pero solo voy a usar esta camioneta un día.

Usa sus manos para explicar cada uno de sus puntos. También levanta la voz. Temperamental. Dramática. Perturbada. No ha cambiado. Despotrica a todo pulmón.

¿Qué pasa con ustedes, los guardias?, me dice antes de soltar su discurso sobre la manera en que las reglas de estacionamiento están arruinando a los pequeños negocios de la ciudad. Esto es ridículo, es una vergüenza, dice, y termina murmurando algo en español. Oh, si tan solo hubiera seguido tomando esas clases podría responderle y ver cómo reacciona.

Se abre la puerta del salón. ¿Todo bien, Carmen?, pregunta su empleada. Carmen, la gente le llama Carmen porque es más corto. Estoy aprendiendo mucho sobre ella en esta breve conversación. Los diamantes se forman cuando están bajo presión extrema, y vaya que Carmencita está brillando en este momento.

No es gracioso, continúa. ¿Cómo se atreve a reírse de mí? Me voy a quejar con su superior, dígame su nombre. Y en este instante se acaba la diversión del momento, si acaso estaba siendo divertido, seguro no. Más bien esclarecedor, educativo. No puedo decirle mi nombre por ninguna razón, si lo hago sabrá quién soy. Poca gente se apellida Bird. Se daría cuenta de inmediato y no puedo permitir que se entere de esa manera.

De pronto comprendo algo. ¿Qué diablos estoy haciendo? Estoy arruinando todo. Incluso Tristan se da cuenta de ello. Trata de detenerme, pero no sé por qué, lo que estoy haciéndome a mí misma es peor que cualquier golpe que pudiera atestarme en su psicótico juego de video. Nunca hay una segunda oportunidad para dar una buena primera impresión, ¿y yo estoy empezando mi relación con Carmencita de esta manera? ¿Qué me pasa? Me estoy saboteando, y lo hago tan bien, que ahora tengo que dar vuelta en U. Mi furia se disipa, ahora solo siento miedo.

Dígame su nombre, insiste.

No puedo decírselo, en cuanto escuche mi apellido lo sabrá todo.

Comprendo su frustración, señora Casanova... Diablos, no puedo creer que estoy diciendo su nombre en voz alta, ¡y a ella! Escuchar mi propia voz hace que esta se quiebre. Escucho en mí el miedo y el asombro de estar hablando con mi madre.

Ah, ahora tratará de ser amable. Ahora tiene miedo, me dice riéndose, burlándose.

Mire, paso por aquí casi todos los días, le explico. No sé si me haya notado, pero yo a usted sí, y he visto que los detalles de su automóvil siempre están al día, impecables.

Al escuchar esto se calma un poco, pero todavía se ve envalentonada. Como si hubiera vencido, pero no puedo permitírselo, no otra vez.

Ya le puse la multa, la información ya pasó por mi máquina, sin embargo, usted tiene toda la libertad de apelar. Debo transmitir la infracción, pero usted puede arreglar el asunto con el Consejo.

Ah, claro que lo haré, dice con las manos apoyadas en la cadera. De nuevo esa actitud agresiva. Soy la presidenta de la Cámara de Comercio, así que conozco muy bien el Consejo.

De acuerdo, en cuanto se reciba su apelación, la multa será puesta en espera hasta que se tome la decisión, le explico de una manera tranquila y racional mientras ella sigue resoplando. La gente del Consejo revisará los estatutos, las fotografías que tomé y la evidencia que usted aporte para tomar una decisión.

¡Mira qué bien hago mi trabajo, mamita querida!, quisiera gritar. ¡Mírame! ¡Escúchame! Sigo todas las reglas. Si estuvieras en casa y yo regresara en la tarde y te contara sobre mi discusión con una mujer como tú, estarías orgullosa de mí, me vitorearías por la manera en que lidié con la situación. Mírame, mami, ¡date cuenta!

Tonterías, ¡pudo simplemente dejarlo pasar! Ahora tengo que hacer todo ese trabajo de apelar solo porque mi esposo me prestó su camioneta por un día.

Bueno, verá… le digo mirando en otra dirección, solo estoy haciendo mi trabajo. Veo la expresión de Tristan, me mira con tanta lástima que lo odio aún más. Empiezo a alejarme poco a poco.

Más bien está perdiendo su trabajo, créame que me aseguraré de que así sea. Es usted una chica rara, da miedo, me grita antes de entrar de nuevo al salón y cerrar la puerta de golpe.

Tristan camina hasta donde estoy. Allegra, me dice en voz baja tratando de reconfortarme. Podría golpearle esa carita de adulador. Hipócrita.

Me detengo y lo miro a los ojos. No quiero volver a hablar contigo nunca, le digo. ¿Entendiste? Aléjate de mí. Le grito como una bestia, la furia viene de un lugar tan profundo que me perturba incluso a mí.

Veinticuatro

UNA CHICA RARA QUE DA MIEDO, ESO ES LO QUE PIENSA DE MÍ. Eso es lo que soy para ella.

Tal vez tiene razón. Tal vez logró resumir mi personalidad después de todo. Quizás es una excelente madre y supo quién era yo desde que me vio por vez primera. Posiblemente es lo que resulta cuando una mujer complicada, perturbada, confundida y dramática tiene relaciones con un profesor de música ateo y excéntrico. Es el resultado de un encuentro ilícito: una chica rara que da miedo.

Olvido el trabajo, olvido la ronda. Olvido todo lo que vine a hacer. Se fue a la mierda, lo arruiné. Es una coladera gigante en medio del océano, una capa entera de hielo derretida, una ballena ahogándose con plástico, es ese pobre tipo que termina tirado en la arena, el refugiado que aparece en una playa de moda en un destino vacacional de lujo. Lo peor de lo peor.

La intriga y la curiosidad que sentí cuando la presioné se esfumaron. Ahora estoy desolada, eso es, me siento vacía por completo, como en el juego de Tristan: *Warden Wipeout*, la guardia aniquilada. Y al mismo tiempo me siento repleta de desprecio por mí misma. ¿Por qué no pude solo dejarla en paz? ¿Por qué tuve que ponerle la multa? Si hubiera dejado pasar la infracción, no me odiaría, no pensaría nada de mí, podríamos volver al "No ha dejado de llover en días", y tal vez podríamos saludarnos al cruzarnos en la calle. ¿Fue porque quise hacerle sentir algo? ¿Fue eso? Quería que me notara, quería castigarla, también castigarme a mí por ser tan estúpida y tener esperanza. Por dejarme llevar por *lo que podría suceder* en lugar de tener el valor de hacer algo yo misma. ¿Será que al mudarme a Dublín me acabé mi valentía y ahora, frente al último obstáculo, me doy por vencida?

No puedo dejar de llorar, soy un desastre, gimoteo como loca. Camino por Old Street y luego recorro la avenida principal. Paso por Village Bakery.

¿Estás bien, Pecas?, me pregunta Spanner, quien está fumando afuera, pero no me detengo. Continúo, paso por la iglesia, veo una fila de gente que quiere comulgar, atravieso el puente y llego a los terrenos del castillo de Malahide.

Después de todo, sí soy la guardia malvada del juego de Rooster: azotada, pateada, golpeada. Eché todo a perder, todo… olvídate de este empleo, olvídate de ofrecerle disculpas a Paddy, olvídate de la galería de arte y de sobornar a tu casera que tan culpable se siente. Olvídate de todo, Allegra. Estás acabada, acabada. Cambio y fuera. Atentamente, la chica rara que da miedo.

Paso por el taller, me parece que Donnacha está ahí. Si acaso le sorprende verme volver tan temprano, con la cara llena de lágrimas y con hipo porque no puedo ni respirar, no me entero ni me importa porque no volteo a verlo. Tengo el rostro inflamado, la nariz llena de mocos y los ojos desbordantes de lágrimas. Atravieso el sendero empedrado del jardín secreto sin ser vista, invisible, como si nadie supiera que estoy ahí. La chica rara al fondo del jardín. Eso es lo que deseaban, supongo. No fue Donnacha. Tampoco Becky, fue Ava, su joven asistente personal. Ella fue quien me enseñó a pasar por el jardín trasero y me mostró la ruta precisa que debía tomar para llegar a mi habitación. Hay que entrar por la reja lateral, pasar los contenedores de basura, cortar por el jardín atravesando el hueco entre los matorrales, llegar al jardín secreto y cruzar el sendero empedrado que lleva al gimnasio atrás de la construcción, me explicó. Es por privacidad de la familia.

Puedo sentarme en el jardín secreto, pero no en el exterior.

Por privacidad de la familia.

Me pregunto qué pensaría de esa privacidad si le enviara el video de Becky en mi cama, abierta de piernas para el tipo del trasero peludo. Me vi forzada a mudarme aquí, estaba desesperada por salir de aquella otra situación en que compartía la casa con la pareja… la atmósfera se volvió insoportable, después de que me acosté con él, sin saber que eran pareja, peleaban todas las noches y yo no podía salir de mi bodeguita. Él ni siquiera me miraba, y ella lo hacía como si quisiera matarme.

Lárgate, me gritó. Lárgate de aquí.

Pero no tenía adonde ir. Luego encontré este lugar y me pareció que era un paraíso, sentí que me acababa de ganar la lotería. Lujo de cinco estrellas. Por supuesto, no me importó tener que permanecer en el jardín secreto, ocultarme para privacidad de la familia, y mucho menos que mi estudio estuviera en la parte de atrás. Fue un regalo. Habría aceptado cuidar a los niños los siete días de la semana con tal de escapar de donde estaba. Antes tuve que entrevistarme con Becky porque tenía que aprobar la propuesta que le hizo Ava. No vi el interior de la casa sino hasta la primera noche que cuidé a los niños. Por privacidad de la familia.

Me quito el sombrero, me lanzo a la cama y lloro aún más, esta vez a todo pulmón, regodeándome en mi frustración y mi coraje. No es una escena agradable. En algún momento me quedo dormida.

Despierto al escuchar que alguien toca a la puerta. Me siento desorientada por un instante, primero me parece estar en mi habitación en Valentia, y luego en el *Bed and Breakfast* de Pauline. Por fin comprendo dónde estoy. Afuera todavía hay luz, no es tan tarde y, de hecho, estos días no oscurece sino hasta las nueve y media o las diez de la noche. Miro mi teléfono. Ocho llamadas perdidas de Becky. El golpeteo recomienza en la puerta.

Allegra, soy Donnacha.

Me retiro el cabello de la cara, es una melena salvaje, lo normal para la chica rara que soy. Abro la puerta. Se me queda mirando, primero ve mi rostro, luego le echa un vistazo a mi uniforme y a la cama desarreglada detrás de mí. Está vestido para salir por la noche, va a algún lugar elegante. Y entonces comprendo.

¡Ay, mierda! ¡Mierda! Donnacha, disculpa. ¡Lo lamento!

Se suponía que cuidaría a los niños. Suelto la puerta y actúo de inmediato. Tomo mis zapatos, pero me siento mareada, tengo que sujetarme de algo para recobrar el equilibrio.

¿Qué hora es?, pregunto mirando alrededor en busca de mi teléfono.

Son cuarto para las nueve.

Debía cuidar a los niños a partir de las ocho.

Ay, por Dios. Mierda. Lo siento de verdad. Solo dame un minuto.

Empiezo a cerrar la puerta, pero el extiende la mano y lo impide.

Mira, no hay problema, no te preocupes tanto, dice. Becky se adelantó a nuestra cita, no podía esperar más porque es una reunión en casa de unos amigos. Amigos suyos, no míos. Para ser franco, me alegra haberme retrasado.

Pero a mí no me alegra ser la causa de tu retraso.

No hay problema. Te vi llegar hace rato, noté tu malestar. Pensé que debería darte algo de tiempo para descansar.

Ah, sí, le digo. De pronto tengo que agachar la cabeza de nuevo porque empiezo a llorar como loca otra vez.

¿Todo bien? Vaya, disculpa, qué pregunta tan tonta, dice. Más bien, ¿hay algo que pueda hacer por ti? ¿Algo que *podamos* hacer?

No, no, pero gracias de todas maneras.

De acuerdo. ¿Te parece si te doy quince minutos? Con eso evitaré la incómoda conversación y los brindis. Si corro con suerte, también los entremeses.

Sí, perfecto, no tardaré, gracias.

Toma tu tiempo, le escucho decir de lejos mientras empieza a bajar por la escalera de caracol.

Salto a la regadera, me pongo ropa cómoda y sandalias. Atravieso el jardín secreto con el cabello todavía mojado. Por privacidad de la familia. Los niños ya tienen la piyama puesta, beben leche y ven televisión.

Donnacha me mira con ternura, de pronto lo siento cercano, también me siento mal por él. No sé si será buen esposo, pero definitivamente es buen padre. No se merece lo que Becky le está haciendo. Sin embargo, no pienso mencionarlo nunca. No es asunto mío.

Bien, exclama. Mira alrededor y luego me ve directo a los ojos como si supiera lo que estoy pensando y quisiera decir algo al respecto. Tal vez los artistas tienen una percepción especial después de todo. Sea lo que sea, de pronto cambia de opinión y solo me recuerda que, como de costumbre, puedo tomar lo que desee del refrigerador. Niños, ¡los veré en la mañana! Besa a sus hijos y se va.

Me quedo sentada junto a ellos un rato, poco a poco van perdiendo la energía, es una sensación agradable y cálida. Cillín necesita un abrazo. Cuando lo estrecho, el calor de su cuerpo y su suave respiración enternecen mi alma.

Becky y Donnacha regresan a las once y media, mucho más temprano de lo que esperaba. Becky me fulmina con la mirada y sube a su habitación sin dirigirme la palabra, de nuevo siento entre ellos la tensión de la vez pasada. Lo que se percibe antes de una discusión. Donnacha camina hacia mí mientras yo reúno mis cosas.

Los niños se fueron directo a la cama, le digo nerviosa. Cillín bajó dos veces, la primera por agua y la segunda para preguntar qué pasaría si tirara una tarjeta de Pokémon al sanitario y jalara la cadena. Descuida, pude sacarla a tiempo.

No sonríe.

De acuerdo, gracias, Allegra. Tiene las manos en los bolsillos, mira hacia atrás para verificar que Becky no esté ahí. Pero de todas formas, no puedo tener esta conversación con él.

Recojo lo que me falta y camino hacia la puerta. Buenas noches, Donnacha.

Voy a mi estudio y dejo mis cosas por ahí. Tomo la suave cobija de lana con la que Becky envolvió su sudoroso cuerpo cuando tuvo sexo en mi cama, saco del refrigerador un poco de filete que quedó de otro día y salgo. Coloco la carne en el pasto, en la zona en la que tengo permitido estar, donde nadie me ve. Me siento en una banca y enciendo un cigarro. Unos minutos después veo a Donnacha en la entrada del jardín secreto. Enciendo otro cigarro. Camina hacia mí. Tal vez terminó la pelea. Tal vez no ha comenzado aún.

No sabía que fumabas, dice.

No, no fumo.

Se sienta en la banca, pero lo suficientemente lejos para estar cómodos.

Yo tampoco fumo. ¿Tienes otro?

Le doy la cajetilla y el encendedor.

Enciende un cigarro, inhala, se prepara para decir algo, para llenar el silencio, pero entonces tal vez comprende la atmósfera, se da cuenta de mi estado de ánimo, o solo está muy abatido y prefiere no decir nada. Es raro en él. Aprecio que no hable. Asimila el silencio, no estaba segura de que fuera capaz de ello. Yo continúo observando el césped.

¿Qué es eso?

Restos de carne del otro día. Son para el zorro.

¿Lo viste? Becky cree que estoy teniendo alucinaciones.

Sí, me parece que es hembra. Viene casi todas las noches. Creo que entra por la parte trasera del cobertizo.

Donnacha voltea hacia el cobertizo a pesar de que está muy oscuro para ver algo. ¿Cómo sabes que es zorra?

Por sus pezones. Está lactando. Lo busqué en Google, aunque tal vez me equivoque. Creo que ella activó la alarma cuando ustedes estaban de vacaciones, explico.

Donnacha da una fumada. Para ser honesto contigo, los gardaí dijeron que te vieron caminando por ahí cuando llegaron. Les pareciste sospechosa.

¿Qué?, pregunto con un pequeño alarido. Estaba revisando tu taller. Lo hice por ustedes. Becky me llamó para preguntar si todo estaba en orden.

Dijo que cuando contestaste estabas jadeando.

Estaba afuera, con la zorra. Tuve que entrar para buscar mi teléfono y contestar.

Yo pensé que tal vez te habías caído sobre los contenedores de basura y que eso la activó.

Sí, eso sucedió en otra ocasión.

Has tenido varias noches salvajes últimamente.

No volverá a suceder. ¿Los gardaí en verdad dijeron que fui yo?

Nos recomendaron revisar las cámaras.

¿Y por qué no lo hacen?

No me contesta.

Pienso en la conversación que tuve con la garda Laura en el jardín, también en la que tuvimos cuando la encontré saliendo de la estación. Traté de ser amable, de hacerme su amiga, y todo ese tiempo ella sospechaba de mí. De nuevo me siento lastimada por otros. Maldita gente que te hace creer cosas que no son, que no entiende lo que quieres decir o hacer. Todo está de cabeza, todo es confusión. No entiendo a los seres humanos.

Vinieron ayer, la alarma se activó de nuevo. Dijeron que pudiste ser tú, pero no estaban seguros.

Lo escucho y solo puedo gruñir. ¡No, ayer fue Daisy! Es una especie de amiga que ya no es mi amiga. Lo siento mucho. Le dije que no caminara cerca del sensor, pero tiene problemas mentales. Dios santo, digo lanzando un suspiro. Quería que fuera mi amiga, confieso en voz alta. Lo digo, pero no es mi intención. Quería que la garda Laura fuera mi amiga.

Donnacha se me queda viendo. Bueno, hay mejores maneras de hacer amigos que activando alarmas, ¿sabes?

¡No… la… activé!, digo frustrada, farfullando.

Se ríe un poco. Estoy bromeando, Allegra, te creo.

Entonces revisaste las cámaras.

Sí.

Y…

Alguien había borrado las grabaciones. Es extraño porque, en general, pasan varios meses antes de que el sistema empiece a volver a grabar sobre el mismo espacio.

Bien, pues no fui yo, le digo. Pero en ese momento comprendo todo, Becky debió borrar las grabaciones para evitar que alguien viera cuándo entraba y salía su amigo del trasero peludo. Y ahora yo no tengo pruebas para defenderme.

Me quedo mirando los restos de carne. Donnacha me contempla.

¿Qué ves?

Tu perfil.

Oh, no, por favor no empieces, digo alejándome de él un poco más. No seas raro.

Sonríe y mira en otra dirección.

Entonces se escucha algo entre los arbustos y ambos volteamos. Nada.

Debí poner la carne en uno de tus tazones, le digo y él se ríe a pesar de que no debería.

No estoy acostumbrada a verlo tan silencioso y tranquilo, parece agotado.

¿Por qué haces tazones?

Bueno, esa... se queda pensando profundamente un buen rato... es una pregunta difícil.

¿Lo es?

¿Sabías que hay siete tipos distintos de recipientes para sopa?

No.

Está el plato hondo común, el plato tipo cupé, el tazón para cereal, el tazón cubierto, el tazón con asas...

Todo eso es muy interesante, pero no recuerdo haberte preguntado al respecto.

Los tazones son algo fascinante, créeme, Allegra, continúa diciendo con una sonrisa, creo que mi ambivalencia le divierte. Son mucho más interesantes de lo que parecería a primera vista, pueden ser muy profundos...

Los tuyos no. No cabe ni un puñito de cereal en ellos.

Se ríe más. Si los observas de cerca, notarás que en realidad son muy complejos… como casi todo, dice mirándome.

Vuelve a observarme de una manera peculiar, así que me enfoco en la carne.

En fin, le digo, creí que eran cuencos.

¡Lo son! Cuencos inspirados en tazones y platos para sopa. Eso debo admitirlo.

¿Quién se inspira en tazones para sopa?, digo tratando de no reírme.

¿Recuerdas las cocinas que se abrieron en Irlanda durante el genocidio? ¿Las que desde entonces se han llamado "Cocinas de sopa"?

Sonrío. Sí, cuando fue la hambruna.

Tú le llamas hambruna, yo le llamo genocidio. *Papas, patatas*, como dice la canción.

Sí, las abrieron para alimentar a los pobres.

No, no eran pobres, era gente a la que estaban matando de hambre de forma deliberada. Para 1847 esas cocinas alimentaban a tres millones de personas diariamente. A pesar de eso, las cerraron, esperaban que la siguiente cosecha de papas fuera buena, pero no fue así. Entonces le dijeron a la gente que en lugar de ir a las cocinas de sopa fueran a los asilos para pobres. En eso se convirtieron las cocinas, en prisiones para gente a la que estaban matando de hambre de forma sistemática. El asilo local del pueblo donde crecí ahora es una biblioteca. Cuando estaba en funcionamiento llegó a hospedar a mil ochocientas personas a pesar de que solo tenía espacio para ochocientas. Las condiciones eran deplorables, las enfermedades se propagaban, el asilo era un verdadero infierno. Luego se volvió una casa privada y ahí vivió una familia noble y rica. Mis abuelos trabajaban para ellos. Mi abuela en la cocina y mi abuelo en los jardines, justo en el mismo lugar donde sus ancestros sufrieron la hambruna. Un millón de personas murió de hambre mientras seguíamos exportando alimentos del país. Por eso hago tazones para sopa. Para que nunca olvidemos.

Estoy a punto de corregirlo y decir "cuencos", pero no lo hago.

Donnacha casi no me da tiempo de analizar la maravilla que acaba de decir.

Eres tú.

¿De qué hablas?

Dentro de poco tendré una exposición individual en la Galería Monty.

En cuanto dice eso me retuerzo un poco.

Creo que la llamaré Hambre. Será sobre todas las maneras en que sentimos hambre. Hambre de amor, hambre de poder, de juventud, de dinero, de sexo, de éxito, de vínculos.

Suena bien, le digo nerviosa. Inhalo. Espero un instante. Exhalo. Tal vez deberías llamarla Carroñera. En honor a nuestra amiga, la zorra.

Creo que no me escucha. Va a decir lo que quiere decir, es inevitable.

Estuve ahí en la semana para ver el espacio de exhibición. Vi algunas pinturas, bocetos y retratos de una sesión con modelo en vivo que acababa de terminar. Todos eran distintos, por supuesto. Cada artista tenía una perspectiva propia, pero había algo en común y distintivo en términos colectivos.

Vamos, zorrita, ven a rescatarme. Aparece y ayúdame a cambiar de tema.

Eres una persona intrigante, Allegra, me dice mirándome con más detenimiento.

Lo dice de una manera dulce y luego se va.

Una chica rara, susurro.

Veinticinco

Me tomo el día libre. No puedo ver a nadie hoy. Por fin reúno valor suficiente para llamar a Paddy y pedirle que cambiemos de zona los próximos días, él está de acuerdo. No soporto la idea de estar cerca del salón Casanova. Tampoco de Cockadoodledoo Inc.

Lamento lo que sucedió en tu parrillada.

No podías saber lo que pasaría.

No debí llevarlos. Bueno, no sabía que George se presentaría. De todas formas, no debí llevar a Daisy. ¿Se fueron después de mí?, le pregunto, aunque temo enterarme de lo que sucedió. No volví a saber nada de Daisy después de eso.

Se quedaron un rato más.

¿Hasta qué hora?

Las once.

Ay, por Dios, Paddy, lo lamento. ¿Por qué no les dijiste que se fueran?

Francamente no pude. Se quedaron afuera, en el sol. Tal vez se asolearon demasiado, también bebieron mucho. Mala combinación. Ella se puso mal.

Me cubro la cara con las manos, estoy muy mortificada. No lo sabía, Paddy, lo siento. No he hablado con Daisy desde ese día. Ella y yo no somos amigas.

Qué extraño, fue lo mismo que dijiste sobre mí.

El corazón me late fuerte. Siento que mis mejillas se encienden. Sí, eso dije, Paddy. Escucho la culpabilidad en mi voz al admitirlo. Pero no de la manera que lo has interpretado. Daisy pensó que tú y yo salíamos. Es decir, como novios. Yo solo traté de explicarle que no, que solo éramos colegas.

Y que no éramos amigos, repite, es bueno saberlo.

Su voz ha perdido la calidez y el tono alegre que suele tener. Suena monótono y frío. Es lo que merezco. Me siento muy avergonzada.

Lo siento mucho, Paddy.

Se queda callado, me da la impresión de que colgó. Después de un rato vuelve a hablar. Creo que de todas formas no nos veremos mucho en el futuro.

¿Por qué no?

Dentro de poco harán el traslado.

¿Cuál traslado?

Nos van a mover. Sucede de vez en cuando. Cambian de lugar a los guardias periódicamente.

¿Por qué? ¿Para qué? He estado contigo desde el principio, tú me entrenaste. Fuiste y eres mi apoyo en el camino. ¿Nos van a trasladar juntos?

No, nos van a separar. Es para evitar el aburrimiento y que nos familiaricemos demasiado. Tal vez sea lo mejor, Allegra. Para ti sobre todo. No sé que esté sucediendo en Malahide y francamente no quiero enterarme, pero creo que te vendría bien un cambio de paisaje.

Termino la llamada, tengo los ojos llenos de lágrimas. No pueden trasladarme, no puedo irme de Malahide. No he logrado lo que vine a hacer. He perdido más gente de la que imaginé, y ahora también lastimé al pobre de Paddy, la persona más dulce y amable del mundo.

Me siento tan mal, que trato de cancelar la sesión de pintura de esta noche. No puedo volver ahí pensando que Donnacha podría entrar en cualquier momento. Supongo que Genevieve puede pedirle a alguien más que vaya. Estoy segura de que hay gente formada, ansiosa por posar desnuda, esperando su momento de suerte.

Sin embargo, cuando escucho lo desilusionada que está, de alguna manera dejo que me convenza. Esta noche la clase estará llena y me pagará más. Escucho a Becky, Donnacha y los niños en el jardín, tienen una parrillada. Acepto la propuesta de Genevieve y le digo que sí iré. Me parece que lo mejor es alejarme de aquí.

Es una tarde asombrosa, imagino cómo será en casa con el sol bañando los peñascos Skellig, la brillantez de los lotos corniculados engalanando el paisaje y los arbustos de zarzamora que flanquean los caminos. Cierro los ojos y me imagino respirándolo todo. Los gritos de los niños en el jardín me traen de vuelta a mi habitación. Cillín está vestido de princesa, esta vez es Mérida, la de *Valiente*, habla con un acento escocés impresionante y también trae zapatillas de tacón. Sube por las escaleras de los juegos y salta por los postes de bombero. Ni el vestido ni las zapatillas lo detienen.

Cuando paso por el jardín secreto, y luego por el de los McGovern, mantengo la cabeza agachada. Paso junto al Range Rover de Fergal D'Arcy y el Mercedes de Carmencita, ambos están bien estacionados y brillan bajo el sol. Camino a la parada de autobús y abordo el número cuarenta y dos. Subo al segundo piso y camino hasta la fila del frente. Me encanta ver desde arriba los árboles y al otro lado de los muros, ver los jardines y las casas ocultas para los peatones. El autobús serpentea y se mece, empiezo a calmarme y a recoger los despojos de mi vida.

Saco mi libreta dorada, le quito la tapa a mi bolígrafo con los dientes y empiezo a escribirle una carta a Katie Taylor. Es para recordarle que estoy aquí y no me ha respondido. La punta del bolígrafo se desliza sobre el papel, a veces choca con la página porque el autobús se mueve con brusquedad, entonces la tinta se disuelve en la textura. Hago una serie de puntos por error, pero no fluyen oraciones ni palabras, ni letras.

No estoy muy inspirada. Katie no me contestó porque no me conoce. Soy una desconocida tratando de establecer un vínculo, ¿pero ella qué gana con eso? Con Amal y Ruth sucede lo mismo. Traté de hacer nuevos amigos y las cosas no funcionaron. No funcionó con Daisy. Y la garda Laura piensa que estoy loca y me meto a las casas. Hay algo que no estoy entendiendo, algo estoy haciendo mal.

"Uno es el resultado de las cinco personas con quienes pasa más tiempo."

No tengo amigos en Dublín, ¿con quién convivo más entonces?

Recuerdo lo que dijo Tristan al principio: si miras afuera de tu familia encontrarás a otras personas que tienen un efecto sobre ti, y a las que tal vez no has tomado en cuenta. Tal vez la gente con la que pasas más tiempo es esa que no ves. Fíjate en lo que tienes, no en lo que no.

Miro mi página en blanco con puntos. Puntos. Punto a punto. Ya no quiero escribir esta lista. Siempre me ha parecido un enigma, un juego en el que hay que unir los puntos, por eso mejor dibujo a Casiopea, la constelación de las cinco estrellas en forma de W. Junto a ellas escribo un nombre y la razón por la que lo elijo:

• Papá

Es innegable. Dibujo una línea que lo conecta con:

• Spanner

Lo veo todos los días. Sé más sobre su vida privada que nadie más aquí en Dublín y, de hecho, él sabe casi tanto de la mía. Conecto el punto con:

• Paddy

Mi colega. Pero en realidad debería verlo como un amigo. Lo uno con:

• Tristan

Me guste o no. Él fue quien inició este cambio en mí. Pego la punta de la pluma al círculo y luego la deslizo poco a poco hacia el siguiente punto. El quinto. Me detengo. Nada. Quiero llorar.

Empujo la puerta para entrar a la Galería Monty. Ni siquiera miro a Jasper. Subo fatigosamente, las escaleras rechinan y se mueven bajo mis pies, siento pesadez e incertidumbre sobre cómo hacer esto.

Hola, Allegra, me saluda Genevieve canturreando.

Hola, contesto en voz baja y me dirijo al biombo sin detenerme. Me siento y desamarro las agujetas de mis botas.

¿Te importa si te visito?, pregunta Genevieve por un lado del biombo.

Claro que no.

Desaparece y no pasa nada más. Frunzo el ceño, miro alrededor. Su cabeza aparece arriba.

¿Estás segura?

Por supuesto, contesto sonriendo.

Desaparece de nuevo. Silencio. Sale por otro lugar.

Es que te ves un poco triste.

Me río.

Otra vez desaparece. Sale por otra esquina. ¡Eso está mejor!, dice al ver mi sonrisa. Gracias por estar aquí. Lamento haberte acosado para que vinieras.

No me acosaste, me hiciste caer en la trampa de la culpabilidad.

Me quito la bota y la dejo caer al suelo, hace un ruido sordo.

¿Un mal día en el trabajo? Espero que el tipo del automóvil chillante no te esté molestando de nuevo.

No, no es él. Tampoco el trabajo. Me tomé el día, le digo, y escucho el tremor en mi voz.

¿Te encuentras bien, cariño?

Te. Encuentras. Bien. Tres palabritas. ¿Cuándo fue la última vez que alguien me preguntó eso? No puedo recordarlo.

Siento que todo está a punto de desbordarse de mi interior. Toda la tristeza, el miedo, la ansiedad y el estrés. Todo el dolor. Tanto dolor. Empiezo a llorar.

Ay, querida, sabía que había una razón por la que no querías venir hoy. Cuéntame qué sucede, dice acercándose para abrazarme. Respiro hondo y siento que no he hablado en por lo menos nueve meses.

Le cuento todo, *todo*. Sobre papá, sobre Carmencita, Tristan y las cinco personas. Sobre Marion y Jamie y Cyclops. Incluso le hablo sobre los hombres del taller de pintura con los que me he acostado, le cuento que encontré a Becky en mi cama. Que soy una chica rara que no logra hacer nada bien. Lloro y nos reímos. Entonces habla y también me cuenta cosas y, oh, por Dios, se siente tan natural y normal conversar con ella, descubro que nadie tiene una vida perfecta, y me da tanto gusto escuchar eso. Todos lo intentamos y todos nos equivocamos a veces, no solo yo. Cuando terminamos de platicar solo siento alivio, veo que no todos los humanos son seres horrorosos que malentienden y culpan y tergiversan y mienten y lastiman a otros solo para sentirse mejor. Algunas personas son buenas de verdad.

Poco después me siento en la silla frente a toda la clase, sé que tengo los ojos enrojecidos e inflamados, que tengo la nariz congestionada de tanto llorar, pero no puedo ocultarlo. Miro por las ventanas, por encima de los artistas, hace mucho que no me sentía tan ligera.

En el autobús de vuelta a casa abro mi libreta y voy al punto final de mis cinco personas invisibles.

• Genevieve

Porque ella sabe con exactitud lo que subyace.

Veintiséis

UNA CARTA. PARA MÍ. MANUSCRITA.

Departamento de Justicia e Igualdad
51 St Stephen's Green
Dublin 2
D02 HK52

Querida Allegra,

Tu tía Pauline me dio tu amable carta el fin de semana pasado cuando visité Mussel House, fue un día soleado y glorioso en Kerry, estoy segura de que estarás de acuerdo en que no hay nada parecido.

Gracias por escribirme, qué intrigante teoría me has presentado. La idea de que quienes te rodean tienen la capacidad de ayudar a formar tu personalidad me mantendrá reflexionando los próximos días. En efecto, creo que a lo largo de mi vida podría mencionar a cinco personas que han influido en mí de manera profunda, pero mirar en nuestro entorno en la actualidad es un desafío y, al mismo tiempo, una maravillosa manera de apreciar a quienes nos rodean. Me siento halagada y honrada de haberte inspirado de alguna manera, solo puedo esperar que sigas trabajando duro y seas feliz con tu familia y tus amigos, y que en esa búsqueda continúes floreciendo y encontrando alegría y bondad en las personas de quienes elijas rodearte.

Estimo mucho a tu tía Pauline, por favor envíale saludos si llegas a ir a Kerry antes que yo. Deberías tratar de votar por correo para la elección extraordinaria. Comprendo que los días de vacaciones son contados, pero Mary Lyons es una candidata maravillosa y merece tu voto. Adjunto encontrarás información sobre cómo votar por correo.

Mis mejores deseos,
Ruth Brasil

Viernes por la mañana. Día libre. Libre también de uniforme. Me pongo el vestido de verano y los mejores zapatos casuales que pude encontrar y pagar. La carta de la ministra de Justicia está en mi bolso, su peso impulsa mis ágiles pasos. Ajusto todas mis prendas nerviosa y entro al salón Casanova.

Bienvenida, bienvenida, me dice mi madre en un tono amable mientras me conduce por el local. Nunca había entrado, no tenía razón para hacerlo, siempre tuve demasiado miedo, sentía que me faltaba prepararme mucho. Oh, te ves hermosa, dice admirando mi vestido, amarillo como los rayos del sol, uno de mis colores favoritos para vestir, aunque difícil. Solo las chicas como tú y como yo podemos usarlo y salirnos con la nuestra. Cierto. ¿Me pregunta o afirma? Lo afirma.

Sí, digo asintiendo con una sonrisa. Las chicas como tú y como yo, mamá.

No me reconoce como su hija, pero tampoco como la grosera guardia de estacionamiento de la semana pasada. No sabe que soy la chica rara que da miedo.

Es un día hermoso, logro decirle.

Oh, sí, sí, claro, dice distraída mientras revisa la lista de reservaciones. Allegra, claro, dice y yo asiento. El corazón me palpita aún más rápido cuando la escucho mencionar mi nombre. Ella no lo eligió, fue papá, no sé si llegó a conocerlo, pero supongo que no porque no le provoca ninguna reacción. O tal vez se enteró, pero lo olvidó con la misma inmediatez que a mí. No les di ningún apellido cuando hice la reservación, no fue necesario, la chica que contestó el teléfono no me pidió nada más. Con un nombre como Allegra no se necesita gran cosa. No sé qué habría dicho si me hubiera preguntado el apellido. Hasta el momento no he mentido, solo no he dicho toda la verdad. No quiero empezar a mentir.

Champú y secado, ¿cierto?

Asiento, pero no me ve, así que me fuerzo a decir "Sí". ¿Debería confesarle ahora que soy la guardia de tránsito? Lo mejor será dejarlo en claro desde el principio, que sea el primer paso. Es mejor que yo lo mencione a que ella adivine o se dé cuenta. Antes de que alguna de las chicas del salón que vio nuestra discusión me reconozca y me delate. Cerca de nosotras hay otra chica del personal, una rubia guapa vestida de negro. Está aplicando champú y masajeando el cráneo de una mujer, y mientras tanto, tiene la vista fija en nada, en un pensamiento distante. La mujer tiene la cabeza reclinada en el lavabo y los ojos cerrados, de no ser porque su pecho se eleva y cae al ritmo de su respiración, parecería estar muerta.

Pedí de manera específica que me peinara Carmencita, tomé el único espacio disponible que tenía hoy, al parecer todas las mujeres quieren que ella las atienda a pesar de que sus servicios son más costosos. Y cómo no, si es la que tiene más experiencia, la dueña, la administradora, ¡la presidenta de la Cámara de Comercio, por Dios santo! Yo primero tuve que asegurarme de tener suficiente dinero para pagar la experiencia, y además compré el vestido que estoy estrenando ahora. La mayoría de la gente empieza a consentirse en el salón de belleza para ir a un evento importante, en mi caso, el salón es el evento y me preparé para venir a verla a ella. Vale la pena. El vestido le agradó, fue lo primero que dijo.

¿Dónde compraste tu vestido?, me pregunta mientras me conduce a los lavabos y palmea con un gesto maternal la silla donde debo sentarme.

En Zara.

¡Ah! Me encanta Zara, dice. Empieza a contarme una larga y elaborada historia sobre cómo encontró un vestido que quería, y por el que tuvo que esperar y esperar a que llegara el día de las rebajas, y mientras tanto, iba a la tienda a ocultar el de su talla en distintos puntos para que nadie lo comprara, pero al final lo consiguió con cincuenta por ciento de descuento, exclama con tanta alegría que la mujer comatosa en el lavabo a nuestro lado y la rubia guapa en trance comienzan a reír. Porque cuando mi madre cuenta una historia se la cuenta a toda la gente en el lugar.

Pienso que esta sería la frase introductoria de su elegía. Quizá nos habrá tomado mucho tiempo reunirnos, pero después de eso nuestra relación sería intensa en muchos niveles, y tan conmovedora que Fergal y los niños me pedirían que hablara en nombre de ellos también. Mamá nos amó, me diría su otra hija, pero en realidad tú siempre fuiste la más especial, y entonces yo caminaría hasta el altar y me dirigiría a la concurrencia. La hija perdida hace mucho tiempo, encontrada y celebrada. *Cuando mi madre contaba una historia se la contaba a toda la gente en el lugar*, entonces los presentes reirían conmovidos y sacarían pañuelos de sus bolsillos y sus bolsos para enjugarse las lágrimas porque "Es muy cierto, su hija Allegra dio en el clavo", porque todos conocerían ese rasgo de Carmencita y la habrían adorado por ello, pero sabrían que fue necesario que llegara su hija mayor para decirlo.

Sin embargo, mamá está viva, está aquí, conmigo. Deja correr el agua con suavidad por mi cabello y me pregunta si la temperatura me agrada. Tiene que transcurrir un momento antes de que lo atraviese por completo y yo sienta el calor en el cuero cabelludo, y como si me leyera la mente, dice, Ay, Dios mío, mira todo este hermoso cabello, tal vez necesitaremos un lavabo más grande.

Es como el de Charlotte, dice la rubia guapa, su voz es muy distinta a lo que esperaba, es ronca y profunda.

Sí, sí, como el de Charlotte. Charlotte es mi hija, dice Carmencita. El corazón me palpita con fuerza y se me rompe al mismo tiempo porque, bueno, soy su hija y ella no lo sabe, y desearía que hablara de mi cabello con ese mismo orgullo con el que se expresa del de Charlotte. Pienso en nosotras reuniéndonos con amigas, contando la historia sobre cómo nos conocimos, incluso la parte graciosa del drama con la multa. Todas reiríamos como damas victorianas bebiendo té en un salón. Pero fue cuando vi su cabello, cuando lo toqué y lo sentí, que me di cuenta de que era mía, diría mamá, y las otras damas exclamarían, ¡Ahhh! Presionarían delicadamente sus ojos húmedos con las esquinas de pañuelos monogramados y se abanicarían antes de inclinarse a tomar otro sándwich alargado de pepino y cangrejo de la capa inferior en la charola del té de media tarde.

Sus dedos recorren mi cabello, retiran con suavidad el agua de mi frente y mi cara deslizándose como una pequeña pala, en un gesto tan apaciguador que mi corazón deja de correr y se normaliza. Cierro los ojos y me hundo en la silla.

¿Hay un champú en especial que te gustaría que te aplicara?, me pregunta y yo niego con la cabeza.

Decida usted, digo sonriendo.

Pone la botella frente a mí: para cabello seco, grueso y áspero. Estoy segura de que no necesitas lavarlo todos los días, es demasiado trabajo, y luego tienes que secarlo, este producto acondiciona y… empieza a explicar y no para. Mi madre conoce bien mi cabello. Pudo decirme todo esto cuando era niña, darme consejos y guiarme para elegir productos adecuados, empacarlos en mi maleta antes de irme al internado. O no, porque si se hubiera quedado conmigo yo no habría tenido que estudiar en un internado. Siento un nudo en la garganta, me conmueve pensar en todo lo que me perdí. Lo que nos perdimos. Ay, todo lo que estoy viviendo en este momento entre sus manos y ni siquiera lo sabe. Papá me bañaba en tina y me entretenía con juguetes flotantes. Me encantaba la hora del baño. Luego, cuando crecí, solo dejaba la tina llenarse y salía para que yo pudiera bañarme sola porque le parecía inapropiado quedarse, pero permanecía sentado afuera, muy cerca, y me hablaba y me pedía que cantara para estar tranquilo, para saber que no me había ahogado.

Luego, naturalmente, empecé a bañarme sola, a los cinco años en el internado, como a la edad que tal vez tiene Charlotte. Pero supongo que su madre todavía le lava el cabello y desliza sus manos de una manera amorosa, como ahora lo hace conmigo al masajear mi cuero cabelludo. O quizá de una manera aún más amorosa. Papá usaba una taza para tomar agua de la bañera y dejarla caer sobre mi cabeza. Aplicaba el champú burdamente con sus pesadas manos y sus dedos gruesos, y las burbujas y el agua me caían en los ojos y estos me empezaban a arder. Yo odiaba esa parte y a él le estresaba. Lo hacía lo más rápido que podía, acababa pronto, me limpiaba los ojos, enjugaba las lágrimas y me dejaba jugar un rato.

Mamá enjuaga el champú y me aplica el acondicionador con un masaje y una larga explicación sobre lo que el producto le hará a mi cabello. Mientras masajea mis sienes y el cuero cabelludo, siento que me caigo, el dolor de cabeza no se ha calmado, sigue palpitando bajo el toque de sus dedos, y me pregunto si sus manos no sentirán la vibración interior de mi cabeza. Me habla sobre tratamientos que le ayudarán a mi hermoso cabello. Interiorizo cada palabra, aprendo de memoria todo lo que me va diciendo para poder mencionarlo algún día en una conversación. Mi mamá me dijo que usara… Como otras personas lo hacen sin siquiera pensarlo. Una oración que jamás he pronunciado.

¿Estará sintiendo una conexión profunda conmigo al tocarme o también mirará ociosamente a la nada como su colega, la rubia guapa que aplica el décimo champú del día, mientras piensa qué cocinar para la cena o que tiene que comprar un regalo de cumpleaños y envolverlo para la fiesta de la amiga de Charlotte que va a cumplir años pronto? No quiero que termine este momento.

Sentirme acariciada por las manos de mamá es la gloria, pero por desgracia, de pronto cierra la llave del agua. Listo, dice en voz alta y con un entusiasmo que rompe el silencio y la paz. Abro los ojos rápido, escucho la secadora con la que le secan el cabello a otra clienta, el hechizo se ha roto, pero la experiencia no termina aún. Mamá coloca una toalla limpia sobre mis hombros, con otra me envuelve la cabeza y me lleva hasta una silla frente a un espejo. Vuelvo a sentirme nerviosa de estar otra vez frente a frente porque podrá mirarme con más detenimiento. Papá solía secar mi cabello con una toalla de una forma desordenada y burda. A veces sentía que la cabeza se me iba a desprender del cuerpo. Nunca aprendió a envolverla con una toalla como turbante como mamá lo hace ahora, pero yo insistía en que lo hiciera porque lo veía en las películas. Y luego el secado, siempre acompañado de jalones y discusión. Papá odiaba secar mi cabello, era tan grueso y largo que le tomaba demasiado tiempo, también por eso no lo lavábamos con regularidad, al menos no con la necesaria. Aunque era bueno para muchas otras cosas, el cabello no era lo suyo. Mamá, en cambio, es buena con el cabello, pero fue terrible para todo lo demás. Alto, Allegra, enfócate en lo positivo.

Tiene manos mágicas, le digo y sonríe como si se lo dijeran miles de veces y ya lo supiera. Me peina el cabello húmedo hasta dejarlo perfectamente liso.

¿Cuánto te gustaría que cortara? Me parece que hasta aquí está bien, sí, para deshacernos de las puntas abiertas. Son unos cinco centímetros.

Sí, lo que sea, no me importa, lo que tome más tiempo. No dejes de tocarme, de preocuparte por mí, haz que esto dure para siempre. No sé por qué no vine mucho antes, pude haber tenido este contacto con ella durante seis meses. Le respondo asintiendo.

¿Cuándo fue la última vez que te lo cortaron?

Hace casi siete meses. Lo recuerdo, fue Marion, me lo cortó en su cocina, la semana antes de irme, antes de que abriera el salón de belleza en casa de sus papás, antes de que se colgara en ella el bultito del bebé que ahora debe ser del tamaño de una manzana. Mi madre no puede creer que haya dejado pasar tanto tiempo. ¿Con qué frecuencia debería hacerlo?, le pregunto y la vuelvo a escuchar hablar de nuevo del clima, las temporadas y de las señales que debo detectar. De nuevo registro todo lo que dice. Tal vez empiece a escribir un *Libro de mi madre* para documentar todo lo que me ha dicho de forma directa, sería como un álbum de recortes para que al final de mi vida haya una prueba desbordante y rica de una relación que creció con el tiempo y de los consejos maternos recibidos. Sugerencias que me dio mi madre y que podré transmitirle a mi hija, de parte de la abuela a la que nunca conoció, o tal vez sí, cuando la traía al salón conmigo en un cochecito infantil o cuando vino para que le hicieran su primer corte. Todo sobre una madre y una abuela que nunca se conocieron. ¿Y por qué nunca le dijiste?, me preguntará mi hija, yo sonreiré con aire críptico y contestaré: Nunca le dije, estrellita, pero ella sabía. Ella sabía.

Se ha quedado callada, se concentra para cortar las puntas parejas. Las estira y verifica los niveles. Ahora que no me ve, aprovecho para analizar su rostro. Cada gesto. De vez en cuando su estómago o sus senos presionan contra mi nuca y yo solo pienso en que estuve ahí. Sus dedos rozan mi piel y pienso que esas manos me sostuvieron, esos dedos me tocaron por lo menos una vez. Hay una parte de la historia que desconozco, tal vez me sacaron del quirófano de inmediato, o tal vez la partera me colocó sobre su pecho desnudo, piel contra piel, no para beneficio de ella sino mío. A las parteras les habría importado, ¿no? Veo su pecho entre el escote de su vestido cruzado, la piel brillante, hidratada, perfecta, un collar con un corazón atrapado entre sus senos. Me pregunto si se lo habrá regalado Fergal.

Le pregunté a Pauline todas estas cosas sobre el hospital, pero no sabía nada. Mi madre dio a luz sola. Mi demente primo Dara, quien tampoco me dijo mucho más, la llevó en su automóvil a la maternidad del hospital Tralee. Papá estaba ahí, por supuesto, en una sala de espera o abajo en la recepción, o dondequiera que le hayan permitido estar, pero nadie estuvo con ella, nadie salvo la partera.

No sé cuán conmovedores o fríos fueron nuestros primeros y últimos momentos juntas. No, no los últimos, me digo, basta con vernos ahora. Reunidas.

Por fin está contenta con la longitud, empieza a hablar de nuevo. Te tomaste el día, dice.

Sí.

¿A qué te dedicas?

Pfff, todo iba tan bien. Tal vez este sí sea nuestro último momento juntas, Carmencita. Me tomo un instante y luego volteo a pesar de que también la podría ver reflejada en el espejo. Necesito conectarme con ella en la vida real, no cometer el estúpido error de antes. De hecho, ya nos conocemos, le digo tratando de sonar amable y educada: pero fue en una situación un poco desagradable por la que me gustaría ofrecerle una disculpa.

Da un paso atrás, se aleja con ligereza, su lenguaje corporal manifiesta defensa, lo sé porque lo aprendí en el entrenamiento de manejo de conflictos. Se prepara para un enfrentamiento.

¿Sabes?, me parecía que algo me resultaba familiar en ti.

El corazón se me detiene un instante al escuchar eso. ¿Sintió algo, una conexión?

¿Entonces nos conocemos? Dime qué cosa tan terrible hice. Está tratando de mantener la situación tranquila, pero veo que está muy tensa. Es una mujer lista para defenderse y que siempre quiere tener la razón. No le agrada que la tomen por sorpresa.

Usted no hizo nada terrible, le digo sonriendo. Soy la guardia de estacionamiento que le puso una multa la semana pasada.

¿Tú?, exclama y todas las demás voltean a vernos. ¡Pero tú no te pareces a… ti! Señorita, el amarillo fluorescente no le va en absoluto, dice riendo a todo pulmón.

Lo sé. Sonrío. Lamento todo lo que sucedió. Quería venir a su salón, no estaba segura de que me reconocería y…

No, vaya, pues no te reconocí. Habría dicho algo de inmediato, en cuanto entraste. Vaya, vaya, vaya. Se ha puesto nerviosa. Se siente incómoda. Ella planeaba guardarme rencor para siempre y acabo de arruinarlo. Ahora soy una clienta más y no hay nada que pueda hacer al respecto. No sabe qué decir. Levanta la secadora y lanza la ráfaga de aire a mi cabello sin mirarme, enojada. Lo hace de una manera similar a la de papá cuando era niña. El cabello vuela frente a mi cara y me latiguea sobre los ojos.

Lo arruiné.

Mi cabello es tan grueso que le toma un rato secarlo. Después de quince minutos de no hablar más, lo cual de todas formas era de esperarse porque no habríamos podido conversar por el ruido, apaga la secadora.

Nunca había visto mi cabello tan bonito. Se lo digo. En los últimos minutos se ha suavizado un poco y creo que lo que dije ayuda. Estoy ondeando la bandera blanca, espero que la vea.

Bien, bien, me da gusto.

Me quita la toalla de los hombros. Nuestro tiempo juntas acabará pronto. Es probable que ahora que sabe quién soy no quiera volver a darme una cita. O tal vez me dé la cita, pero le pida a una empleada que me atienda en su lugar. No parece el tipo de persona que deja ir clientes. Me siento desesperada, sé que nuestra conexión física llega a su fin, pero no quiero irme. Entonces veo la mesa de manicura.

Supongo que no tiene tiempo para hacer una manicura.

Oh, no, no lo creo, dice. No me parece que mienta porque está leyendo la libreta de las reservaciones. Mmm, hoy no y tampoco mañana. El sábado tenemos todo lleno. Y el domingo cerramos. Pero el lunes estará más tranquilo.

El lunes trabajo, pero tal vez pueda venir en mi descanso para el almuerzo. En realidad no debería hacerlo, pero estoy dispuesta a romper mi rutina por ella. Me despido mentalmente de mi banca, del sándwich, de mis nueces y del té, para sentarme frente a ella y poner mis manos en sus manos.

Quedamos de acuerdo en una cita el lunes.

Ahora pasamos al pago. Veo el póster que tiene en la ventana, el que da hacia afuera y anuncia el evento de las mujeres en los negocios. Debe estar muy emocionada por su evento, le digo. Me parece una idea maravillosa. Tiene su propio negocio, lo administra y además es presidenta de la Cámara de Comercio. No sé cómo hace todo eso.

Y los niños, por supuesto, que son lo más importante, aclara levantando el dedo índice.

Claro, criar a los niños es lo más importante, digo.

Son sesenta y dos euros, te daré el descuento de diez por ciento por ser clienta nueva, por tu gesto de venir a disculparte, el cual aprecio, y por los nuevos comienzos. Eso es, dice.

Muchas gracias. Pago en efectivo porque si muestro mi tarjeta bancaria verá mi nombre completo.

Pero de todas formas pienso apelar la multa, agrega, y yo me río. Por supuesto, debería hacerlo, contesto. Sin embargo, no quiero hablar con ella sobre la multa. Les sugeriré a mis amigas que vayan a su evento.

Claro, por favor avísale a la mayor cantidad posible de mujeres de negocios. Entre más seamos, mejor. Todavía estamos buscando una oradora para dar el discurso principal. Decidimos imprimir los pósteres y en ellos dice que habrá una conferencista invitada, ¡pero aún no la tengo!, dice dándose un golpecito juguetón en la cabeza. Faltan todavía tres semanas, por suerte.

¿Y qué tal si invita a Ruth Brasil?

¿La política?

Sí, la ministra de Justicia. Yo podría preguntarle si desea participar.

Los ojos casi se le salen de sus órbitas. Se acerca y me toma de las manos, las estrecha. ¿Conoces a Ruth Brasil, nuestra próxima *Taoiseach*? Nuestra primera *Taoiseach* mujer, estoy segura. Debe ser elegida, ¿sabes? Con toda esta locura desbordándose… Él, él es una mala persona, debe irse.

Sí, la conozco, aseguro, sintiendo la carta de Ruth palpitando en mi bolso. De hecho ya le hablé del evento y me dijo que le interesaba. Cree que es una gran idea. Estoy segura de que asistirá.

Lo digo sin pensarlo, solo fluye, solo quiero hacer feliz a mi madre.

¿Crees que le interesaría ser la oradora principal?

Le preguntaré hoy mismo.

¡Ah!, exclama apretando aún más mis manos. Dios santo, si consiguieras a Ruth como oradora, ¡podrías venir al salón gratis de por vida!

Averiguaré lo más pronto posible, digo entre risas.

Me abraza, me abraza emocionada, pero está tan contenta que imagino que abrazaría a cualquiera que pasara por ahí. Sin embargo, ahora me abraza a mí. Mi madre me estrecha. Es nuestro primer abrazo, y espero que no sea el último. Salgo del salón sintiéndome maravillosa, el mundo no me merece. Voy dando saltitos con mi nuevo vestido, tengo el cabello recién cortado y secado, y acabo de iniciar una relación con mi madre.

Veintisiete

VOY CAMINANDO, PERO SIENTO QUE FLOTO, ATRAVIESO LA CALLE para llegar al parque cerca del puerto. Mi cabello también flota y, con cada paso que doy, el vestido amarillo que llevo abotonado hasta abajo se abre un poco alrededor de mis piernas, siento el sol bañando mi piel y mi cabellera, y soy feliz. Es uno de esos días en los que estar viva es maravilloso, cuando no odias a todos ni sientes vergüenza, cuando no quieres esconderte. Es un día increíble. Al menos para mí, porque estoy segura de que, en otro lugar, hay alguien viviendo el peor día de su existencia.

Nutridos grupos de estudiantes de intercambio internacional están sentados, esparcidos a lo largo y ancho de las zonas verdes, abrigados con sacos y suéteres a pesar de que, para nosotros, es un día caluroso y soleado. Me siento en el pasto y abro la carta de la ministra otra vez. Al final hay una dirección de correo electrónico. Ahora que recibí su respuesta, puedo dar por sentado que nuestra correspondencia comenzó. Siento como si hubiera tocado a su puerta y ella hubiera abierto. El correo electrónico es más rápido que enviar una carta, y en este momento la inmediatez es esencial. Para evitar que su secretaria piense que soy una lunática, tomo una fotografía de la carta de la ministra y la añado al correo electrónico como prueba de que la conozco.

Querida ministra Brasil

Me dio mucho gusto recibir su carta, gracias por tomarse el tiempo de responder, significa mucho para mí. Su misiva dio inicio a una increíble cadena de eventos. Verá, yo ya casi me había dado por vencida, pero sus palabras me infundieron tanta confianza que decidí visitar a mi madre, la mujer que renunció a mí cuando nací. Entré a su mundo y acabo de pasar la hora más maravillosa de mi vida con ella gracias a usted. ¿Ve lo inspiradora que es para mí?

Mi madre se llama Carmencita Casanova, es presidenta de la Cámara de Comercio de Malahide y dentro de tres semanas ofrecerá un evento para celebrar a las mujeres de negocios. A ella le encantaría que usted asistiera. Si usted tuviera la oportunidad de ir, incluso por diez minutos, sería increíble para ella y para todas las empresarias de Malahide que participarán.

Sin embargo, si nuestra correspondencia no tuviera continuidad por alguna razón, quisiera agradecerle por el maravilloso regalo que me brindó hoy. Su respuesta me dio alas justo cuando las necesitaba: es el poder que puede conferir el hecho de ser una de las cinco personas de alguien.

Adjunto encontrará el póster del evento para probar su legitimidad. Apreciaría mucho si usted o alguien de su oficina pudiera colaborar directamente conmigo para este evento, ya que estoy ayudando a la presidenta con la organización.

Creo que también le dará gusto saber que he dado los pasos necesarios para votar por correo en la elección extraordinaria.

Cordialmente,

ALLEGRA BIRD

En el correo también solicito que me contacten directamente de la oficina de la ministra porque no quiero perderme ninguna etapa de lo que suceda de aquí en adelante. En caso de que la ministra acceda a asistir al evento, quiero aprovechar su participación para continuar desarrollando mi relación con Carmencita. Luego, cuando llegue el momento adecuado, le diré quién soy, pero debo esperar, primero tengo que mostrar qué tipo de persona soy.

Carmencita es dura, fuerte, firme, y no le agradan las sorpresas. No la conozco bien, pero sé que necesito demostrarle que soy alguien con quien desearía tener una relación personal.

Envío el correo electrónico y me recuesto sobre el pasto. Levanto la cámara y tomo una *selfie*. Nuevo cabello, vestido amarillo, pasto verde, ranúnculos y margaritas. Es un gran momento. Es una publicación de Instagram. Empiezo a comprender cómo funciona esto.

Allegra, me llama alguien, y mis pensamientos se ven interrumpidos.

Tristan está a mi lado, se cierne sobre mí y bloquea el sol como la mismísima maldad encarnada en esa estúpida gorra roja de Ferrari.

Vete de aquí por favor, le digo alistando mis cosas para alejarme. Tomo mi teléfono, doblo con cuidado la carta de la ministra y guardo todo en mi bolso.

Apenas te reconocí, te ves fabulosa. No que no siempre te veas… De pronto se pone en cuclillas para estar a mi nivel. Vi tu publicación en Instagram. ¿Sabes?, si quieres privacidad debes apagar tu ubicación. En fin, quise aprovechar y ver si aún estabas aquí, explica. Entonces me doy cuenta de que jadea porque corrió de su oficina hasta acá.

Sí, quiero privacidad. Por favor vete, le digo poniéndome de pie. Él también se para.

Te he estado buscando toda la semana. ¿Dónde has estado?

Camino hacia la carretera, el hombrecito de luz verde cambia a rojo y me impide huir. Oprimo el botón con que los peatones solicitan el paso, me siento frustrada.

Allegra, dice Tristan siguiéndome de una manera amable para mostrarme que no quiere invadir mi espacio, pero tampoco desea irse. Por favor, escucha.

Mira, Tristan, vete por favor, no quiero hablar contigo. Créeme que me estoy esforzando mucho por ser amable, en realidad, lo que quisiera hacer es decirle a tu arrogante y estúpida jeta con esa horrible gorra de Ferrari que se vayan al infierno.

Auch, exclama tocando su gorra apenado.

Vuelvo a oprimir varias veces el botón para los peatones, intentando apresurar al hombrecito verde para que llegue ya. El tránsito fluye hacia la carretera costera, es un día hermoso.

Llevo toda la semana diciéndole a Paddy, tu colega, que me urge hablar contigo. ¿Recibiste mis mensajes?

No.

No he hablado con Paddy desde nuestra conversación telefónica, solo me envía mensajes de texto para avisarme en qué zonas debemos trabajar. Me siento intrigada, pero no quiero que Tristan lo sepa. Quiero castigarlo y herirlo como él lo hizo conmigo. El semáforo estalla con sonidos parecidos a los de los videojuegos para avisarnos que ya podemos cruzar sin riesgos. Mientras me sigue, casi choca con un cochecito infantil doble y con un niño en monopatín.

Lo siento. Lo siento mucho. Allegra. ¿Dónde has estado? ¿Fuiste a tu casa?

Nos cambiaron de zona, a veces sucede. ¿Por qué? ¿Pensaste que me habías lastimado tanto que no soportaba venir a trabajar y verte?, le pregunto a pesar de que eso fue justo lo que sucedió.

No, claro que no, dice. No sabe mentir, se sonroja. Mira, despedí a Jazz. Lo que te hizo fue abominable. La despedí de inmediato. Se ha ido. Nosotros ya no... Vaya, dimos fin a nuestra relación.

Al llegar al otro lado de la carretera me detengo.

Dime, Tristan, ese juego en el que la gente me pulveriza hasta matarme, ¿lo diseñó Jazz? ¿Ella hizo todo?

No, no, dice agitando los brazos. Fui yo.

Estoy segura de que a Beavis y Butthead les dio muchísimo gusto ayudarte a diseñarlo.

No lo niega.

De pronto veo en la ventana del salón de belleza a mi madre saludando.

Oh, no, deberíamos irnos de aquí, dice Tristan tomándome del brazo para alejarnos.

Yo me suelto.

Mi madre me pide con un gesto que espere. Allegra, grita desde la puerta abierta, y camino hacia ella.

¿Sí, Carmencita?, pregunto disfrutando la sensación de tener este acercamiento y que Tristan sea testigo. Me siento superior, capaz de lograr cualquier cosa.

Tu amiga, la ministra Brasil, ¿accedió?, pregunta emocionada. Estaba pensando que podría imprimir pósteres nuevos para anunciar que ella será la invitada especial y que ofrecerá una conferencia. Tendría que invertir tiempo y dinero para remplazar todos los que ya pegué en la ciudad, pero vale la pena.

De pronto me siento un poco avergonzada, no quiero que Tristan se entere de cómo logré que mi madre empezara a tratarme bien. Acabo de enviarle un correo electrónico, le digo. Estoy segura de que responderá pronto, tal vez lo mejor sea no hacer nada hasta no recibir su confirmación.

Claro, sí, debe estar muy ocupada. Lo siento, es solo que estoy muy emocionada. ¿En verdad crees que acepte?

Estoy segura de que le encantaría hacerlo, digo tratando de no afirmar nada en sí. Creo que tendremos que esperar y ver qué sucede.

Carmencita levanta los dos pulgares y luego cruza los dedos, hace todo lo que puede físicamente para mostrarme su entusiasmo.

Vaya, qué cambio de actitud, dice Tristan. ¿Ya sabe que eres su…?

No, aún no, digo mientras caminamos por New Street. No quiero que pronuncie esa palabra en voz alta.

¿Pero qué hiciste?, pregunta. No me agrada el tono de advertencia en su voz, la desconfianza, la duda. Le lanzo una mirada fulminante que lo hace detenerse. De acuerdo, lo sé, no es de mi incumbencia. Pero… bien, escucha, respecto al otro asunto, tengo que explicarte que desarrollé ese horrible juego de *Warden Wipeout* en las primeras dos semanas que pasamos en la oficina, cuando no te conocía, cuando solo llegaba a mi automóvil y veía multas a cada rato.

Yo solo hacía mi trabajo.

Eso lo sé ahora, pero no entonces. Estaba muy enojado contigo y con todos los involucrados en el sistema de estacionamiento. No fue algo personal, en ese momento no sabía nada de ti. Solo eras esa horrible guardia que no dejaba de multarme. Ahora te conozco, lamento haberte ofendido. En verdad lo siento. Eres la última persona en el mundo a la que quisiera lastimar. De hecho, eres la única que me trata como si fuera normal, la única que me dice la verdad y la única a la que no le interesa mi Ferrari.

Porque tu Ferrari es horrible y de muy mal gusto.

¿Ves?, eso es lo que me agrada de ti. Nadie me dice ese tipo de cosas. La mayoría de la gente que conozco está orgullosa de mis logros, pero tú no. Necesito escuchar lo que tienes que decir. Eres mi persona No-Sí, sin gama de grises. Si odias la gorra, me desharé de ella.

Y eso hace, se la quita y la mete a la fuerza por la estrecha boca del bote de basura.

Me quedo viendo el bote sorprendida.

Cuando nos conocimos dije cosas horribles, lo hice porque estaba furioso. Es decir, estaba descontento con mi propia vida, así que transferí esos sentimientos a tu persona. No pongas los ojos en blanco, por favor, déjame explicarte. Luego pasó el tiempo y me escuchaste de verdad, empezaste a hacer algo respecto a tu vida, comenzaste a cambiarla o, al menos, a intentarlo. En fin, el caso es que verte actuar y hablar contigo me ha inspirado a contemplar mi propia vida. Me di cuenta de que mis cinco personas tampoco eran quienes yo pensaba. Rompí con Jazz y he efectuado varios cambios importantes en la oficina en la última semana, pero no he acabado aún. La gente por fin empezará a prestarme atención. Tenías razón, nadie me respetaba. También hablé con mi tío Tony y ya no trabajamos juntos.

Vaya, ¿y cómo lo tomó?

Dice que no sé apreciar lo que ha hecho por mí, que me va a demandar por una cantidad equivalente a todo lo que poseo. En fin, no me importa lo que Tony diga que va a hacer. No importa. El hecho es que he efectuado cambios, que puedo empezar de nuevo. Y tengo que agradecerte por ello. Verte con tu madre la semana pasada…

Sí, supongo que eso fue suficiente para desilusionar a cualquiera que tratara de iniciar nuevas relaciones, digo sin permitirle terminar. También empiezo a desacelerar la marcha, mi furia está empezando a perder impulso.

Sí, pero al menos lo estabas intentando. Vi que yo necesitaba ser tan valiente como tú.

Lo miro rápido para ver si habla en serio. No veo ningún rastro de sarcasmo. Me siento avergonzada por él. Por mí. Él también debe sentirse así.

De acuerdo, eso es. Eso es todo lo que quería decir. Por cierto, ¿adónde te diriges con tanta prisa?

A ningún lugar, admito. Solo quería alejarme de ti, le digo justo cuando estoy frente a la panadería. Empujo la puerta y él me sigue.

Hola, Spanner.

Ey, qué tal, Pecas. ¿Dónde te has metido? Pensé que te había espantado. Mira a Tristan de arriba abajo sin decir nada.

Hola, dice Tristan en tono amable.

Spanner solo asiente tratando de adivinar de quién se trata. ¿Este tipito es tu novio?

¡No, de ninguna manera!, contesto sintiéndome insultada.

Oye, podría serlo, ¿no? Somos amigos por lo pronto, dice Tristan ofendido por mi respuesta.

No, ni siquiera eres amigo mío, aclaro.

Bueno, ¿vas a ordenar algo o no?, le pregunta Spanner a Tristan resoplando.

Sí, quiero un capuchino con leche de almendra, dice. Y luego añade un "Por favor" al ver cómo lo fulmina con la mirada.

¿Eres alérgico a los lácteos o qué?, pregunta Spanner con una voz feminizada, tratando de molestar a Tristan.

Más bien soy intolerante, explica. Los lácteos me hinchan…

Bueno sí, sí… y tú, Allegra, ¿qué deseas?, interrumpe Spanner.

Lo de siempre por favor, waffle belga con azúcar glas y café, decimos al unísono.

Escucha, seguí tu consejo y busqué un abogado.

Spanner, qué buena noticia. Es que su exesposa no lo deja ver a su hija, le explico a Tristan.

Tristan hace un gesto de decepción. Pfff, qué difícil.

Spanner lo mira como si quisiera golpearle la cabeza con suficiente fuerza para romperle también los testículos. Tristan se aleja asustado.

De pronto Spanner da un violento golpe en el aire y Tristan salta del susto. Levanta los puños como si fuera Katie Taylor, como si fuera el campeón indiscutible. Tendré derecho a un día en el juzgado, dice, les diré que viví con Chloe tres años antes de embarazarla, aplausos… Y que viví con Ariana hasta que cumplió cuatro años. Pagué por todo, tengo mi propio negocio, la llevé a la escuela Montessori todas las mañanas mientras Chloe se quedaba en la cama, muchas gracias por nada, ¿verdad? Y luego esperaré a que se disculpen: Lo sentimos mucho, señor Spanner, sentimos mucho el inconveniente de mierda, queda usted exonerado, aquí tiene a su hija.

O tal vez solo podrías pedirle ayuda a la ministra de Justicia, que es amiga de Allegra. Ella podría platicar con el juez, dice Tristan sonriendo de oreja a oreja.

Spanner me mira sorprendido. Pecas, nunca mencionaste que tú y…

No… Espera, es decir, es posible que la ministra venga a Malahide en tres semanas. Estoy esperando recibir noticias suyas. Pero tal vez esté ocupada, trato de explicar con la cara ardiéndome de vergüenza.

Tres semanas, no puedo esperar tanto tiempo, dice Spanner. Sale de la parte de atrás de la barra y se dirige a la puerta con las piernas separadas, en posición defensiva. Cuando sale enciende un cigarro y mira con furia los automóviles pasar.

Tristan se ríe. Lo siento, no pude evitarlo. Es un tipo muy intenso, ¿no?

Es un tipo que hará lo que sea por su hija, le digo, y en ese momento me sorprendo al ver que las palabras se me atoran en la garganta. Tengo un padre justo igual en casa, y yo estoy aquí. Después de todo lo maravilloso que viví en la mañana, este pensamiento negativo me sacude. Más me vale hacer que todo este sacrificio valga la pena. Todo el tiempo que he pasado alejada de él tendrá que valer la pena.

Mi teléfono vibra indicando que acabo de recibir un correo, lo reviso de inmediato.

¿Todo en orden?, pregunta Tristan mirándome mientras le pone azúcar a su café.

Sí.

¿Era ella, la ministra?, pregunta en un tono con el que es obvio que me quiere molestar. ¿Sí vendrá?

Sí, de hecho sí, contesto enderezándome. Y será la oradora principal. Tomo mi café y salgo sin molestarme en pagar, que lo haga Tristan. Cuando lo pierdo de vista, vuelvo a leer el correo electrónico. Y una vez más, espero una respuesta distinta.

Gracias por su correo. Su mensaje es importante para nosotros, le responderemos tan pronto como nos sea posible.

Veintiocho

HOLA, PAPÁ, CONTESTO SU LLAMADA MIENTRAS CAMINO DE VUELTA a casa, cuando paso con mi café en la mano por los jardines del castillo de Malahide bañados por la luz del sol.

¿Ya te enteraste?

¿De qué?

De lo de Cork.

No, ¿qué pasó en Cork?

La gente de An Post va a cerrar su centro de recepción postal en Little Island.

Oh, exclamo, pero él se da cuenta de mi indiferencia de todas formas.

Se van a perder doscientos empleos, Allegra.

Lo sé, es terrible. Lamento escucharlo. ¿Conocemos a alguien que trabaje ahí?

No, pero ese no es el punto, ¿o sí? El gobierno acaba de anunciar una nueva política ambiental. ¿Alguien habrá tomado en cuenta esto cuando decidieron cerrar el centro postal?

¿Pero qué tiene que ver la oficina postal con las políticas ambientales?

Bueno, piensa cuántos camiones pasarán por la carretera para llevar las cartas al depósito más cercano, donde quiera que esté. Es un clavo más en el féretro de la Irlanda rural. Están destruyendo el corazón de las comunidades, y no solo el corazón, esta es una manera de decapitar a nuestra sociedad.

¿Qué piensas hacer al respecto?

Ya hablé con Bonnie…

¿Quién es Bonnie?

Bonnie Murphy, era jefa de la oficina postal en Glencar antes de que la clausuraran. Hemos trabajado juntos en esto durante semanas, ya te había dicho. Vamos a formar una asociación para salvar las oficinas postales, nos vamos a movilizar.

¿Pero cómo piensas hacerlo si no tienes un automóvil? Para *movilizarte*, necesitas tener un medio para moverte. Posie dice que no has vuelto a los ensayos del coro.

Posie no está al tanto de todo lo que hago, me he asegurado de que así sea porque su hijo es funcionario en Dublín, no se puede confiar en ellos. Pero no te preocupes, llevo dos semanas molestando a los fraudulentos del seguro del automóvil y ya están arreglando el problema eléctrico. De hecho me dieron uno temporal entretanto.

Pero, papá, yo hablé con ellos muchas veces y nunca me creyeron lo de las ratas. Dijeron que era una tontería, que nos olvidáramos del asunto.

Precisamente, Allegra, ese es el problema con estas corporaciones, pero no puedes permitir que ganen, no puedes dejarte vencer. No puedes dejar que te digan que no. Lo último que harían sería remplazar mi auto, claro, pero al menos tendrán que invertir tiempo y dinero para instalar un nuevo cableado.

Vaya, entonces has vuelto a salir, con esta mujer, Bonnie.

Así es. Alguien tiene que hacerlo porque, de lo contrario, antes de que nos demos cuenta habrán clausurado todo a nuestro alrededor y no quedará nada excepto ratas formando sus nidos en nuestras ciudades desiertas.

Sonrío. Papá, eso suena genial. Me da gusto que estés dando batalla de nuevo. Sobre todo para defender una causa justa, por supuesto.

Bueno, y tú, ¿alguna novedad?, me pregunta más relajado.

Sé a lo que se refiere. ¿La has visto? ¿Ya hablaste con ella? ¿Ya te conoció?

De hecho, sí, papá. Hemos estado hablando.

Se queda callado por un momento. Luego un "ajá" titubeante.

Solo estoy esperando el momento propicio, papá. La voy a ayudar con algo, es un evento que está organizando. Invité a la ministra Ruth Brasil.

Ah, entonces de eso se trata tu carta. Dicen que, por la forma en que se maneja este gobierno, ella será la próxima *Taoiseach*. ¿Qué tipo de evento es?

Para mujeres en los negocios locales.

Y ella asistirá, ¿cierto?

Sí, eso creo.

Y tú piensas que con eso te ganarás a tu madre.

Odio su cinismo. Me dan ganas de colgarle, cuando él habló, yo no critiqué su estúpida cruzada para salvar las oficinas postales.

Sí, sí, papá, eso es, eso es, contesto de mala gana.

Está bien, amor, de acuerdo, avísame de tus avances, mantenme "en onda", como dicen. Pero no se te ocurra hacerlo por correo postal porque, así, nunca me enteraré de lo que pase.

Me río. De acuerdo, papá, te quiero.

Yo también te quiero.

Mientras hablo con papá llega un texto de Becky, me pide que la vea alrededor de las siete, cuando ella llegue a casa. No dejan de pasar cosas buenas. Papá parece estar recuperándose, yo trabajo para ganarme a mi madre con la ayuda de la ministra de Justicia, lo cual es como matar dos pájaros de un tiro. Todo empieza a solucionarse al fin.

Te ves distinta, me dice Becky cuando entro a la cocina por la puerta de atrás.

Gracias, contesto sonriendo. Me corté el cabello.

Sí, eso veo.

Sobre la costosa encimera que brilla como si la superficie fuera de diamantes hay una botella de vino tinto abierta respirando en un elegante decantador. Becky les pide a los niños que salgan de la cocina y que vayan a jugar con sus videojuegos o, más bien, les grita agitada. Cillín me pide mi teléfono porque en él hay un juego que le gusta.

Luego camina de la cocina al sofá, va inmerso en su propio universo. Siento aprensión al ver que Becky se deshace de ellos de esa manera. Su estado de ánimo me angustia.

Me asomo al taller en el jardín para ver si Donnacha está trabajando en las piezas para su exposición individual.

No está ahí, dice Becky de mal modo.

Nos sirve una copa de vino a ambas, lo cual técnicamente debería ser un gesto amable, pero en este caso es una manifestación de su agresividad. Se ve tensa, vierte el vino con torpeza, este salpica alrededor de las copas. Al final coloca la botella con fuerza sobre la encimera.

Aclaro la garganta, de pronto me pone muy nerviosa.

Antes de que se me olvide, le digo, pensé que te interesaría asistir a esto. Saco un volante del evento para mujeres de negocios y lo coloco sobre la encimera.

No lo levanta.

Ya me invitaron. Alguien de la Cámara de Comercio.

La presidenta, Carmencita Casanova, digo. Sí, ella fue quien me cortó y peinó el cabello hoy. De hecho le estoy ayudando con la organización. También estoy tratando de que la ministra de Justicia asista.

Me doy cuenta de lo impresionante que suena, es justo lo que había estado tratando de hacer con Becky. Hemos tenido algunas semanas malas y espero poder darle un giro a la situación. Sin embargo, mis palabras no tienen el efecto deseado. Me mira de una forma extraña, su mueca parece indicar que está pensando en algo fuera de lo común, entonces me doy cuenta de que ya bebió bastante y se siente envalentonada. Llegó a casa muy temprano y está sola con los niños. Es inusual.

La horrible sensación se intensifica, así que le doy un sorbo al vino tinto. Tal vez un sorbo muy cargado porque, al tragar, el líquido llega a mi garganta con fuerza y me hace toser.

Ella me mira con ojos de gato. Sorbe con aire furtivo. Sonríe al ver mi incomodidad.

Antes de empezar, ¿hay algo que quieras decirme?, pregunta perforándome con la mirada. Sus pupilas están tan dilatadas que parece que tiene ojos negros.

Su pregunta me confunde, busco en mi memoria para recordar si hay algo que deba decirle.

Eeeeh, no, no lo creo, digo con calma, pero tal vez me equivoco, estoy segura de que está a punto de refrescarme la memoria.

No lo crees. De acuerdo. Entonces se endereza como tratando de mantener la calma y respira hondo antes de decir, sin ninguna amabilidad: rompiste las cláusulas de tu contrato. Teníamos un contrato de tres strikes y los rompiste. Quedas fuera, Allegra.

No, no he roto las cláusulas, digo confundida.

Empiezo a pensar. Rompí un plato hace unas semanas, pero te avisé y te dije que lo pagaría.

¿Crees que soy estúpida, Allegra?

No.

Entonces sabes que no te echaría solo por haber roto un plato, ¿no? En las últimas semanas se han dado muchos incidentes. Esperaba no tener que recordártelos, que los tendrías tan claros y presentes como nosotros.

Me doy cuenta de que está a punto de recordármelos. Se muere de ganas de hacerlo. Tal vez los ha estado repitiendo una y otra vez en la regadera, mientras limpiaba la cocina, al vaciar el lavavajillas... una y otra vez en su cabeza como un bucle, todas las cosas terribles que he hecho.

Donnacha tuvo que despegarte de entre los contenedores de basura cuando activaste la alarma, estabas tan ebria que prácticamente tuvo que cargarte hasta tu cama. Y no pienses que no me di cuenta de que invitaste a una amiga a quedarse.

No es mi amiga.

¡Vaya! Se ríe molesta, las fosas nasales ensanchadas. ¡Entonces es incluso peor! Trajiste a mi casa a una desconocida.

A *mi* casa, digo en voz baja.

El contrato dice muy claro que no puedes hacer eso. Por la privacidad de nuestra familia. De mi familia. No podemos permitir que haya extraños caminando por ahí a las cuatro de la mañana.

Se queda en silencio, un brutal silencio que dice: te atrapé.

Pero no tengo adónde ir.

Creo que avisarte con cuatro semanas de anticipación te dará tiempo para encontrar un lugar. Y si encuentras algo antes de ese plazo, por favor vete enseguida.

Becky, le digo conmocionada. Por favor, le suplico. Te prometo que seré mejor inquilina. Tengo que quedarme aquí. Necesito quedarme, estoy trabajando en algo. Estoy aquí por una razón, una razón muy importante.

Sí, sí, estás trabajando con la presidenta de la Cámara de Comercio y la ministra de Justicia, dice con malicia. Y viene lo que faltaba. Ni siquiera he mencionado que la policía vino, no una, sino dos veces. A los gardaí les pareció que actuabas de manera extraña. No sé qué estabas tratando de hacer, no sé si querías meterte a mi casa mientras yo estaba fuera, pero no volverá a suceder y, sin duda, tampoco volverás a acercarte a mis niños.

Miro a Cillín con la esperanza de que no la haya escuchado hablarme de esa manera, pero él tiene la cabeza sumida en mi teléfono, jugando con las aplicaciones que cargué para él.

Solo lo hice una vez, le digo. Para este momento estoy histérica. La primera vez fue la zorra, le digo. Y, de acuerdo, la segunda vez fue porque me caí en los botes de basura. La tercera fue la chica que ya no es mi amiga y que nunca lo será. Lamento todo eso, pero de ninguna manera estaba tratando de entrar a tu casa. Te podría probar todo esto, ¿no? Si te mostrara las grabaciones de las cámaras, si no las hubieras borrado para salvar tu trasero. Y, para ser franca, continúo con voz temblorosa, creo que solo quieres que me vaya porque sé lo que hiciste. No puedes soportar la idea de que me haya enterado y ahora te aterra que diga algo.

¿Qué dijiste?, pregunta susurrando.

Donnacha revisó las grabaciones de las cámaras. Me dijo que alguien las había borrado. Me pregunto quién lo habrá hecho, pero no importa, no necesito que las vea. Él me cree.

Ah, claro, estoy segura de que así es, Allegra. Estoy segura de que tienes maneras de hacer que la gente te crea. A mí también me engañaste por un tiempo. Lo encontré, me dice susurrando. Es espeluznante ver su hermoso rostro tan retorcido en una mueca.

¿Encontraste qué? Estoy muy confundida.

Tu secretito, vuelve a susurrar.

Becky, no sé de qué hablas, le digo, pero al mismo tiempo escucho la mentira en mi voz. Sí, tengo un secreto y no es un secretito, es algo grande, algo que he cargado desde que llegué. El secreto sobre mi madre, pero por qué algo así enfurecería a Becky, no tengo idea. Estoy tratando de pensar qué tiene que ver con ella cuando, de repente, se para, atraviesa la cocina y revela un cuadro. De mí. Desnuda.

Este. Se-cre-ti-to. Lo dice casi sin aliento para que Cillín no la escuche. Lo encontré en el taller de Donnacha. Oculto. ¿Acaso ustedes dos creyeron que no me enteraría?

Abro la boca y la vuelvo a cerrar, incapaz de decir algo. No sé ni por dónde empezar a explicar esto.

De pronto se oyen gemidos sexuales de la zona en donde está el sofá. Nuestra conversación termina. Oímos a un hombre y una mujer en agonía, los reconozco de inmediato. A Becky le toma un instante más que a mí. Es ella en el video, ella y el culo peludo. En mi cama o, bueno, en *su* cama. Olvidé borrar el video, y ahora Cillín está ahí sentado observando confundido. Corro hasta él y le quito el teléfono de las manos. Estoy en shock, me tiemblan los dedos, trato de detener el video, de bajar el volumen y de borrarlo antes de que Becky pueda verlo, pero es demasiado tarde, lo escuchó. Sabe que es ella y que su hijo lo vio. Aunque no se ven los rostros, sino solo los cuerpos entrelazados, de todas formas Cillín vio algo que no debía.

Ella está pálida, aturdida, pero luego le vuelve el color acompañado de la furia.

Eres un asqueroso bicho anormal.

No puedo defenderme.

Lárgate de mi casa. Sal de aquí, grita y yo obedezco, corro por la puerta trasera. Más te vale empacar todo hoy y largarte mañana mismo. Tonta Allegra, tonta, tonta Allegra, la escucho decirle a Cillín con una voz estridente mientras trata de reconfortarlo. ¿Qué estaban haciendo los tontos amigos de Allegra en ese video? ¿Quieres galletas, mi amor?, le pregunta y alcanzo a oír el tremor en su voz.

Atravieso el jardín, estoy aturdida, desorientada, conmocionada.

Antes de deslizar las puertas y cerrarlas de golpe, sisea: Pervertida.

Las pecas dejaron de ser lo único que me hace similar a papá.

Veintinueve

PADDY ABRE LA PUERTA. NO ESTABA SEGURA DE QUE ESTARÍA EN casa. Tampoco de que me abriría. Mucho menos de que me permitiría pasar. Pero lo hace.

Me conduce hasta la sala de televisión. En la pantalla está congelada la imagen de *Ven a cenar conmigo*. Me mira sin dejar de juguetear con sus pulgares.

¿Tu mami está en casa?

No, está en el hogar para ancianos. Mañana me toca llevarla a pasear.

Asiento. Bien, toma, esto es para ti. Le entrego la bolsa. Es tan pesada que casi me zafó el brazo camino a su casa desde la parada del autobús. Feliz cumpleaños tardío.

Es un cesto con aceites de oliva. Costoso. Una selección de aceites orgánicos con macerados.

Pero ya me diste las marinadas, dice mientras saca la canasta de la bolsa. ¡Oh! Trufas blancas, dice recorriendo con los dedos el plástico que cubre la cesta. Macerado a la menta, macerado a la albahaca. ¡Mira! Macerado a la lima. Sonríe, con toda honestidad. Es oro líquido, dice. ¡Gracias, Allegra!

De acuerdo, quizás es más bien un regalo para ofrecerte disculpas. Lo lamento, Paddy, desde que llegué a Dublín solo has sido amable conmigo y yo no te he correspondido. Quiero que sepas que, independientemente de que en este momento te simpatice o no, yo te considero mi amigo.

Gracias, Allegra, lo aprecio mucho. Olvídalo, ya pasó.

Lo sé, pero me sigo sintiendo incómoda. Lo arruiné para siempre. Tal vez sea mejor que me vaya, tengo que buscar un nuevo hogar, debo dejar mi estudio antes del lunes. Con suerte encontraré algo en Malahide.

Tal vez debas esperar a que te reubiquen.

Cierto, ¿has tenido noticias al respecto?, le pregunto con la secreta esperanza de que todo el sistema haya cambiado como por arte de magia.

Me voy de Fingal.

¿Cómo? ¿Por qué?

Obtuve un nuevo empleo como patrullero de estacionamiento. En la ciudad. Con turnos rotativos. Cuatro turnos de diez horas a la semana. Y tal vez horas extra. Me van a dar una patrulla y un uniforme, también celular y equipo de protección personal, todo nuevo. Y la paga es de cuarenta mil al año.

¡Vaya, Paddy, felicidades!

Sí, gracias, me conviene bastante. Necesito el dinero para pagar los gastos de mamá, ya sabes.

Claro. Genial, digo. Me sorprende escuchar cómo crece la emoción en mi garganta. Siento que este es el final. Todo ha terminado o, al menos, está terminando antes de que yo esté lista para irme. Buena suerte, Paddy.

Seguiré aquí un par de semanas. Además, no me voy a morir, podemos seguir en contacto.

Por supuesto, digo sonriendo. Te veo el lunes.

Buena suerte con la búsqueda de departamento.

Pero no, no tengo suerte. Todo es demasiado caro en Malahide. Ya empaqué, mi mundo entero cabe en dos maletas. Estoy considerando hospedarme en un Premier Inn cuando llega Donnacha.

Lo siento, me dice. Fue mi culpa.

No sé si está enterado del video grabado en mi celular, pero no pienso mencionarlo.

No soy un pervertido como seguro imaginas, créeme. Entonces se mueve de donde está y se aleja unos pasos para traer el cuadro. Lo compré para ti, me dice. Te lo iba a regalar, solo que no encontraba el momento propicio. Estaba pensando cómo hacerlo sin incomodarte, sin parecer un depravado. Pero no lo logré.

No puedo evitar reírme.

Becky piensa que yo lo pinté… Pero ya le expliqué todo.

Me entrega el cuadro.

Cuando lo vi en la galería, me pareció que el pintor había captado tu belleza y que debería ser tuyo.

Tomo el cuadro y lo miro con detenimiento. Está pintado con crayones pastel. No lo había visto, Donnacha tiene razón, soy yo. Miro mis ojos y es como si estuviera tratando de decirme algo a mí misma. Mis labios están inclinados, como en una expresión de desconcierto. Se ven todas mis pecas sobre el puente de la nariz y en las mejillas. Hay menos en mi cuerpo, pero es como si el pintor hubiera capturado cada una a la perfección. Las desplegó como una suerte de cartografía celestial. En mi brazo izquierdo se ven las cicatrices, las constelaciones que pasé incontables noches trazando. Es un artista que notó lo importante. Captó algo más que mi belleza. Me captó a mí.

Lo pintó Genevieve, dice. No estaba a la venta, tuve que insistir mucho para convencerla de que me lo vendiera, pero luego le dije que era para ti. Es la primera vez se muestra tímida respecto a su trabajo, pero también quería que lo tuvieras tú.

Muchas gracias, le digo muy conmovida.

¿Tienes dónde quedarte?, me pregunta.

Niego con la cabeza y empiezo a llorar inconsolablemente.

¿No tienes alguna amiga? Está nervioso, empieza a moverse apoyándose en una pierna y luego en la otra. No quiere que me convierta en su problema, pero entre más preguntas me haga, más aumenta la probabilidad de que eso suceda.

Vuelvo a negar con la cabeza.

Bueno, entonces no podemos lanzarte a la calle así nada más. No legalmente. Pagaste hasta fin de mes, ¿no? Asiento. Entonces quédate hasta fin de mes. Busca otro lugar mientras tanto. Le diré a Becky y… quizá, tan solo para no tener problemas, lo mejor será que nos mantengamos alejados.

Gracias, digo aliviada.

Todo está empacado, me siento exhausta. Como no puedo encontrar mi piyama, duermo en ropa interior abrazando el retrato contra mi pecho. Refresco una y otra vez los correos electrónicos con la esperanza de que llegue uno de la ministra.

Hola, dice Tristan. Aparece de la nada y se sienta en una caja de almacenamiento eléctrico. ¿Qué haces?

A veces los peores infractores tienen la etiqueta de discapacidad en su automóvil, piensan que se pueden estacionar en cualquier lugar durante todo el tiempo que quieran, le explico y él se ríe.

Y luego, hay gente como este individuo, digo señalando una miniván blanca, quien tiene una estrategia secreta o, al menos, eso cree.

¿Y cuál es la estrategia?, me pregunta sonriendo sin dejar de mirarme y con los brazos cruzados, siempre divertido por lo que sucede en mi trabajo o por la seriedad con que lo tomo. Como si, de entre los dos, yo fuera la que tuviera el empleo más entretenido.

Está acaparando el espacio temporal, le explico. En cuanto la miniván se acaba el tiempo en una bahía de estacionamiento gratuita, se va y regresa en ese instante al mismo lugar.

¡Ooooh!

Sí, ¡ooooh! Entonces, lo que hago es grabar la posición de la válvula de la llanta en mi computadora portátil para después poder probar que se volvió a estacionar. Llevo toda la mañana haciendo esto. Ya se movió tres veces. ¿Por qué me miras así?

Eres fascinante, dice sonriendo.

Cállate.

No le he dicho que me van a reubicar. No porque crea que no será capaz de vivir sin mí, sino porque no sé si pueda. No quiero decirlo en voz alta, eso haría que el cambio sea real. Aunque tal vez, si mi plan con Carmencita sale bien, no importará si vivo o trabajo aquí porque ya habremos establecido una nueva relación, una más sana en la que dejaré de ser para ella la irritante guardia de estacionamiento. Para entonces podré visitarla y Malahide ya no será solo un lugar de trabajo, sino un sitio en el que me sentiré contenta, adonde desearé venir y estar. En lugar de patrullar, pasearé con ella. Tal vez vayamos por un helado y nos sentemos en la playa como lo hacen otras personas. Quizá la gente dejará de mirarme feo y de huir al verme.

Estoy en un descanso, me explica Tristan. Me agrada verte trabajar, me tranquiliza. Pones unas caras súper tensas, como si estuvieras pensando "Tengo todo el poder", muájajaja, dice haciendo muecas.

Me hace reír, por fin dejo de ingresar información en la máquina. Tristan acaba de sacarme de mi deprimente estado de ánimo.

¿Quieres almorzar en mi oficina? Tengo algo que mostrarte.

Lo haría si pudiera, pero tengo que ver a Carmencita para hablar del evento, es la próxima semana.

Ah, por supuesto, almuerzo con tu madre, dice adoptando una actitud seria, pero prefiero al Tristan bobo. ¿Cuándo piensas decirle quién eres?

Cuando llegue el momento adecuado.

No dejes pasar mucho tiempo.

Lo sé, lo sé. Mira, ya estoy bastante nerviosa. Sé que no debería tardarme mucho, cada vez que la veo tengo la intención de decirle, pero está tan emocionada por la participación de la ministra Brasil en el evento, que no puedo decírselo ahora. Tal vez lo haga cuando sienta que me aprecia lo suficiente. Cuando todo haya salido bien y le haya demostrado cuánto me importa, explico y trago saliva. O quizá después.

Pero no tienes que probarle nada, ¿sabes?

No le respondo.

¿La ministra vendrá de verdad? Escucho duda en su voz.

¿Crees que mentiría? ¿Piensas que soy una especie de timadora?, le digo muy enojada porque de pronto recuerdo las acusaciones de Becky.

No, no digo que mientas por maldad, tal vez tienes esperanza y estás disfrutando mucho el tiempo que pasas con ella. Tal vez estás atrapada en una promesa que no puedes cumplir, dice. Me mira como tratando de averiguar si tiene razón. Es solo que no quiero que te metas en algo de lo que después no podrás salir.

Suenas a mi madre. No deja de preguntar y preguntar. Me llama y se quiere reunir conmigo para que hablemos de los detalles, como si no creyera que puedo lidiar con esto.

Bueno, ella no está tratando directamente con la oficina de la ministra, ¿cierto?, pregunta de nuevo con ese tono de duda.

No, yo soy quien lo está manejando. De esa forma soy la intermediaria y puedo hablar más con Carmencita.

Allegra, me estás estresando, dice frotándose la barbilla.

Un individuo se acerca presuroso a nosotros y saca sus llaves como si esta fuera la primera vez que mueve su miniván. Lo siento, lo siento, ahora mismo la cambio de lugar, dice muy amable.

Otro criminal fuera de nuestras calles, bien hecho, exclama Tristan.

Pero no reacciono ante su broma.

Se queda callado y me mira por un rato. ¿Te encuentras bien?

Tengo que encontrar un nuevo lugar para vivir. Mi contrato llega a su fin. No dormí mucho, solo estoy… un poco… fatigada, digo con un suspiro.

Entonces tómate un descanso breve y permíteme mostrarte algo. ¡Te va a alegrar!

No puedo.

De acuerdo, dice y comienza a alejarse, pero entonces me doy por vencida.

Tristan, está bien, ¿de qué se trata?, le pregunto a lo lejos.

Nos sentamos arriba, en su oficina, no se ha mudado a la de Tony a pesar de que está vacía.

El juego comienza. *Warden Wipeout*. Sin sangre. Sin inicio violento. Ha cambiado.

Tristan voltea a ver mi expresión.

Descuida, hice algunos cambios. La idea del juego es hacer los encargos a tiempo y volver al lugar donde estacionaste tu automóvil antes de que expire tu crédito o tu boleto.

Una vez más, el centro de la pequeña ciudad toma a Malahide como modelo, pero ya está completamente desarrollado. Una persona sola camina por las calles vestida de azul marino, también lleva un chaleco color amarillo fluorescente. A diferencia de la anterior, la nueva música es alegre y animada. En la esquina superior derecha hay un mapa que muestra con un punto rojo dónde se encuentra la guardia. El temporizador muestra una cuenta regresiva hasta el instante en que el boleto expira.

Tristan saca una lista de encargos. Necesita ir al supermercado a comprar leche y pan, llevar una carta a la oficina postal, comprar café, recoger la ropa de la tintorería, ese tipo de cosas. Necesita hacer todo antes de que lo multen. Después de lograr cada objetivo, recibe dinero.

Termina los encargos antes de que el tiempo acabe y entonces aparece la guardia feliz. La música también es alegre. Una llovizna de papeletas de colores y un tintineo. Por último, ¡*Wow!* y ¡*Buen trabajo!* Acaba de ganar y pasar el nivel 1.

Las cosas se complican a medida que avanzas a los siguientes niveles, me explica. Tienes menos tiempo y más encargos. Si no logro acabar todo y me multan, pierdo dinero. *Warden Wipeout.* También puedes obtener premios con base en tu desempeño. Uno de ellos es un ángel de estacionamiento, alguien que agrega monedas para aumentar tu crédito y te da más minutos.

Sonrío.

La guardia no es maligna, al contrario, es la heroína del juego.

Ya no hay ni golpes, ni vísceras ni baños de sangre. Es el juego menos complejo que hemos diseñado, pero creo que en eso radica su magia. El objetivo es claro, el juego es fácil de navegar. Te recompensa por tus acciones y te hace sentir bien. Es ideal para la gente que necesita gratificación inmediata y sentir la alegría de poner una palomita en cada renglón de una lista. Será el primer juego de Cockadoodledoo, explica. Vamos a lanzarlo en la tienda de apps el próximo mes.

Gracias, le digo sonriendo.

Treinta

EL ROBO DE LA JOYERÍA APARECE EN LOS TITULARES DE LOS PERIÓ-
dicos. Dos hombres atacaron a la mujer que estaba dentro y se lleva-
ron el oro. Reconozco de inmediato la miniván blanca descrita en el
reportaje y comprendo que esta será una manera de demostrar que
no soy quien pensaban que era. Me dirijo a la estación de los gardaí.
Pido ver a la garda Laura y me siento agradecida de hablar con ella
cara a cara, incluso si es solo a través de la ventanilla. Tengo que
cumplir con mi obligación, pero también quiero mostrarle que soy
una persona buena y que vale la pena ser mi amiga. Le cuento lo
que sé respecto a la camioneta blanca que estuvo estacionada todo
el día en la bahía gratuita. Le muestro las fotografías que tomé de la
válvula de las llantas, le explico que la movieron en varias ocasiones
para hacer un reconocimiento de la zona. No trato de lanzarla en
ninguna dirección ni de plantar un motivo u otra cosa en su mente.
Ella me escucha y toma notas. Incluso le doy la descripción del individuo que manejaba el vehículo porque lo vi de cerca.

Gracias, Allegra, le daremos seguimiento, me dice. Y si necesitamos información adicional te contactaremos.

Muy bien, *cool*. Oh, y algo más. Entonces le entrego uno de los
volantes. Este evento se llevará a cabo la próxima semana, lo organiza la presidenta de la Cámara de Comercio de Malahide. Estoy
ayudándole a organizarlo. La ministra de Justicia es una de las invitadas, de hecho ofrecerá la conferencia principal.

Ah, sí, he visto los pósteres por toda la ciudad, no sabía que
estabas involucrada.

Bueno, es que conozco a la ministra, así que…

Debe estar muy ocupada con todo lo que está sucediendo en este momento.

Así es, pero de todas formas asistirá al evento. Ahí estará.

De acuerdo. Gracias, Allegra. Tal vez te vea ahí. Toma el volante y se alista a cerrar la ventanilla.

Espero que atrapen al hombre de la camioneta blanca. ¡Buena suerte!, le digo con un guiño antes de salir de la estación sintiéndome de maravilla. Monedas adicionales. Paso al siguiente nivel. La guardia de estacionamiento no es una mala persona después de todo.

Por fin llega el 24 de junio, el día del gran evento de Carmencita.

Mis maletas están listas, me mudo mañana. Genevieve me ayudó a encontrar un lugar en una casa de tres habitaciones. Compartiré con un especialista en tecnología y un barbero, pero no me acostaré con ninguno de ellos. La renta es de quinientos euros mensuales. No tendré el mismo espacio ni privacidad que ahora, pero al menos la casa está donde necesito que esté: cerca de mamá.

No he visto a Becky ni he hablado con ella desde que me echó. Tampoco he hablado con Donnacha. Todos nos estamos evitando. La tensión que siento cuando tengo que salir, caminar por el jardín secreto y pasar frente a la casa basta para convencerme de que ha llegado el momento de irme. Solicité al Consejo del condado de Fingal que me permitieran quedarme en Malahide y creo que no me reubicarán. Me parece que Becky estará esta noche en el evento, espero que cuando vea a la ministra Brasil ahí, hablando conmigo, se dé cuenta de que se equivoca, que no soy el bicho raro y espeluznante que cree. Lo más importante es que podré decirle a mi madre quién soy y que se sentirá orgullosa. Tengo la esperanza de que todo esto suceda. En verdad espero que así sea.

Carmencita ofreció peinarme para el evento, así que nos peinamos, nos arreglamos las uñas y bebemos una copa de champán antes de caminar hasta el salón de la Asociación Atlética Gaélica de

St. Sylvester con todo su personal y equipo. Siento que voy en una burbuja de felicidad. Aunque no sepa aún quién soy, cada momento que paso con ella es como un regalo. Todos están emocionados, atolondrados por la felicidad.

En el salón hay periodistas locales y nacionales, pero debido al drama político que se está viviendo, afuera hay estacionados equipos de televisión y fotógrafos de distintos diarios. Todos esperan una declaración de la ministra respecto a la situación. Se supone que deberá llegar a las ocho y media, y que será la conferencista principal. A pesar de que no es una mujer de negocios local, he invitado a Genevieve para que me apoye. Tristan también llega y Carmencita lo adula sin reservas.

¿Pueden entrar hombres a la conferencia?

¡Por supuesto!, contesta Carmencita. Mis niños te adoran, mi hija en particular. ¡Rooster, Rooster, Rooster!

¡Ah! ¿Su hija me adora?, le pregunta mirándome con aire retador.

Yo lo miro intensamente, temo que me delate. No, no esa hija. No aún. Primero necesito que esta noche sea un éxito rotundo.

¿Sabías que Rooster pagó todo el vino que ofreceremos esta noche?, me dice Carmencita antes de continuar.

No, no sabía. Lo miro, le hago saber que aprecio su gesto. Gracias, Tristan.

Solo quería ayudar, dice acercándose a mí, pero yo enfoco más allá, no puedo dejar de ver a Carmencita.

Becky, vestida con su traje sastre Prada, ha disfrutado la atención recibida por ser la mujer de negocios más importante entre el público. No estaba al tanto de cuánto la admiraban por ser la fundadora y directora ejecutiva de Compression, una empresa de tecnología reconocida a nivel mundial. Desde que llegó la rodearon las adoradoras de los negocios, incluso Tristan parece impresionado. Todos excepto Genevieve, quien le lanza miradas fulminantes mientras bebe vino tinto. La rechaza por la manera en que me trató. Becky no ha volteado a mirarme ni una sola vez, pero el hecho de que me evite de forma deliberada y de que no mire para nada en esta dirección me deja claro que sabe bien en qué zona del salón me encuentro. En algún momento se abalanza sobre Carmencita, le murmura algo al oído con una expresión severa y luego ambas se alejan de la multitud y se dirigen al vestíbulo.

Dejo a Tristan, quien sigue hablando sobre algo que no me interesa, llego al vestíbulo antes que ellas y me meto a la zona de los vestidores, de tal forma que no me vean.

Organizó un gran evento, le dice Becky a Carmencita. Todas hemos venido a apoyarla.

Muchas gracias, lo aprecio mucho, pero me inquieta, ¿qué desea decirme?, pregunta Carmencita.

Noté que la ministra no ha llegado todavía, dice Becky.

No, aún no, pero no debe de tardar. Estará aquí a las ocho y media.

¿Allegra organizó la visita?, pregunta Becky.

Allegra, sí, en efecto. ¿Usted la conoce?

Sí, contesta en un tono poco amable. Por desgracia la conozco, Carmencita. De ser usted… yo tendría cuidado.

Sí, sí, es una chica un poco extraña.

De pronto siento náuseas.

Me preocupa que tal vez la haya engañado. Camino acá escuché las noticias en la radio, y dijeron que el *Taoiseach* había renunciado, que la siguiente en la línea sería la ministra Brasil. Tendrán que votar de emergencia dentro del partido para elegirla. Con todo lo que está sucediendo, francamente no creo que pueda estar aquí esta noche, ni siquiera esta semana, tampoco entiendo por qué su equipo no tuvo la precaución de avisarle a usted sobre la situación.

¿Entonces cree que Allegra está mintiendo?

Carmencita suena enojada, muy enojada. Sé que debería salir de aquí y defenderme, pero estoy temblando de miedo. Por el tono en que hablan, por sus acusaciones. Me intimidan, hacen que me den ganas de volver a arrastrarme y meterme en mi caparazón.

Odiaría acusarla de algo así, dice Becky, pero por lo que he vivido con ella, no sabría decir si Allegra es una timadora, si delira o ambas cosas. Sea lo que sea, no se puede confiar en ella. Se mete en situaciones en las que no debería. Tal vez porque busca llamar la atención. Espero equivocarme respecto a esta noche, pero pensé que sería negligente de mi parte no mencionárselo.

La negligencia está en decírmelo solo hasta ahora, dice Carmencita sin andarse con rodeos, y luego maldice con una serie de palabrotas. Disculpe, Becky, debo ir a buscar a Allegra.

El corazón me late con fuerza. Voy a los baños y me encierro en un cubículo. No puedo creer que Becky me hiciera eso. Con la cara pegada a la puerta, cierro los ojos, levanto la mano derecha y recorro con el dedo las cicatrices de una peca a otra, a través de la seda de mi vestido voy sintiendo la piel marcada. Trato de respirar y de calmarme.

Vendrá, por supuesto que vendrá.

Entonces recobro la compostura y me reúno con las invitadas. La gente conversa alegremente, todos tienen una copa de vino en la mano, los periodistas miran alrededor, nadie muestra señales de preocupación. En todo caso, la gente se siente emocionada por el evento. Se percibe la camaradería de quienes comparten gustos y objetivos, y se han reunido para animarse entre sí. Lo que mamá ha hecho es extraordinario. Me abandonó por tener una mejor vida, y ahora que la encuentro veo que eso es lo que ha creado. Estoy orgullosa de ella. Estoy orgullosa de ser su hija. Solo espero lograr que también se enorgullezca de mí esta noche.

¡Allegra!, dice la garda Laura, a quien no había visto.

Lo logró, digo con alegría, mi estado de ánimo va mejorando. Gracias por venir.

No podré quedarme mucho tiempo porque sigo en mi turno, dice mostrándome un vaso de agua en lugar de una copa de vino. Solo quise pasar a saludar. De hecho, quisiera hablar unos minutos contigo. Buscamos la miniván.

Oh, ¿sí? El corazón me late con fuerza. Eso es, no estoy loca, de hecho puedo ser útil, soy el tipo de persona que a usted le encantaría tener como amiga. ¿Que si me gustaría salir el viernes por la noche con usted y las otras gardaí e ir al club Copper Face Jacks en Leeson Street? Ah, claro, me encantaría, garda Laura, gracias por invitarme.

Bien, pues el individuo no era a quien buscábamos, dice, y yo siento que acaba de darle un pinchazo a la burbuja de mi alegría, estoy muy confundida. Apreciamos tu ayuda, pero no nos gustaría que entorpecieras una investigación de forma deliberada. Como sabes, las fotografías y los detalles que me diste son de carácter privado, en cuanto los obtienes y los ingresas en tu máquina se vuelven propiedad del Consejo. No creo que tuvieras permiso de imprimirlos y llevármelos a la estación.

Noto la severidad de su tono, me está regañando.

Pero, estoy desconcertada, era idéntica a la miniván descrita en el reporte, le digo. Deben haber cometido un error. Registré la información, pasé toda la tarde observando el vehículo, estaba estacionado ahí, lo vi durante mi ronda de reconocimiento.

Sí, era una miniván blanca, en eso no te equivocas, Allegra. Sé que querías ser garda, y apreciamos la ayuda de la gente, pero no nos agrada que nos den información errónea.

Por la forma en que me mira sé que cree que lo hice a propósito.

Ni siquiera tengo tiempo de formular una respuesta porque de repente siento un pellizco en el brazo.

Disculpen la interrupción, dice Carmencita. Son las ocho cuarenta y cinco, ¿dónde está la ministra?, pregunta groseramente.

Garda Laura se hace a un lado.

Mi pánico aumenta de nuevo. Voy a investigar, le digo.

No, lo haré yo. Dame su contacto. Ahora. Debí hacer esto yo misma hace semanas. De repente se distrae porque alguien más la llama para conversar y felicitarla, lo que me permite acercarme a la salida de emergencia. La atmósfera es tan calurosa y sofocante que dejaron la puerta un poco entreabierta para ventilar el lugar.

Refresco mis correos electrónicos una y otra vez para ver si no he recibido nada de la oficina de la ministra Brasil. No, nada. Regreso a mis correos enviados: 24 de junio, 8 p.m. "Oradora principal a las 8:30 p.m. Asociación Atlética Gaélica de St. Sylvester". Sí, envié los detalles correctos a la oficina.

Tristan viene a verme afuera, trae una copa de vino en la mano. Genevieve está justo del otro lado de la puerta buscándome. Siento que todos se pusieron de acuerdo para ver qué estoy haciendo.

¿Todo bien?

Sí, sí, contesto sintiendo el hilo de sudor que recorre mi espalda.

¿Sabes, Allegra? Genevieve y yo hemos estado platicando. Ambos estamos aquí para apoyarte.

Lo aprecio mucho, gracias. Vuelvo a refrescar los correos electrónicos.

Si te parece que no vendrá por alguna razón, me dice con calma, tal vez debas avisar ahora. Deberías decirle a Carmencita antes de que sea demasiado tarde, para que pueda organizar algo más.

El corazón se me sale, creo que nunca había estado tan nerviosa ni confundida.

Pero tiene que venir, susurro, tiene que hacerlo. Le aposté todo a este evento.

Lo sé, me dice tomando mi mano para reconfortarme.

Disculpen, escuchamos a una voz gritar. Carmencita pasa a toda prisa junto a Genevieve y llega al corredor. Me jala bruscamente en la puerta de la salida de emergencia y me arrastra hasta donde nadie más pueda escucharla.

Oiga, oiga, con cuidado, le dice Genevieve tratando de protegerme y de que me suelte del brazo.

¿Dónde está?, me pregunta casi escupiéndome en la cara. ¿Dónde está mi invitada especial?

Trago saliva. Bajo la mirada y busco en la pantalla de mi teléfono sin dejar de refrescar los correos con la mano temblorosa.

Y entonces me doy cuenta de que todo acabó.

No va a venir, ¿cierto?, pregunta gritando.

Tristan me mira tan lleno de esperanza que en este instante siento que me odio. Todo acabó.

Niego con la cabeza y hablo por fin con la voz entrecortada. Acabo de enterarme, el *Taoiseach* renunció y…

Carmencita se pone como loca, me empuja con fuerza contra la pared. Yo solo siento un dolor intenso en la espalda. Tristan se lanza hacia delante y trata de separarnos, pero es evidente que no quiere lastimar a una mujer.

Me engañaste. Mentirosa. Qué humillación. Los periodistas están afuera. Toda la ciudad está aquí. Mentirosa. Lo sabía.

Son las palabras que más escucho. Veo sus labios. Sus carnosos y brillosos labios. El hueco entre sus dientes. Escupiéndome palabras de odio. Los ojos desbordantes de desprecio. La mano que no deja de retorcerme el brazo. Sé que en la mañana tendré moretones. Otra mano sobre mis cicatrices. Las que unen a mis pecas, que me unen a papá, a quien dejé por estar aquí con ella. Y a pesar de todo, aún no valgo lo suficiente. Mis ojos se llenan de lágrimas, ella no se detiene.

Bien, bien, alto, dice Tristan con firmeza. Él y Genevieve la separan de mí. La está lastimando, le dicen.

¿Lastimándola? Ja, podría arrancarle el cabello, podría arrancarle los ojos, dice sin clemencia. Luego me murmura algo en español. No puede ser nada bueno.

Lo siento, Carmencita. Lo intenté, en verdad lo intenté, quería que estuviera orgullosa de mí, quería agradarle.

Entonces mentiste, como una loca. ¿Por qué tendría que estar orgullosa de esto?

No, le digo con firmeza. Nunca le mentí respecto a nada. Por favor permítame explicarle.

Genevieve se muerde las uñas. Miro a Tristan, él asiente para darme ánimos.

Arranca la bandita adhesiva rápido, Allegra. Hazlo. Dile. Respira hondo. Es ahora o nunca. No puedes seguir viviendo una vida en el mañana, me digo.

Carmencita, mi nombre es Allegra Bird. Soy su hija.

Se queda congelada, literalmente. No se mueve ni parpadea. Me pregunto si deberé repetirlo. La primera vez fue demasiado difícil. Cuento. Uno, dos, tres…

¿Qué dijiste?, pregunta en voz muy baja. Sin furia. Sin desprecio. Animándome a hablar.

Carmencita, mi nombre es Allegra… Bird. Soy la hija de Bernard. Me mudé a Malahide para conocerte.

¡Noooooooooo!

Grita tan fuerte que algunas personas se asoman por la puerta de emergencia, pero Genevieve la cierra y se queda ahí para impedir la entrada. Carmencita vuelve a aullar varias veces cubriéndose el rostro con las manos. Uñas largas pintadas y pulidas a la perfección, como la Bruja malvada del Oeste derritiéndose.

Luego se para muy erguida y me contempla con una mirada vacía, llena de desprecio. Me da una fuerte bofetada. El dolor me conmociona.

¡Oiga!, grita Tristan alejándola de mí, pero es demasiado tarde, terminó conmigo. Lo único que le quedan son palabras. Lo más fácil era la bofetada.

Escúchame bien, dice agitando su dedo índice frente a mí. Nunca debiste haber nacido. Debí deshacerme de ti. Es lo único que pienso cuando recuerdo que te tuve: que debí deshacerme de ti… Fui a verlo para pedirle su ayuda, para deshacerme de ti, pero él insistió en conservarte. Fue el más grande error de mi vida. Se suponía que te mantendría alejada de mí, ¿comprendes? Ese fue el trato.

¡Calla!, digo llorando.

Muy bien, es hora de que se detenga, dice Tristan tomándome de los hombros y acercándome a él. No creo que Allegra necesite escuchar eso ahora.

Ah, claro que necesita escucharlo. Es una mentirosa, se burló de mí. Me das asco, me dice. Regresa con tu padre, se merecen el uno al otro, par de tontos. Eres igual a él. No te quise entonces y no te quiero ahora.

En ese momento dejo de escuchar lo que dice.

¡Alto!, le grita Tristan furioso. Cállese en este momento. Cálmese, entre al salón y hable con sus invitados. Allegra, quédate aquí, regresaré en un minuto.

Pero no puedo quedarme aquí, le digo.

Todo terminó.

Me separo de Genevieve, quien quiere mantenerme alejada, pero al final me suelta. Camino por el callejón. Afuera de la entrada del club de la Asociación Atlética Gaélica están los medios de comunicación esperando a la invitada especial que nunca llegará. Lloro tanto que no puedo ver bien, sin embargo, sé que debo girar a la izquierda para alejarme de ellos. Camino consciente de que la gente que pasa a mi lado me mira con curiosidad.

¿Estás bien?, me pregunta alguien con aire preocupado.

De pronto me topo con él.

Ven aquí, amor.

Siento sus brazos a mi alrededor. Me sostienen con fuerza, me estrechan. Son los brazos que me han cuidado durante muchos años. Es papá.

No me quiso, le digo llorando con más vigor aún, envolviéndolo también entre mis brazos. Sueno como una niña, lo escucho en mi voz.

La pérdida, el dolor, la herida. La pequeña que sufre.

Lo sé, mi niña, lo sé. Ella se lo pierde. Siempre se lo ha perdido, pero necesitabas descubrirlo por ti misma, ¿no es verdad? Ahora lo sabes. Eres una chica valiente. Mi chica valiente, guerrera, me dice abrazándome, me habla con firmeza, lo repite una y otra vez, trata de convencerme. Tuve que dejar que lo intentaras, tuve que mantenerme al margen y permitirte venir. Dios mío, casi me muero de tristeza, pero está hecho. Eres una chica valiente, Allegra. La mayoría de la gente le daría la espalda a algo así. Me habla con la voz y el tono de cuando era niña, como si me hubiera resbalado con rocas mohosas y lastimado la rodilla. Me mece, acaricia mi cabello, me habla al oído. Repite sin cesar sonidos y palabras que me reconfortan.

Qué agradable, dice papá. De pronto despierto del estado de zombi en el que me encontraba y me doy cuenta de que estamos en mi banca del almuerzo, pero no recuerdo cómo llegamos aquí.

Aquí almuerzo todos los días, le digo. Sándwich de pan de germen con queso. Una manzana, nueces y un termo de té.

¿Ah, sí? Suena bien.

Dime otra vez por qué estás aquí. Volteo a verlo, de repente lo puedo enfocar bien.

Estaba listo para ir a protestar contra la clausura de la oficina postal por parte del gobierno, pero de pronto se me ocurrió darme una vuelta por acá. Ya sabes, en caso de que…

Qué conveniente, le digo enjugándome las lágrimas.

Pauline me dijo que me mantuviera al margen, que eras adulta y que tomabas tus propias decisiones. Me mira inquisitivo. ¿Debí hacerle caso?

Niego con la cabeza. Me da gusto que esté a mi lado.

Sabías lo que iba a suceder, lo sabías mejor que yo, digo antes de empezar a llorar de nuevo. Me enjugo las lágrimas bruscamente, enojada, molesta conmigo misma.

Los padres siempre pensamos en los peores escenarios. Tenemos que estar preparados para cualquier suceso, pero claro, siempre esperamos equivocarnos al respecto.

De pronto suena con urgencia y desesperación el claxon de un automóvil y me asusto.

Bernard, grita alguien. ¡Bernard!

Me tallo los ojos y levanto la vista. Una mujer mayor, muy atractiva, con extravagantes lentes cuadrados se asoma por la ventana del automóvil, está bloqueando el tráfico, no separa la mano del claxon, tiene una expresión severa, pero al mismo tiempo de preocupación. Debo verme terrible porque después de mirarme grita: Me voy a estacionar de aquel lado, y acelera.

Ah, ella es Bonnie, dice papá.

A pesar de todo lo sucedido, no puedo evitar sonreír. Luego empiezo a reír de una forma delirante.

¿Qué te pasa?, pregunta papá mirándome avergonzado.

Ooohhh, exclamo lentamente.

Ya, Allegra, deja de reírte.

Ahora todo está muy claro.

Te digo que pares, insiste, pero no puede evitar que en su rostro empiece a dibujarse una sonrisa.

Oh, sí, las "oficinas postales", digo haciendo el gesto de comillas. Luego le doy un codazo y guiño. Cómo no: "Tenemos que salvar las oficinas postales".

A pesar de que no quiere, se ríe a carcajadas al ver cómo lo molesto.

¿Cuánta gente participó en la demostración hoy?, le pregunto.

¡Ah!

Vamos, dime.

Solo nosotros dos.

¿Y por lo menos protestaron?

Más bien almorzamos en Stephen's Green, confiesa y ambos reímos con ganas.

Pero lo de las oficinas postales sí lo tomamos en serio.

Te creo.

La verdad es que disfrutamos de la compañía el uno del otro.

Bueno, me parece bien, me da gusto por ti.

Sí, en fin. Mira alrededor, a cualquier otra parte que no sea yo. Está avergonzado.

Dejo de sonreír, de pronto comprendo lo que pasa. Papá, ¿y siquiera hubo una demostración hoy?

No, yo quería estar aquí contigo, admite. Bonnie dijo que ella podría traerme en su automóvil.

¿Quién necesita cuatro personas más teniendo un padre como este?

Miro a lo lejos y me despido en silencio de este paisaje, del lugar que nos acogió a mí y a mi esperanza. Llegó la hora de partir.

Treinta y uno

Estoy sentada con papá en Valentia, bebemos un poco de su cerveza artesanal casera. Ha mejorado bastante. Es viernes por la noche y vemos un programa con un nombre muy adecuado: *Friday Night Show*. Es la emisión nocturna de conversaciones en vivo más vista en el país.

La siguiente invitada capta toda mi atención.

Esta semana ha sido muy tumultuosa para el país, dice la presentadora Jasmine Chu, en especial para mi siguiente invitada. Damas y caballeros, por favor recibamos con un aplauso a nuestra nueva *Taoiseach*: Ruth Brasil.

Papá me mira sorprendido. Se endereza y sube el volumen del televisor.

Gracias, Jasmine, dice mientras se sienta.

Taoiseach, ¿qué tal estuvo su semana?

El público ríe. Ella también.

Verás, Jasmine, fue una semana delirante y maravillosa en muchos sentidos. Creo que lo más importante es asegurar que hay estabilidad y alegría entre la gente de este país. Supongo que, como todo ha sucedido entre bambalinas, es fundamental explicar a los ciudadanos que debemos mantener la calma y el equilibrio para poder prosperar y avanzar… Mientras ella continúa dando su discurso político sobre el hecho de que todo cambió, pero nada cambió, mi pensamiento se desvía un poco.

¿Nos puede decir qué sintió cuando le dijeron que sería la siguiente *Taoiseach* de este gran país?

De hecho iba camino a un evento. Iba a un encuentro de negocios en Malahide, organizado por la presidenta de la Cámara de Comercio. Se suponía que debía dar una conferencia sobre las mujeres en los negocios. Es por ello que debo ofrecer una disculpa a toda la gente que se reunió esa noche para escuchar mi discurso, y a todos aquellos a quienes decepcioné con mi ausencia. El *Taoiseach* me llamó para decirme que renunciaría al cargo, que me dejaría al frente y que debía ir de inmediato a las oficinas del partido para que se realizara la votación.

Papá me mira y levanta el puño orgulloso. Ahora lo saben, Allegra, ojalá estén viendo la entrevista.

El corazón me palpita con fuerza. Me siento revindicada. Espero que Carmencita esté mirando televisión, y si no es así, de todas formas alguien le informará. Se va a enterar, de eso no hay duda. La mencionaron, así que estará encantada. Todos estuvieron presentes: Becky, la garda Laura, todos. Ahora, toda la gente que pensó que había mentido respecto a que logré que la primera ministra accediera a ofrecer la conferencia principal me creerá. Incluso Tristan y Genevieve, quienes dijeron creerme, pero tal vez dudaron también. Ahora también ellos tendrán una prueba. Y a pesar de todo, no me siento mejor porque es un poco tarde. Nada podrá cambiar la manera en que sucedieron las cosas.

Hablan sobre la *Taoiseach*, sus aspiraciones, sobre su crecimiento y sus anhelos en la política.

Hace poco una joven de Isla de Valentia me dijo —por cierto, si estás viendo esta entrevista, te agradezco haberlo hecho, Allegra Bird— que uno era resultado de las cinco personas con las que pasaba más tiempo. Debo admitir que cuando escuché eso tuve que hacer una pausa. Me obligó a pensar en la gente con la que convivía, en quién deseaba ser yo, y en los rasgos de las personas inspiradoras que me han rodeado y gracias a las cuales he podido prosperar. Porque creo que eso es para lo que sirve un gran respaldo, los mentores y los amigos, el apoyo y la guía: para ayudarte a prosperar, a florecer.

De no ser por esas cinco personas tan especiales, yo no me encontraría en la posición en la que estoy ahora. Ahora quisiera lo mismo para este país, quisiera que nos rodeáramos de los mejores para poder prosperar también de forma colectiva.

Papá se estira y toma mi mano. Es todo lo que necesito.

Él es mi persona número uno. Siempre lo ha sido. Es la más poderosa, es mi todo. Mis cinco personas en una.

Mira, Allegra, me dice papá señalando una criatura que se mueve en la playa.

¿Qué es eso?, pregunto moviendo al mismo tiempo los dedos de los pies en el interior de mis botas Wellington. Tengo las calcetas mojadas. Salté demasiado, salpiqué todo, no me agrada la sensación de los pies mojados dentro de las botas. Pero las botas sí me gustan porque son nuevas. Son color amarillo y tienen pececitos alrededor. Papá me las regaló esta mañana porque hoy cumplo cinco años.

Déjame contarte sobre el cangrejo ermitaño, dice mientras se acuclilla junto al cangrejito. Acércate, preciosa, no tengas miedo, me dice tomándome de la mano y llevándome de la roca donde estoy sentada hasta la arena. Sabe que no me gusta tocar esas cosas como a él, pero siempre me dice que no debo tener miedo, así que lo intento. Me pongo de cuclillas a su lado.

El cangrejo ermitaño tiene un abdomen suave, aquí, esta es la parte blanda de su cuerpo, me explica. Por eso necesita un caparazón, para protegerse.

¿Como los caracoles?

Eso es, como los caracoles. Los cangrejos también son gasterópodos, pero distintos, Allegra. Cuando los cangrejos crecen necesitan ir cambiando de caparazón, conseguir uno más grande. A veces los intercambian con otros cangrejos, los más grandes les van dejando sus caparazones a los más pequeños, como si fuera una cadena.

Sin embargo, a veces no hay suficientes caparazones, por eso los cangrejos ermitaños se pelean por ellos. En general, tratan de ser justos, así que se forman y esperan a que llegue el caparazón del tamaño adecuado. Son muy quisquillosos al respecto, necesitan que se adapte bien a su cuerpo, pero de todas formas, nunca se quedan con el mismo para siempre. Van creciendo y encontrando uno nuevo.

Papá y yo observamos al cangrejo ermitaño tratando de meterse en su nuevo caparazón.

Más adelante, esa misma tarde, voy arrastrándome por la sala con la caja de mis nuevas botas Wellington en la cabeza.

Mira, papá, soy un cangrejo ermitaño. Ya crecí y este es mi nuevo caparazón.

Papá ríe discretamente al verme gatear por toda la sala. Sí, ya eres niña grande, corazón, ¿no es cierto? Vas a necesitar un caparazón mucho más grande que ese.

Este recuerdo me visita mientras papá y yo estamos sentados en la sala, veinte años después. El año que acaba de pasar fue similar, uno de esos en los que crecí y tuve que dejar mi caparazón y batallar para encontrar otro. Este año anduve en cuatro patas, raspándome las rodillas, caminando de lado para poder avanzar, cubriéndome la cabeza con una caja de cartón, tratando de encontrar mi lugar.

Treinta y dos

Es uno de los últimos recorridos en bote del día, alrededor de las diez de la noche. Nos dirigimos a Reenard's Point en el ferri para automóviles. Empecé a trabajar de nuevo aquí hace algunos días y no me he aburrido porque nada es igual. Es imposible que las cosas permanezcan iguales si cambiamos todo el tiempo. Después de recorrer el ferri, yendo de automóvil en automóvil, de ventana en ventana para cobrar, me quedo al borde y observo la torre roja con el reloj de Knightstown alejarse aún más. El cielo nocturno continúa iluminado, permanecerá así hasta las once más o menos. Las grandes estrellas brillarán más dentro de poco. Esta noche, Saturno y Júpiter están alineados con la luna. La próxima semana comienzo en un nuevo empleo como guía turística para la Reserva de cielo oscuro de alto nivel. Usaré punteros láser, telescopios y binoculares de alta potencia para mostrarles a los grupos de visitantes las vistas especiales que me han guiado toda la vida. Será como voltear una piedra en la playa, les ayudaré a ver revelarse lo que está oculto durante el día. Me muero de ganas por comenzar. Ahora me doy cuenta de que, sin importar adónde haya viajado, las estrellas y las constelaciones que me cubren siguen siendo las mismas. Sin embargo, solo hay un lugar desde el que las puedo ver con claridad, y es este, mi hogar.

De pronto escucho un sonido que me hace girar sin moverme de sitio. Proviene de Reenard's Point. Es un motor. Un ruido distintivo. No necesito concentrarme mucho para ver, aparece en el paisaje, el Ferrari amarillo chillante surge entre las oscuras y deslucidas instalaciones de las empacadoras de pescado que flanquean Reenard's Point. A medida que nos acercamos, la puerta del Ferrari se abre. Tristan sale de él. Me sonríe. Hace sonar el claxon.

¿Qué estás haciendo?, grito desde el ferri en cuanto estamos suficientemente cerca para que me escuche. Él sonríe y se vuelve a subir al automóvil, se prepara para partir cuando el ferri haya descargado. Doy un paso atrás y veo conmocionada que va al frente, manejando lento y con precaución tomando en cuenta el automóvil del que se trata. Lo siguen los automóviles formados en la fila, pero yo los ignoro porque estoy demasiado sorprendida para guiarlos hasta sus lugares. Apaga el motor y baja del Ferrari con una sonrisa de oreja a oreja, feliz de ver el estado de confusión en que me encuentro. Entonces se abre la puerta del lado del pasajero, y papá sale por ella.

Vaya, ¡es la primera vez que me subo a un Ferrari, Allegra, y, ay, ay, ¡por Dios! Nunca había sentido algo de verdad salvaje en el Wild Atlantic Way, dice con una enorme sonrisa.

Tu papá conduce muy rápido, dice Tristan con los ojos abiertos como platos y fingiendo estar asustado.

Lo sé, conduce muy… pero… ¿qué están haciendo?, pregunto tartamudeando mientras trato de comprender lo que veo. ¿Por qué están ustedes dos…? ¿Cómo es que…? ¿Qué diablos…?

Dejaste esto, dice Tristan al tiempo que me entrega mi libreta dorada.

La dejé a propósito, la tiré en el cesto de basura en casa de Becky y Donnacha. Debí arrancar las páginas, pero solo me deshice de ella porque todo lo que había escrito dejó de significar algo para mí.

Becky, tu casera, vino a la oficina y me la entregó. Por cierto, fue después de que vio *Friday Night Show*.

Siento una ligera satisfacción. A menudo me gusta imaginar su expresión al escuchar mi nombre en boca de nuestra primera ministra. También me gusta imaginar la reacción de Carmencita, pero no creo que nada de lo que yo pueda hacer o decir me ayudaría a ganármela, tampoco creo que algún día lo que sucedió dejará de dolerme. Es una fisura que permanecerá en mi caparazón por siempre.

Lo siento, leí tu libreta, dice Tristan.

No me molesta, no era un diario íntimo. En ella solo había notas redactadas a medias para Katie, Amal y para la actual *Taoiseach*. La carta que practiqué una y otra vez para Carmencita, y él de todas formas sabía lo que decían.

Una página llamó mi atención, dice abriendo la libreta para mostrarme.

El título era "Mis cinco personas", y abajo estaba la constelación en forma de W que hice con las cinco personas con las que paso más tiempo.

Número uno, lee en voz alta y me pongo nerviosa: Papá, porque me ama. Número dos: Spanner, porque me ve. Número tres: Paddy, porque me enseña. Número cuatro: Tristan, porque me inspira. Número cinco: Genevieve, porque conoce cada centímetro de mí, incluyendo las verrugas, todo.

La puerta de atrás del pasajero se abre.

Hola, Allegra, dice Genevieve canturreando. Ay, Dios, tengo las piernas entumidas. Vaya, qué hermoso lugar. Jasper se quedó cuidando la galería y yo vine a pasar la semana aquí, me explica sonriendo.

En ese momento, Paddy sale del automóvil formado atrás, me saluda agitando la mano, y por último, veo a Spanner con la pequeña Ariana que anda saltando por ahí, emocionada de estar en un ferri.

Conseguí la custodia para las vacaciones, dice Spanner haciendo un guiño antes de lanzarse detrás de ella.

Los veo a todos, sigo confundida, asombrada de verlos juntos, de ver a este conjunto de personas reunidas aquí en Isla de Valentia. Todos se reúnen alrededor de papá y Tristan, me miran sonriendo, orgullosos de sí mismos por haber organizado esto en secreto.

Vamos, le dice Spanner a Tristan dándole un brusco codazo.

De acuerdo, supongo que yo hablaré, dice Tristan. Nunca lo había escuchado tan nervioso. Estamos todos aquí porque somos tus cinco personas, pero lo más importante es que tenemos algo en común: que tú, Allegra Bird, eres una de nuestras cinco personas. Yo empiezo.

Tristan aclara la garganta.

Además de mis padres, dice nervioso, tú eres la única persona que me permite ser Tristan. Todos los demás me tienen en su lista como Rooster. Y de todos los mentores que he tenido y buscado, tú eres la persona más inspiradora que conozco.

Porque eres hermosa por dentro y por fuera, dice Genevieve en voz alta y con mucha confianza, sus palabras suenan a canción.

Porque todos los días estás ahí, grita Spanner.

Porque eres mi amiga, dice Paddy muy serio y ceremonioso.

Miro a papá. Su voz tiembla, y eso me conmueve demasiado. Porque eres mi hija, dice. Mi única hija.

Veo la sonrisa chueca de papá, sus labios temblorosos. El rostro nervioso y sonrojado de Tristan, sus ojos de perrito triste. Estoy en shock. Los veo a todos. No puedo ni hablar, pero me siento increíblemente feliz, tan feliz que deliro.

Y si acaso tuviera alguna importancia, dice Tristan, debes saber que eres mi número uno.

Espera, creo que tendremos que pelearnos por esto, le dice papá guiñándome. Al cerrar el ojo, una lágrima escurre por su mejilla, pero él la retira rápido con el dorso de su mano.

Agradecimientos

GRACIAS, LYNNE DREW, LARA STEVENSON, KATE ELTON, CHARLIE Redmayne, Elizabeth Dawson, Anna Derkacz, Hannah O'Brien, Abbie Salter, Kimberley Young, Isabel Coburn, Alice Gomer, Tony Purdue, Patricia McVeigh, Ciara Swift, Jacq Murphy y todo el innovador equipo de HarperCollins Reino Unido. Me siento honrada de trabajar con ustedes, de que publiquen mis libros, de formar parte del equipo y tomar decisiones conjuntas, incluso si este año tuvimos que hacerlo de manera virtual.

Gracias a mis agentes literarios de Park & Fine Literary and Media Agency. En particular a Theresa Park, Abby Koons, Ema Barnes, Andrea Mai, Emily Sweet y Alex Greene. Un tremendo equipo de supermujeres. Gracias a Howie Sanders de Anonymous Content, a Anita Kissane y a Sarah Kelly.

Gracias infinitas a los libreros y a los lectores por su apoyo.

Gracias a mi tribu: mis amigos, mi familia, mi David, mi Robin, mi Sonny, mi Blossom… mis todo.

Allegra de Cecelia Ahern
se terminó de imprimir en octubre de 2022
en los talleres de
Litográfica Ingramex, S.A. de C.V.
Centeno 162-1, Col. Granjas Esmeralda, C.P. 09810
Ciudad de México.